Du monde entier

KAWAI STRONG WASHBURN

AU TEMPS DES REQUINS ET DES SAUVEURS

roman

Traduit de l'anglais (États-Unis)
par Charles Recoursé

nrf

GALLIMARD

Titre original :

SHARKS IN THE TIME OF SAVIORS

À Mamie, qui faisait cent cinquante kilomètres aller-retour pour m'emmener acheter le dernier tome de la série.

PREMIÈRE PARTIE

LIBÉRATION

1

MALIA, 1995

Honoka'a

Quand je ferme les yeux nous sommes encore tous vivants et alors ce que les dieux attendent de nous me paraît clair. À l'origine du mythe qu'on raconte sur nous, il y a probablement les requins et cette journée d'un bleu limpide au large de Kona, mais ma version à moi est différente. Nous sommes plus anciens que ça. *Tu* es plus ancien que ça. Le royaume de Hawaii était à genoux depuis longtemps – ses forêts vivantes et ses récifs émeraude chantants avaient été piétinés par les haoles avec leurs hôtels à touristes et leurs gratte-ciel –, et c'est alors que la terre a commencé à appeler. Si je le sais aujourd'hui, c'est grâce à toi. Et je sais aussi que les dieux avaient soif de changement et que ce changement, c'était toi. J'ai vu tant de signes durant nos premiers jours, mais je n'y ai pas cru. Le premier m'est apparu un soir où ton père et moi nous étions dans la vallée de Waipi'o, nus à l'arrière de son pick-up, et nous avons vu les marcheurs nocturnes.

Un vendredi, pau hana, ton père et moi nous étions descendus dans la vallée de Waipi'o pendant que ta tante Kaiki gardait ton frère, nous savions très bien que nous allions profiter de cette soirée à deux pour nous sauter dessus, et rien que d'y penser nous étions transis d'électricité. C'était plus fort que nous. Notre peau brunie et polie par le soleil, ton père qui avait encore son corps de footballeur, moi mon corps de basketteuse, et notre amour qui nous brûlait comme une drogue. Et la vallée de Waipi'o : une profonde crevasse de verdure tapissée de plantes sauvages et fendue par une rivière étincelant d'argent brun, qui débouchait sur une plage de sable noir s'enfonçant dans l'écume du Pacifique.

La lente descente dans le pick-up déglingué de ton père, le gouffre sur notre droite, les virages en lacets qui s'enchaînaient, sous nos roues le goudron rapiécé, la pente si raide que les vapeurs du moteur brûlant envahissaient l'habitacle.

Ensuite le sentier cahoteux, la vase et les profondes flaques de boue, et pour finir la plage, le camion garé près du sable contre les rochers noirs en forme d'œufs mouchetés, ton père qui me faisait rire si fort que j'en avais des paillettes de chaleur dans les joues, et les dernières ombres des arbres qui s'étiraient loin vers l'horizon. L'océan qui grondait et pétillait. Nous avons déroulé nos sacs de couchage à l'arrière du pick-up, sur le matelas en mousse qui sentait le gravier et que ton père avait installé exprès pour moi, et quand les derniers adolescents sont partis – quand le vrombissement de leur reggae s'est évanoui dans la forêt –, nous nous sommes déshabillés et nous t'avons fait.

Je ne pense pas que tu puisses entendre mes souvenirs, non, donc ça ne va pas être trop pilau de raconter ceci, et de toute façon j'aime bien me rappeler. Ton père a empoigné mes cheveux, mes cheveux qu'il aimait, noirs et frisés par Hawaii, mon corps s'est cambré et calé sur le rythme de son bassin et nous avons grogné et haleté, pressé nos nez ronds l'un contre l'autre, et puis je nous ai séparés, je l'ai enfourché, et notre peau était si chaude que j'ai eu envie de garder cette chaleur en moi pour tous les jours où j'avais eu froid, et ses doigts suivaient la forme de mon cou, sa langue celle de mes tétons bruns, avec une douceur qui lui appartenait et que personne ne voyait jamais, et nos sexes émettaient leurs bruits et nous avons ri, fermé et rouvert les yeux et puis nous les avons fermés encore, et le jour a perdu sa dernière lueur et nous avons continué.

Nous étions sur nos sacs de couchage, notre sueur s'évaporait dans l'air frais, quand tout à coup ton père est redevenu sérieux et il s'est détaché de moi.

Il a fait, « T'as vu ça ? »

Je ne savais pas de quoi il parlait – j'émergeais tout juste d'une sorte de brouillard, je frottais mes cuisses l'une contre l'autre pour ressentir le picotement, la fin de la chaleur –, mais alors il s'est redressé. Je me suis agenouillée, toujours ivre de sexe. Mes seins ont touché son biceps gauche et mes cheveux sont tombés sur son épaule et malgré ma peur je me sentais excitante, j'avais presque envie de l'attirer contre moi et tant pis pour le danger.

Il a chuchoté, « Regarde.

— C'est bon, imbécile. Arrête de faire l'andouille. »

Il a répété, « *Regarde* », et alors ce que j'ai vu m'a tendue d'un coup sec.

Sur le flanc opposé de la Waipi'o, une longue file de lumières tremblantes était apparue, elles montaient et descendaient lentement sur la couronne de la vallée. Vertes et blanches, vacillantes, elles devaient être une cinquantaine, et en les observant nous avons compris ce que c'était : des flammes. Des torches. Nous avions entendu parler des marcheurs nocturnes, mais nous avions toujours cru qu'il s'agissait d'une légende, une ode à ce que Hawaii avait perdu, les fantômes des ali'i disparus depuis longtemps. Pourtant ils étaient là. Ils grimpaient à leur rythme vers le sommet, se dirigeaient vers le fond noir de la vallée et ce qui, dans l'obscurité humide, attendait ces rois morts-vivants. La cordée de flambeaux progressait le long de la crête, clignotait entre les arbres, plongeait puis remontait, et soudain toutes les flammes se sont éteintes.

Un puissant grondement discordant a résonné dans la vallée, nous a enveloppés, le type de bruit que doivent faire les baleines avant de mourir.

Tout ce que nous aurions pu dire s'est étranglé dans notre gorge. Nous avons sauté de la benne du pick-up et enfilé nos vêtements en vitesse, les orteils plongés dans les gros grains de sable noir, puis, le souffle court, nous avons bondi dans la cabine et claqué les portières, ton père a mis le contact, fait hurler le moteur sur le chemin de la vallée, et les pierres, les flaques et le vert vif des feuilles ont défilé devant les phares ; tout ce temps nous savions que les fantômes étaient dans l'air derrière nous, autour de nous, nous ne les voyions pas mais nous les sentions. Le camion rebondissait dans les nids-de-poule, le pare-brise nous montrait les arbres et le ciel avant de replonger vers la boue, haut puis bas au gré des cahots, tout était noir et bleu sauf ce que les phares parvenaient à éclairer, et ton père fonçait entre les arbres menaçants sur la longue route qui sortait de la vallée. Nous en avons émergé si vite qu'il n'y avait plus rien au-dessous excepté la lumière des rares maisons éparpillées loin dans la cuvette, et les bouquets de taro qui paraissaient blancs au cœur de cette nuit.

Nous avons roulé jusqu'au belvédère avant de nous arrêter. La cabine du pick-up était pleine de terreur et d'effort mécanique.

Ton père a soufflé un grand coup et dit, « Putain de bordel de nom de Dieu de merde. »

Ça faisait longtemps qu'il n'avait pas parlé de Dieu. Il n'y avait plus de torches, plus de marcheurs nocturnes. Notre sang tambourinait dans nos oreilles, nous l'avons écouté et il nous disait, *vivants vivants vivants.*

C'est des choses qui arrivent, voilà ce que nous avons pensé ton père et moi, par la suite et pendant longtemps. Après tout, à Hawaii, ce genre d'événement n'avait rien d'extraordinaire ; il suffisait que nous racontions cette histoire façon kanikapila pendant les barbecues ou les fêtes sous les lanai pour qu'un paquet d'histoires semblables remontent à la surface.

Les marcheurs nocturnes… Tu as été conçu cette nuit-là, et nous avons assisté à des phénomènes encore plus étranges tout au long de ta petite enfance. Des animaux qui changeaient d'attitude à ton approche : tout à coup domptés, ils se frottaient contre toi et t'entouraient comme si tu étais l'un des leurs, aussi bien les poules que les chèvres ou les chevaux, un cercle instantané et impénétrable. Et puis il y a eu toutes les fois où nous t'avons surpris dans le jardin en train de manger des poignées de terre, de feuilles ou de fleurs, compulsivement. Largement plus curieux que les autres keikis bêtas de ton âge. Et certaines de ces plantes – les orchidées dans les paniers suspendus, par exemple – donnaient des fleurs éblouissantes, du jour au lendemain.

Et nous, nous continuions à nous dire, C'est des choses qui arrivent.

Mais à présent je sais.

Est-ce que tu te souviens de Honoka'a en 1994 ? Pratiquement rien n'a changé. Māmane Street, ses constructions basses en bois qui remontent aux premiers jours de la canne à sucre, les portes ont été repeintes mais à l'intérieur ce sont toujours les mêmes vieux os. Les garages automobiles défraîchis, la pharmacie et ses promotions qui ne changent jamais dans les vitrines, l'épicerie. La maison que nous louions à l'entrée de la ville, ses couches de peinture qui s'écaillaient et ses pièces étroites et nues, la cabine de douche collée contre l'arrière du garage. La chambre que tu partageais avec Dean, où tu as eu tes premiers cauchemars, ces ombres de canne à sucre et de mort.

Quelles nuits. Tu venais en silence près de notre lit, encore un peu emberlificoté dans tes draps, tu titubais avec tes épis qui rebiquaient dans tous les sens et tu reniflais.

Tu disais, Maman, ça a recommencé.

Je te demandais ce que tu avais vu et alors tu débitais un flot d'images : des champs noirs, déserts et craquelés, des tiges de canne qui plongeaient leurs racines non pas dans le sol mais dans la poitrine, les bras et les yeux de ton père, de ton frère, de moi, de nous tous, et puis un bruit comme l'intérieur d'un nid de guêpes – et pendant que tu parlais tes yeux n'étaient plus tes yeux, ce n'était plus toi derrière eux. Tu n'avais que sept ans et toutes ces choses se déversaient de toi. Et puis, une minute plus tard, tu étais de retour.

Je te disais, C'était seulement un rêve, et tu me demandais de quoi je parlais. J'essayais de répéter certaines interprétations que tu faisais de ton cauchemar – les cannes à sucre, le fauchage de ta famille, les ruches –, mais tu avais oublié tout ce que tu m'avais dit l'instant d'avant. On aurait cru que tu venais de te réveiller, que tu avais ouvert les yeux pendant que je racontais une histoire qui appartenait à un autre. Au début, ces cauchemars revenaient quelques fois par an, puis quelques fois par mois, et pour finir tu les as eus tous les jours.

La plantation de canne existait déjà avant notre naissance, notre côté de l'île était entièrement couvert de champs, de mauka à makai. Je suis persuadée que de tout temps on a parlé du jour où viendrait l'Ultime Récolte, mais elle n'avait pas l'air de vouloir arriver : « Ça embauche toujours à Hāmākua », disait ton père en balayant les rumeurs d'un geste de la main. Et pourtant, une après-midi de septembre 1994, peu après le moment où tes cauchemars sont devenus quotidiens, dans tout Māmane on a entendu rugir les cornes des camions, et ton père en conduisait un.

Si j'avais pu être dans le ciel ce jour-là, voilà ce que j'aurais vu : les semi-remorques sont entrés dans la ville, une grande partie d'entre eux traînant des remorques à claire-voie dont les montants ressemblaient aux côtes des animaux mal nourris, et en chaloupant ils ont défilé devant l'Armée du salut, devant les églises, devant les vitrines vides dans lesquelles on trouvait autrefois des bacs de gadgets en plastique importés, devant le lycée et l'école primaire, face à face, devant le terrain de football et de base-ball. En entendant les coups de trompe, les gens sortaient de la banque et de l'épicerie et s'agglutinaient sur le trottoir ou sur le bord de la chaussée. Même ceux qui étaient chez eux ont forcément entendu le vagissement des klaxons, le bêlement des freins, la marche funèbre de l'industrie. C'était la musique du vide à venir. Puisque les camions n'iraient plus jamais dans les champs, ils avaient été astiqués et brillaient comme des miroirs, sans plus un grain de poussière du travail sur leur carrosserie, et leurs chromes renvoyaient aux familles philippines, portugaises, japonaises, chinoises et hawaiiennes bordant les rues un fugace reflet vif-argent de leurs visages bruns et de la nouvelle vérité qui prenait place.

Nous étions dans cet attroupement, toi, moi, Dean et Kaui. Dean se tenait raide et droit comme un petit soldat. À neuf ans, il avait déjà de grandes mains, et je me rappelle la coquille sèche de sa paume autour de la mienne. Kaui se réfugiait entre mes jambes, ses cheveux qui me chatouillaient les cuisses et ensuite ses petits doigts qui les serraient. Tu étais suspendu à mon autre main et, contrairement à Dean dont les doigts et le cou vibraient de désarroi et de colère, contrairement à Kaui et à l'apathie rêveuse de ses quatre ans, tu semblais parfaitement en paix.

Il m'aura fallu attendre jusqu'à aujourd'hui pour deviner de quoi étaient faits tes rêves – pour comprendre qui mourait, nos corps ou la canne à sucre. Mais au fond, ça n'a pas d'importance. Tu avais vu venir la fin avant tout le monde. C'était le deuxième signe. Il y avait une voix en toi, n'est-ce pas, une voix qui n'était pas la tienne et dont tu n'étais que la gorge. Toutes ces choses qu'elle savait et qu'elle essayait de te dire – de nous dire –, mais nous n'écoutions pas, pas encore.

Nous pensions, C'est des choses qui arrivent.

Les camions ont tourné juste avant l'épicerie, ils ont monté le flanc escarpé de la colline, ils sont sortis de la ville et ils ne sont jamais revenus.

Quelques mois plus tard, la plantation a coulé et nous nous sommes retrouvés sur la paille. Tout le monde cherchait, ton père autant que les autres. Il sillonnait l'île en voiture, à la poursuite d'une paye aussi fuyante qu'un obake. Le dimanche matin, dans la lumière orange qui ricochait sur notre vieux plancher, accoudé à la paillasse de la cuisine, cramponné à son mug favori plein de café Kona fumant, ses doigts glissaient sur les colonnes des offres d'emploi et sa bouche remuait comme en prière. Les jours où il trouvait quelque chose, il découpait lentement l'annonce, la prenait du bout des doigts et la rangeait dans un dossier marron qu'il gardait près du téléphone. Les autres jours, il chiffonnait le journal qui faisait le bruit d'une volée de petits oiseaux.

Mais ça n'empêchait pas ton père de sourire ; rien ne l'aurait pu. Il était déjà comme ça quand tout allait bien, du temps de votre hanabata à tous les trois, quand votre morve de bébé faisait une croûte sous votre nez, quand vous appreniez tout juste à marcher, et il vous lançait en l'air si haut que vos cheveux s'ouvraient comme des ailes, vous plissiez les yeux de bonheur et vous poussiez des cris de joie. Il vous lançait aussi haut qu'il le pouvait – il disait qu'il visait les nuages –, et quand vous retombiez je craignais le pire. Je lui demandais d'arrêter, surtout quand il le faisait avec Kaui.

Il me répondait, Mais je vais pas les lâcher. Et de toute façon, s'ils se cassent le cou ou n'importe quoi, on n'aura qu'à en faire d'autres.

D'autres jours, il traînait au lit – normalement il était plutôt du matin, et le départ des camions n'y avait rien changé –, il se blottissait contre moi et se mettait à glousser dans sa petite moustache, et j'essayais de me libérer des couvertures avant qu'il ne lâche un grand vent qui me prenait au piège dans son nuage, dans l'odeur d'œuf pourri de ce qui brûlait à l'intérieur de son ventre.

Il disait, C'est presque meilleur quand ça sort que quand ça entre, tu trouves pas ? Et puis il se remettait à glousser, comme au lycée, quand nous faisions les andouilles en dernière heure l'après-midi. Je me rappelle, un jour il en a lâché un sous les couvertures, il m'a posé sa question et j'ai répondu, Je sais pas, faudrait que je goûte, et alors j'ai glissé un doigt dans son caleçon jusque dans son cul, il a couiné et il s'est esquivé en se trémoussant. Il disait, Trop loin, trop loin, et moi je riais, je riais, je riais. Il y avait quelque chose entre ton père et moi, entre nous, dans notre manière de nous pousser l'un l'autre, qui s'accordait bien aux moments intimes, lorsque dans le miroir de la salle de bains nous regardions l'autre se brosser les dents, ou lorsque nous devions nous débrouiller avec une seule voiture (juste après ta naissance, nous avons troqué le pick-up à bout de souffle contre un 4×4 à bout de souffle) pour vous emmener à la fête des sciences, à l'entraînement de basket, aux représentations de hula.

Mais si nous avions pu verser tout notre argent dans unc tasse, nous en aurions à peine rempli la moitié. Ton père a dégotté un mi-temps dans un hôtel, le genre de poste que tout le monde s'arrachait, sauf qu'il n'a pas pu avoir un temps plein, ni les bons pourboires du restaurant car il était affecté au ménage, et quand il rentrait il me racontait les assiettes d'ahi presque intactes abandonnées sur les balcons, les oiseaux-mynahs qui venaient les picorer et les volcans de vêtements par terre dans les chambres. Il disait que les haoles avaient deux tenues pour chaque jour de vacances, deux pour chaque *jour*.

Et puis, sitôt arrivé, ce boulot est reparti, restructuration saisonnière. Et on m'a sabré des heures à l'entrepôt de noix de macadamia. Nos dîners sont devenus plus simples, tant pis pour la pyramide alimentaire. Ton père faisait ce qu'il pouvait, ici repeindre une maison, là-bas entretenir un jardin, gratter la terre pendant deux jours dans la ferme d'un ami. Je faisais quelques extras à Wipeouts Grill. Nous rentrions à la maison le dos brisé, les jambes en feu, et le sang qui cognait dans le front, et nous nous relayions pour nous occuper de vous quand nous avions des horaires décalés. Mais notre emploi du temps était de plus en plus vide, et un jour, tout à coup, nous avons dû sortir la calculette pour voir combien de temps nous avions réellement devant nous.

« On va pas y arriver », m'a dit ton père. Il était tard, vous étiez couchés depuis longtemps. Des chiens aboyaient plus loin dans la rue, mais leur bruit était étouffé et nous y étions habitués. La lumière dorée de la lampe de bureau nappait notre peau de miel. Ton père avait les yeux humides. Il n'arrivait pas à me regarder en face, et je me suis rendu compte qu'il n'avait plus plaisanté depuis une éternité. C'est là que j'ai commencé à avoir vraiment peur.

« Combien ? j'ai demandé.

— Peut-être deux mois avant que ça se gâte. »

J'ai encore demandé, « Et après ? », même si je connaissais déjà la réponse.

« Je vais appeler Royce, a dit ton père. On s'est parlé.

— Il habite à O'ahu. Ça fait cinq billets d'avion. C'est une île très différente, c'est une *ville*. Et les villes ça coûte cher. » Mais déjà ton père se levait et se dirigeait vers la salle de bains. La lumière s'est allumée, le ventilateur aussi, et puis j'ai entendu l'eau qui éclaboussait le lavabo, les inspirations humides et les postillons de ton père qui s'aspergeait le visage.

J'ai eu envie de casser quelque chose tellement tout était calme et immobile. Ton père est revenu dans la chambre.

Il a dit, « J'ai réfléchi. Je vais vendre mon corps. Mon okole pour les mahus et mon boto pour les femmes. Je vais le faire pour nous. »

Il a laissé passer quelques secondes, et puis il a ajouté, « Je vais le faire pour *toi.* » Il avait enlevé son T-shirt et il s'examinait dans notre long miroir. « Franchement, regarde-moi ça. Tout le sexe qui attend dans ce corps. »

J'ai pouffé et je l'ai enlacé par-derrière. J'ai posé mes mains sur ses pectoraux sans m'attarder sur le fait qu'ils commençaient un peu à pendouiller comme des mamelles. « Je crois que je pourrais payer pour ça.

— Combien ? » Ton père souriait dans le miroir.

« Quelles prestations est-ce que tu proposes ? » Ma main gauche est descendue se faufiler sous sa ceinture.

« Ça dépend, a dit ton père.

— Hmmm. Au toucher, je dirais que ça vaut dans les deux ou trois dollars.

— Hé ! » a protesté ton père en retirant ma main.

J'ai dit, « Je paierai à la minute », et il a ri. Et puis il a repris son sérieux.

« On va pas pouvoir se contenter de vendre ma bite. »

Nous nous sommes assis sur le bord du lit.

J'ai dit, « On donne les vieux vêtements de Dean à Kaui et Nainoa. Ils ont la cantine gratuite le midi.

— Je sais.

— Qu'est-ce qu'on a mangé hier soir ?

— Une soupe de nouilles et du jambon en conserve.

— Qu'est-ce qu'on a mangé avant-hier soir ?

— Du riz et du jambon en conserve. »

Ton père s'est relevé. Il est allé à notre bureau et il a posé les deux mains à plat dessus comme pour le prendre et le mettre ailleurs.

Il a dit, « Quinze dollars. »

Il s'est redressé, a mis une paume sur la commode. « Vingt-cinq dollars.

— Quarante.

— Vingt. »

Il a continué comme ça, à toucher tout ce qu'il voyait : une lampe à soixante-dix dollars, un cadre à deux dollars, une armoire pleine de vêtements à cinq dollars pièce, et la somme de toutes nos vies ne dépassait pas les quatre chiffres.

Bien que je n'aie jamais été bonne en maths, j'étais capable de deviner ce qu'il y avait au bout de tout ça, je voyais déjà les lumières éteintes, les échéanciers de paiement et un seau en guise de douche. C'est pourquoi, trois jours après ces calculs, nous vous avons emmenés à l'école et ensuite je me suis plantée sur le bas-côté, j'ai levé le pouce, dans mon sac j'avais le couteau de chasse de ton père, et j'ai fait gratuitement les soixante kilomètres de route jusqu'à Hilo où j'ai marché sous une pluie moite vers le bureau des aides au logement afin de déposer notre dossier. La femme à l'accueil m'a demandé, « Qu'est-ce qui vous amène ? » sans la moindre trace d'hostilité, et avec ses bras sombres constellés de taches de rousseur et les bourrelets de peau qui dépassaient de son chemisier sans manches, elle aurait pu être ma sœur, elle était ma sœur.

« Ce qui m'amène ici. » Si j'avais eu la réponse, je n'aurais pas été là, trempée jusqu'aux os, à mendier des allocations.

Voilà où nous en étions quand le troisième signe est apparu. Nous nous serrions la ceinture au maximum. Mais Royce nous avait sortis du pétrin. Il avait suffi qu'il appelle ton père en lui disant, « Mon cousin, je crois que j'ai quelque chose pour toi », et soudain tout nous poussait vers O'ahu. Nous avions déjà vendu une partie de nos affaires et nous en avons encore vendu sur le bord de la route, à Waimea, près du terrain de jeu, en face de l'église catholique, là où les arbres poussent dans les places de parking et obligent ceux qui veulent aller à la plage à se garer ailleurs. Entre ces ventes, l'aide de la banque alimentaire et les allocations, nous avons réussi à nous constituer une cagnotte qui nous a permis d'acheter cinq billets pour O'ahu sans complètement siphonner notre compte en banque.

Ton père avait une idée pour dépenser le reste de l'argent : une excursion dans un bateau à fond transparent le long de la côte de Kona. Je me rappelle lui avoir dit que non, ce n'était pas raisonnable, qu'il fallait économiser le moindre penny pour O'ahu. Mais il m'a rétorqué qu'il serait un très mauvais père s'il n'était même pas capable d'offrir un peu de réconfort à ses enfants.

Je me souviens encore de sa phrase : « Ils méritent mieux que ce qu'ils ont, et c'est notre devoir de leur rappeler que les choses vont s'arranger. »

J'ai répondu, « Mais on n'a pas besoin de faire une promenade de touristes. Ça nous ressemble pas.

— Eh ben, a tranché ton père, peut-être que, pour une fois, j'ai envie que ça nous ressemble. »

Je n'avais rien à redire à ça.

Donc, direction Kailua-Kona par Ali'i Drive, les murets

en pierre et les trottoirs qui serpentent devant les plages en sucre glace et l'océan lumineux, et puis tous les pièges à touristes qui les guident, comme des miettes de pain, jusqu'à leurs hôtels. Plantés sur le quai, avec deux tickets pour nous et un pour chacun de vous, ton père et moi avons admiré la marée qui affluait et les jolis bateaux brillants qui dansaient sur la houle. Le quai était long, bitumé et hérissé de cannes à pêche, et une bande de gamins du coin se jetaient dans l'eau, remontaient et recommençaient, faisaient des bombes dans l'écume de celui qui avait plongé juste avant, criaient et remontaient trempés les marches en bois qui les ramenaient sur le quai.

Et puis nous avons largué les amarres, installés sur une banquette moelleuse à bord du *Hawaiian Adventure*, un trimaran semblable à ceux qu'on voit tout le temps dans la brume au large, surtout au coucher du soleil, avec des toboggans à l'arrière et des touristes rouges comme des homards qui jacassent sur les ponts couverts. Mais, sur celui-là, la coque centrale avait un fond vitré à travers lequel on voyait sous l'eau, et pendant que les moteurs faisaient doucement vibrer le pont, le bleu vert de l'océan s'est assombri jusqu'à devenir presque violet et les coraux sont apparus, épais et noueux, en doigts tendus ou en cerveaux fleuris, et avec eux les éventails rouges des anémones de mer qui se balançaient dans le courant comme dans la brise. Je sentais l'odeur du soleil qui réchauffait le vieux sel incrusté dans les flancs du bateau, celle du sirop Malolo trop sucré dans le cocktail de fruits, et aussi les rots de gazole lâchés par les moteurs ronflants.

Nous sommes restés à l'intérieur, tous les cinq en rang d'oignons sur notre banquette à regarder par le fond transparent, je vous racontais quel animal correspondait à quel dieu, comment ils avaient sauvé ou combattu les premiers Hawaiiens, et ton père faisait des blagues sur ses ancêtres philippins qui ne mangeaient que de la roussette ou des poissons noirs à long nez, et le soleil s'infiltrait sous le toit et le moteur continuait à baratter et vrombir jusque dans nos sièges. Tout était lent et chaud et Kaui dormait dans mes bras quand je me suis réveillée sans savoir pourquoi.

Vous aviez disparu, ton père, Dean et toi, il n'y avait plus personne dans la cabine panoramique. J'entendais des voix sur le pont. J'ai fait descendre Kaui de mes genoux – elle a protesté – et je me suis levée. Les voix donnaient des instructions simples, hachées : On va faire le tour, continuez à montrer l'endroit, va chercher le gilet de sauvetage. Je me rappelle avoir eu l'impression que les sons venaient du fond d'une caverne, lointains et cotonneux dans ma tête.

J'ai pris Kaui par la main. Elle se frottait les yeux en continuant à pleurnicher, mais j'étais déjà en train de la soulever pour la porter dans l'escalier qui montait sur le pont. Une blancheur terrible. J'ai dû me protéger les yeux avec la main et plisser les paupières si fort que j'ai senti mes lèvres et mes gencives se retrousser. Tout le monde était groupé le long du garde-corps et fixait l'océan. Pointait du doigt.

Je me rappelle avoir vu ton père et Dean. Ils étaient peut-être à une dizaine de mètres et je ne comprenais pas, ton père écartait Dean du bastingage et Dean criait *Lâche-moi* et *Je peux y aller*. Un matelot à polo blanc et casquette a lancé une bouée rouge qui a tournoyé et dodeliné dans le ciel, suivie par sa corde qui sifflait.

Est-ce que j'ai couru vers ton père ? Est-ce qu'il avait effectivement éloigné Dean du bastingage ? Est-ce que je tenais la main de Kaui si fort que je lui faisais mal ? Probablement, mais je ne m'en souviens pas. Tout ce dont je me souviens, c'est que, d'un coup, j'étais à côté de ton père sur le pont aveuglant, nous bougions au gré des vagues et toute notre famille était là, sauf toi.

Ta tête dansait sur la houle comme une noix de coco. Tu étais de plus en plus petit et de plus en plus loin et l'eau chuintait et giflait le bateau. Dans mon souvenir personne ne parlait, à part le capitaine qui criait depuis le poste de pilotage : « Continuez à montrer l'endroit. On fait demi-tour. Continuez à montrer l'endroit. »

Ta tête a disparu et l'océan est redevenu plat et uniforme.

Il y avait une chanson qui sortait des haut-parleurs. Une reprise hawaiienne tarte et nasillarde de *More Than Words* que je n'arrive plus à écouter alors que je l'aimais bien autrefois. Les moteurs ronronnaient. Le capitaine nous parlait depuis la barre, demandait à Terry de continuer à lui indiquer l'endroit. Terry, c'est celui qui avait lancé la bouée de sauvetage qui flottait vide entre les vagues, dérivait loin de là où j'avais vu ta tête.

J'en avais marre qu'on m'ordonne de pointer du doigt, qu'on m'ordonne d'attendre, alors j'ai dit quelque chose à Terry. Il a fait la grimace. Sa bouche a remué sous sa moustache et il m'a répondu des mots. Le capitaine a recommencé à crier. Ton père s'y est mis aussi, et tous les quatre nous disions des choses. Je crois que j'ai fini par une phrase qui a fait peur à Terry parce qu'il a rougi autour de ses lunettes de soleil. J'ai vu mon reflet dans ses verres, plus brun que je ne le pensais, et je me souviens que ça m'a rendue heureuse, et j'ai aussi vu que j'avais encore mes épaules de basketteuse et que j'avais cessé de plisser les yeux. Un instant plus tard, mes pieds étaient sur le garde-corps et les sourcils de Terry étaient dressés et il a commencé à ouvrir la bouche. Il a tendu le bras vers moi – ton père aussi, je crois –, mais j'ai sauté dans le grand océan vide.

Je ne nageais pas depuis longtemps quand les requins sont passés au-dessous de moi. Je me rappelle qu'ils étaient d'abord noirs et flous et c'est l'eau qui m'a dit leur poids, la poussée de leur sillage contre mes jambes et mon ventre. Ils m'ont doublée et leurs quatre ailerons ont transpercé la surface, quatre lames plantées au sommet de quatre remous qui filaient vers toi. En atteignant l'endroit où s'était trouvée ta tête, les requins ont plongé. J'ai voulu les poursuivre mais ils auraient aussi bien pu être déjà au Japon. J'ai essayé de voir sous la surface. Il n'y avait rien, rien qu'une obscurité trouble et de la mousse indiquant la position des requins. D'autres couleurs sombres. Je savais que ça n'allait pas tarder, que de grosses cordes roses allaient bientôt sortir de l'écume.

Je n'avais plus d'air dans les poumons. J'ai crevé la surface et j'ai cherché mon souffle. S'il y avait des bruits, si j'ai crié, si le bateau s'est rapproché, je ne m'en souviens pas. Je suis redescendue. Autour de toi, l'eau bouillonnait. Les formes des requins se contorsionnaient, plongeaient, se redressaient dans une sorte de danse.

Lorsque je suis remontée prendre une nouvelle goulée d'air, tu étais là, sur le flanc, ballotté dans la gueule d'un requin. Mais il te tenait délicatement, tu sais. Il te tenait comme si tu étais en verre, comme si tu étais son petit. Les requins t'ont ramené droit vers moi, et celui qui te tenait gardait le museau hors de l'eau, à la façon d'un chien. La gueule de ces animaux… Je ne vais pas te mentir, j'ai fermé les yeux, certaine qu'ils venaient me manger à mon tour, et si tout le monde criait et appelait, car j'imagine que c'était le cas, et si je pensais à quelque chose, je ne m'en souviens pas, je ne me souviens de rien sauf du noir de mes paupières closes et de mes prières sans bouche.

Les requins n'ont pas mordu. Cette fois encore, ils sont passés au-dessous de moi, autour de moi, leur sillage comme une bourrasque. Et puis j'ai rouvert les yeux. Tu étais là, près du bateau, cramponné à une bouée. Ton père tendait une main vers toi – je me rappelle que je me suis fâchée parce qu'il ne se dépêchait pas, il prenait tout son temps et moi j'avais envie de dire, *Tu veux pas non plus un petit café ? Attrape notre enfant, notre enfant vivant !*, et toi tu toussais, ce qui signifiait que tu respirais, et il n'y avait aucun nuage rouge dans l'eau.

Ça, ce n'était pas une de ces choses qui arrivent.

Oh, mon fils. Aujourd'hui nous savons que tout ça, ce n'était pas des choses qui arrivent. Et c'est à ce moment-là que j'ai commencé à croire.

2

NAINOA, 2000

Kalihi

J'entends le sang qui se tait et puis qui se met à tambouriner en arrivant à toute vitesse dans mes doigts. Phalanges cassées, phalanges enflées, phalanges ensanglantées. Les phalanges ensanglantées d'avoir frappé pour faire mal, pas parce que j'en avais envie mais parce que mon frère me forçait. C'était le Nouvel An, des pétards partout dans l'impasse, *pan pan pan*, des familles entières devant chez elles dans des fauteuils en plastique verts, les trottoirs couverts de confettis rouges et carbonisés. Les feux d'artifice avaient commencé et Skyler et James étaient allés derrière le garage pour jouer aux doigts pleins de sang avec Dean, et vu que Dean y allait, j'y allais aussi, et vu que j'y allais, Kaui y allait aussi.

Ça faisait déjà plusieurs années que j'essayais de comprendre ce qu'il y avait à l'intérieur de moi, et que le reste du monde essayait de m'enlever. Surtout mon frère, des fois. Ce soir-là, c'était un des soirs où il me détestait.

Skyler et James, ils étaient hapa japonais, c'étaient des adolescents grands et ronds qui sentaient mauvais. James avec ses bagues qui brillaient sur ses dents et qui le faisaient postillonner. Skyler avec ses cheveux tout plats et ses champs de boutons sur les joues. Deux gosses de riches, en Ralph Lauren et Abercrombie & Fitch des pieds à la tête. Et il y avait mon frère avec ses bouclettes qui lui tombaient plus bas que les joues, son short Billabong large et son T-shirt Locals Only trop petit, son bronzage de surfeur et ses grosses lèvres en cul-de-poule. Ça sautait aux yeux qu'on n'était pas à notre place, mais Dean essayait tout le temps de péter plus haut que son cul : Skyler, James et lui, ils avaient déjà les doigts couverts de cloques de sang, ils se marraient et ils secouaient les mains pour faire partir la douleur.

« À ton tour, le miracle, a dit James à travers ses bagues en me montrant de la tête.

— Carrément, a approuvé Skyler. T'en penses quoi, Dean ? »

Depuis le début de la soirée, mon frère faisait tout mieux qu'eux. Il courait plus vite, il jurait plus fort, et c'était le seul à être assez vif pour chourer des bières dans la glacière des adultes. Super cool, et tout ça pour épater James et Skyler, vu que leurs familles avaient des 4×4 rutilants et des gros meubles sombres dans leurs maisons où les plafonds étaient super hauts, tout ce qui faisait envie à Dean. Je parie qu'il se demandait comment faire pour avoir tout ça, autrement qu'en s'entourant de gosses de riches et en essayant d'absorber une partie de ce qu'ils étaient et que lui n'était pas.

Et mon frère et moi on savait tous les deux que, de toute façon, j'étais le seul à avoir fait quelque chose pour la famille, à cause des requins et de ce qui est arrivé après. On est passés aux infos et dans le journal et chaque fois Maman et Papa ont répété qu'on n'avait pas d'argent. Du coup des gens nous ont envoyé des chèques et ils nous ont emmenés acheter des vêtements et ils nous ont même donné de la nourriture, parce qu'ils avaient vu et entendu les histoires que Maman et Papa racontaient partout, comme quoi même si j'avais eu de la chance de survivre à l'attaque des requins, on était tellement fauchés que c'étaient les courses, le loyer et les factures qui allaient nous tuer.

Et même quand les lettres et les dons se sont arrêtés, ça a continué. J'ai fait allusion aux requins dans ma candidature pour Kahena Academy, et le comité de sélection aussi avait dû entendre parler de moi. Du coup j'ai pu aller dans la meilleure école privée de l'État – tous frais payés, comme pour tous les Hawaiiens de souche –, alors qu'elle était pleine d'enfants encore plus riches que James et Skyler.

Ensuite, tout le monde dans ma famille, mais surtout Dean, a vu les autres choses qui m'arrivaient, a vu que je devenais très vite plus intelligent, on aurait carrément dit de la magie tellement mon cerveau me propulsait au-dessus des autres enfants de ma classe. Et il y avait le ukulélé, aussi – les chansons que je savais jouer –, les profs disaient que j'étais une sorte de prodige et Maman et Papa rayonnaient quand ils parlaient de moi. Ils commençaient à dire que j'étais spécial. Même devant Dean et Kaui.

Il s'était passé tout ça et maintenant mon frère était là avec James et Skyler, et puis moi. Et tout ce qu'ils avaient entendu dire.

Skyler a fait, « Bon alors, Dean, j'y vais contre lui, ou quoi ? »

Dean m'a regardé, il a commencé à sourire mais je vous jure que, au fond, il hésitait, il n'avait peut-être pas envie que ça aille trop loin, c'était quand même mon frère. Et puis son sourire s'est agrandi et il a dit, « Tout le monde va y passer, Noa. »

Des fusées interdites – des rouges, des bleues et des dorées que seuls les hôtels avaient le droit de tirer – ont explosé dans la nuit au-dessus de nous, en projetant nos ombres contre les murs de la maison de Skyler.

« Tu fais au moins cinquante kilos de plus que moi », j'ai dit à Skyler. Comme si ça pouvait me sauver, comme si quoi que ce soit pouvait me sauver.

« Fais pas la tapette, a dit James.

— Viens te mettre du sang sur les doigts », a dit Skyler en se mettant en face de moi, et sa main qui tapait tremblait encore. Il l'a levée et il a fermé le poing, c'était un mouvement lent et raide et je voyais les lambeaux de peau sur ses os, les gouttes de sang. On entendait le brouhaha de la fête de l'autre côté de la maison, le tintement des bouteilles de bière qui s'empilent et les pétards, *pan pan pan*.

« Arrêtez », a dit Kaui avec sa voix plus petite que les nôtres et ses mains sur les hanches. Elle nous a cloués sur place, on l'avait oubliée, ma petite sœur, à côté de moi, trois ans de moins.

J'ai lancé un nouveau coup d'œil à Dean et je m'en suis voulu ; aujourd'hui j'ai honte de m'en souvenir. Je pensais qu'il allait intervenir, dire que c'était une blague, qu'un adolescent avec un corps d'homme n'allait évidemment pas frapper un collégien.

« Alors, mahu, m'a dit Skyler. T'as jamais tapé ou quoi ? Lève ta main. »

J'ai préparé mon poing. Dean s'est appuyé tranquillement au mur et il a croisé les bras.

Kaui a dit, « Noa, fais pas ça.

— Va-t'en, je lui ai dit. C'est entre nous. »

Skyler a mis son poing en position. À quinze centimètres du mien. Nos doigts : les siens déjà rongés par les coups, les miens tout lisses et tout fins, et je savais très bien comment ça allait se terminer. Et puis Skyler s'est préparé à frapper ; j'ai reculé. Il a dit, « Recule pas », et il m'a mis un coup dans l'épaule avec son autre poing, bientôt j'aurais un bleu comme après un vaccin. « On recommence. »

On a remis nos poings face à face. J'ai essayé de bloquer mon poignet, de me concentrer pour devenir une chose qui allait résister et ne pas casser, une statue, un train ou une falaise, et puis il m'a tapé dans les phalanges. Il y a eu un choc et un bruit d'os.

La douleur a explosé jusqu'à mon coude, j'ai hurlé et Skyler a poussé un grand cri aigu. « On va être obligés de recommencer si tu chiales comme une pédale. »

Je me suis tourné vers Dean, mais il faisait semblant de regarder les feux d'artifice qui éclataient dans le ciel.

« Il va pas te sauver, a dit James. On est entre grands. Porte tes couilles, petit pédé. »

Je serrais les dents si fort que toute ma mâchoire était une bulle de douleur, un peu comme mes doigts, pleure pas pleure pas pleure pas. J'ai dit, « Vous savez faire que taper, bande de débiles. Vous prierez pour être embauchés au McDo pendant que moi je finirai mes études. »

James a bougé les pieds sur l'herbe, ça a frotté et craqué. « T'as entendu ce petit merdeux ? a fait James à Skyler. On devrait même faire une deuxième manche.

— Non, a répondu Skyler. Seulement moi. »

Ma main tremblait, mon pouls résonnait dans mes

doigts et ma paume, mais j'ai fermé le poing, senti la douleur se propager dans mes os en brûlant. J'ai levé mon poing à quinze centimètres de celui de Skyler. Il a cogné, encore plus fort, et j'ai eu l'impression qu'une grosse porte se refermait sur ma main. La détonation est montée jusqu'à mes yeux, j'ai tout vu blanc et je suis tombé le cul par terre. J'ai fait un bruit minable en atterrissant, un bruit de chiot.

James et Skyler se marraient, Skyler secouait la main avec laquelle il avait frappé, et à l'avant de la maison quelqu'un a dû raconter une bonne blague parce que tous les adultes se sont mis à rire en même temps.

Kaui est venue se placer devant moi. « Arrêtez, bande de botos, elle a dit.

— Quoi ? a fait James en rigolant. Attends, t'as dit quoi ?

— J'ai dit que ça suffit, a répété Kaui.

— Tiens, ben peut-être que ça va être ton tour, alors ? Toi et moi. »

Dean s'est décollé du mur. « Arrête d'être con, James.

— Vas-y, a dit Kaui à James.

— Fermez-la tous les deux, a fait Dean.

— Trop tard », a dit Kaui. Puis, à James, « Vas-y, gros trouillard.

— Fais gaffe, a dit James.

— Sinon quoi ? a répliqué Kaui du haut de ses dix ans. Vas-y, mauviette. » Elle a mis son poing en position, comme j'avais fait, sa main bien plus petite et plus ronde que la mienne, les articulations presque invisibles.

James a levé le poing à quinze centimètres du sien.

Le visage de Kaui, c'était un masque en bois de koa, ma petite sœur brune avec sa tignasse et ses couettes. Je ne savais pas quoi dire : une partie de moi avait envie qu'elle essaie, parce qu'elle croyait toujours qu'elle pouvait tout faire comme Dean et moi, alors qu'elle avait cinq ans de moins que lui et trois de moins que moi, elle aurait dû rester à sa place… Mais l'autre partie de moi ne voulait pas qu'elle essaie, parce que je savais comment ça allait finir.

« Kaui, a fait Dean.

— Vas-y », a dit Kaui à James. Elle ne bougeait pas.

James a haussé les épaules, armé le bras, mis son poing en place. Il a feinté, Kaui n'a pas bronché. Ensuite il a repris ses appuis et envoyé un coup qui partait de l'épaule, mais quand son poing a touché celui de Kaui ce n'était plus un poing, il avait ouvert la main et il lui a attrapé le poignet en riant. Il lui a donné des petites tapes sur la main. « J'allais quand même pas frapper une fille, surtout la sœur de Dean. »

Dean aussi riait, il savait qu'il avait gagné, James et Skyler l'aimaient bien, probablement à cause de ce qu'il les avait autorisés à me faire. J'avais envie de lui dire que c'était moi qui avais choisi de faire ça. Que c'était moi qui comptais, pas lui. Mais tous les trois ils se sont rapprochés et ils nous ont exclus de leur cercle, Kaui et moi.

« Barrez-vous », a fait Dean en nous repoussant de la main comme les abeilles pendant les pique-niques. Ils se marraient. J'ai tourné les talons, je me suis éloigné sur l'herbe éclatante et bien tondue, j'entendais la voix de Skyler de moins en moins fort – il disait, « J'ai des feux d'artifice » – et puis j'ai arrêté de les entendre.

« J'aime pas ce jeu, il est débile », a dit Kaui près de moi, et j'ai un petit peu sursauté.

« Je savais pas que t'étais là.

— Ben si, je suis là.

— T'aurais pas dû venir.

— Pourquoi ? »

S'il y avait une seule chose sur laquelle on était d'accord, Dean et moi, c'était que personne à part nous n'avait le droit de faire du mal à Kaui. Voilà ce que ça signifiait d'être ses frères, mais je savais bien ce qu'elle aurait dit si je le lui avais expliqué comme ça, donc à la place j'ai dit, « T'as eu du bol qu'ils te tapent pas. Avant, moi non plus ils me tapaient pas. »

On était revenus sur le trottoir, à deux maisons de la fête de l'oncle Royce. Skyler et sa famille auraient détesté – c'est pour ça qu'ils étaient allés à une autre fête, à l'autre bout de la rue –, ici tout le monde était en jean et en T-shirt, en maillot de bain camouflage, ça sentait la cigarette, il n'y avait pas de décorations et les adultes prenaient des canettes de bière dans des packs en carton à moitié éventrés. Il y a eu une nouvelle rafale de pétards.

« Si t'en as marre qu'ils t'embêtent, tu devrais peut-être arrêter de faire le gogol », a dit Kaui.

J'ai répondu, « Tu sais, c'est pas parce que tu connais quelques gros mots que t'es une adulte.

— Si tu veux, elle a dit. Mais je parie qu'ils seraient encore en train de t'exploser si j'étais pas intervenue.

— Je m'en fous.

— Quand tu fais ça avec Dean, on dirait que t'as *envie* qu'ils te tapent. »

Elle avait raison, c'était exactement ça, mais comment lui faire comprendre ? Elle ne savait pas, personne ne savait que, après les requins, Maman et Papa avaient retenu leur souffle tellement fort que ça retenait un peu le mien aussi, ils parlaient des 'aumakua, ils disaient que j'avais été béni, choisi par les esprits, que ça avait une signification. J'étais déjà un coup de chance pour eux, je leur avais rapporté des choses, l'argent qui avait rendu le déménagement à O'ahu beaucoup moins dur, des certificats et des récompenses de Kahena Academy, les shakas et le respect de tous les gens du coin qui avaient entendu l'histoire des requins et qui sentaient que les dieux y étaient pour quelque chose, tout ça c'était grâce à moi.

Dean le voyait bien. Et lui aussi, il avait entendu Maman et Papa se demander si j'allais devenir scientifique, ou sénateur, ou si j'allais carrément être la renaissance de Hawaii. On avait tous entendu les parents, et il y avait des choses qui grandissaient en moi qui me laissaient croire que je pourrais être à la hauteur de ces rêves.

Malgré tout ça, j'ai haussé les épaules et j'ai répondu à Kaui, « Il est tout le temps en colère contre moi. Peut-être qu'il passera à autre chose si je le laisse me mettre quelques raclées. »

Elle s'est fichue de moi. « C'est pas trop son truc.

— De quoi ?

— De passer à autre chose. »

Là, il y a eu un gémissement horrible, on a su que quelqu'un s'était fait mal et on a arrêté de parler. On a vu Dean, torse nu et bronzé, qui venait tout lentement vers nous de derrière chez Skyler ; Skyler était avec lui, ils avaient les épaules qui se touchaient. Mon frère avait enveloppé la main de Skyler dans son T-shirt et il la tenait doucement. J'ai remarqué une nouvelle odeur, une odeur noire, presque comme après les pétards, du papier brûlé mais plus doux et fumé, peut-être du porc grillé. Et Skyler serrait les paupières mais il y avait des larmes qui passaient quand même, et il pleurnichait, mon frère lui disait de ne pas s'inquiéter et derrière eux James avait l'air malade.

Du côté des parents, dans toute la fête, il y a eu le silence.

Dean a dit, « Il a voulu lâcher mais la mèche était trop courte. » Skyler grelottait comme un cheval qui sort d'une rivière.

Dean a murmuré quelque chose à Skyler et Skyler a secoué la tête. Mais Dean a quand même commencé à enlever le T-shirt et il nous a montré un machin qui ressemblait à une main, trois doigts blancs qui gigotaient, deux qui ne gigotaient plus, avec des morceaux jaunes et des lambeaux de peau, et puis des os gris et cassés. La bonne odeur de porc nous est revenue dans les narines. Les gens ont protesté et tourné la tête.

Et puis il y a eu encore des voix, fortes et pressantes, des clés ont tinté, je me suis avancé pour toucher la main de Skyler, je n'avais aucune idée de ce que je faisais, tout le monde, même Dean, m'a demandé, *Qu'est-ce que tu fais*, mais je n'ai pas répondu parce qu'il y avait trop en moi et ça m'empêchait de parler : je sentais l'herbe piquante qui poussait sur toutes les pelouses du quartier comme si c'était ma peau, le battement des ailes des oiseaux de nuit comme si c'était moi qui volais, la succion grinçante des arbres qui inspiraient l'air et les feux d'artifice comme si leurs feuilles étaient mes poumons, le battement de tous les cœurs de la fête.

J'ai touché la main de Skyler, j'ai caressé les os cassés et les lambeaux de peau. Et dans l'espace entre nos mains il y avait une attraction, une espèce d'aimant, et aussi une chaleur. Et puis le père de Skyler est arrivé, il m'a écarté et il a refermé le T-shirt sur la main de son fils – mais c'était déjà mieux, je peux le jurer, la peau se refermait, les os se ressoudaient, je voyais que ça s'arrangeait –, et d'un coup ma tête s'est mise à tourner, remplie d'hélium comme quand on court trop vite trop longtemps. Je me suis reculé, j'ai essayé de m'appuyer à la table pliante où il y avait la salade de pâtes et les musubi, mais je l'ai ratée et j'ai fini par terre, sur le cul, pour la deuxième fois de la soirée.

De là, j'ai vu que deux pères aidaient Skyler à monter dans un pick-up, les portes se sont refermées avec un bruit sec, le moteur a ronronné et rugi et, quelque part, plus loin, il y a eu des pétards, *pan pan pan*.

Kaui qui me donnait des petits coups dans l'épaule. Elle disait, « Réveille-toi » et elle l'a dit et redit jusqu'à ce que je me réveille. Je ne savais pas depuis combien de temps j'étais là. « Qu'est-ce que t'as fait ? »

J'avais envie de lui répondre mais mes paupières étaient lourdes, essayer de forcer mes muscles à ouvrir ma bouche c'était comme essayer d'ouvrir un frigo avec une limace. Je ne savais pas ce que j'avais fait, pas exactement. J'avais senti la main de Skyler, senti qu'elle voulait se réparer, et moi je faisais partie de cette sensation, je l'amplifiais, même si ça n'a duré qu'un instant.

Dean est arrivé et il nous a regardés. Il a dit, « On y va. »

J'ai remarqué que quelque chose brûlait dans ses yeux. De la peur, de la colère et de la honte. C'est là que ça a commencé pour de bon, je crois. J'ai dit, « Désolé », en espérant que cette fois ça suffirait, et je pense que je le disais aussi pour tout ce qui s'était passé depuis que les requins m'avaient sauvé.

« Désolé de quoi, il a dit. C'est pas toi qui as fait n'importe quoi avec une fusée.

— Je sais. Mais n'empêche.

— Et t'as cru que t'allais le soigner ou quoi, quand tu lui as touché la main ? » Il a souri, narquois. « T'as rien fait du tout. »

Les parents nous appelaient de l'autre côté de la rue. Dean a répété, « On y va. »

On est montés dans notre Jeep Cherokee bleue toute cabossée, Kaui, Dean et moi à l'arrière, Maman qui nous ramenait à la maison parce que Papa avait quatre bières dans le nez et disait qu'il ne voulait pas qu'on le voie faire une gâterie à un policier pour garder son permis. Sa paume sur la cuisse de Maman qui y nouait ses doigts. Des phares qui arrivaient dans l'autre sens sur Aiea Road, Dean qui regardait par la fenêtre et qui poussait des gros soupirs à intervalles réguliers, tous les panneaux et les immeubles le long de la Highway 1. Il avait l'air plus vieux depuis qu'on était dans la voiture, et je parie que moi aussi. On ne ressemblait plus à Dean et Noa du temps de Big Island, avant les requins : je me souvenais de Hapuna Beach, quand on courait à l'eau sans faire attention aux panneaux baignade interdite, et les vagues se brisaient contre nos genoux, puis notre poitrine, et on plongeait sous les bouillons d'écume. On sentait le courant qui nous faisait dériver le long de la plage, on jouait à celui qui irait le plus profond sous les vagues, leur aspiration nous attirait, les grains de sable mitraillaient notre colonne vertébrale, on sentait l'eau commencer à se plier et à se dresser, à tirer sur nos shorts, et quand la vague projetait toute sa puissance droit sur nous, on plongeait les yeux ouverts et on se moquait de la mâchoire pleine d'océan et de sable doré qui n'arrivait pas à nous attraper. Sous l'eau, mes yeux étaient sûrement plissés de joie comme ceux de Dean, et l'air jaillissait de notre nez et de notre bouche en chaînes d'argent pendant qu'on nageait vers la surface, où on se tapait dans les mains pour fêter notre courage, tout ce qu'on était capables de vaincre. Mais dans le présent, on était à bord de la Jeep, on rentrait à la maison, Kaui entre nous, deux garçons aux mains pleines de sang, on roulait à la rencontre de ce qui allait suivre pendant qu'une partie de moi ne pouvait s'empêcher de regarder dans le rétroviseur ce qu'on laissait derrière nous.

3

KAUI, 2001

Kalihi

OK, donc, toute cette année-là. On avait l'impression qu'on recommençait un peu à vivre à la limite de la légende, pareil qu'après les requins mais en plus gros. Encore un abruti qui se fait péter la main en jouant avec des pétards, comme à chaque Nouvel An. Sauf que pour lui, ça s'est fini différemment. C'est Blessing qui m'a raconté que Keahi lui a raconté que Skyler est allé aux urgences ce soir-là. Les médecins ont déballé sa main explosée. Ils ont nettoyé le sang, d'accord, et en dessous ils ont trouvé de la peau nickel et bien solide. À croire qu'il avait jamais joué avec le feu.

La vache. Vous imaginez, pour que Keahi le raconte à Blessing, ça veut dire que tout le monde était au courant jusqu'à, je sais pas, l'Arabie saoudite. C'était déjà de l'histoire ancienne. Keahi, elle serait capable de vous parler de l'invention de la roue comme si c'était encore une rumeur.

Mais les gens ont mis du temps à arriver. Ça restait un peu secret. Des voisins venaient de temps en temps. C'était régulier mais espacé. Une tante du coin, coiffée comme si elle était tombée du lit, son fils de deux ans sur la hanche, le petit qui a le diabète, et elle qui fait, On a entendu une rumeur à propos de Nainoa. Est-ce qu'il peut nous aider ? Ou bien un homme qui est revenu une autre fois, hapa coréen je pense, une chemise taille S tendue sur un torse taille L, il se frottait le bras et disait que le stade 4 avait atteint ses orteils. Est-ce que votre fils peut m'aider ?

Au début, je crois que Maman ne savait pas quoi faire, elle se contentait d'écouter. Le front tout plissé par la tristesse, elle laissait entrer la personne et elle allait parler à Noa dans la chambre qu'il partageait avec Dean. Ensuite, la personne y allait avec Maman, mais Maman ressortait rapidement.

« Il a dit qu'il fallait qu'il soit seul pour que ça marche », elle a expliqué la première fois.

La personne ressortait un peu plus tard. Je ne sais pas ce que faisait Noa, mais je sais que les gens dansaient presque le reggae. Ils étaient montés sur ressorts. Et ils avaient l'air détendus, pas comme en arrivant. Ça veut bien dire que Noa réparait quelque chose.

Alors forcément les gens ont continué à venir. C'était régulier mais espacé. Jamais la foule.

Je vous raconte ce que j'ai vu un jour : une femme qui parlait des premiers stades de ci ou ça, elle venait de terminer sa visite et avant de partir elle a fait un détour par la cuisine. Là où était Maman. Elle lui a donné tout ce qu'elle avait dans son portefeuille. J'ai cru que Maman allait être surprise, genre « Je peux pas prendre ça ». Mais pas du tout. Elle a hoché la tête et elle a pris l'argent sans rien dire, comme si elle encaissait un client au supermarché J. Yamamoto.

Dean, Noa et moi, on n'est pas débiles, on savait que les parents avaient encore des dettes. Ils passaient leur temps à négocier plein de choses au téléphone, aussi bien des cartes de crédit que la maison. C'est devenu un genre de prière dans la famille, Notre Père qui es sur la paille, que ton salaire soit sanctifié. Quand j'avais neuf, dix ans, je pensais que c'était courant d'organiser des fêtes où les invités donnaient des sous pour aider à payer le loyer. Jusqu'au jour où j'en ai parlé à l'école et la prof a eu les larmes aux yeux. Elle m'a dit de rester après la classe.

Avec son visage tout triste et tout sérieux, elle m'a demandé si j'avais besoin d'aide. Si tout allait bien à la maison.

Et moi j'ai répondu, « Mais vous êtes prof. »

Elle a fait, « Qu'est-ce que ça veut dire ? »

Et moi j'ai dit, « Ben, vous êtes *prof*. Vous allez pas partager votre aide alimentaire avec nous. »

Mais maintenant, avec tous les gens qui viennent voir Noa, fini d'acheter nos vêtements dans les friperies. On est même allés tous ensemble au centre commercial, à Pearlridge. On a tous eu le droit d'acheter des choses chez Gap et chez Foot Locker. Et des fois, on a de l'ahi au dîner.

Je pense que Maman a dit aux gens qu'on avait une vie de famille et qu'ils ne pouvaient pas débarquer à n'importe quelle heure. Et ils l'ont écoutée, hallucinant. C'était clairement le genre de moment où on se dit qu'on a de la chance d'être à Hawaii : personne ne venait jamais après le dîner, ni même juste avant, il n'y avait que les parents qui faisaient les comptes, et l'enveloppe de billets sur la table. Ensuite c'était Dean qui rentrait du basket, annoncé par le bruit de son ballon sur le trottoir, le ballon qui rebondissait comme si Dean était dedans, en train de sauter de jalousie.

Il y a eu une nuit où je suis allée dans la chambre de Noa. C'était peut-être quatre mois après que les gens avaient commencé à venir le voir. Il était allongé sur son lit, les bras tout mous qui pendaient sur les côtés. Il regardait le plafond et il respirait lentement.

J'ai dit, « Salut. »

Il m'a fait un signe de la tête. C'est tout.

J'ai demandé, « Ça va ? », et il s'est retourné contre le mur, dos à moi. Ça m'a énervée. Parce que ça se voyait qu'il n'allait pas bien, mais apparemment j'étais la seule à lui poser la question. Et ça se voyait qu'il avait envie qu'on lui pose la question, et moi j'étais venue pour ça. J'ai dit, « OK, comme tu veux », et j'ai commencé à refermer la porte. Et là il a dit quelque chose. Évidemment. Juste au moment où la porte allait se fermer.

J'ai fait « Quoi ? » et je suis rentrée dans la chambre. Partout des posters de basket et de rappeurs du côté de Dean, des robots, des mecs qui tenaient des épées et des princesses à gros tétés du côté de Noa.

Il a dit, « Tu pourrais pas comprendre. »

J'aurais dû lui mettre une baffe. « Ce que je comprends c'est que le nouveau roi Kamehameha a pas le temps de parler aux paysans.

— Comment ça ?

— C'est toi le roi. À toi de me le dire.

— J'ai pas voulu tout ça », a dit Noa, et il s'est assis sur son lit. Ça a eu l'air de lui coûter un effort énorme. « Et puis qu'est-ce que t'en sais, toi, de toute façon. Tu sais pas ce que c'est. Vous savez pas. »

Bon sang, Noa. On aurait cru qu'il n'entendait même

pas les mots qui sortaient de sa bouche. J'ai dit, « Ben je sais que tu te balades le nez en l'air comme si Dean et moi on n'existait pas. » Et c'était la vérité. Les parents ne lui demandaient jamais rien parce qu'il avait *besoin de se reposer*. Des fois, Maman et lui partaient se promener tout seuls en voiture pour *parler*, sauf que c'était aussi l'heure du dîner et du coup Dean et moi on avait droit à des pâtes bolo, la « spécialité » de Papa. Et quand ils revenaient, je vous jure qu'ils sentaient l'odeur du Rainbow Drive-In ou de Leonard's Bakery.

Noa a dit, « Y a... C'est ma tête. Y a des trucs dedans qui s'arrêtent jamais.

— Quel genre de trucs ? »

Il m'a demandé si je savais de quoi on vivait.

J'ai répondu que oui : les parents se cassaient le cul, mais on s'en sortait toujours mieux que sur Big Island après la fermeture de la plantation de canne. Et, bien sûr, ce qu'il faisait nous rapportait aussi de l'argent.

Il s'est passé la main sur le visage. Fort. Comme s'il essayait d'enlever un truc qui était collé dessus. « Tu vois, c'est ça que je voulais dire, tu comprends pas. Quand je dis "on", c'est pas toi, moi et les parents. "On", c'est Hawaii. Et peut-être même plus encore.

— OK, j'ai dit. Et c'est quoi le rapport avec toi ?

— J'essaie de comprendre. Je crois que je suis censé arranger les choses. Que c'est à ça que ça sert. »

J'ai ouvert et refermé les poings. Ouvert, refermé. « Quoi, toi tout seul ? »

Là il n'a rien répondu. Je voyais bien qu'il était crevé, il était trempé de sueur comme les chevaux de la vallée de Waipi'o, ceux qu'on montait et dont je me rappelle seulement l'odeur, et la sensation que j'avais eue sur leur dos.

Au galop, le monde qui montait à nous à travers leurs muscles. C'était pour ça qu'ils étaient faits : pour courir. Mais quand ils couraient trop longtemps ils étaient épuisés, normal. Ils n'arrivaient plus à faire ce pour quoi ils étaient faits. « Ouais, a dit Noa. Moi tout seul. »

Bon, d'accord, il était fatigué, je veux bien. C'était dur et j'avais de la peine pour lui, mais je voyais aussi qu'il essayait de me faire croire que c'était ma faute – que lui était comme il était, que moi je n'y pouvais rien et qu'il était spécial –, que tout ça c'était ma faute. Je crois qu'il faisait beaucoup cet effet-là aux gens. Et le plus souvent ça marchait, même sur moi. Sauf que cette fois ça n'a pas marché, parce que la seule chose que j'entendais c'était ce qu'il pensait de Dean et de moi : rien du tout. Parce qu'il croyait qu'il était spécial.

Une partie de moi le croyait aussi. Mais pas l'autre. Je suis sortie de sa chambre comme un clébard qui a pris un coup de savate. Les pieds qui déplaçaient mon corps ne m'appartenaient pas. La main qui a tourné la poignée ne m'appartenait pas. Peut-être qu'il allait être ce que les parents imaginaient, le Superman hawaiien. Peut-être qu'il allait réparer les îles et protéger notre famille. Mais ça ne changeait rien. Je n'avais pas ma place là-dedans.

J'ai retrouvé ma chambre, mes devoirs de maths, de bio et d'anglais en tas sur mon bureau. Ce n'était pas ce que j'avais le plus envie de faire, mais c'est ce que j'ai vu en premier. Pour moi, avoir des B+, c'était pas plus dur que de péter. Mais ça ne suffisait pas, ça ne suffisait plus.

Je me suis mise au travail.

Et je n'étais pas la seule à penser ça, hein. Dean avait commencé à changer après le Nouvel An, mais surtout après que les gens avaient commencé à venir voir Noa. Le plus souvent, il rentrait à la maison juste le temps de poser son sac à dos et de se changer, et il ressortait en faisant résonner son ballon de basket sur le trottoir, le bruit qui diminuait en direction du terrain. Des fois je le suivais en douce, loin derrière. Il jouait contre des mecs qui étaient en terminale ou des étudiants qui étaient rentrés chez leurs parents pour les vacances. Le ballon qui rebondissait super vite sous sa main. Ses genoux qui dansaient. Il prenait la balle et il fonçait droit sur la poitrine des autres, comme un taureau dans une arène, comme sur les photos de l'Espagne que j'avais vues pendant l'été : du marron, du rouge, des épées et du soleil. Je parie que tous les autres croyaient qu'il avait juste le sang chaud, mais moi je sais contre quoi il chargeait.

Il était déjà bon sur le terrain. Il est devenu encore meilleur.

J'avais déjà des bonnes notes à l'école. Je suis devenue encore meilleure. Plein de gens diraient sûrement que j'aurais dû me contenter d'être à Kahena, mais ce n'était pas assez pour moi. Noa y était déjà. Devant moi, dans tous les couloirs et les escaliers. Sur les terrains et dans les programmes. Partout où j'arrivais, un souffle après lui, j'étais *la sœur de Noa, le mec des requins, il paraît qu'il fait des trucs de fou.*

Et quand je ramenais un A+, Maman et Papa me souriaient et me frottaient le dos. Mais dans leurs yeux je voyais que c'était encore autre chose quand Noa sortait de sa chambre, quand il avait fini de parler aux gens pour la journée. Ils se mettaient en quatre pour essayer de communiquer avec lui. Et ça le caressait et ça s'extasiait et ça lui apportait de l'eau et des choses à grignoter avant le dîner.

Du coup je me disais qu'ils s'en foutaient de ce qu'on faisait, Dean et moi. Mais en fait je me trompais. Quand la saison de basket a commencé, Dean a tellement cartonné qu'il a commencé à avoir droit à ces phrases que personne ne disait à propos de Noa. « Potentiel pour passer pro », « garanti de jouer en nationale ». Et les parents se sont mis à nous traîner à ses matchs. Moi je détestais le basket. (« Je t'ai demandé de te préparer », disait Maman quand elle entrait dans ma minichambre et me trouvait sur le lit avec mes bouquins, encore habillée en boroboro. Je répondais, « Mais il a genre deux matchs par semaine », et Maman disait, « C'est ton frère », comme si ça justifiait quoi que ce soit. Comme si j'étais débile. Je râlais et je demandais, « Ça dure combien de temps la saison ? Je devrais avoir le droit d'aller chez Crisha pour chaque fois que je suis obligée de le regarder jouer », et alors Maman secouait la tête et elle disait, « Kaui, sois gentille. ») Ensuite, au gymnase, on s'asseyait tout en haut des gradins, où ça sentait la sciure et le pop-corn, à côté des filles qui braillaient avec leurs talons compensés et leurs créoles. La chaleur des projecteurs et nos fesses qui collaient aux sièges, et en bas sur le parquet des garçons qui transpiraient et qui haletaient en se frottant et en suivant des yeux une petite balle qui passait dans un petit cerceau. Le coup de corne à chaque temps mort ou je sais pas quoi. Des adultes avec des têtes sérieuses qui criaient sur des adolescents. Et sur d'autres adultes.

Noa aussi a commencé à s'intéresser aux matchs, à hurler jusqu'à s'en scier la voix, à sauter et à taper dans les mains des parents. Je crois qu'il voulait seulement que les choses redeviennent comme avant, à l'époque où Dean, lui et moi on s'emmêlait dans les pires combats de catch, pleins de coudes et de chaussettes qui puent, en essayant de se faire des clés de bras et des étranglements. On s'énervait et on rigolait en même temps, et on se faisait mal mais juste assez pour savoir que c'était de l'amour. À l'époque où les requins n'étaient pratiquement qu'une histoire et où on avait l'impression que rien ne bougerait jamais. Je parie que Noa croyait qu'il pourrait faire revenir tout ça, à condition d'encourager Dean assez fort.

Et Maman et Papa c'était pareil : je le voyais. Ils criaient et ils étaient surexcités. Ils avaient des projets pour Dean comme ils avaient des projets pour Noa. Donc, oui : Noa *devenait quelque chose*, et Dean *devenait quelque chose*, et à côté d'eux j'étais invisible. Sauf que moi aussi, je *devenais quelque chose*. C'est la vérité. OK, personne ne s'en rendait compte, mais quand même. Il y avait plein de trucs en moi (par exemple, la fois où on a dû construire un pont en cure-dents, j'ai chouré deux boîtes de cure-dents supplémentaires au bahut, j'ai fait des recherches sur les travées et les treillis, et j'ai fabriqué un pont capable de supporter deux briques de plus que ceux des autres… Ou bien la fois où il y a eu la compétition de survivalisme, j'ai réussi à faire une petite tente avec une bâche et j'ai trouvé comment filtrer de l'eau avec un T-shirt, et c'est moi qui ai survécu le plus longtemps de ma classe… À chaque truc de ce genre, je sentais des choses en moi qui devenaient plus fortes et plus solides), et j'étais de plus en plus convaincue que je pouvais faire tout ce que je voulais. À condition de le vouloir assez fort.

Et après ça, oh là là. Les choses ont commencé à se débloquer toutes seules. Un jour, encore un match de basket, Dean avait été admis dans l'équipe première du lycée, c'était l'avant-saison ou je sais pas quoi. On était dans les gradins, la mi-temps commençait à peine à se profiler, et dans ma tête c'était, Pas moyen que je reste debout à applaudir pendant encore une heure.

J'ai dit à Maman, « Je vais aux toilettes. » Elle m'a à peine regardée. Mais ça m'arrangeait, ça signifiait que j'avais tout mon temps, alors j'ai tourné le dos au terrain, j'ai pris le couloir des toilettes et puis j'ai continué. Direction la sortie de secours, une vieille porte en acier marron par où je me suis faufilée dehors. À l'autre extrémité du parking, loin, le bout orange d'une cigarette qui dansait. Un petit rire léger.

Mais alors il y a eu autre chose. Un chant. Je l'entendais mal, et j'ai tourné plusieurs fois sur moi-même pour trouver d'où il venait. C'était une voix de femme et il y avait des bribes de mots qui commençaient presque comme des cris mais ensuite la voix devenait plus pêchue et disait des phrases courtes. Et puis, à la fin d'un couplet, elle a tenu longtemps la note, c'était à la fois un chant et un cri qui venait des tripes. Et ça résonnait. Ça venait de l'autre côté de la rue, d'une espèce de cafétéria. Des briques peintes en beige et des colonnes épaisses. Des portes en métal maintenues ouvertes contre l'air poisseux.

Je me suis arrêtée juste au bord de la flaque de lumière, à un endroit où on ne pouvait pas me voir. Le reflet des lampes au plafond tremblotait sur le sol de la cafétéria. Les chaises et les tables avaient été repoussées contre les murs. Il y avait trois vieilles femmes assises côte à côte, en tailleur sur des couvertures, qui frappaient le sol avec leurs ipus en forme de sablier. Elles les giflaient, roulaient leurs phalanges et leurs paumes dessus. Et au centre de la pièce il y avait trois rangées de filles – toutes plus vieilles que moi – qui dansaient le hula.

Des filles normales habillées normalement. J'avais déjà entendu les chants du hula, mais là ce n'était pas tout à fait pareil. Je ressentais quelque chose de vrai et d'ancien, qui s'ouvrait sur tout mon corps et qui me filait la chair de poule.

Je suis restée à la porte et j'ai regardé toute la répétition. Par moments, les kumus arrêtaient leurs ipus et leur chant et elles criaient des choses du style, « Nani, attention à ton hela, tu es complètement décalée par rapport aux autres », ou, « Jessie, ton bras est trop mou sur le kaholo », puis elles reprenaient leur chanson depuis le début. Trois rangées de filles qui piétinaient, tournoyaient et sautillaient. Le choc des ipus, les doigts qui tapaient et les femmes qui chantaient. Et c'est entré en moi, vous comprenez ? Profond. Ça m'a retournée, même si j'étais incapable de mettre des mots dessus. Elles ont continué et je les ai observées jusqu'au moment où, derrière moi, j'ai entendu le compte à rebours final du match. Il y a eu une explosion de joie dans les gradins et alors je suis partie, je suis retournée vers le gymnase. Une victoire de plus pour Dean, mais au bruit je devinais que ça avait été serré. Que ça avait peut-être été tendu jusqu'à la dernière seconde.

Sur le moment je n'ai pas eu trop le temps de réfléchir à tout ça. Parce que le lendemain, un homme est venu chez nous. D'abord il a cogné à la porte. Noa était dans sa chambre mais il a forcément entendu.

C'est Papa qui est allé ouvrir. L'homme a déboulé dans la maison en manquant de s'étaler par terre.

Il a demandé, « Où il est ? » Tout son corps s'agitait. Il

clignait des yeux. Il avait la tête tournée sur le côté et il faisait une espèce de danse bizarre avec ses épaules. Ses mains, des ailes de papillon qui s'ouvraient et se refermaient de chaque côté de son corps. On aurait dit qu'il se prenait des petites décharges électriques.

« Il faut que je le voie.

— Impossible. » Papa a croisé les bras histoire que le type voie bien les câbles de ses muscles. Papa, il est fort mais on ne s'y attend pas, il a l'air tout mou et puis d'un coup il fait un truc comme ça.

L'homme a dit, « Ça ne s'est pas arrangé », puis il s'est rappelé qu'il savait où était Noa et il a commencé à se diriger vers la chambre de mes frères. Papa a posé une main sur sa poitrine. L'homme n'a même pas essayé de la retirer, il a juste poussé dessus, comme sur un grand vent qu'il réussirait à traverser s'il avançait tout droit. Mais son corps continuait ses tortillements et ses tremblements électriques, et la main de Papa l'a arrêté.

Là, Papa a crié, « Viens voir. » Il l'a lancé en direction de la porte de Noa : *Viens voir, viens voir, viens voir.* Jusqu'à en avoir du blanc au coin des lèvres.

Il a commencé à faire reculer l'homme. Vers la porte par où il était entré. Mais d'un coup, l'homme et Papa se sont calmés net tous les deux. Ils se sont séparés et ils ont regardé dans le couloir.

Noa était sorti de sa chambre. À côté de lui, il y avait une Coréenne chauve et sans sourcils, la peau du visage toute tendue.

« Tu ne devrais pas... », a commencé l'homme. Il a levé les paumes, il tremblait toujours. « Tu n'as rien guéri, regarde. Ça continue. »

Il a essayé de faire un pas vers Noa, mais Papa l'a

chopé. « Je suis déjà mort, a dit l'homme. Tu comprends ça ? »

Il s'est débarrassé de la main de Papa. Et puis il est parti en claquant la moustiquaire. Il a hurlé dehors jusqu'à ce que sa voix brisée disparaisse.

Papa n'avait pas bougé d'un poil. Une main à moitié levée, l'air prêt à donner son avis. Ou à se défendre. L'un ou l'autre. Il l'a laissée retomber. Il a dit, « On devrait peut-être arrêter un moment. » Maman aussi était là.

Mais le plus important, c'est ce qui est arrivé plus tard. Quand Dean est rentré et a entendu cette histoire. Il est allé dans leur chambre à Noa et à lui, il a fermé derrière lui et moi bien sûr je suis allée écouter à la porte, seulement séparée de mes frères par la pâte froide de la vieille peinture.

Dean proposait, « ... je peux appeler Jaycee et les autres et on le défonce.

— C'est qui ça, la mafia hawaiienne ? a demandé Noa.

— Comme tu le sens.

— Laisse tomber, a fait Noa. Ce type, c'est un Parkinson.

— Parkinson, Smith, je m'en branle de son nom de famille. Il peut pas débarquer ici et...

— La maladie de Parkinson. C'est un problème neurologique.

— T'es vraiment un connard. Même quand j'essaie de t'aider, tu peux pas t'empêcher d'être un putain de dictionnaire.

— Désolé », a dit Noa.

Ils se sont rapprochés de la porte. Je l'ai compris parce que j'ai senti leurs voix qui vibraient contre mon oreille, à travers le panneau.

« Mais d'accord, a fait Dean. Moi je suis là pour te protéger. C'est toi l'élu, hein. »

À sa voix, on aurait cru qu'il avait dans la bouche un goût qu'il ne voulait pas. Surtout maintenant qu'il se la pétait parce qu'il devenait une star du basket et que les gens parlaient de lui et plus seulement de Noa. Mais là, dans leur chambre, il l'a dit : c'est toi l'élu. Et d'un coup, en un sens, ça l'a rendu vrai. Parce qu'on avait tous vu qu'il arrivait quelque chose de spécial à Noa. Et si ce n'étaient pas les dieux de Hawaii qui faisaient un truc de dingue, c'était peut-être une nouvelle science. Un genre de, je sais pas. D'évolution.

Dean et Noa n'ont rien dit d'autre parce que Dean a ouvert la porte. C'est seulement là que j'ai pris conscience du bruit sec de la poignée. J'ai sauté en arrière, juste à temps pour ne pas m'étaler à leurs pieds.

Dean s'est marré. « Regarde ça, elle écoutait à la porte. »

Noa a seulement dit, « Kaui. » On aurait cru qu'il n'avait pas dormi depuis un million d'années.

J'ai dit, « J'ai rien entendu.

— Y avait rien à entendre », a fait Dean. Il m'a ébouriffé les cheveux, trop fort. Mes frères se sont séparés dans le couloir sans un mot de plus : Noa avec son ukulélé à la main, direction le garage. Dean vers le salon, probablement la télé, il devait y avoir un match. Et moi je suis restée plantée dans le couloir. Avec l'impression que, dans ma propre maison, je n'avais nulle part où aller.

La semaine suivante, je suis retournée tous les jours au centre de loisirs pour guetter les chants et le début de la répétition. Le plus souvent, elle avait lieu sur le terrain de basket et pas dans la cafétéria, mais je la trouvais toujours. Les voix m'appelaient. Je restais à la porte et je regardais. À la fin, les filles remettaient leurs chaussures et les groupes de copines se recomposaient. Les kumus ouvraient leurs sacs de sport, y rangeaient leurs ipus, roulaient les tapis sur lesquels elles s'étaient assises et remettaient leurs chaussures. Ensuite elles désertaient toutes le parquet ciré du gymnase, et les chants et les percussions cessaient de résonner dans les gradins. Il n'y avait plus un bruit à part le bourdonnement du panneau de sortie.

Je ne sais pas ce qu'il y avait dans cet air-là, mais je peux vous dire que ça me nourrissait. J'écoutais et je dansais aussi un peu. Ensuite je rentrais à la maison et je travaillais encore plus dur, j'absorbais les pages de mes bouquins. Pour quelques points supplémentaires en bio, je ramassais des têtards dans le fossé près de la maison. Ou bien, en maths, je calculais des lancers de dés ou des tirages de cartes. Après les cours, les autres élèves venaient me voir pour me demander de les aider à faire leurs devoirs et cherchaient toujours à être dans mon groupe en travaux pratiques ou pour les quiz interécoles. Et tout ça, c'était pas n'importe où, c'était à Kahena.

Mais, chez Noa, quelque chose s'est détraqué après la venue du type qui avait Parkinson. Du jour au lendemain, il a arrêté de recevoir des gens. Quand ça frappait à la porte, les parents devaient trouver des excuses, *Désolé, il ne va pas sortir aujourd'hui, je crois qu'il est malade*, et vu qu'ils devaient rembourser, au bout de quelques semaines à ce rythme, il ne restait plus rien. Maman et Papa autour de la table avec leur enveloppe de plus en plus vide, qui faisaient des divisions et des soustractions à n'en plus finir. Toujours des soustractions.

Noa ne disait pas ce qu'il avait au juste. Seulement qu'il ne pouvait pas.

« Fiche-lui la paix », m'avertissaient Maman et Papa quand ils me voyaient traîner autour de la porte du garage. À l'intérieur, Noa jouait du ukulélé. Des chansons tristes et difficiles, et des fois il y avait tellement de notes et d'accords qui se bousculaient, on aurait dit qu'il avait une troisième main. Ensuite les parents le sortaient du garage et ils allaient tous les trois s'écrouler sur le canapé. La lumière blanc et bleu de la télé sur leur visage. Et pendant ce temps-là, toutes les tâches ménagères de Noa, elles étaient pour Dean et moi. Passer le balai, faire la vaisselle, nettoyer la salle de bains.

« Il branle rien », disait Dean, les mains dans la mousse, en cherchant les dernières fourchettes au fond de l'évier.

Une seule fois j'ai osé. Dean était sous la douche après le sport, les parents se préparaient à se coucher. Noa était dans le garage, mais il ne jouait pas. Ça faisait longtemps qu'il n'avait pas joué.

Quand je suis entrée, il était dans le coin opposé, près de l'établi, là où Papa rangeait son matériel de chasse et de pêche. Ses outils pour la voiture et tout. Noa était assis sur une chaise pliante, courbé en deux, le pantalon aux chevilles. Il me tournait le dos.

Je me suis approchée, aussi discrète qu'un cafard. L'air sentait le vieux bois et la respiration de Noa était forte et bizarre. Il tenait un objet dans une main. Il le tenait bas, donc j'ai dû continuer à m'avancer pour voir. J'étais peut-être à un mètre cinquante quand j'ai tapé avec le pied dans un bouchon en plastique. Je me suis carapatée vers un coin sombre et Noa a sursauté. Il a fait, « Hé ! » et il a essayé de cacher ce qu'il faisait. Mais j'ai eu le temps de voir. Il ne pouvait pas couvrir ce qu'il avait dans la main droite.

C'était un couteau de chasse, long, large et plein de dents. Sur sa cuisse gauche, en haut, là où la peau était plus claire, il y avait une entaille. Du sang qui suintait.

On a commencé à parler tous les deux en même temps. Je voulais savoir ce qu'il faisait et lui il voulait que je foute le camp. Mais j'en avais marre de foutre le camp. Je lui ai demandé s'il était blessé et s'il fallait que j'aille chercher les parents.

« Non, il a dit. Non, non, non. C'est pas un accident.

— Je sais bien que c'est pas un accident. T'es le seul à avoir un couteau dans les mains. »

Il l'a lancé sur l'établi comme si la lame avait parlé. Comme pour dire que c'était terminé. Sa coupure saignait. Noa regardait le sang couler sans rien faire.

« Arrange ça, j'ai dit.

— Je peux pas, il a dit.

— Tu peux pas maintenant ? Ou tu peux plus du tout ? »

Il se regardait saigner. Il était tellement concentré, sa tête avait l'air prête à éclater.

« Noa ?

— Ça a plus jamais été comme au Nouvel An. »

Et d'un coup tout s'est éclairé. Pourquoi il voyait toujours les gens seul, et pourquoi il fermait la porte. Pourquoi le type qui avait Parkinson était revenu. « Noa, j'ai dit, tous ces gens…

— Je faisais quand même *quelque chose*. Le plus souvent je le sentais, comme si j'étais à l'intérieur de leur corps. Mais y a plein de trucs qui continuent à arriver sans arrêt, des images, des ordres, je sais pas… » Il s'est mis une gifle sur le côté de la tête. Fort. Et puis une autre. Et encore une, en serrant les paupières. Des larmes s'échappaient par les côtés.

J'ai posé une main sur son dos, mais il s'est reculé comme si je l'avais mordu. « Va-t'en », il a dit.

Je n'ai pas été surprise. Et j'ai fait ce qu'il me demandait.

Le lendemain, après les cours, je suis retournée au gymnase. Plus chaud que les fois d'avant. Pas de nuages, une après-midi qui ressemblait à une migraine. Le bruit humide des freins du bus. Près du gymnase, des cris, des gens qui entraient et qui sortaient. Les claquements clairs des parties de billard dans le foyer. J'ai observé le hālau depuis l'entrée.

En fait, on avait un arrangement. Parce que je n'ai jamais demandé à mes parents de me payer l'inscription. Je connaissais déjà la réponse. Donc les kumus m'ont dit que je pouvais quand même venir mais que je devais rester à l'extérieur. Quand Kumu Wailoa – celle qui avait des débardeurs usés comme des mouchoirs en papier, un vana de poils qui dépassait des aisselles, des boutons plein le front et un sourire de dauphin –, quand elle a dit que j'étais capable d'apprendre ce que je voyais, je me suis juré de tout apprendre.

Les kumus ont commencé la musique qui accompagnait l'échauffement. Des petites gifles en douceur sur les ipus. Je me suis échauffée, pareil que les filles à l'intérieur : ʻami, ʻuwehe, kaholo, hela, les pas et les rotations, les bras comme des éclairs et ensuite comme l'eau. Le balancier des hanches. Mon dos et tous ces os. Aussi droite qu'une lance. Je me sentais bien. Une Hawaiienne d'autrefois, au rythme de leur hula. La peau balafrée, souple, presque noire, je la sentais. Les lèvres serrées par le mana et les seins au grand air, pas de robe, pas comme les haoles. Les mains calleuses qui tissaient des nattes en lau hala et cueillaient le kalo dans les champs.

Donc, bon, peut-être que les parents et les dieux s'intéressaient moins à moi qu'à Noa. Mais ça ne voulait pas dire que je ne pouvais pas devenir quelque chose. J'étais encore là.

4

DEAN, 2001

Kalihi

Y a une phrase sur un poster en face de mon lit, je la vois en me réveillant et j'y crois plus qu'à n'importe quoi au monde. Voilà ce qu'elle dit : Chaque matin, la gazelle doit courir plus vite que le lion le plus rapide, sinon elle se fait manger. Chaque matin, le lion doit courir plus vite que la gazelle la plus lente, sinon il meurt de faim. C'est la vérité, et le monde se divise dans ces deux catégories-là. Je le vois autour de moi à Lincoln, des mecs sapés en boroboro qui se plaignent que ceux du lycée privé ont tout ce qu'ils veulent et connaissent rien à la vie, mais c'est les mêmes qui se contentent de chialer en attendant que ça leur tombe dans le bec. Ceux qui se bougent pas pour avoir ce qu'ils veulent, je pense que c'est eux les gazelles. Moi je suis pas une gazelle, j'ai pas peur et je m'enfuis pas. Je suis un putain de lion, point barre.

Mais je crois qu'il y a aussi une troisième catégorie. En fait c'est pas vraiment une catégorie, c'est juste mon frère, et même si je refuse de croire en lui, la plupart du temps c'est plus fort que moi. Je crois en lui. J'ai vu les requins, et après j'ai vu comment il est devenu intelligent, et tous les gens qui venaient le voir à cause de ce qui s'était passé au Nouvel An. Les parents, Maman surtout, qui parlaient des ‘aumakua, des anciens dieux et du retour de l’āina. Et des fois, ça me fout la chair de poule. Donc, ouais, j’y crois. Ça me fait chier – ça me fait grave chier –, mais j’y crois.

Sauf que y a plein de matins où je me réveille et Noa est dans son lit à côté du mien, il dort en bavant sur ses draps bleus décolorés, pareil que les nuits où il venait me trouver dans mon lit, il faisait des cauchemars, et moi je lui disais que c’était rien et je le laissais venir avec moi, chaud comme un charbon de hibachi. Sauf que maintenant je me réveille sans lui, je mange mes céréales en rigolant avec Maman et Papa, ensuite y a Kaui qui arrive et je les fais tous marrer, moi tout seul. Et puis Noa débarque et d’un coup c’est des questions sur ce qu’il va faire de sa journée et est-ce qu’il a bien dormi et est-ce qu’il a pensé à s’inscrire à telle ou telle activité à son bahut.

Dur de pas s’énerver. Ça me fait comme un poing qui se serre dans ma poitrine.

Je vais vous dire à quoi elle ressemblait, notre vie d’avant : je pétais dans mes mains et je faisais sentir à mon frère, il gueulait *Arrête ça, mahu* et il se jetait sur moi. On commençait à se bastonner, on prenait même Kaui avec nous, tous les trois sur les tapis du Old Navy qui nous brûlaient la peau ou sur le sable à Sandy Beach. À l’époque c’était que de la bagarre, y avait pas de haine dans nos bouches et pas de coudes qui étranglaient les autres, ça c’est arrivé plus tard. Mais quand c’est arrivé, ça a fait mal.

Et aussi les week-ends de kanikapila, quand Noa et moi on jouait du ukulélé sur les chaises de plage rouges et vertes qui grattent, on chantait *Big Island Surfing* pendant que Maman sortait les musubi de la glacière et que Papa mettait le poulet shoyu sur le barbecue. Ça aussi, c'était nous, et puis un jour Noa a commencé à aller super vite sur les cordes et le manche, et il accélérait encore plus quand j'essayais de tenir le rythme. Juste histoire de pouvoir me faire son petit sourire et me dire, Attends, je ralentis et je te montre.

Connard. Mais il a jamais réussi à me battre à la course, ni dans aucun sport, et je voyais bien que c'était pas comme en cours ou avec la musique, ça lui venait pas tout seul. Donc j'ai continué le basket, avec ou sans lui, jusqu'au moment où tout est devenu fluide sur le terrain, jusqu'au moment où je suis devenu le patron. Des fois, quand j'avais personne d'autre, je demandais à Noa de venir jouer au parc contre moi et je le laissais même marquer quelques paniers, on se faisait un vrai match, et à un moment je reprenais la main et je l'éclatais. Il a continué longtemps à venir, même en sachant qu'il ne gagnerait jamais.

Mais après y a eu le Nouvel An, y a eu tous les malades et les blessés du quartier qui ont commencé à venir avec leurs espoirs, y a eu le mec qui avait Parkinson, et Noa, il était de plus en plus… à l'ouest. Quelque chose qui se cassait en lui, c'est comme ça que je le sentais. Des fois je me réveillais au milieu de la nuit, je sais pas pourquoi, et ça ratait jamais il était réveillé, il était sorti de la chambre et je l'entendais farfouiller dans l'armoire à pharmacie, je suis sûr qu'il essayait tout ce qu'il y avait dedans. Ou bien, d'autres fois, il était encore dans la chambre mais je le trouvais penché sur ma boîte à beuh genre c'est une bombe dans *Mission : Impossible*, et le lendemain je vérifiais et à tous les coups il en manquait. En plus, je suis même pas sûr qu'il savait rouler, peut-être qu'il la mangeait ou je sais pas quoi. Mais ça se voyait qu'il y avait quelque chose qui le tendait, des petits trucs, à l'école ça chuchotait dans son dos comme les gamins font tout le temps, et les parents faisaient comme si c'était pratiquement évident qu'il avait un problème. Qu'il était cassé, un peu. Même s'il continuait à être premier de sa classe et tout.

Et puis, un jour, je suis rentré tôt parce que j'avais pas entraînement, et il y avait le sac de maman sur le bar et Noa qui fouillait dedans. Je lui ai demandé ce qu'il faisait et il m'a dit rien du tout et moi je lui ai dit, « Faut que t'arrêtes tes conneries. » Il a pas répondu tout de suite et c'est comme ça que j'ai compris que je visais juste. Lui et moi plantés là à se demander ce qui déconnait chez lui, avec ses dons. On savait qu'il était pas à la hauteur de ce que les autres pensaient de lui. Et là il m'a fait, « Tu lui prends tout le temps de l'argent, toi. »

C'était pas tout à fait vrai. D'accord, ça m'arrivait de piquer dans son portefeuille, mais seulement parce que j'avais besoin de monnaie pour des choses importantes – finir de rembourser Roland quand j'avais du mal à écouler mon stock, éventuellement un McDo après l'entraînement –, et je réussissais toujours à lui rendre quatre ou cinq fois plus le lendemain, une fois que je m'étais arrangé avec Roland. Donc ça n'avait rien à voir avec lui qui prenait de l'argent pour prendre de l'argent.

Je lui ai dit, « Fais pas comme si t'en avais besoin. »

Il a haussé les épaules. « Des fois j'ai envie de me payer des trucs, tu vois. Le short Quiksilver édition limitée, ou, je sais pas, un Coca à l'épicerie, sans être obligé de demander. »

Je comprenais, évidemment.

« Et puis, on s'est fait de l'argent avec les gens qui venaient pour que je les aide. Je crois que j'ai le droit d'en profiter un peu. Pas comme toi.

— Mais là tu fous plus rien, j'ai dit. Et ça fait un moment.

— OK, alors j'ai qu'à faire comme toi, enchaîner les heures de perm et ramener des C. » On était tout près l'un de l'autre, il avait retiré sa main du sac de Maman et il a essayé de me passer devant pour aller dans notre chambre. Mais j'ai posé une main sur sa poitrine.

« Fais pas le con, j'ai dit. C'est pas une bonne idée.

— Dégage », il a dit. Mais c'est pas ça qui m'a fait vriller. Ses yeux parlaient plus fort que sa bouche et j'ai vu qu'il me prenait grave de haut, genre si la famille était un arbre, il savait lequel de nous deux était la branche pourrie.

Alors je lui en ai mis une. En pleine gueule – mes phalanges, son nez. Quand il est tombé, j'ai appuyé un genou sur son sternum et je me suis préparé à le défoncer. Mais il a crié et d'un coup Maman est arrivée, j'imagine qu'elle était sous la douche. On l'avait complètement oubliée. Enroulée dans une serviette avec sa peau sombre encore mouillée et couverte de savon, ses longs cheveux brillants et emmêlés, et elle essayait de tenir sa serviette avec ses aisselles et de nous séparer en même temps.

Plus elle me tirait en arrière et plus elle me criait d'arrêter, et plus ses mains disaient lequel elle préférait depuis toutes ces années, alors je me suis retourné et je lui en ai mis une à elle aussi. Je m'étais seulement battu une ou deux fois à l'école, et encore, je devais avoir douze ans, donc avant Noa je n'avais jamais réellement cogné personne. Dans la famille on ne se donnait pas des coups comme celui que j'ai donné à Maman. Quand je l'ai frappée – quand j'ai senti l'éclair charnu de l'os contre la peau –, j'ai su que je me transformais en quelque chose de nouveau et de pas beau.

Mais elle est forte, Maman. Elle s'est relevée, super droite, elle n'a même pas touché sa joue et elle m'a demandé, « À quoi tu joues ? », et moi j'ai essayé de dire, Je corrige Noa, mais à ce moment-là la serviette de Maman a glissé de son corps. Sans faire exprès, j'ai vu ses vergetures, l'éventail laineux de son urumut, et ses nibards qui se sont balancés comme des pis de chèvre quand elle s'est baissée. La honte m'a retourné le ventre. J'étais toujours à califourchon sur Noa.

« Lâche-moi, a dit Noa.

— Jamais, j'ai dit. Tu sais pas ce que tu fais.

— Parce que toi tu sais ? » il a demandé.

En temps normal, Maman aurait dit quelque chose du style, Les garçons, rien ne m'oblige à vous garder, je connais un endroit parfait pour enterrer des corps et nous pouvons faire d'autres enfants, mais ce coup-là ce sera des filles, merci bien. Sauf que cette fois, elle n'a rien dit de tout ça.

J'ai laissé Noa me repousser. Il a commencé à aller vers le garage, et puis il a changé d'avis et il est sorti en trombe de la maison. La moustiquaire a vibré et puis les charnières ont grincé et ensuite elle a claqué contre le chambranle.

« OK, c'est bon, j'ai dit à Maman qui me fixait du regard. OK, c'est bon, c'est bon, OK, c'est bon », jusqu'à ma chambre.

Il y a eu le reste de cette soirée, et puis le lendemain matin. J'avais un match à l'extérieur, et généralement les jours de match je commence la matinée en douceur, en rêvant de ce que je vais faire sur le terrain. Du style : je remonte avec la balle, la bande-son c'est la mixtape AND1 volume à fond, mes semelles crissent et l'équipe d'en face court sur moi, mais je fais un *crossover* de malade qui leur casse les chevilles, je me faufile style mangouste entre deux gars en tournant sur moi-même, et quand je rentre un panier en *finger-roll* le filet fait un petit bruit genre comme si je soufflais un baiser au public, et le public me le rend en rugissant.

Mais pas cette fois. Pas de rêve ce jour-là. Ce jour-là, je suis resté bien planqué et j'ai sauté dans le bus sans prendre de petit déjeuner. Les cours ça a été comme d'hab, et il s'est sûrement passé des choses, mais si j'avais été en train de poireauter à la laverie ça aurait été la même, les profs c'était juste des machines qui faisaient du bruit en tournant devant moi.

Et quand ça a été enfin l'heure du match, le soir, j'ai joué comme une bite : envoyé des passes dehors, fait des *air balls* depuis les deux côtés de la ligne de trois points, foiré mes *crossovers* en tapant dans mes genoux, et j'ai perdu ballon sur ballon. J'étais pas dans le rythme. Et y avait personne de la famille dans les gradins. De toute façon on jouait à l'extérieur, et quelquefois les parents finissent tard ou je sais pas quoi, mais là je sentais que c'était peut-être exprès qu'il n'y avait personne.

Ensuite, sur le chemin du retour, j'ai pas réussi à décrocher un mot. D'habitude je prends Nic sur mes genoux, son cul sur mes jambes et son rire de mainate, mais ce soir-là je suis resté seul dans mes pensées. Ça arrive à tout le monde, les mauvais matchs. Je regardais mes mains, et, direct, j'ai su que ça n'allait pas être le dernier.

Quand je suis arrivé à la maison, les parents étaient dans le canapé. Je m'attendais à ce que Maman ait encore le bleu qui se formait la veille, mais son visage était normal, brun et pas gonflé. Papa l'a embrassée sur la joue, il s'est levé, il m'a regardé style *Plus tard, on verra ça plus tard*, il est passé devant moi et j'ai entendu le frigo s'ouvrir et se refermer. Le crachement et le tintement d'une bière qu'on ouvre. Et puis les grincements du parquet du couloir. Tout ce temps le regard de Maman qui me transperçait, ses yeux d'enterrement.

Je lui ai dit, « Excuse-moi. »

Elle a haussé les épaules. « Tu frappes comme une hôtesse de l'air. J'ai vu des bagarres plus violentes au Walmart pendant le Black Friday.

— Je sais pas pourquoi j'ai fait ça.

— Je ne te crois pas. Je crois que tu le sais très bien. »

Elle avait raison. Ce coup de poing, je l'avais dans le cœur depuis des années. Et savoir qu'elle le savait, c'était pareil que si je m'étais frappé moi-même.

« Il devient con, j'ai dit. J'essayais d'arranger ça.

— Pas de gros mots. Dean, je suis sérieuse. On t'a appris à parler mieux que ça.

— Tu me fais quoi, là ? j'ai dit. Pourquoi tu me laisses pas m'excuser ?

— Parce que ce n'est pas ce que tu es en train de faire. »

Après ça, on s'est regardés et à un moment j'ai fini par baisser les yeux.

Le match suivant, un lundi soir contre Saint Christopher, j'ai rentré trois tirs sur quinze et tapé quatre briques depuis la ligne de lancer franc. J'avais le toucher de balle d'une baleine enceinte. On jouait à domicile mais ça ne s'est pas vu, il y avait le même silence que pendant une dissert en classe. J'ai essayé de me débarrasser de la sale sensation que j'avais, un mélange d'hématome et de nausée dès que je pensais à Noa, à Maman, à la famille. Mais pas moyen, ça restait collé à moi, collé au terrain.

Saint Christopher nous a mis une raclée, l'entraîneur m'a sorti cinq minutes avant la fin, et sur le banc je me suis mis une serviette sur la tête et en dessous tout était noir, ça puait et les bruits étaient étouffés. Juste avant que la serviette tombe sur mes yeux, j'ai aperçu deux recruteurs tout en haut des gradins, ils rangeaient leurs caméras et leurs ordis et ils se barraient.

Mais ce n'était peut-être pas moi qu'ils étaient venus voir.

On a eu un jour de récup après Saint Christopher, donc en sortant de cours je suis allé regarder *SportsCenter* à la maison. Il y avait le Top 10 des meilleures actions de la semaine dans tous les sports avec des *windmills* et des rebonds hallucinants, des trous en un et des K-O techniques, et chaque fois les rugissements du public, des cris qu'il avait arrêté de pousser pour nous.

Quelqu'un est arrivé derrière moi et un des sacs en papier où je range mes joints a atterri sur mes cuisses. La voix de Noa a dit, « Y avait ça dans une de tes boîtes à chaussures. »

J'ai levé la tête, je l'ai vu à l'envers parce qu'il était derrière le canapé, et j'ai fait, « Quoi, tu fouilles dans mes affaires maintenant ?

— T'as qu'à trouver plus original qu'une boîte à chaussures, a dit Noa. En plus, je croyais que t'avais arrêté. »

J'ai ramené ma tête vers le paquet de joints bien roulés dans des feuilles Zig Zag.

« T'as pas un cancer à guérir ? j'ai demandé. Ou un chef-d'œuvre à écrire avec ton ukulélé ?

— Je croyais que t'avais arrêté, a répété Noa.

— J'ai arrêté. » C'était la vérité.

« Si c'est ça que t'appelles arrêter, alors moi quand je pète ça sent la rose.

— Ben, justement, on dirait, vu comment tu te la racontes. À te balader le nez en l'air alors que c'est toi qui es niqué. Et de toute façon, je suis sûr que tu t'es servi dans le sac.

— J'y ai pas touché, a dit Noa. C'est pas *moi* qui ai des problèmes. »

J'ai continué à mater *SportsCenter*. « C'est ça, ouais. Y a presque plus personne qui vient à la maison, t'as remarqué ? Et ceux qui viennent, les parents leur disent de rentrer chez eux. Chaque fois c'est pareil... » – là j'ai imité leur voix du mieux que j'ai pu – « ... Nous avons décidé qu'il vaut mieux qu'il arrête d'aider les gens pendant un petit moment. Revenez quand nous vous le dirons, s'il vous plaît. »

Il a été grave surpris pendant une seconde, mais il s'est vite repris. « Ouais, je parie que ça te fait plaisir, il a dit. Je parie que t'es content chaque fois que tu dis non à quelqu'un.

— Ça me fait pas plaisir qu'on soit fauchés. »

Là il l'a bouclée. À la télé Tiger Woods mettait une fessée à tout le monde, Vijay Singh juste derrière au score, et moi je me disais, Ça va foutre les nerfs aux haoles dans les country clubs ce soir.

Au bout d'une minute, Noa a dit, « On s'en sort toujours mieux que sur Big Island. » Le ton de sa voix, on aurait cru qu'il était désolé, qu'il n'avait plus envie de se disputer. En gros, il admettait qu'il y avait un souci. Mais je n'ai pas pu me retenir.

« Ouais, sûrement, j'ai dit. Mais c'est plus grâce à toi. Les parents comptaient sur toi. »

Il s'est tendu, il est devenu froid. « C'est ça le problème, il a dit. Vous pensez uniquement à nous, nous, nous. Mais c'est plus grand que Maman et Papa. C'est plus grand que nous tous, plus grand que l'argent que je ramène à la famille…

— Y a rien de plus important que la famille », j'ai dit. Mais c'est possible que je l'aie dit parce que je sentais qu'il avait raison, qu'il allait devenir quelque chose de beaucoup plus grand que nous tous. « C'est ça, ton problème à toi.

— Ouais, Dean, mais la drogue », a dit Noa. Il se frottait le visage comme s'il parlait à un chien qui a fait une bêtise. « Sois pas con. »

Maman avait raison, je ne regrettais rien. Je pensais que, si je lui envoyais mon poing assez fort dans les dents, il les avalerait toutes. « Ferme ta gueule, j'ai dit. Je vais t'en foutre une. » J'avais chaud dans les muscles et la seule chose qui m'a retenu de le frapper, ça a été ce que j'avais ressenti après la première fois. J'ai monté le son de la télé.

« Dean, a fait Noa. Merde. Je suis désolé.

— Si tu veux.

— C'est pas obligé d'être comme ça.

— Et comment tu veux que ça soit ?

— Je suis désolé », et à ce qu'il avait dans la voix j'ai su que c'était vrai. J'aurais dû lui dire que moi aussi j'étais désolé, lui taper dans la main et peut-être balancer une connerie ou je sais pas quoi, essayer de faire comme avant, quand on était juste des frangins. Sauf que j'ai pas pu. Il y avait trop de choses entre lui et moi. Trop de lui.

Regarde-moi bien, j'avais envie de lui dire, regarde bien où j'en serai dans cinq ans, dans dix ans, regarde bien quand je passerai dans *SportsCenter*. Je ferai pas mieux que toi, seulement moi je le ferai pour notre famille. Mais il était déjà parti et on n'avait pas terminé ce qu'on avait commencé. Alors j'ai dit à la pièce vide, « Et maintenant j'ai plus besoin de vendre. Fini. »

Toute la semaine, l'entraîneur nous a fait la misère. On continuait à perdre. La dernière fois, c'était contre Kuakini et ils nous ont mis dix-sept points dans la vue. À l'entraînement, quelques jours avant le match contre Kahena Academy, le coach nous répétait, Ils vont vous retourner, ça va être comme en prison, ils vont vous choper le cul et l'échanger contre des clopes, et ça sera pas volé, si on perd je serai le premier à mettre des vidéos sur YouTube. Il est allé chercher deux poubelles dans les toilettes, il en a mis une à chaque bout du terrain et il a dit, Vous allez courir jusqu'à ce qu'il y en ait un qui vomisse, et nous on a obéi, on a sprinté aller-retour et peu après on ne tenait plus sur nos jambes et dans la poitrine on avait une grotte pleine de lave. À chaque longueur, l'entraîneur criait en regardant son chrono, et si on n'arrivait pas à tenir le temps de la précédente, il nous obligeait à en faire une autre.

Alika a craqué un peu après le cinquantième aller-retour et il a gerbé dans la poubelle. Juste avant que ça sorte, on a vu son ventre se serrer et ses jambes remuer et ensuite ça a giclé.

« Maintenant tu comprends comment je me sentais après votre match d'hier », a dit l'entraîneur. Il était à côté d'Alika mais c'était à nous tous qu'il parlait. « Chaque fois que je regarde la vidéo de la déculottée qu'on s'est prise, je finis dans le même état qu'Alika. » Et puis il m'a demandé, « T'as un problème ? » Je devais être en train de le mater.

Moi j'avais envie de dire : J'ai aucune idée de ce qui va arriver.

Il a répété, « Je t'ai demandé si t'avais un problème. »

Je pouvais toujours ouvrir ma gueule devant Noa, peut-être que rien n'allait s'arranger.

« Non », j'ai dit, les mains sur les genoux, en avalant de l'air. « J'ai pas de problème, monsieur. »

En rentrant de l'entraînement je me suis arrêté au supermarché J. Yamamoto, malgré l'espèce de gueule de bois que j'avais, trop de sport et pas assez d'eau. Je suis descendu du bus, j'ai traversé le parking dans la brume laissée par la pluie chaude qui venait de finir de crépiter sur le bitume, des employés rangeaient des caddies qui cliquetaient et qui grinçaient et je me suis planté derrière la vitrine immense et j'ai observé ma mère. Elle était en mode boulot : tablier vert, doigts qui ricochaient sur les touches, un petit coup de poignet pour refermer la caisse quand elle rendait la monnaie.

Elle baissait et elle relevait les yeux, elle regardait les achats et puis les clients. Je m'en rappelle bien parce que ça m'a fait penser à l'époque où j'envoyais des candidatures pour des écoles. Quand la première réponse est arrivée, Maman était toute contente, elle a crié, Une lettre de Kahena Academy ! Et l'enveloppe était plus légère que ce qu'on espérait, mais personne n'a rien dit et on l'a déchirée et Papa me tenait par l'épaule et Maman baissait les yeux pour lire et quand elle les a relevés ils étaient lourds et humides et elle a dit, Bon. Bon.

Combien de fois j'ai essayé d'entrer à Kahena, là où Noa et Kaui sont maintenant, là où ils ont chopé les bourses réservées aux natifs de Hawaii, mais pour les avoir on doit prouver qu'on les mérite en réussissant un test super dur, avec des mots de haoles dans tous les sens et des calculs qui servent à rien. Genre, si t'es capable de définir « catalyseur », t'es admis.

Nous sommes au regret de. Nous recevons trois candidatures pour une seule place. Nous vous encourageons à. Réessayez de.

Pendant tout le collège, j'ai envoyé des dossiers et reçu des lettres. Une chaque année. Et ensuite je commençais à me préparer pour l'année d'après : des gros manuels souples et Maman qui me donnait des crackers du J. Yamamoto pour le déjeuner et moi j'étais là, Quoi, même pas des Ritz ? et elle me répondait, Ils sont deux fois plus chers parce qu'on paie la marque, donc je mangeais mes crackers du J. Yamamoto avec du vieux beurre de cacahuète et dès que les cours étaient finis j'allais réviser à la cafét jusqu'à l'heure de l'entraînement. Tous ces matins dans le bus scolaire avec Jaycee et les gars qui parlaient de *Monday Night Football* ou de *L'Île de la tentation*, alors que de mon côté c'était moyens mnémotechniques et équations du second degré, et eux ils étaient là, Ça veut dire quoi ça, et moi je répondais, J'en sais rien mais ça me prend la tête.

Kaui et Noa, eux, ils ont été admis à Kahena du premier coup.

Et Papa qui transportait des bagages à l'aéroport et qui travaillait de nuit quelquefois. Et Maman qui bossait des fois le matin ou la nuit au J. Yamamoto, ou les deux si elle avait de la chance, elle courait après les heures sup comme un camé après le batu. Et à la fin de la nuit quand ils rentraient ils avaient encore le travail qui résonnait dans les os, ils auraient aussi bien pu dire, Dean, tu ne vois pas ce qu'on est ? Et moi j'avais envie de leur dire que c'était pas grave si j'avais pas le résultat qu'ils espéraient à un test de merde, parce que, à votre avis, c'est le nom de qui que tout le monde retient après les matchs le vendredi soir ? Qui c'est qui connaît l'odeur des filles de presque tous les lycées de notre secteur ?

Je suis resté derrière la vitrine, sur le côté, près des bombonnes de gaz. Les clients entraient et sortaient, ma mère et Trish discutaient avec eux, et je devinais quand c'était des gens du coin parce que ça riait et ça balançait tranquillement les noms des cousins et des grand-mères, mais quand c'était des haoles, en général ils demandaient, Vous savez à quelle heure ouvre le Mémorial de l'USS *Arizona* ?, ou bien, Vous pouvez me dire comment on va à l'aquarium ? Et Maman et Trish elles répondaient mais je voyais bien que dans leur tête elles se disaient, C'est pas parce qu'on a la peau brune qu'on est vos guides touristiques. Maman en avait encore pour plusieurs heures à rester debout, à essayer de sourire, à prendre les cartes des gens et à leur donner tous les steaks et les tranches d'espadon et les bières chères qu'ils voulaient.

Moi, j'avais envie de dire, Écoutez-moi tous, je vais nous emmener loin d'ici. Personne nous donnera plus jamais d'ordres. Et ça va être grâce au basket. Peut-être que Noa est spécial, mais il fait pas rentrer d'argent. Moi, je vais y arriver. Ici, et ensuite à la fac, et ensuite chez les pros. Je suis sérieux. J'aurai du fric jusqu'au fond du okole. J'avais toujours eu ça en moi et j'étais en train de le concrétiser.

Sauf que les matchs, c'était de pire en pire. Une semaine qui passe, rien qui change. Après le coup de sifflet final, une fois que tout s'était calmé, l'espace que j'avais dans la tête se remplissait avec le souvenir de la soirée où j'avais voulu faire du mal à Noa et à Maman, aux deux, où j'avais vraiment voulu leur casser quelque chose, et ensuite mes mains comme des ruches, la petite douleur qui continuait à me piquer de l'intérieur, qui essayait de s'échapper.

Mais j'avais encore la boîte à chaussures et je me suis dit pourquoi pas. J'ai envoyé un texto à Jaycee pour dire que j'étais malade et que je viendrais pas à l'entraînement et à la place je suis allé en bus à Ala Moana Park pour traîner près des hibachis. Pour vendre. J'étais dans le coin où on sent encore l'odeur de poisson pourri des chiottes mais où on n'est pas trop visible depuis la rue, je me disais que c'était l'endroit le plus sûr. L'océan était tout mou contre les rochers et l'herbe commençait à jaunir et à crever. Je me suis assis et pendant un moment, avant que les clients arrivent, ça a été carrément paisible. Pas de basket, pas de Noa, rien du tout, j'étais trop content.

Mais les clients sont arrivés. Ils finissent toujours par me trouver. Ça, au moins, je l'ai pas perdu.

J'ai vendu jusqu'au moment où il a fallu arrêter. Le moment où l'océan s'est transformé en cendres à cause de la masse de nuages qui arrivait au-dessus du Koʻolau et où les premières gouttes m'ont giflé la tête. J'ai vendu jusqu'à ce que tout soit vide. Et après je suis rentré à la maison.

En arrivant devant la porte, j'ai entendu la viande crépiter dans l'huile et quand j'ai senti l'odeur dorée et un peu brûlée de la chapelure qui grillait j'ai compris que Maman préparait du poulet katsu. Vu que j'arrivais en retard, je suis resté dehors le temps d'inventer une histoire, mais Maman a ouvert la porte à ma place.

« Je me doutais que c'était toi », elle a dit avec son sourire fatigué.

Je me suis retourné. Il n'y avait rien ni personne dans l'impasse, mais ça m'a laissé une seconde pour réfléchir à ce que j'allais faire.

« Ouais, j'ai dit. L'entraînement a duré longtemps ce soir.

— Nainoa m'a dit que tu révisais avec un nouveau groupe. Ça doit être crevant d'enchaîner après l'entraînement. »

Il m'a fallu une minute pour capter ce que Noa avait fait pour moi, et puis j'ai hoché la tête et j'ai dit, « Ouais. Mais ça va.

— Bien », a dit Maman.

J'ai enlevé mes chaussures, posé mon ballon par terre. Il a roulé vers le couloir des chambres. Ce sol pas droit. Ce toit en tôle bouffé par la rouille. Cette cuisine avec son plan de travail plein de taches noires et jaunes à cause de tous les fumeurs et de tous les traînards qui ont habité ici avant nous. On se préparait à passer à table, ma main à couper que le poulet venait du bac à soldes du J. Yamamoto, périmé depuis un bail, et c'est pour ça que Maman l'avait pané à mort, histoire de cacher son vrai goût.

« Je suis désolé », j'ai dit. D'un coup. Comme un gamin chopé la main dans le sac.

Elle a arrêté de retourner le poulet et elle m'a regardé dans les yeux. « On en a déjà parlé, je crois. Ça ne suffit pas de dire que tu es désolé.

— Je peux m'améliorer, j'ai dit.

— Je sais. Alors fais-le.

— Mais Noa aussi, hein ? C'est pas que moi. »

Elle était en train de poser des serviettes en papier sur un plateau pour la graisse du katsu. « Ton rôle, c'est de soutenir ton frère. Il a assez de problèmes comme ça. »

Ensuite il y a eu un silence bizarre. J'aurais pu dire, C'est n'importe quoi, je suis pas son assistant, mais j'ai repensé à Maman au J. Yamamoto. J'ai senti que ce n'était plus le moment de se disputer. « T'as passé une bonne journée ? » j'ai demandé.

Je ne lui posais presque jamais cette question, je ne sais pas pourquoi. Elle aussi elle l'a remarqué, parce que j'ai vu son visage s'éclairer et elle a réfléchi. Elle n'a pas répondu tout de suite.

Pour finir, elle a répété, « Est-ce que j'ai passé une bonne journée... », en tapant la pince sur le bord de la poêle. « Non, j'ai passé une journée de merde.

— Je vois le genre, j'ai dit. Mais quel type de merde ? Y en a plein de différentes, y a les grosses, y a les épaisses, y a les petites toutes fines, y a les molles... Mais... », là j'ai fait semblant de me creuser la tête, je me suis même frotté le menton, « ... mais la plus grande différence, c'est surtout l'odeur. »

Maman était morte de rire. Un bon rire, comme des pétards qui explosaient dans un endroit d'elle qu'elle ne connaissait même pas. « Bon sang, vous êtes dégoûtants, vous les garçons. Je devrais savoir qu'il ne faut pas vous lancer.

— Je suis un parfait gentleman. Il faut simplement apprendre à me connaître.

— Dans ce cas, le parfait gentleman peut aider à mettre

la table », a dit Maman. Du doigt, elle m'a indiqué le tiroir à couverts.

Elle m'a demandé d'aller prévenir Noa et Kaui que le dîner était prêt, et aussi de ranger mon sac, et ensuite elle a apporté les assiettes et le katsu et j'ai fait ma part du boulot avant d'aller dans notre chambre, à Noa et moi.

Il avait le nez dans son ukulélé, mais il a arrêté à la seconde où je suis entré.

J'ai dit quelque chose, genre, Continue à jouer, je viens juste te dire qu'on va dîner, et il a répondu qu'il avait fini de toute façon, et il est resté à moitié penché sur son ukulélé et moi j'avais la main sur la poignée et je pensais, Comment ça se fait que chaque fois que je parle dans cette maison j'ai l'impression qu'on vient de me surprendre en train de rouler une pelle à ma cousine.

« T'étais pas obligé de mentir, j'ai dit. Avec Maman. »

Il s'est redressé et il a posé les mains sur son lit. « Je sais. »

Et j'imagine que c'était le mieux qu'on pouvait faire.

Ensuite ça a été le dîner, Noa et moi on écoutait Kaui et Maman, on parlait pas trop sauf quand on nous posait des questions, et c'était déjà hyper cool de la part de Maman et Noa, quand j'y pense. Mais le dîner ne s'est quand même pas éternisé et après on est partis chacun de notre côté, Kaui dans sa chambre avec ses devoirs et Noa dans le garage avec son ukulélé, à faire les trucs tarés qu'il faisait quand il se perdait dans la musique, et moi j'ai essayé de me mettre à mes devoirs d'éco mais j'ai seulement réussi à écrire *Le prix d'équilibre est je suis dans la merde* avant d'aller me poser dans le canap pour mater *SportsCenter* pendant que tout le monde dormait.

Je sentais qu'il me restait encore plusieurs heures avant

que mon cerveau me foute la paix. Donc je suis allé dans notre chambre et dans le noir j'ai vu Noa, le poids de son sommeil, sa respiration lourde, ça se sentait qu'il était parti. Dans l'armoire j'avais ma paire de Jordan Flu Game et mon maillot Allen Iverson extérieur des Sixers. Je l'ai enfilé, j'ai attrapé mon ballon et j'ai touché tous les endroits où la surface commençait à s'user. Il faisait nuit noire, il était minuit largement passé. J'avais le ballon coincé sous un bras, je portais mes chaussures avec la même main, et quand je suis arrivé dans le salon il y avait le sac à main de Maman.

Le frigo s'est mis en marche en grognant, les glaçons ont tinté à l'intérieur. Je distinguais le portefeuille de Maman, tout devant, la boucle avec le métal qui apparaissait sous le doré.

Les billets que j'avais dans la main, ils venaient d'autres gens que moi – des inconnus à qui j'avais fourgué du pakalolo au parc –, mais ça restait mon blé, peut-être la seule chose que j'avais l'impression de posséder. Et ça allait clairement pas suffire à changer la vie de notre famille. Pour ça, le seul moyen que j'avais, c'était de gagner un max de thune, autant que les haoles, et d'acheter tout ce que je pourrais pour les parents. Plus tard, Noa serait peut-être président ou kahuna ou star de la médecine ou je sais pas quoi, mais moi mon destin, il se trouvait entre mes mains, c'était ce ballon de basket. J'ai remis l'argent dans ma poche. Et ensuite j'ai ouvert la porte, je suis sorti dans la rue et j'ai traversé Kalihi dans le noir.

À cette heure le parc était fermé mais je m'en foutais, il y avait toujours le panneau avec ses bordures couvertes de mousse et les traces de boue faites par les gens qui avaient joué sous la pluie dans la journée. Le filet était déchiré à un ou deux endroits, il pendait dans ses propres trous.

J'ai fait rebondir la balle un moment en l'écoutant résonner. Le vent s'est levé et les arbres ont fait un bruit d'applaudissements. J'ai fermé les yeux pour le premier tir, je ne sais pas pourquoi. J'ai tiré, propulsé la balle à partir de mes chevilles pour qu'elle décolle propre, mais dès qu'elle a quitté mes doigts j'ai su que ça n'allait pas du tout et après il y a eu le bruit métallique de l'anneau et la balle est partie dans le grillage. Je l'ai regardée jusqu'à ce qu'elle arrête de bouger.

Je suis allé la chercher et j'ai réessayé, les yeux ouverts, et cette fois elle est entrée nickel et elle a rebondi, rebondi jusqu'au bord du terrain. J'ai trotté la récupérer. J'ai couru jusqu'au coin et j'ai tapé un *crossover*, je me suis tourné, dos au panier et baissé comme si j'avais la défense sur moi, comme si je jouais contre Kahena ou n'importe quelle autre équipe qui croyait pouvoir m'arrêter. Sauf que personne peut m'arrêter. J'ai pivoté et sauté en arrière pour viser le panier en *fadeaway* et j'ai tiré haut et droit dans l'axe. J'ai regardé le ballon descendre en arc-en-ciel. Je savais qu'il allait rentrer, j'entendais déjà le petit frottement du filet, c'était obligé, c'était obligé, comme j'ai dit, personne peut m'arrêter.

5

MALIA, 2002

Kalihi

Je n'entends pas ta voix, mais je sais que tu écoutes, tu écoutes tout le temps. Donc je peux te le dire : il y a des moments où je suis convaincue que rien de tout cela ne serait arrivé si nous étions restés sur Big Island, où les dieux sont encore vivants. Pélé, la déesse du feu, sa force indomptable qui fait sans cesse renaître la terre par la lave, qui souffle son vent de soufre dans tout le ciel. Kamapua'a, qui désire son amour, fait tomber la pluie et courir les cochons pour briser la lave de Pélé, la transformer en sol fertile sur les collines de Waimea, au fond des vallées, partout autour de l'endroit où tu es né. Et il y a aussi Kū, le dieu de la guerre, qui un jour s'est enfoui dans ce même sol, qui a cessé d'être père et mari pour devenir arbre, un arbre qui porterait des fruits afin de nourrir sa femme et ses enfants qui mouraient de faim. Le premier arbre à pain. Kū était le dieu de la guerre, mais il était aussi le dieu de la vie. Parfois il se présentait sous l'aspect d'un requin…

Je me demande si tu as un peu de lui en toi, et s'il a un peu de toi en lui, de même que ce sont les dieux qui composent l'océan, la terre et l'air d'ici. C'est ce que je croyais au début, que tu étais fait de la même matière que les dieux, que tu serais une nouvelle légende, que tout seul tu réussirais à soigner les blessures de Hawaii. Le bitume qui étouffe le kalo, les bateaux de guerre qui vomissent leur saleté dans la mer, les haoles qui affluent avec leur argent venimeux, Californie Texas Utah New York, et aujourd'hui entre les embouteillages, les camps de sans-abri et les chaînes de grands magasins, plus rien ne ressemble à ce qui aurait dû être. Je croyais que tu réussirais à vaincre tout ça.

Je me rends compte avec honte que cela n'aurait jamais été possible. Mais je me souviens d'un jour où j'ai eu particulièrement foi en toi, le jour où ton père et moi nous avons découvert ton cimetière.

Tu te rappelles ? Tu étais au lycée, en troisième année, tu avais un an d'avance et tu étais toujours premier de la classe et président du club de science, et tu jouais du ukulélé comme si tu avais digéré toute l'histoire de Hawaii. Et c'était très bien, tout ça. C'était formidable. Mais en vérité, malgré la fierté immense que tu nous procurais, il nous restait, surtout à moi, un arrière-goût d'échec. Nous t'avions poussé dans la mauvaise direction après ce Nouvel An, nous attendions que tu soignes les gens qui avaient entendu parler de toi et venaient frapper à notre porte, vidés par le désespoir. Oui, je pensais que tu allais commencer par eux avant de t'étendre.

Et, c'est vrai, nous aussi nous en profitions. Nous ne crachions pas sur l'argent qui arrivait – nous en avions *besoin*. Je te demande pardon.

Quand tu as arrêté de répondre aux demandes, tu t'es encore plus replié sur toi, éloigné de nous. Tu es devenu très secret, et je pense que tu l'es toujours un peu resté. Ça aussi, nous l'avons compris après le jour du cimetière.

Tu te souviens du cimetière ? Moi, oui. Ce jour-là, ton père et moi nous étions tous les deux à la maison en fin d'après-midi, ce qui était très rare ; nous avons remarqué que tu étais sorti et que tu n'étais pas rentré.

Quand nous avons interrogé Kaui, elle a simplement répondu, « Il est parti par le même chemin que d'habitude. »

Il était tard. Nous voulions que tu rentres. Alors nous aussi nous sommes partis par ce chemin. De l'autre côté de la route, après le carrefour, un sentier en terre qui plongeait derrière des haies déplumées et débouchait dans un champ. Sur la gauche, un canal où s'écoulait une eau couverte d'écume et, plus loin, un grillage qui entourait les arrière-cours poussiéreuses des garages et des entrepôts. Des bouffées d'une vague odeur de thon flottaient sur le sentier, qui continuait tout droit jusqu'à un bosquet d'arbres. Tout du long, il y avait une succession de cairns, des tas de cailloux de plus en plus récents. Mais ils n'étaient pas faits uniquement de pierres : ils étaient hérissés de pics et on y voyait briller des pignons de vélo, des pièces de moteur, des coudes de tuyaux oubliés. Certains disparaissaient déjà sous les mauvaises herbes.

J'ai demandé à ton père, « Qu'est-ce que c'est que ça ? », et il s'est accroupi pour regarder.

Il a dit, « On dirait des tombes. » Je sentais qu'il allait répondre ça.

J'ai dit, « Augie.

— Il est par ici, a dit ton père. Quelque part. »

Il s'est tourné vers les arbres au bout du sentier. Depuis les bâtiments industriels nous parvenait un frottement métallique, le choc d'une palette contre le sol.

Nous nous sommes relevés et nous avons continué, et les tombes se suivaient à intervalles réguliers, des monticules de pierres et de ferraille qui nous arrivaient à mi-mollet. Le dernier cairn avant les arbres était coiffé d'un robot en plastique à moitié enterré que tu avais construit en cours de science à Kahena. Il était bleu, fondu par le soleil, éraflé par les animaux.

Je me suis baissée et je l'ai touché. J'ai dit à ton père, « Il est à Nainoa. » J'ai cru distinguer de petites croûtes de sang sur l'intérieur des bras du robot. L'odeur qui émanait du cairn était surtout celle des pierres, mais en dessous il y avait un soupçon de vieux cuir humide et de coton moisi.

« Une partie des autres trucs, dans ceux d'avant, je crois que ça venait de notre garage, a dit ton père. J'ai repéré un vieux pignon de son premier vélo. »

Nous ne pouvions pas approcher davantage du bosquet sans y pénétrer. Je commençais à avoir la tête qui tournait.

À l'intérieur, il ne faisait pas aussi sombre que je l'avais pensé, les arbres n'étaient pas hauts et le soleil passait au travers. Plus nous avancions, plus mon vertige grandissait, gagnait mes vertèbres et ma gorge, ma poitrine. J'avais les yeux embrumés, je voyais trouble, et lorsque j'ai rouvert les paupières j'ai serré la main de ton père comme pour éviter d'être submergée et emportée par tout ce que je ressentais.

Il y avait une clairière de l'autre côté des arbres et tu étais là, assis en tailleur dans l'herbe, les coudes sur les genoux, tes doigts jouaient avec l'air entre tes chevilles et tu avais l'air d'un enfant qui attend qu'on vienne le chercher après l'école.

« Dieu merci, a fait ton père. J'ai cru qu'il venait ici pour tirer sur sa bite. »

Je lui ai dit d'arrêter, ce qui n'a jamais aucun effet sur ton père.

« Non, mais c'est pas grave, j'avais des copains qui étaient pareils à son âge. Je t'ai raconté la fois où John-John a essayé avec son chien ?

— Tais-toi, Augie. »

Le ciel était sens dessus dessous. Une forme sombre est tombée en piqué par une brèche dans les feuillages, elle battait des ailes et elle s'est écrasée juste à côté de toi. Une plume s'est posée en tournoyant. La forme s'est redressée – c'était une chouette – et elle s'est traînée vers toi, quelques pas maladroits, avant de s'effondrer à tes pieds, sur le dos. Sa poitrine se gonflait et se contractait, de plus en plus lentement.

Tu as fermé les yeux et posé les mains sur elle.

« Est-ce qu'il », a fait ton père.

La respiration de la chouette a encore ralenti, et encore. Elle était légère comme la soie. Ton visage s'est tendu et crispé, des gouttes de transpiration coulaient le long de ta mâchoire. Mon vertige a redoublé. Je ne pesais plus rien, j'étais dans le ciel, je battais des bras mais ce n'étaient plus des bras, c'étaient les muscles fuselés et les voiles gonflées d'une paire d'ailes. Je grimpais dans le ciel, tout était bleu sauf les crêtes noueuses du Ko'olau que je laissais au-dessous de moi. Partout de l'air, ourlé d'une lumière d'or, et je montais vers le soleil comme dans l'ascenseur le plus rapide du monde, je volais et je me dilatais et soudain tout ce que je voyais a éclaté comme une bulle de savon.

J'étais revenue sous les arbres, auprès de ton père, et dans le creux de tes mains la chouette avait cessé de respirer. Sans quitter ta position accroupie, tu as soulevé durement le corps par une aile et tu l'as jeté, fort, dans l'herbe. Quand il est retombé, une patte s'est tordue dans le mauvais sens.

Tu as crié, « Merde ! » avec une voix brisée, voilée, une vraie voix de jeune garçon. Tu as pris ta tête entre tes mains et tu as fondu en larmes.

Avant que j'aie le temps de l'en empêcher, ton père a dit, « Arrête » et il est sorti de notre cachette en écrasant des branches. « Arrête ! »

Tu t'es retourné, la figure écarlate et tartinée de morve. À reculons, tu as fui ton père qui avançait vers toi.

Tu l'as averti, « Me touche pas », et ton père s'est figé, accroupi, les bras tendus pour te ramasser. Nos regards se sont croisés, puis séparés, et j'ai ramené le mien sur la chouette. Une aile dépassait du tas de plumes, la brise ébouriffait son duvet. Curieusement, je n'éprouvais aucune tristesse ; je résonnais des échos de ce que je venais de sentir et de voir, de mon ascension dans l'or.

« On voulait juste être sûrs que tu allais bien », a dit ton père.

Tu t'es levé et tu as marché jusqu'à la chouette.

J'ai dit ton prénom parce que tu avais l'air tout petit et coupable de quelque chose, tes cheveux presque noirs plus courts que ceux de ton frère et la raie sur le côté que tu avais à l'époque, tu portais encore ton uniforme d'école, un polo blanc et un pantalon marine, et tu avais le bras droit en travers de la poitrine, tu serrais le biceps de ton bras gauche qui pendait contre ton corps. « Nainoa. Est-ce que ça va ? »

Tu as répondu, « Ben oui », et c'est là que j'ai remarqué le transplantoir que tu avais dû prendre dans le garage. Tu l'as ramassé et tu t'es mis à creuser.

« Tu as besoin d'aide ? a demandé ton père.

— Tu peux pas m'aider. »

Alors ton père est revenu près de moi. Nous ne sommes pas restés te regarder finir ton trou. Ça ne nous paraissait pas bien.

Nous sommes sortis des arbres et nous nous sommes arrêtés près d'un des cairns.

J'ai demandé à ton père, « Tu n'as rien senti là-dessous ? »

Il m'a répondu, « J'ai eu l'impression de voler. Tout droit vers le soleil. »

Je commençais tout juste à assimiler ce que nous avions perçu, ce que nous avions vu. « Augie, bon sang, depuis combien de temps est-ce qu'il voit des choses comme ça ? Qu'il fait des choses comme ça ? » Je voulais compter les tombes pour me donner une idée du nombre d'animaux dont tu avais accompagné le dernier souffle, que tu avais essayé de soigner en vain. De la quantité de choses que tu voyais et éprouvais sans nous, et qui étaient chaque fois une course dans un mur. Croire que nous étions capables de t'aider, de te guider vers le destin qui t'attendait, c'était stupide ; autant que la tâche que nous t'avions confiée, notre manière de t'exhiber devant les voisins acculés et les histoires que nous te racontions sur notre idée de ce que tu étais. Toutes ces choses se sont dévidées en moi dans les quelques instants où nous sommes restés plantés là.

Puis tu as dit, « Je prends ce que je trouve. Quand y a pas assez de cailloux. »

Tu étais arrivé derrière nous pendant que nous étions dans nos pensées. Tu avais des choses à dire et tu n'avais pas besoin que nous te posions des questions ; tu as continué à parler. Avec le transplantoir, tu as désigné la tombe devant laquelle nous étions. « C'était un chien. Un chien errant, un corniaud. »

Tu nous as raconté que tu l'avais trouvé un jour où tu traînais près du canal, tu jetais des cailloux dans l'eau en essayant de ne pas penser au reste. Le chien avait été percuté par un véhicule. Probablement un des camions de livraison ou des monstres industriels qu'on entendait gronder sans arrêt le long du canal. Le chien s'était traîné jusqu'à la clairière, cassé de partout. Je peux seulement imaginer la trace visqueuse que ses boyaux laissaient par terre.

Tu nous as raconté que tu avais essayé de le réparer et que, en posant les mains sur lui, pour la première fois tu avais senti quelque chose d'important : tous les endroits où son corps était brisé. Tu nous as dit que c'était comme un puzzle, qu'il te suffisait de remettre les pièces à leur place. Mais dès que tu commençais à travailler à un endroit, un autre commençait à mourir. Alors tu passais à celui-là et celui que tu venais d'arranger se défaisait, et ainsi de suite, et au bout du compte tu as perdu. « À la fin, j'étais le chien, nous as-tu dit en te mettant à trembler. Je courais sur une route pleine de soleil. Mes pattes frappaient la terre et mon corps était un nœud de muscles qui travaillaient. J'étais heureux, la vie était facile… Je courais, je courais, je courais, mais à un moment tout est devenu de plus en plus faible, et après je flottais dans le noir. »

Tu avais enterré le chien et parfois tu venais lui rendre visite. Tu nous as dit que ça te faisait du bien, que tu te sentais plus léger, comme si tu recommençais à courir dans sa peau.

Et c'était exactement ce que nous ressentions. Par la suite, le champ serait fermé, la clôture deviendrait un mur qui deviendrait un bâtiment dans lequel on fabriquerait et entreposerait du ciment, et ton cimetière disparaîtrait sous ses fondations. Mais je m'en souviens tel qu'il était à cette époque.

Tu nous as expliqué que, après le chien, il y avait eu d'autres animaux. En groupe ou égarés, empoisonnés à l'antigel, brisés par des voitures, rongés par le cancer, ils employaient leurs dernières forces à ramper jusqu'ici, à t'attendre. Ils te donnaient les dernières étincelles de leur vie.

J'ai dit, « Je suis désolée. »

Tu as dit, « Je sais pas ce que je dois faire. J'arrête pas de tout rater. »

Augie a posé une main sur ton épaule. Il a dit, « Non, c'est faux.

— Comment ça ?

— Y a plein de bonheur, non ? a dit ton père. Tout à la fin. En tout cas, moi, c'est ce que j'ai ressenti. »

Mais tu as fait non de la tête. « Faut que je commence à arranger les choses. »

Et puis tu t'es corrigé : « Faut que j'arrange tout. »

Après les requins, pendant des nuits entières, ton père et moi nous nous sommes demandé ce qui allait arriver, ce que tu allais être. Je crois que ce jour-là, au cimetière, pour la première fois nous avons réellement pris la mesure de ce que tu étais. Si effectivement tu étais plus apparenté aux dieux qu'à nous – si tu étais quelque chose de nouveau, voué à refonder les îles, tous les anciens rois réunis dans le petit corps d'un garçon –, alors bien sûr ce n'était pas moi qui allais pouvoir t'aider à réaliser ton potentiel. Mon temps de mère ressemblait aux derniers hoquets de la chouette et bientôt tu allais devoir te défaire doucement de mon amour, le replier, l'enfouir dans le sol de ton enfance et avancer.

Je me souviens de m'être assise dans l'herbe, appuyée contre la poitrine de ton père. Les ombres s'étaient déposées sur l'eau du canal, et bien plus loin les lumières de Honolulu scintillaient. L'or de l'ultime vol de la chouette demeurait en moi même si la vision s'était depuis longtemps fondue dans l'obscurité.

DEUXIÈME PARTIE

ASCENSION

6

DEAN, 2004

Spokane

À mon avis, avant que les premiers Hawaiiens deviennent Hawaiiens, ils vivaient à Fidji ou dans les Tonga ou n'importe où et ils ont trop fait la guerre contre trop de rois et une partie des plus forts ont regardé les étoiles et ils y ont vu une carte indiquant un monde qui pourrait devenir à eux. Ils se sont cassé le dos à fabriquer des canoës capables de transpercer des houles de dix mètres et des voiles assez grandes pour transformer le vent en poing et ils se sont libérés de leur vieille terre. Tchao les rois tchao les dieux tchao les règles tchao l'autorité tchao les limites. Et puis à un moment, pendant toutes les nuits qu'ils ont passées sur l'eau, avec leurs tatouages et leurs gros muscles couverts de sel, ils ont aperçu la nouvelle terre de Hawaii sous la lumière blanche de la lune et ils se sont dit : là. C'est chez nous. Tout à nous, tout de suite.

Eh ben moi, ma première nuit à Spokane, ça a été pareil. Sans déconner, j'ai senti tous les rois d'avant, fort, dans mon cœur, qui chantaient dans mon sang. Je les voyais à côté de moi, même les yeux ouverts. On était les mêmes, eux et moi ; je m'étais élancé dans le gouffre de ciel entre Hawaii et le continent, j'avais vu les grands quadrillages des villes par le hublot de l'avion, les gratte-ciel et les autoroutes qui avaient l'air de continuer à l'infini, tout en or et en blanc. Et pour moi, c'était exactement pareil que les étoiles qui avaient guidé les premiers Hawaiiens, ça me montrait la direction de ce qui était à moi. Tout à moi, tout de suite. Quand je suis descendu de la navette à Spokane au milieu de la nuit, devant les belles pelouses et les bâtiments en briques toutes neuves, et quand j'ai vu les entraîneurs qui étaient là pour m'accueillir parce que j'étais une des meilleures recrues de première année dans tout le pays, je me suis dit, Ouais putain, c'est moi le roi.

Tout le temps que j'étais à Hawaii, on me disait qu'il fallait que je croie en Noa, que je le soutienne. Comme si c'était mon boulot de le surveiller, de rester à la deuxième place pour l'aider à passer la ligne en premier.

Désolé, mais la deuxième place c'est pas mon truc.

Et tout ça pour quoi ? Il nous a jamais rapporté grand-chose, Noa, et les parents continuaient à galérer à la fin du mois. C'est pareil partout dans les îles. Le seul moyen de s'en sortir c'est de devenir tellement bon dans un domaine que quelqu'un va te donner de l'oseille pour ça. Beaucoup d'oseille. Et quand j'ai posé le pied à Spokane, j'ai su que mon tour était enfin arrivé.

J'ai débarqué ici à l'automne 2004. Y avait que le basket qui comptait. Toute l'équipe pour les exercices d'intersaison sur la piste d'athlétisme, en haut, au niveau de la piste d'athlétisme, squats face au mur, cardio et ensuite retour à la salle de muscu. Les mecs me demandaient si j'avais déjà vu un endroit comme ça, des rangées et des rangées de gradins pour des milliers de fans, le top des appareils de muscu, de la peinture fraîche sur les casiers, et moi je répondais, C'est pas parce que je viens des îles que j'ai jamais rien vu. Mais n'empêche que c'était vrai, pas parce que je venais des îles mais parce que je venais de Lincoln. Les seules fois que j'avais croisé ce genre d'installations c'était quand on allait jouer à Kahena ou dans un autre lycée de bourges. Donc, ouais, j'avais déjà vu des endroits comme ça, mais ça avait jamais été chez moi.

Tous les couloirs, les labos et les parties communes, je suis sûr qu'ils les repeignaient tous les deux ans, et aussi la jolie petite librairie pleine de bouquins qui coûtaient un bras. Mais je vous jure, cette fac, y a que dans les vestiaires qu'elle était pas blanche comme le lait. La première fois que j'ai vu une peau foncée sur le trottoir je me suis dit, Merci mon Dieu, je commençais à croire que j'étais le dernier survivant.

Les cours ? Je savais même pas dans quelles matières j'étais inscrit, sans déconner, c'est la direction de l'équipe qui s'en était occupée, et j'avais aussi de l'aide pour les devoirs, la première semaine les mecs de l'équipe m'ont trouvé une tutrice, une deuxième année s'il vous plaît, des grands yeux, un jean moulant et une croix autour du cou, parfaite. Ils m'ont dit, Elle va t'aider, elle sait qui on est. Et ça s'est passé exactement comme ils ont dit. Bien sûr, c'était quand même moi qui écrivais les chiffres et les mots, mais mon cerveau était ailleurs, dans le creux de son coude ou sur son nez au milieu des taches de rousseur. C'est mortel, la fac.

Mais le basket, ça rigolait pas. Tous les jours, tout le temps. Tous les quinze à transpirer dix fois plus fort qu'à la maison. On n'arrêtait jamais de jouer, le bruit du ballon sur le bois verni, les gazouillis parfaits de nos chaussures. On faisait des un contre un, des deux contre deux, des deux contre un. On travaillait nos tirs en suspension, nos *turnarounds*, nos courbes de tir. Mais c'était plus le même niveau. Les gars de l'équipe, ils étaient beaucoup plus rapides, beaucoup plus forts et beaucoup plus intelligents que tous ceux que j'avais affrontés à Lincoln, c'était des hommes et plus des gamins, et pendant toute la première année je l'ai bien senti. Ils avaient tous un pas d'avance sur moi et deux centimètres de détente en plus, une fois sur deux ils bloquaient ou ils récupéraient mes balles et j'avais pratiquement l'impression que l'atmosphère se raréfiait et devenait molle.

Sois plus grand. Sois plus fort et plus rapide. Pas le choix.

Après l'entraînement, on se retrouvait à cinq ou six à la cafét avec les genoux qui refroidissaient sous des grosses compresses, on regardait le bœuf mou et les brocolis dans notre assiette mais on n'avait pas faim, on était encore cramés parce que l'entraîneur nous avait fait courir comme des taureaux dans une arène. Entre l'odeur grasse de la viande brûlée qui imprégnait le réfectoire, le plafond haut comme une cathédrale et les tables gelées, ça faisait huli-huli dans ma tête. J'avais l'impression d'être défoncé alors que j'étais aussi sobre qu'un témoin de Jéhovah.

À un moment Grant a dit, « Je crois que je viens de m'endormir les yeux ouverts.

— J'ai vu, a dit DeShawn. Moi, j'essaie juste de pas me pisser dessus. Comment ils veulent qu'on aille aux chiottes avec ça ? » Il a secoué ses genoux dans les compresses. « Quand ils nous glacent les genoux, ils devraient au moins nous filer des couches.

— Tu fais quoi, là, tu te réhydrates ? a demandé Grant en montrant du menton le gobelet XL que DeShawn était en train de boire. Lui je te jure, il parle tout le temps de se réhydrater, mais il boit du Coca au réveil. » Ils partageaient la même chambre, Grant le cachet d'aspirine style John Stockton qui se prenait pour un Noir, et DeShawn qui avait grandi à L.A.

« J'ai besoin de caféine, a dit DeShawn avec l'air de s'excuser.

— Ben t'as qu'à boire du café, gogol.

— Ça a le goût de ta mère, le café.

— Fermez vos gueules, a fait Grant. J'aimerais bien me détendre.

— Ça fait depuis le début du semestre que tu te détends, a dit DeShawn. Avec tes cours d'histoire et tout. Moi j'arrête pas de penser au calcul appliqué. J'ai partiel dans deux jours, mais comment ils veulent que je bosse ce soir ? J'ai l'impression que mon cerveau a fumé mille spliffs.

— T'as l'impression qu'il va s'envoler, c'est ça ? Que ton cou le retient plus.

— Ouais.

— Grant il est toujours dans cet état, j'ai dit. Je parie qu'il bouffait de la colle au fond de la classe.

— En primaire, avec ses grandes oreilles, a dit DeShawn. Je l'imagine trop.

— En primaire de quoi, j'ai dit. Moi je te parle de la semaine dernière. »

DeShawn et Grant ont éclaté de rire, genre ils ont *hurlé*, pliés en deux sur la table, et d'autres gars aussi.

Cette sensation, là. Que je commençais à faire partie de quelque chose, à être comme ces mecs. On était tous ensemble sur le terrain, on saignait, on galérait et on bossait, et leur manière de dire, C'est bien, pareil mais un peu plus fort, lance par là, ou sinon quand j'ai enfin réussi à mettre des tirs en course ils m'ont dit, Comme ça, tu refais pareil à chaque fois, je savais qu'ils croyaient en moi. Ils voyaient ce que j'étais et ce que j'allais être.

Et à la maison ? J'appelais régulièrement mes parents, le plus souvent j'étais posé dans le canapé qu'on avait calé sous le lit en mezzanine de notre chambre, un canapé à carreaux vert avocat avec des trous de clope comme des taches de rousseur, contre le mur en face du minifrigo. Les grattements de poule de Price, mon coloc, qui faisait ses devoirs – lui non plus il n'avait pas d'ordi, on était peut-être les deux seuls mecs de l'école à pas en avoir, fallait toujours qu'un truc me rappelle d'où je venais –, et je parlais à tout le monde au téléphone, Maman Papa Noa Kaui l'un après l'autre.

Chaque fois je demandais à Papa, Alors, il fait beau chez vous ?, parce que je savais qu'il aimait bien se foutre de moi vu que je me caillais à Spokane, et lui il répondait, Ah, c'est génial, on a passé tout le week-end à la plage avec Maman, Kaui et Noa, du soleil le matin et de la pluie le soir, parfait. Et toi, au pays de la glace pilée ? Si tu lèches un poteau t'as la langue qui reste collée ou pas encore ? Ensuite il se marrait et il disait, Allez allez allez. Dis-moi comment ça va.

Après il me racontait deux trois conneries et puis Maman arrivait et elle faisait pareil, mais avec les deux on en arrivait assez vite au moment où ils disaient, Si tu voyais ce que fait ton frère. À tous les coups, chaque fois que j'appelais, je pouvais faire tout ce que je voulais, ça ratait jamais. Ils me racontaient que même les profs ne savaient pas quoi faire de Noa, qu'il cartonnait dans toutes les matières à Kahena, en chimie, en hawaiien ou en maths comme si c'était rien du tout. Qu'il était passé dans le

Honolulu Advertiser parce qu'il avait eu un score parfait au SAT et que les parents étaient noyés sous les grosses enveloppes et les mails et les appels de toutes les universités, qu'ils avaient l'intention de commencer à lui faire suivre dès maintenant des cours à la fac. Et ils disaient qu'il allait sûrement s'inscrire à Stanford.

Je détestais cette partie de nos coups de fil. Je voulais savoir et en même temps je voulais pas savoir où il en était. Et surtout pas ce qu'il faisait, ses dons de kahuna, vous voyez ? Mais bon, quand j'avais Maman au téléphone, le plus souvent elle me parlait d'un prix qu'il avait remporté, des nouveaux cours spéciaux qu'il prenait ou de je sais pas quoi, et Papa et elle ne me disaient jamais rien à propos de l'autre partie de lui, celle qu'on ne comprenait toujours pas vraiment. Par moments j'aimerais bien savoir ce qui se passe à l'intérieur de lui, disait Maman. Est-ce qu'il t'en parle, à toi ?

Les premières fois qu'elle m'a fait ce plan – qu'elle m'a posé des questions sur lui, l'air de croire qu'on parlait dans son dos, comme des frères normaux j'imagine –, je me suis dit qu'elle était vraiment à la ramasse.

Mais cette fois-là, je l'ai coupée. « Tu sais, j'ai dit, je crois plus trop en lui. Pas de la même façon que vous, en tout cas.

— Ce n'est pas une question de croire, a dit Maman. Tu ne vas quand même pas nier ce que tu as vu de tes propres yeux ?

— Je dis pas que ça existe ou que ça existe pas. Mais comment ça se fait que moi j'ai jamais rien senti ? Si y a des dieux, comment ça se fait qu'on les ait pas tous en nous ?

— D'où est-ce que tu sors ça ? Ce sont les haoles qui te

mettent des idées dans le crâne ? Tu ne parlais pas comme ça, avant.

— Moi, je crois que vous regardez pas là où il faut. J'ai eu une bourse, Maman. Les mecs qui sont admis ici, ils sont recrutés rapidement en NBA. Tous les ans. Mais peut-être que vous ouvrirez les yeux le jour où je ramènerai mon premier gros chèque.

— La seule chose que je t'ai demandée, c'est si Noa te parle ou pas », a dit Maman. Je lui ai laissé le dernier mot. Mais j'avais envie de lui balancer, Peut-être que je vois pas les choses comme toi parce que je suis le seul à capter comment marche le monde.

« Noa me dit rien de spécial, Maman. » C'était la vérité. Quand on se parlait au téléphone – j'entendais bien que les parents le forçaient à venir –, c'était style, Quoi de neuf, rien, paraît qu'il va y avoir un nouveau labo au lycée, ouais, alors tu vas partir en voyage avec ton équipe, ouais, cool, ici il pleut, c'est naze, je voulais aller à la plage, t'as d'autres nouvelles, non, moi non plus.

Sauf que, à ce moment-là, y avait toujours un blanc. C'est comme ça que je savais que ça bouillonnait dans sa tête et qu'il en parlait à personne. Mais j'étais trop loin, j'arrivais jamais à le rejoindre là où lui il était. Je sais pas pourquoi. Donnez-moi une chance de recommencer et je sauterai ce fossé en une seconde, même si pour ça il faut des pleurnicheries de mahu, genre un câlin à distance. Donnez-moi une chance de recommencer et je le ferai en un claquement de doigts.

En général c'est Kaui que j'avais en dernier au téléphone. Je parie que Maman lui faisait du chantage, privée de sortie au centre commercial si elle me parlait pas, mais honnêtement c'était elle que je préférais. Personne ne me surprenait comme elle.

Je me rappelle un jour où elle m'a demandé, « Ils t'ont fait le coup de te poser des questions sur Noa ?

— Ouais, j'ai dit. Chaque fois ! Pourquoi ils font ça ?

— Je te jure, Dean, par moments j'ai l'impression qu'ils oublient que j'existe. Ils t'ont raconté que je suis première de ma classe à Kahena ? Et que je fais partie des meilleurs élèves de tout le pays ? » Elle avait peut-être quatorze ans à l'époque, mais elle m'épatait parce qu'elle donnait l'impression d'être déjà partie de la maison. Limite, je l'entendais comparer des taux d'intérêt et vérifier sa valise avant de partir à New York pour un colloque, en même temps qu'elle me racontait sa vie avec un verre de vin et un sudoku dans une main et le téléphone dans l'autre.

« Je sais pas, j'ai dit. Peut-être.

— Pas la peine de mentir.

— Et le hula ? » j'ai demandé, n'importe quoi tant que ça nous permettait de nous calmer.

« Ça va, elle a dit. On a dansé à Ala Moana le week-end dernier et on a une autre représentation au Hilton. Et le mieux c'est qu'on est payées pour ça, mais on doit tout reverser au hālau.

— On dirait que vous dansez surtout pour les haoles. Ça te plaît ?

— Mais putain Dean, va te faire foutre. Je suis sûre que nos spectateurs sont toujours moins blancs que toi. Ça va, le froid, tu te transformes pas trop en haole ?

— Non. » Je mentais.

« Et je parie aussi qu'ils t'envoient des meufs de première année avec les cheveux lissés pour faire tes devoirs et baver devant toi. »

Je me suis marré. J'ai dit, « C'est bon, je déconnais pour le hula », même si elle avait raison et moi aussi, et on le savait l'un et l'autre. Quand j'y repense aujourd'hui, je trouve ça drôle, on avait tous les deux vu clair dans le jeu de l'autre et on était dégoûtés tous les deux.

« Tout le monde "déconne" tout le temps, a dit Kaui. Sauf que c'est pas tout le temps la vérité.

— Détends-toi, la tigresse », j'ai dit, mais je comprenais ce qu'elle ressentait. Sa soif, sa rage.

Je crois que même parler de Noa, même papoter comme on faisait, c'était déjà quelque chose. Quelque chose qu'on partageait, qui nous appartenait. Kaui ne m'aimait pas beaucoup et je ne peux pas lui en vouloir, surtout pour après, quand ça a commencé à se barrer en vrille à Spokane, là elle était toute seule à la fac à San Diego et elle m'aimait encore moins. Mais pendant un moment, quand on se parlait au téléphone, on se la pétait un peu, on se soutenait mutuellement, parce que ça, personne n'allait le faire à notre place. Et je me rendais compte que même si j'étais le premier canoë à avoir pris le large, à se frotter à ce qu'on croyait être possible pour notre famille, Kaui et Noa suivaient juste derrière.

Cette première année, ouais, je commençais à me chauffer la tête et à traîner avec les mecs de l'équipe, mais je restais le remplaçant de Rone, c'était lui l'arrière titulaire et tout le monde se tournait vers lui quand les matchs étaient serrés. En deuxième année, quand la saison a repris, j'ai tout fait pour ne pas rester dans son ombre, je poussais de la fonte et je me défonçais au cardio et au gainage, et en dehors des entraînements j'avais constamment des poids aux chevilles qui frottaient contre ma peau quand je marchais et qui la transformaient en corne. J'ai commencé à avoir l'impression que je m'endormais et que je me réveillais sur le terrain ou bien en train de saigner, de suer ou de postillonner sur les appareils de muscu, au milieu du crissement des semelles sur le bois verni, et je glissais, je me baissais et je m'envolais avec la balle. Mais ni l'équipe, ni l'entraîneur, personne ne savait encore qui j'étais.

Et puis il y a eu un soir où on jouait à domicile et ils ont décidé que ça allait être une « soirée hawaiienne », alors ils ont filé des colliers de fleurs en plastique aux supporters et dans les buvettes on pouvait acheter du punch, de l'ananas et du porc kalua dégueu. En arrivant pour l'échauffement, j'ai vu des gens dans les gradins qui devaient être au courant parce qu'ils avaient des chemises à fleurs en polyester achetées sur Internet et des chapeaux de paille, ils buvaient ce punch à la con et ça m'a donné envie de foutre mon poing dans la gorge de tous les haoles que je croisais.

Je me souviens de ce match comme si j'étais encore en train de le jouer, comme si ce qui est arrivé ensuite s'était passé à l'intérieur de mon corps et se reproduisait chaque fois que j'y repense. On jouait contre Duke ce soir-là, un gros match de début de saison où on voulait montrer à tout le monde de quoi on était capables, mais à la mi-temps on avait douze points de retard et ça allait de pire en pire.

Pendant qu'on était dans le couloir, en attendant de ressortir pour l'échauffement avant la deuxième mi-temps, il m'est arrivé un truc. C'était peut-être à cause de la chanson d'Iz qui passait dans la salle, ou alors c'était à cause de tous ces imprimés à fleurs, ou peut-être que l'odeur de leurs faux kalua et pōke m'a mis dans la bouche le goût des vraies recettes de la maison, ou bien ça venait de la quantité de Hawaiiens dans les gradins – y en avait plus que je pensais à Spokane –, ou c'était tout simplement en moi et ça se réveillait parce que je savais d'où je venais et ce qui était en train de se jouer ce soir-là.

J'en sais rien. Ça flottait dans l'air. C'était vert, frais, fleuri, je vous jure que j'ai senti l'odeur des îles, la même que quand j'étais petit, les fougères de la vallée après la pluie et la brume salée près de la plage de sable noir. C'est tout juste si y avait pas des voix qui chantaient dans ma tête. Et dans ma poitrine je me sentais roi, énorme et ancien.

Quand on est rentrés sur le terrain, j'étais partout à la fois. Les autres joueurs, c'était des panneaux de sortie que je dépassais sur l'autoroute. Je leur chopais la balle dans leurs grosses mains lentes, je changeais d'appui, je chargeais, j'enchaînais les bras roulés, les doubles pas, et je mettais des trois points de tellement loin que franchement j'aurais pu tirer depuis l'espace. Tout rentrait. Pas plus difficile que de lancer des cailloux dans un lac. Je crois que l'entraîneur était énervé parce que je ne faisais presque jamais de passes, un coup sur deux je remontais tout le terrain tout seul, et sans déconner, tout le monde dans les deux équipes s'arrêtait pour me regarder. Dans les gradins ça faisait, Et allez, il recommence.

Le coup de sifflet final arrive, on gagne de dix points et tous les gars de l'équipe sautent et se frappent la poitrine, avec moi au milieu. Le stade explose de cris et d'applaudissements et sur le terrain on se pousse et on se crie dans la gueule, le genre de moment où t'es encerclé par la chaleur et les postillons de tes frangins. On a gagné. Et plus tard, une fois que tout le monde avait quitté les vestiaires, j'ai traversé le campus tout seul, la neige sale et les briques mouillées, et je sentais encore l'île en moi, ça coulait comme du sang sous ma peau alors qu'il faisait tellement froid que ma tête dégageait de la vapeur et que ma respiration fumait dans l'air gelé.

Après ça, j'ai pas ralenti sur le terrain. Y a eu plusieurs matchs, pareil. Et les choses ont commencé à changer, les gens qui me connaissaient et ceux qui ne me connaissaient pas. Du coup, quand j'appelais à la maison, les parents parlaient de *moi*, Maman me disait que les clients lui posaient des questions sur moi quand ils la voyaient au J. Yamamoto, et aussi que les chaînes locales commençaient à suivre nos matchs et disaient que je venais de Hawaii et que je cartonnais à l'université, un peu partout ça parlait déjà des *playoffs* et du tournoi, de l'équipe qui me recruterait, et ça donnait des claques dans le dos de Papa à l'aéroport, Alors comme ça ton fils a fait un double-double hier soir ? Pendant cette période-là, à chaque match qui a suivi la soirée hawaiienne, j'avais cette grosse sensation en moi, celle qui s'était réveillée à la mi-temps et qui ressemblait à un ouragan, et même si elle était pas pareille que le truc de Noa, je savais que c'était quand même quelque chose de gigantesque, assez puissant pour que ma famille puisse s'en aller de la baraque merdique à Kalihi et s'installer dans un endroit mieux.

7

KAUI, 2007

San Diego

Quand j'ai rencontré Van, on était devant la gueule noire d'une canalisation avec un petit tas de cocaïne entre nous et elle me demandait si j'en voulais. Je cherchais encore mon souffle, j'avais foutu le camp d'une soirée qui puait la fumée et le renfermé au moment où la sécurité du campus avait fait irruption, Van et ses potes c'était pareil, et quand on a arrêté de courir et qu'ils m'ont vue sur le trottoir, Van a dit, « J'ai entendu les sons que tu passais », puis elle s'est tournée vers une de ses potes et elle lui a dit, « La meuf, elle mettait du Jedi Mind Tricks ! », et sa pote – Katarina – s'est marrée et l'anneau qu'elle avait dans la lèvre s'est mis à briller avec le même éclat humide que ses dents. Leur bande, c'était deux filles, des haoles, et un Vietnamien qui avait sorti sa bite de son pantalon et qui arrosait une haie en nous tournant le dos. Katarina a dit qu'elle aurait bien aimé pisser dans la bouche du mec qui l'avait collée toute la soirée et Van a répondu qu'il aurait sûrement aimé ça et Katarina a dit, « Ben dans ce cas j'aurais chié dedans », et là j'ai compris que j'avais trouvé ma tribu alors qu'ils ne savaient même pas encore comment je m'appelais.

« Kaui ? » a répété Van quand je leur ai dit mon prénom. J'ai flashé sur elle. Elle avait un carré coupé à l'arrache et dans les yeux l'air à la fois de s'emmerder et d'être prête à allumer un incendie. J'ai dit, « Ouais. » Elle a dit, « Les volcans, les indigènes en colère. » Et j'ai été obligée de rire. Au moins parce qu'elle m'épargnait les *Elle est où ta couronne de fleurs* et *Est-ce que tu fais du surf* ou *Les fruits sont tellement bons là-bas que je peux plus en manger ailleurs* et *J'aimerais trop aller à Hawaii pourquoi t'es partie*. Van avait des bras épais, comme moi, sauf que dans les siens il y avait des muscles qui ressortaient dès qu'elle bougeait. Katarina était plus blanche et elle avait des cheveux noirs coiffés n'importe comment. Maigrichonne, un cintre avec un T-shirt Nirvana jeté dessus. Celui qui pissait, c'était Hao, il avait un torse trapu fait pour la voile et pendant qu'il secouait les dernières gouttes il disait qu'il devrait penser à mettre des couches pendant les soirées bière. « Non mais plus sérieusement, il a dit ensuite, j'ai entendu des trucs sur Hawaii. C'est vrai qu'il y a des endroits où ils chassent les Blancs pour le plaisir ?

— Seulement dans les écoles primaires, j'ai dit.

— Je l'aime bien, elle », a dit Van à la cantonade. J'avais bu quatre bières, j'étais dans le brouillard, je ne me rappelais même pas qu'on était partis de la soirée au même moment. La fête, ses hurlements, sa moiteur et son haleine de clébard, puis la nuit paisible, un drap posé sur ma tête, et d'un coup on était là. Sur la berge d'un grand fossé en béton, devant l'entrée d'une canalisation assez large pour engloutir un camion. Au-dessus de nous, les voitures fonçaient sur le boulevard. J'étais à cinq mille kilomètres de Hawaii et de toutes les personnes qui connaissaient mon frère et je ne serais plus jamais obligée d'être la sœur d'un miracle. Et il y avait aussi la cocaïne, toute propre sur l'arrière du téléphone de Van.

Elle m'a demandé, « Première fois ? »

Katarina a dit, « Ça va aller », puis elle a baissé la tête et elle a inspiré. Elle s'est redressée et elle a avalé tout l'air comme si elle remontait du fond de l'océan. Elle a levé la tête jusqu'au ciel et elle s'est étirée sur la berge. Elle a laissé le sommet de son crâne taper contre le béton.

Van a fait une nouvelle trace sans dire grand-chose et Hao a demandé, « Tu la prends ou je la prends ? » et je me suis aperçue que c'était à moi qu'il parlait. J'ai aspiré le petit tas que Van avait préparé et mon sang est monté d'un coup dans ma tête comme une décharge de lumière. J'ai eu des picotements de bonheur dans tout le corps. Je me suis dit, L'amitié. L'amour. C'est ça que ça fait.

Très loin et tout près de moi Katarina a dit, « On se fait la canalisation. On peut se la faire. Sérieux, sérieux », son sourire plein de dents pointues. Un rire quelque part.

« La canalisation. » Est-ce que c'était Van ou moi qui faisait l'écho ? « Facile. »

Et l'instant d'après on était sous la ville dans la canalisation béante, on courait dans le noir en criant. Nos mains glissaient sur les stries métalliques infinies et nos pieds résonnaient dans les ténèbres. Dans ma tête ça faisait : *Y a un virage juste devant, si on va assez loin on verra la lumière*. Mais la canalisation était de plus en plus sombre, ça sentait les batteries et le vieux linge sale. Tellement sombre que mes yeux inventaient des choses : des boules rouges et bleues qui flottaient devant moi quand je clignais des paupières, des grattements pressés sur les parois devant nous, des animaux qui décampaient dans l'obscurité. L'impression qu'il y avait tout le temps quelque chose juste devant. Ça aurait aussi bien pu être un mur en ciment. Un grillage qui se défaisait en se changeant en planche à clous. Rien à battre, disait mon corps palpitant. On serait passés à travers n'importe quoi la tête en avant, on était des os incassables et de l'énergie pure. Des locomotives. C'était quoi ce train qu'on était devenus aussi rapidement ? Il rugissait, m'éloignait de Hawaii. Ici, maintenant. Et, oui, c'était ce que je voulais : San Diego, oui ; adieu les îles, les dieux, la légende de Nainoa.

On l'a refait souvent cette année-là. On n'a jamais trouvé le bout mais on a toujours réussi à retrouver la sortie.

J'étais ingénieure, ou du moins j'étudiais pour le devenir. Il y avait des livres, des pavés remplis d'équations d'une page de long. Ils mordaient ma colonne vertébrale quand je mettais mon sac sur mon dos et ils avaient des titres profonds et sexy, du style *Les Fondamentaux de la thermodynamique appliquée*. En plus, je passais ma vie dans des labos avec des panneaux de bois aux murs, des vieux bechers en verre, des tables d'équations physiques courantes qui s'écornaient sur les murs et les coins des bureaux. Et des garçons. Toujours, toujours des garçons. Des classes entières de garçons gaulés comme des lézards ou des ours en peluche. Toujours les premiers à dégainer leur opinion, à balancer leur science à la gueule des autres. J'imagine que les études d'ingénieur peuvent ressembler à plein de choses, mais avant tout elles ressemblent à n'importe quel endroit où on compte vingt garçons pour trois filles. J'y allais avec le dos raide comme une tige. Dans ma tête, je me disais, Sois sans pitié. Et je l'étais.

Des fois, je m'asseyais à côté des deux autres filles

– Sarah et Lindsey –, mais ça me donnait l'impression qu'on se regroupait uniquement parce qu'on croyait en avoir besoin. Nos conversations étaient rares et poussives, et elles tellement haoles – Idaho, Dakota du Nord ou je sais pas quoi –, c'était évident qu'elles ne s'étaient jamais retrouvées assises aussi près d'une peau brune. Donc j'ai fini toute seule, mais ça ne me dérangeait pas, ça me plaisait même. Jusqu'au jour, quelques semaines après la rentrée, où on a commencé les travaux de groupe et, vu que j'avais snobé les filles, j'ai dû aller avec des mecs.

Mes souvenirs des travaux de groupe : Philip qui se mettait à bander en entendant le son de sa voix, toujours le premier à proposer une solution. Et tant qu'à faire il la notait direct sur la feuille de rendu. Moi, je faisais tous les exercices de mon côté – c'était le seul moyen pour être sûre de tout bien comprendre –, donc on s'engueulait souvent, lui et moi. Il me rappelait Nainoa dans le sens où, maintenant, quand on se parlait au téléphone, mon frère avait réponse à tout, il écrasait tout ce que j'avais à dire et nos conversations dégénéraient en coups bas dirigés sur les points faibles de l'autre.

Et dans les travaux de groupe, ça donnait des choses du genre : je disais, « C'est pas le bon coefficient de friction », Preston ou Ed soupirait, et Philip la ramenait.

Il disait, « Si, c'est le bon. »

Je disais, « Regarde », et je reprenais l'équation, je lui expliquais pourquoi la vitesse finale qu'il avait calculée n'avait aucun sens dans ce contexte précis.

Et quand il apparaissait clair que c'était moi qui avais raison, Philip répliquait que ma première formulation n'était pas correcte et que, *lui*, il parlait d'autre chose. Ou bien qu'il avait voulu dire que j'avais mal équilibré l'équation, pas que mon résultat final était mauvais. « Ton calcul d'avant était dans le mauvais ordre. »

Des fois, à l'usure, je réussissais à lui prouver que j'avais raison. Mais là, il me répondait, « Du calme », en levant les mains comme si je le braquais avec un flingue. « Pas la peine de t'énerver. » Preston ou Ed haussait les épaules et ça ressemblait à un assentiment et ça me donnait envie de leur péter dessus.

Un jour, pour faire la paix, Preston m'a proposé, « Y a *Call of Duty 4* qui sort ce week-end. » Ou alors c'était l'autre mec du groupe. Gregory ? L'un ou l'autre, on s'en fiche. Ils étaient tous capables de dire un truc dans le genre n'importe quand. Ils étaient pareils, ils sentaient même pareil. Une odeur de fromage léché par le chien qu'on a laissé dehors toute la nuit.

J'ai soupiré. « C'est quoi, *Call of Duty 4* ? »

Silence. Je crois qu'ils auraient tous adoré si j'avais pu sortir de la pièce et ne jamais revenir.

« J'ai trop hâte, a repris Preston. Je vais aller passer la nuit devant le magasin.

— On y va tous, a dit Philip, tout excité.

— Pas moi », j'ai dit.

Nouveau silence. Une chaise a raclé le sol, leur cercle s'est un petit peu resserré en me laissant dehors. Qu'ils y aillent, si ça les amusait. Mais pas Ed. Ed, le preux. Il a saisi sa chance quand les autres se sont rapprochés. Il est venu s'asseoir à côté de moi. Son menton fuyant et ses lèvres grenadine. Il a dit, « Kaui », comme s'il s'était entraîné à prononcer mon nom devant la glace. Il s'est penché vers moi et il a hoché la tête. « Moi non plus, je vais pas acheter *Call of Duty*.

— Putain, mais Ed. Tu crois vraiment que je vais te laisser toucher mon vagin ? »

Souvent, je sortais le nez de mes bouquins et j'étais dans un coin sombre de la bibliothèque. Légère odeur de papier qui tombait en poussière, de colle à bois et de métal froid. Moi toute poisseuse à cause du manque de sommeil, les yeux cramés à force de lire. Et je me rendais compte que j'avais pas dansé le hula depuis mille ans.

Je pensais qu'il n'y aurait pas de hula en Californie, mais en fait si. Y a un paquet de Hawaiiens à San Diego, probablement parce qu'on ne peut pas être plus près des îles sans tomber dans le Pacifique. Je suis allée les voir un jour. Les Hawaiiens du club à la fac. Ils faisaient du hula dans la cour pendant les mois lumineux de l'année et ça aurait été hyper facile de m'intégrer. Des hapa hawaiiens, japono-portugo-tongans, hispano-coréens, des peaux brunes sous des sweat-shirts avec des logos d'écoles dont je connaissais la réputation. Des rires d'oiseaux-mynahs et des *Nan sérieux, on a du musubi on le fait ce soir* ou des *T'as écouté le dernier Jake Shimabukuro, il est mortel hein*, et des pieds nus dans les chambres, *Bocha le soir évidemment*, et tout ce qui faisait partie de moi, autant que mes os, mais qui sonnait faux maintenant sans que je sache pourquoi.

Je savais qu'ils connaîtraient Nainoa, ou Dean, les légendes dont je voulais me préserver. Si je traînais avec eux, si je dansais le hula, qu'est-ce qui se passerait ? Mon ancienne vie à Hawaii reprendrait possession de moi comme un somnifère. Elle m'assommerait et je ne serais plus qu'un membre du club. Je redeviendrais l'ombre de Noa, une ombre en forme de sœur.

Heureusement, il y avait l'escalade : un jour, dans le réfectoire moche et lourd qui sentait le pancake, Van a dit à Katarina, « Je te parie qu'elle sait grimper. T'en penses quoi ? » Et Katarina a répondu : « On va bien voir. »

Un pote de Van avait une voiture qu'il avait achetée pour rien du tout. Une berline japonaise à bout de souffle de je ne sais pas quelle année, vous voyez le genre. Le pare-chocs qui tenait avec du scotch et du fil de fer. Les ceintures de sécurité découpées ou mâchonnées ou sciées ou brûlées, un autoradio qui faisait un bruit d'électrocution. Des sièges qui sentaient, disons, vaguement les aisselles. Mais l'essentiel, c'était qu'elle avait quatre places et un coffre assez grand pour notre équipement, et que le pote de Van avait une clé collective qu'il laissait à droite à gauche et si on la trouvait on avait le droit de conduire. À condition que la voiture soit encore au parking, qu'elle n'ait pas été embarquée à la fourrière.

La voiture était encore au parking. On s'est mis en route vers le nord. Il était tôt, il y avait une lumière dorée typique de la Californie. On avait ouvert les fenêtres comme à Hawaii et nos cheveux volaient dans le vent, sauf ceux de Hao parce qu'ils ressemblaient à une explosion et étaient trop courts et trop raides pour bouger. On est restés tout du long sur la file de gauche, derrière les vitres c'était un défilé de panneaux, de terrains vagues et de centres commerciaux nazes tous construits en stuc blanc. Et des collines rouges comme des têtes d'allumettes, couvertes de buissons de sauge. À un moment, Van a mis son clignotant et nous a fait quitter l'autoroute et c'est seulement dans la bretelle, en sentant la force centrifuge dans mon ventre, que je me suis rendu compte qu'on roulait à cent cinquante depuis le début.

Les veines des lézardes rebouchées dans le bitume, le smog rose doré de l'aurore, les épis tombants des palmiers, les rectangles bruns des terrains en friche. Van s'est plantée deux fois de chemin et a frôlé un grillage derrière lequel des pitbulls aboyaient et bavaient tout ce qu'ils pouvaient.

Katarina et Hao s'envoyaient des vannes débiles comme s'ils étaient frère et sœur. Katarina insinuait que Hao se touchait en écoutant des boys bands à la radio. Hao répondait que ça n'avait rien à voir avec de la masturbation, qu'il apprenait simplement leurs chorégraphies. Ce qui les a ramenés à moi et au hula, eh merde…

J'ai demandé à Van, « On est bientôt arrivés ?

— Ouais, ouais. » On a fait un bond à cause d'un nid-de-poule. Des gravillons crépitaient sous les roues. Et puis Van a chantonné, « On est arrivés. » Elle a donné un coup de volant sur la droite, elle a écrasé les freins et la voiture s'est arrêtée en dérapant. Le nuage de poussière nous a rattrapés et quand il s'est dissipé on a découvert les cocons de plusieurs silos à grains, des colonnes cylindriques qui suintaient des crèmes industrielles non identifiées, des grues et leurs bras squelettiques et, au fond, des échafaudages. Une petite volée de corneilles s'est étirée dans la brise avec des cris comme des grincements.

Un peu plus tard on était à l'intérieur du silo. Le sol, c'était un labyrinthe de poutrelles, de lances de lumière et de tuyaux énormes, avec des rails pour des chariots le long de l'allée centrale large comme un wagon. Il y avait une atmosphère sacrée, hallucinante.

Au début j'étais seule avec Van ; Hao et Katarina suivaient derrière. Van tournait sur elle-même pour tout assimiler et sa respiration paraissait minuscule. Elle a ululé, une fois, doucement. La joie sur son visage. J'ai dit, Cool, c'est cool, sauf que je ne parlais pas de l'escalade ni du silo. Mais ça, je ne l'ai pas dit. Je ne lui ai pas dit à quel point je désirais ce qui était en train de se produire. Tout autour de nous, c'était plein d'angles et de corniches, de coins arrondis et de prises à attraper pour se hisser et grimper.

Elle a dit, « Y a des moments où je pense qu'à ça. » Elle a fait un signe de la tête à Hao et Katarina qui nous rejoignaient. « J'adore cet endroit, elle a dit. On va voir si tu réussis à tenir le rythme.

— Quand je passerai devant toi, tu me diras si mon jean me fait un beau cul. »

Elle a rigolé. On se regardait droit dans les yeux. Prendre une allumette, l'approcher du grattoir, créer l'étincelle. Quelque part, à l'échelle microscopique, des univers entiers de lumière chaude se rassemblaient autour du bout de l'allumette. Voilà où on en était.

« Si tu veux, *hula girl*, a dit Van. Prends-le sur ce ton. »

On s'est élancées. D'abord Van et moi en ligne droite sur deux colonnes de fer, on s'agrippait aux rebords et aux corniches, avec nos semelles de caoutchouc en guise de pattes on dansait, on se balançait, on se hissait et on montait ensemble. À mesure qu'on grimpait on s'écartait, tous les quatre, avec des grognements et des chocs, on s'éloignait du sol, on s'élevait dans la cage thoracique de ce géant d'acier mort. Vers son cœur. Je me suis rapprochée de Van, de Katarina, de Hao. Je voulais qu'on soit près, qu'ils ressentent avec moi la grande chose sans nom dans laquelle on s'était frayé une voie, ce silence comme la présence d'un dieu qui n'appartenait qu'à nous.

Je parlais à mes parents au téléphone mais c'était naze. Ça me maintenait le cul entre deux chaises, vous comprenez ? Ici et là-bas à la fois, et nulle part j'étais chez moi. Mais à choisir entre les deux, Hawaii commençait à perdre du terrain. Je sentais presque le soleil, le sable et le sel des îles qui se détachaient de moi.

« Comment ça va chez les haoles ? » a demandé mon père, sa manière préférée de commencer nos coups de fil.

J'ai répondu, « Personne se lave et la bouffe est dégueu. »

Il s'est esclaffé à l'autre bout de la ligne. J'arrivais pratiquement à entendre son sourire. Il a dit, « Je le savais ! Je le savais. Le continent et ses haoles qui puent. Alors ça y est, c'est toi qui fais la loi sur le campus ? »

J'ai pensé, Donc tu écoutes ce que je dis, Papa. Au moins un petit peu.

J'ai répondu, « Évidemment. Et j'ai aussi commencé à braquer des banques le week-end.

— Ça c'est ma fille », a dit Papa, autant à moi qu'à ma mère. « T'as intérêt, vu les factures qu'on reçoit. »

J'ai eu envie de répliquer que j'avais cosigné le prêt et qu'il n'était pas le seul à payer. Qu'ici certains étudiants n'avaient pas eu besoin d'emprunter, et quand c'était le cas ils dépensaient leur argent comme si leur avenir était déjà écrit : ordis neufs, soirées au resto et meubles dans le style sexy-scandinave. Alors que moi je bossais sur des photocopies ou des bouquins chourés à la bibli en arrachant la bande magnétique. Au McDo, je prenais le menu le moins cher en quatre exemplaires, histoire de remplir le minifrigo pour la moitié de la semaine, et les jours restants je me nourrissais de nouilles instantanées tard le soir. Je n'oubliais pas d'où je venais, je n'oubliais pas que chaque semestre les frais d'inscription étaient un revolver sur la tempe des parents. Et sur la mienne.

J'ai serré les dents. J'en ai eu mal dans toute la mâchoire. « Je sais, Papa. Crois-moi, je sais.

— Les gens de nos jours, je te jure. On dirait que tout le monde cherche à nous piquer le plus de fric possible, tu trouves pas ? Dès qu'ils se disent que ça pourrait être un peu plus cher, ils montent les prix.

— Et à la maison, comment ça va ? j'ai demandé. Vous faites toujours vos trucs, Maman et toi ?

— Tu veux savoir si on couche ensemble ? Oh que oui, on arrête pas. Tiens, hier soir on était...

— Papa...

— Non mais je rigole pas, on est allés à l'Osmani pour le happy hour et j'ai dit à ta mère que personne nous verrait sur le parking et...

— Papa ! Je vais raccrocher, je te préviens. »

Il s'est marré, il n'arrivait plus à s'arrêter. « Je plaisante ! Oh là là, qu'est-ce que vous êtes coincés chez toi ! On va bien, Kaui, on va bien. Enfin. On trime comme des chiens. Le prix à payer pour vivre au paradis, bla bla bla. C'est Hawaii, c'est comme ça. »

On a continué pendant une minute, des choses ici et là sur les voisins, sur des gens que j'avais connus au lycée et que Papa croisait à l'aéroport où ils bossaient à la sécurité et aux guichets, ou bien qui étaient hôtesses et stewards. Il espérait pouvoir s'inscrire à une formation qui lui permettrait de devenir mécanicien navigant. « Ces mecs c'est des pointures. Des Marines et tout. J'aurais dû m'engager dans l'armée.

— Pour te faire gueuler dessus pendant six ans par des haoles coiffés comme des skins ? T'es sûr, Papa ?

— Mais j'aurais pu voyager. Acquérir des compétences, tout ça. Au moins, à l'armée, ils apprennent des choses.

— Tu parles, ils t'apprennent à tirer sur les gens qui ont pas la peau blanche.

— D'accord, d'accord. J'ai compris, maintenant que tu fais des études, tu sais tout sur tout, c'est bon c'est bon c'est bon. Je t'aime. Je te passe ta mère. »

Le téléphone qui changeait de main.

« Tout va bien de ton côté », a fait Maman, à peine une question.

« Bien sûr, j'ai dit. Je suis allée faire de l'escalade avec Van et les autres la semaine dernière, c'était super.

— De l'escalade. Tu ne t'imagines pas que tu es là pour t'amuser, j'espère.

— Je viens déjà d'y avoir droit avec Papa. Je sais très bien pourquoi je suis ici. »

Elle s'est raclé la gorge. « Alors, comment se passent les cours ?

— C'est dur, j'ai dit. Mais ça me plaît.

— Tant mieux. Au moins tu n'as pas choisi, je ne sais pas, l'histoire ou les comics ou quelque chose comme ça.

— C'est vrai.

— Est-ce que tu dors assez ? Tu manges bien ? »

J'ai eu envie de répondre, Quand je peux me le permettre. Mais je savais déjà la direction que prenait la conversation. Quoi que je dise, ça n'y changerait rien, donc je l'ai bouclée pour qu'on y arrive le plus vite possible.

« Tu as parlé à Noa récemment ? » m'a demandé Maman. Ça avait été plus rapide que je pensais.

« Peut-être, ouais.

— Comment est-ce que tu l'as trouvé ?

— Tu viens pas de lui parler ?

— Si, mais, tu sais, les enfants ne disent pas tout à leurs parents. »

J'avais envie de lui répondre, Ah, Maman, si seulement tu me connaissais. J'étais tombée amoureuse de la nuit dans un club de strip, entrée pour rigoler avec Van, Katarina et Hao mais quand même attirée par les lumières rouges, la transpiration et la musique qui cognait. Maman, est-ce que tu sais combien de fois j'ai été ivre, défoncée à un truc ou à un autre, à essayer de ne pas trébucher sur mes jambes molles en marchant dans les rues au beau milieu de la nuit ? Et est-ce que tu sais que je suis grimpée plusieurs fois sans corde à des hauteurs où il n'y avait que l'air, la mort et moi ?

Je lui ai répondu, « T'en fais pas. Tout va bien.

— J'espère. Nous avons fait beaucoup de sacrifices pour t'envoyer à San Diego, tu sais. »

Sans déconner, elle ne pouvait pas s'empêcher de me le rappeler. Elle ne parlait jamais comme ça aux garçons, uniquement à moi. Comme si je devais me sentir coupable d'être ambitieuse alors qu'eux se contentaient de réaliser leur potentiel. « Je sais, Maman.

— Tu nous manques beaucoup. »

Et je lui ai répondu qu'ils me manquaient à moi aussi – et c'était la vérité. Mais je ne le ressentais pas comme je m'y attendais. C'était moins intense, je crois. Et ça l'était chaque jour un peu moins.

8

NAINOA, 2008

Portland

J'ai reconnu la maison, même si je ne l'avais jamais vue, je l'aurais reconnue même sans les deux voitures de police garées devant, parce que ces temps-ci, les maisons où on nous appelle sont toutes pareilles : des draps aux fenêtres, un tas de saloperies devant la façade, une pelouse jonchée de pièces de moteur pleines de graisse.

« C'est joli chez eux », a fait Erin en tirant le frein à main de l'ambulance. Elle a éteint les phares et nous avons pris des gants en latex propres dans la boîte. Je suis allé chercher le kit à l'arrière, elle s'est dirigée vers le policier sous le porche et elle lui a parlé d'une voix lassée, prête à découvrir les crânes qui nous attendaient à l'intérieur et qu'on nous avait annoncés traumatisés.

Hormis le crachotement des radios, tout était calme. L'agent sous le porche a incliné la tête et poussé la porte avec le bout du pied, « Y en a un dans le salon, près de la cheminée. Et visiblement l'autre s'est débattu dans la cuisine avant d'abandonner. »

Erin a monté les marches qui ont grincé sous son poids et elle a passé la porte entrouverte, éruption d'air chaud, odeur de plastique évoquant les vieilles couches sales. Je suis entré juste après elle.

À l'intérieur la lumière était grisâtre, le plancher creusé et rayé par les années. Des moulures au plafond et des ampoules nues, et le premier patient, blafard et squelettique, près d'un canapé d'angle miteux. Penché sur lui, un agent qui lui faisait un massage cardiaque.

Erin s'est accroupie près de l'agent et il a compris, il a retiré ses mains comme si c'était le moment de les laver. « Le deuxième ? » a demandé Erin en commençant le massage, et l'agent a indiqué la cuisine d'un mouvement de la tête. J'ai suivi le geste et pénétré dans une puanteur à croire qu'un chat avait pissé dans un frigo moisi. Le mur au-dessus de la cuisinière était carbonisé comme si une bombe avait explosé, le sol était jonché de toute une topologie d'ustensiles abandonnés, de sacs-poubelle et de déchets ménagers, et dans le coin du fond, près du frigo, le troisième agent s'efforçait de faire tenir sur un tabouret un accro à la meth grisonnant et efflanqué.

Le type respirait, on aurait dit qu'il venait d'échapper à la noyade mais il respirait, à travers les racines enchevêtrées de sa barbe de chèvre, le visage constellé de croûtes ensanglantées.

Il a dit, « C'est quoi cette fête de merde. »

Je me suis tourné vers l'agent, je n'y comprenais rien. J'ai dit, « Il a l'air vivant.

— C'est bien ça le problème », a dit l'agent, le nez rouge et gonflé comme s'il avait pris un coup. Il a secoué le type par la chemise pour le faire asseoir un peu mieux. « Et y en a d'autres, des problèmes ?

— Mon hypothèque, mes gosses, tes questions. » Il

attendait clairement que j'aille voir ailleurs. « Et si t'allais t'occuper de son copain au salon. »

Mais j'étais déjà parti, je retournais vers l'entrée, et c'est là que j'ai remarqué la batte de base-ball par terre, le manche noirci par la transpiration, l'extrémité rosâtre et hérissée de cheveux. Autour, il y avait des papiers de hamburgers froissés de la taille d'un poing, une bibliothèque appuyée ivre contre un coin du mur, et puis Erin qui s'activait avec les électrodes sur celui qui s'était fait tabasser. Le patient était toujours sur le dos, la jambe gauche pliée dans le mauvais sens, tordu sur le côté et défoncé. Ses yeux fermés, les pétales bleus de ses lèvres.

« Hé, inspecteur, vous nous donnez un coup de main ? » a dit Erin en chargeant ses électrodes, et j'avais déjà mon idée. Je me suis agenouillé, j'ai cherché son pouls mais je n'ai rien senti, rien à la carotide ni côté ulnaire.

J'ai dit, « C'est normal que la défib marche pas, le cœur ne bat plus. » Des relents de transpiration et d'urine, sa chemise raide de crasse remontée dans le creux de ses aisselles, une noisette de gel sur les côtes, une autre sur le pectoral.

« Je l'ai perdu, a dit Erin en lâchant les électrodes. Je l'avais.

— Il est mort.

— Je sais.

— Les voies aériennes sont dégagées ?

— Je t'emmerde. Je suis pas débile. C'est la batte qui lui a fait ça.

— Ou peut-être la meth. On réessaie. » J'ai serré les doigts, posé le bord de ma paume sur son sternum, puis j'ai pressé en veillant bien à ne pas casser le processus xiphoïde pour ne pas provoquer une hémorragie. Son corps : au début il n'y avait que lui, un homme, mais j'ai serré les paupières et les dents tout en appuyant sur sa poitrine, et alors il y a eu le halètement oxygéné de tout ce qui se déplaçait en lui, et j'ai eu l'impression de loucher du cerveau. Cet homme, c'était celui que je voyais mais aussi celui que je sentais : je sentais le tissu de sa peau et les mottes de graisse en dessous, la rage et le calme de ce qui était forcément son sang, un souffle lent aussi, et tout ça je ne faisais que le sentir, je ne le voyais pas. Il y avait d'autres sensations assourdies, plus lointaines, et la plus forte d'entre elles était un désir effervescent, l'envie qu'avait son corps de commencer à se réparer, mais elle se défilait entre mes doigts et je n'arrivais pas à la séparer du reste. Je sentais aussi des couleurs, la haine jaune et goudronneuse de la substance qui coulait dans ses veines, et puis des souvenirs de colère rouge et dentelée qui allaient et venaient dans son crâne comme des nuages de tempête, une couleur que j'avais déjà souvent sentie – et pendant ce temps la vérité de mes mains, le massage cardiaque qui faisait circuler le sang dans son enveloppe. J'étais à genoux au-dessus du patient, mes paumes sur son sternum, je me laissais tomber de tout mon poids puis je remontais, un deux trois quatre cinq six sept et on recommence. Le claquement liquide de ses côtes déjà brisées qui marquaient le rythme. Quelque chose s'est embrasé et certainement pas grâce aux compressions, c'était pile ce que je cherchais, comme chaque fois pendant les massages, je cherche et je tâtonne et j'essaie de comprendre ce qu'*est* la blessure, et en même temps je comprends ce que *devrait être* ce corps. J'étais certain que quelque chose avait déjà commencé à…

Erin répétait mon nom, le psalmodiait presque, elle serrait mon deltoïde droit et je me suis rendu compte qu'elle me secouait. Le regard que j'ai dû lui lancer en retirant mes mains du corps.

« Ça fait cinq minutes que t'y es, le superhéros. Il se passe rien. Faut le transporter. »

Ma respiration était hachée, comme celle d'Erin un peu plus tôt, et je sentais des plaques de sueur froide sur mon dos et ma poitrine. Mais le corps de l'homme était muet ; c'était fini. Nous nous sommes écartés de lui sous le regard des policiers, dans le moment de silence suspendu où tout le monde comprend.

« On le transporte », a répété Erin.

Elle est sortie et elle est revenue avec le brancard, un des policiers l'a aidée à monter les marches du perron, fracas métallique chaque fois qu'ils tapaient dans une marche. J'ai continué le massage cardiaque jusqu'au moment où nous avons hissé le patient sur le brancard, après quoi nous lui avons fait redescendre les marches et l'avons poussé dans l'ambulance. Erin a grimpé à l'arrière avec le corps et elle commençait à fermer un battant de la porte quand le patient s'est redressé tout tranquillement, a recraché l'appareil respiratoire en plastique qu'Erin lui avait posé sur la bouche et a dit, « Oh putain, oh putain, oh putain. »

Nous nous sommes figés : Erin la main tendue vers le battant encore ouvert, moi qui m'apprêtais à verrouiller l'autre, on fixait l'espace entre le pied du brancard et le fond de l'ambulance où le patient s'était redressé. Même de là où j'étais, je voyais que sa peau avait perdu sa teinte bleu jaune, ses rides étaient moins profondes, ses cheveux plus fournis, bref on aurait dit qu'il avait rajeuni de cinquante ans. Il avait l'air en bonne santé. Il s'est penché en avant et une vague de vomi a jailli sur les draps immaculés qui couvraient ses jambes.

Sa bouche était flasque. Il a regardé ce qu'il avait fait, puis il a levé les yeux sur nous et il s'est essuyé la mâchoire avec le poignet. Il a encore jeté un coup d'œil à ses cuisses, à l'endroit où le drap formait une pyramide avec une grosse boule au sommet.

Et puis il a dit, « Je crois que j'ai la gaule. Il s'est passé quoi ? »

C'était notre dernier appel de la journée. Nous hésitions à emmener le patient à l'hôpital, soudain ses constantes étaient parfaites, RAS, et tout ce que nous aurions pu dire nous aurait envoyés à l'asile. Mais ça nous paraissait toujours mieux que de le laisser là avec les policiers, qui commençaient déjà à installer l'autre camé à l'arrière de leur voiture, prêts à se débarrasser de lui pour regagner leurs bureaux, leurs rapports. Donc nous avons emmené le ressuscité à l'hôpital avec un seul policier en escorte, nous avons expliqué la situation à l'accueil des urgences qui nous a répondu, « S'il est pas mort, il fait la queue comme tout le monde », Erin a dit, « Formidable », et pendant ce temps le drogué demandait des cigarettes à tous les gens qui passaient dans la salle d'attente, jusqu'au moment où une infirmière a dit, « Mais tu vas la boucler, oui », avant d'aller dénicher une clope dans le bureau de l'accueil et de la déposer dans les mains du type comme on donne une gâterie à un chien. Erin et moi nous sommes repartis vers l'ambulance et nous avons vu le policier cligner lentement des yeux et s'empourprer du nez en comprenant que ses responsabilités à lui étaient loin d'être terminées. Nous avons signé la paperasse et laissé tout ça derrière nous.

Quand nous sommes rentrés au centre de secours, Erin a nettoyé la cellule arrière et fait l'inventaire aussi bruyamment que possible, elle ne desserrait pas les dents mais, entre le cliquettement des rouleaux de sparadrap, des ciseaux et des kits d'intubation qu'elle remettait à leur place, le sifflement des fermetures éclair et le cri des Velcro, je savais à quoi m'en tenir. Je me demandais si nous allions jouer longtemps à ce petit jeu et j'ai attendu appuyé contre la carrosserie, derrière la porte ouverte, en écoutant son combat contre le tuyau avec lequel elle aspergeait, le bruissement du tissu qu'elle pliait.

« Je vais m'asseoir, j'ai dit comme si la porte n'existait pas. Peut-être manger une barre de céréales, je sais pas. »

Elle s'est penchée pour me voir derrière le battant. « Va faire tes trucs. » Elle a agité le poignet dans ma direction. « C'est tout ce que tu sais faire, de toute façon.

— Tu veux pas au moins un café ? T'as l'air crevée.

— Toi aussi.

— Non, ça va.

— C'est vrai, j'avais oublié, monsieur l'invincible.

— J'ai fait quelque chose qui t'a blessée ? » C'était toujours à moi de jouer le rôle de l'adulte, bien qu'elle ait deux ans de plus que moi.

« Je le savais, que son cœur avait arrêté de battre », a dit Erin. Elle a disparu derrière la porte et elle a fermé une boucle, un bruit clair qui a résonné dans le matin plat du garage. Après ça, nous avons été seuls pendant une minute, les autres secouristes ayant regagné les vestiaires ou la cuisine. Elle a repris, « Et je savais qu'il y avait un risque pour l'artère fémorale pendant qu'on désincarcérait le motard, et aussi qu'il ne fallait pas donner d'insuline à l'alcoolique en hypoglycémie. Mais c'est plus fort que toi. » J'ai croisé les bras et j'ai attendu, il valait toujours mieux la laisser fulminer, ça avait même un côté agréable, sa colère avait presque un goût quand elle était vraiment lancée, quand elle me traitait de *premier de la classe*, de *péteux* ou de *petit génie je-sais-tout* avec mes poses et mes explications coincées du cul, et elle était là depuis beaucoup plus longtemps que moi et pourquoi est-ce que j'avais autant de mal à m'en souvenir. Elle est ressortie de l'ambulance.

« Faut toujours que tu la ramènes, hein.

— Seulement quand j'ai raison.

— Et c'est reparti. » Enfin elle me regardait, les joues en feu, une artère qui palpitait dans le cou. Elle avait des cernes comme des hématomes autour des yeux. « J'ai tellement hâte que tu te casses en fac de médecine. » Elle est partie vers la porte latérale, le couloir qui menait aux toilettes où on se nettoyait des traces de toutes les personnes qu'on avait touchées dans la journée.

« Moi non plus je sais pas comment ça se fait qu'il soit revenu, Erin. » Un mensonge, dit assez fort pour qu'elle l'entende. « Il était pratiquement mort. Je sais pas comment ça se fait. »

Elle s'est arrêtée, mais elle a continué à me tourner le dos.

J'ai ajouté, « Mais tu suivais la bonne procédure. Les compressions thoraciques.

— Tu mens, a dit Erin. T'as fait quelque chose. »

J'ai pivoté vers l'ambulance, repensé à toutes les heures que nous y avions passées au milieu des odeurs, des cris et des écoulements. Qu'est-ce que j'avais fait, Erin ? Moi-même j'essayais encore de le comprendre, je savais seulement que, lorsque je touchais un corps cassé, j'avais en moi une idée de ce que ce corps *devait* être, et cette idée devenait le muscle d'une pulsation cardiaque, ou la soudure des os, ou les décharges électrochimiques qui prenaient d'assaut les synapses. J'avais senti que le corps du camé voulait être réparé et il s'était réparé, il avait chassé l'overdose de son sang et de son cerveau.

J'ai dit, « J'ai seulement fait mon travail. J'ai suivi la procédure. »

Nous savions tous les deux qu'elle avait commis une erreur avec les électrodes, je l'avais vu dans ses yeux, un éclair de panique quand elle avait compris que son erreur ne m'avait pas échappé. Je lui ai dit, « Tu as fait ce que tu devais faire. C'est ce que je répondrai si on me pose la question. »

Elle ne me regardait toujours pas, mais je l'ai vue souffler.

Elle a dit, « OK. »

J'ai dit, « Va dormir. »

Elle a dit, « Je t'emmerde », mais j'ai entendu le soulagement qui revenait en elle.

La nuit résonnait dans ma tête, l'odeur de pisse de chat brûlée de la baraque à meth, l'atmosphère de haine et de rage entre les hommes à l'intérieur, la moiteur de la mort et de la négligence. Et aussi quelque chose de plus profond, la compréhension vacillante de ce dont je devenais capable. J'étais rentré chez moi, je scrutais l'intérieur de mon frigo, les condiments et la boîte de *mac and cheese* entamée. Une nausée au creux du ventre. J'ai refermé le frigo et dévisagé les manuels de biologie d'anatomie de chimie qui surélevaient la télé d'occase dans un coin.

Sur tout le chemin du retour j'avais eu une effervescence sous la peau, trépignant d'excitation après ce que j'avais fait, mais à présent, planté au milieu de mon appartement, cette énergie s'était envolée en emportant mes forces avec elle et j'étais tout juste capable de marcher jusqu'à mon lit, les jambes plus lentes à chaque pas, l'impression d'être sous l'eau. Je me suis débarrassé de mes vêtements, je me suis écroulé et j'ai sombré dans la douceur de mon matelas et de l'obscurité.

Quand je me suis réveillé, il était clair qu'un bon moment s'était écoulé. L'air frais du matin avait été remplacé par celui plus épais de l'après-midi, et derrière la fenêtre la lumière baissait déjà. J'ai regardé ma montre, trois heures et demie, je me suis tourné vers ma table de chevet pour jeter un œil à la bande de photos d'identité, Khadeja, Rika, sa fille de six ans, et moi, tous les trois en bouquet devant l'objectif, blanchis par le flash. La pesanteur en moi s'était dissipée ; il ne restait qu'un pétillement à l'arrière-plan, toutes les idées de ce que j'avais vu. Je me suis assis et, en prenant conscience de la réalité nue de mon appartement dans la pénombre, l'excitation que j'éprouvais m'a brusquement semblé incomplète, une bulle de solitude, et j'ai su qu'il fallait que je sorte.

J'ai pris ma douche, je me suis habillé et j'ai sauté dans un bus, direction le bureau de Khadeja.

« T'es en bas ? a dit Khadeja quand je l'ai appelée depuis le trottoir.

— Je reste pas longtemps. Tu descends ? »

Un immeuble tout de verre et d'acier poli, d'une fadeur imposante, et elle qui traversait le hall d'entrée haut de trois étages. Khadeja. Son afro tirée en un pompon rebondi, l'intelligence joyeuse de son regard, le tissu ample qui flottait sur ses bras dodus, les muscles de ses mollets qui se dessinaient à chaque pas. Je peux seulement imaginer le sourire idiot que j'avais sur les lèvres quand elle est arrivée, à cet instant sa présence me faisait l'effet d'un gros joint.

Nous nous fréquentions depuis cinq mois, depuis notre rencontre dans un bar où elle fêtait l'anniversaire d'une amie et où je décompressais avec deux collègues. Ensuite nous nous étions retrouvés à des moments bizarres, pour un verre en début d'après-midi ou pour déjeuner en semaine, et j'ai compris pourquoi lorsqu'elle a fini par m'inviter chez elle et que j'ai fait la connaissance de Rika. Et ça a accroché, nous avons accroché et nous avons continué ; je commençais enfin à me dire qu'il y avait assez de choses entre nous pour que je puisse débarquer à l'improviste à son bureau.

« Qu'est-ce qui se passe ? » m'a demandé Khadeja.

Je m'attendais à un regard agacé, occupé à calculer des bilans et des intérêts composés, mais elle avait l'air réellement heureuse de me voir. J'ai dit, « Je sais que tu as beaucoup de boulot », et elle a fait non de la tête.

Elle a dit, « Y a une fête. On a encore cartonné ce trimestre.

— Plein de sauce pour les crudités mais il ne reste plus que du céleri. Des sodas sans marque et du vin acheté à la station-service, quelques ballons sur les murs de la kitchenette. »

Elle a éclaté de rire. « Comment tu le sais ?

— C'est un cabinet d'experts-comptables.

— Ils allaient passer au Pictionary.

— Tu crois que tu pourrais piquer un peu de vin ? »

Cinq minutes plus tard, une bouteille de mauvais rouge se réchauffait dans son sac à main et nous marchions en direction de North Park Blocks entre les traces d'une récente veillée pour la paix : pouces ratatinés des bougies consumées sur toutes les surfaces solides, pancartes en carton détrempées et abandonnées contre les statues et les bancs. *Study War No More*, un slogan tiré d'un negro spiritual, figurait sur ces pancartes dont les plus grandes avaient été récupérées en guise de matelas par les sans-abri qui hantaient le parc.

« C'est pas le coin que je préfère, a admis Khadeja.

— Qu'est-ce que tu lui reproches ? » J'essayais de plaisanter, redoutant soudain d'avoir dilapidé ce que j'avais dans le cœur au lieu de le lui communiquer. « Je suis désolé. J'ai rien préparé. J'avais juste envie de te voir. »

Cette simple vérité nous a égayés car, quand nous nous sommes rencontrés, nous étions tous les deux bien plus âgés que notre entourage, vieillis par le fardeau dont la nature nous avait chargés – elle par Rika, qu'elle avait eue si jeune, moi par les classes que j'avais sautées, le travail que j'essayais désormais de faire –, et quelle joie ça avait été de trouver une personne qui nous comprenne, et comme il était important de créer des moments *toi et moi nous sommes en train de faire quelque chose* qui ne pouvaient exister qu'un bref instant avant que notre fardeau ne nous écrase à nouveau.

« Eh bien je suis là, a dit Khadeja avec un sourire radieux, en écartant les bras. Divertissez-moi, monsieur Flores, et que ça saute.

— Hmm. » Je me suis rapproché d'elle. Nous nous étions assis sur les marches d'une statue. « Est-ce que tu sais que j'ai des pouvoirs ? »

Souriant toujours, elle a touché ses incisives avec le bout

de sa langue. « C'est vrai, j'avais oublié qu'on a encore des secrets l'un pour l'autre. Mais vas-y, continue.

— C'est très simple, j'ai dit sans aucune idée de la manière dont j'allais pouvoir enchaîner. Il va nous falloir du vin. » Nous n'avions pas pensé au tire-bouchon, mais je lui ai appris à pousser le bouchon dans le goulot pour l'envoyer flotter dans le vin, et ensuite nous avons bu chacun une gorgée.

« Je suis connecté à des choses que je suis le seul à voir. » J'ai pris le bas de son dos dans ma main et j'ai doucement attiré ses fesses à moi. Dans le creux de son oreille, j'ai murmuré, « Écoute. »

Nous nous sommes tus et elle a entendu un chant d'oiseau, que je percevais déjà depuis quelques centaines de mètres, émerger par-dessus les bruits de la ville et non pas en dessous, à cause de ce que j'étais. Je ne croyais pas qu'il soit possible de l'amplifier encore davantage, mais je lui ai quand même dit, « Écoute », et le bruit dans les arbres est revenu fort et clair.

« On dirait qu'ils se cherchent les uns les autres, j'ai dit. Mais si tu écoutes mieux… tu te rends compte qu'ils ne sont pas perdus. »

Khadeja était parfaitement immobile. Elle fermait les yeux. Nous écoutions tous les deux le gazouillis des oiseaux qui continuait, joyeux et entraînant. L'odeur enveloppante, l'odeur de papier de l'écorce humide de la dernière pluie.

Khadeja a écouté encore une minute, puis elle a ouvert les yeux et elle m'a regardé. « C'est un de tes trucs. Les animaux.

— Peut-être. » J'ai haussé les épaules.

J'ai remarqué qu'elle ne bougeait pas, qu'elle restait

près de moi. « Je suis sérieuse, a repris Khadeja. Tu vas peut-être trouver que je m'emballe vite, mais la première fois que je t'ai vu faire quelque chose dans ce genre – je crois que c'était notre deuxième rendez-vous, tu te rappelles le petit chien devant le resto, la femme en jaune qui était beaucoup trop bourrée et qui cherchait l'ascenseur ? – tu t'es accroupi et tu as à peine effleuré le chien. Il était tout énervé, et dès que tu es arrivé il s'est calmé d'un coup, on aurait dit que tu l'avais drogué. C'est là que j'ai su que tu serais super avec Rika.

— J'ai caressé gentiment un chien, donc j'allais être bon avec ta fille ? C'est ce qu'on appelle s'emballer un peu vite, oui. »

Elle a ri. « Pas un mot à Rika. »

Avec la main qui tenait la bouteille par le goulot, j'ai désigné le trottoir. « Regarde. » Je lui ai montré les grosses flaques qui s'étaient formées dans la terre mouillée à cause d'une mauvaise évacuation des eaux de pluie, et un groupe de fourmis qui avait pris la forme d'une boule rudimentaire, chacune liée à une autre par l'odorat, le toucher et l'impératif de survie, et j'ai dit qu'elles formaient un tissu assez épais et solide pour repousser l'eau et flotter aussi longtemps qu'elle les porterait, et que certaines d'entre elles allaient en mourir. Je lui racontais tout cela pendant que nous buvions du vin tiède et bouchonné sur notre banc, avec des miettes de liège qui roulaient sur nos langues. Nous en recrachions sans arrêt. Continuant sur les fourmis, je me suis demandé comment serait le monde si nous avions ne serait-ce qu'une fraction de leur force, si nous pouvions construire avec notre corps un radeau pour nous et les autres…

« Ça suffit », a dit Khadeja, et elle faisait non de la tête mais elle conservait son sourire. « Ça va aller, monsieur Flores. Je ne suis pas venue écouter une conférence sur la biologie et le sacré. »

Je me suis rendu compte que je parlais depuis très longtemps. Gêné, j'ai dit, « Je suis désolé. Je ne…

— Tais-toi, a dit Khadeja. Juste une seconde. » Puis elle a penché la tête sur le côté et elle s'est avancée, nos lèvres se sont trouvées, encore et encore, et à la fin nous avons abandonné la bouteille sur les marches et nous sommes revenus sur nos pas dans l'humidité printanière du parc. Nous avions créé quelque chose, simplement en restant assis côte à côte, en nous rapprochant constamment, et ce que nous avions créé résonnait maintenant dans les rues et sur les immeubles alentour pendant que nous marchions, bras dessus bras dessous et tellement collés qu'on aurait pu croire que de nouveaux os nous avaient poussé et nous reliaient par le torse.

9

KAUI, 2008

San Diego

Les vacances d'été approchaient et aucune partie de moi n'en avait envie.

Les vacances d'été à Hawaii, ça allait être Dean qui se baladerait partout avec des inconnus qui lui feraient des shakas et qui viendraient lui serrer la main, des lycéennes qui essaieraient de l'inviter à leur fête sur la plage, et les parents qui le laisseraient traîner à la maison juste parce qu'il avait passé quelques mois à lancer un ballon dans un panier et qu'il l'avait mis dedans plus souvent qu'il l'avait manqué. Si Noa rentrait, il aurait une chambre à lui – ils me déménageraient sur le canapé, c'était évident – et il y resterait presque tout le temps tout seul, ou alors il irait dans le garage comme avant, ou bien il partirait en vadrouille pour essayer de tordre les règles de l'univers.

Les vacances d'été à Hawaii, de mon côté, ça allait être un job dans un centre commercial ou un fast-food, ou peut-être un hôtel. Avec de la chance. Tout un océan entre l'escalade et moi. Entre mes études et moi. Entre Van et moi.

« Rentre, m'a dit Maman au téléphone.

— Pour quoi faire ? j'ai demandé.

— On aura besoin que tu fasses plein de choses. »

Des fois, je sais pas si c'est les engueulades qui me trouvent ou si c'est moi qui les cherche. Surtout avec ma famille.

« Tu veux dire balayer le lanai, servir des bières à Papa et peut-être mettre des courses dans des sacs ? » J'aurais mieux fait de la boucler. Mais il y avait moi, et il y avait le reste de la famille. « T'as pas besoin de moi pour ça. Y a déjà quelqu'un pour le faire.

— Tu ne réfléchis jamais avant de parler, hein ? a dit Maman. Tu es la seule à être comme ça.

— Comme quoi ? Indépendante ? À pas avoir mauvaise conscience ? Si c'est un problème d'argent, je peux en gagner plus ici. Et en dépenser moins. Je vous enverrai un chèque tous les mois, si vous avez besoin.

— Ce n'est pas un problème d'argent.

— Maman. À Hawaii, si t'as pas un salaire d'avocat ou je sais pas quoi, c'est toujours au moins *un peu* un problème d'argent. »

Je savais ce qui se passait en réalité. Elle voyait l'effet que le continent avait sur moi, c'est tout. Ce qu'il m'apportait. Un ciel grand ouvert, des chances à saisir, de l'oxygène à consumer pour briller.

« J'ai parlé avec des amis de ton père, a dit Maman. Kyle et Nate, tu te souviens d'eux ? »

Aucune idée de qui étaient ces gens. « Bien sûr, j'ai dit.

— Ils cherchent quelques ingénieurs. Ils ont un chantier à Pearl Harbor, un des deux a une boîte d'énergie solaire dans la zone industrielle. »

Là, elle m'avait eue. Ça avait l'air cool, en tout cas comparé à tout ce que je pourrais trouver d'autre, aussi tard dans le semestre. Je vous jure, on aurait dit que personne bossait à San Diego. Des bureaux remplis de consultants et de conseillers et uniquement des mi-temps à pourvoir.

J'ai dit à Maman, « Remercie-les pour moi mais j'ai trouvé quelque chose. Je peux gagner plus ici. Faut que j'y aille. Je dois réviser. C'est bientôt les partiels. »

Mais avec Hao, Katarina et Van, quand ça a été la fin, on aurait pu s'attendre à ce qu'il y ait des discours, non ? Vu que c'était les vacances et qu'on n'allait pas se revoir avant des mois. On était devenus des habitudes les uns pour les autres, des moments du matin et du soir, pareil que se brosser les dents. Et d'un coup, on allait être séparés pendant tellement longtemps qu'on avait limite l'impression qu'on ne serait plus les mêmes en rentrant. Mais personne n'en a trop parlé. On a défait les deux tas qu'on formait, Katarina Hao Van moi, notre fouillis de jeans puants, de cheveux emmêlés et d'haleines pâteuses. Autour de nous, sur les tables et les plans de travail, quelques canettes de bière à moitié vides, des cartons de pizza mouchetés de graisse, la télécommande de la télé à côté de nos brosses à dents. C'est ce qu'il restait de nous après les fêtes de fin de semestre et la fête qui avait suivi ces fêtes-là. On avait des avions et des voitures à prendre et il y a eu des câlins et des *à plus*. Van rentrait chez elle et Hao rentrait chez lui et Katarina rentrait chez elle. Alors l'été opiacé de San Diego s'est ouvert, jaune, orange et bien élevé, devant moi et moi seule.

J'ai trouvé ce qu'il me fallait pour rester. Ici, les étudiants louaient toujours leurs services pour l'été. Ils donnaient des cours de langue pendant six semaines à Nice ou bien ils faisaient du volontariat à Oaxaca ou dans le premier endroit tentant que leur suggéraient les annonces punaisées au bureau des étudiants. Et qu'est-ce qu'ils laissaient derrière eux ? Leurs jobs d'étudiants. Leurs maisons de quatre pièces proches du campus. Pratique pour ceux qui restaient. Pour moi par exemple.

C'est cet été-là que j'ai appris la chose suivante : presque tout devient tolérable à condition de se constituer une routine.

Un. Le matin, se lever après deux ou trois répétitions d'alarme. S'asseoir dans les draps bleus qui n'ont jamais vu l'ombre d'une machine à laver. Les jours de grande forme, je sautais dans ma tenue de sport, je descendais l'escalier au trot et je courais à grandes foulées dans le brouillard froid et poisseux. Haletante dans mon T-shirt collé par l'humidité, longtemps avant le petit déjeuner. Ensuite, un bol de lait froid, des céréales sans sucre, un fruit. Et je marchais jusqu'à mon premier boulot, dans un bureau, pimpante après la douche, mes jambes élastiques après la course.

Deux. Choisir entre peut-être trop moulant et peut-être trop décolleté, peut-être infantilisant ou peut-être démodé. Pas facile de trouver une tenue appropriée à un boulot d'été dans un bureau. Ascenseurs, vestibules, couloirs. Bois sombre, veiné, arrondi. Je puise dans des piles de feuilles imprimées, saisis rapidement des données. Compose des mails et papote avec mes collègues – il y a une autre étudiante, une haole de troisième année qui sort fumer toutes les vingt-cinq minutes. Quand elle revient, la première chose qu'elle fait, elle prend sur ses genoux son sac en skaï à gros grain, elle sort une tablette de chewing-gum de son emballage et elle la plie sur sa langue. Cette odeur, agrumes piquants, la même que le savon des toilettes. Et elle me demande où j'ai trouvé mon chemisier. Mes boucles d'oreilles. Le collier que je déteste mais que je porte quand même. Et ainsi de suite.

Trois. Les mardis, jeudis et samedis, je saute dans un bus direction le restaurant, le Romanesque, pour le service du soir. Quatre heures de marche rapide entre la salle et la cuisine, à mémoriser mélanger remémoriser les commandes des clients. Bien se souvenir des plats du jour, des allergènes et de la carte des vins, une chemise blanche repassée et un pantalon noir qui rentre dans le cul, évidemment ça aide pour les pourboires. Même avec un corps qui fait aussi tita que le mien.

Les semaines passaient et j'oubliais même la date, je me rappelais uniquement le jour. Mes horaires de boulot. Certains soirs, je squattais sur le canapé avec une de mes colocs chiantes à mourir, des haoles du style futures potiches. Aussi insipides que des nouilles sans sauce. D'autres soirs, mes mains me démangeaient alors j'attrapais mes chaussons d'escalade, je trouvais un magasin de bricolage fermé ou une usine condamnée et je grimpais, je grimpais, je grimpais. Je glissais mes orteils dans les fentes, sur les rebords ou dans les rides de l'architecture. Je coinçais mes doigts dans des trous pas plus grands que des pièces de dix cents, je quittais le sol et je respirais ma frayeur.

Mais le plus souvent, le temps ressemblait à un ronron étouffé. La routine du lever au coucher du soleil, bonjour au revoir. Un filament embrasé par un courant électrique faible.

Je me disais, Si seulement Van était là, ce filament chaufferait tellement fort qu'il céderait. Si seulement Van était là, je suis sûre qu'on trouverait toujours un moyen de se marrer. On ferait des trucs, des nouvelles expériences que je n'aurais jamais imaginées mais qui, d'un coup, m'en diraient plus sur mes vrais désirs que tout ce que j'avais vécu avant. Si seulement Van. Si seulement Van.

Cet été-là, Nainoa m'a appelée pour la première et unique fois. J'étais descendue du bus et je marchais vers le Romanesque.

« Tu t'es trompé de numéro ? j'ai demandé en décrochant.

— Arrête, il a dit.

— OK, c'était pas très drôle. J'étais juste surprise que tu m'appelles.

— Ouais, je sais. Moi aussi. »

Le malaise. « D'accord, j'ai dit. Je vais bosser au resto, j'ai pas beaucoup de temps.

— T'es devenue cuistot ? »

Combien de fois. « Je suis serveuse, Noa. » Le problème n'était pas qu'il oubliait ou qu'il était bête ni rien de ce genre. C'est juste qu'il s'en foutait trop pour s'en souvenir. Dans sa tête, il y avait lui et les choses qu'il faisait, et point barre. « Tu comprends pourquoi je te raconte jamais rien ? Parce que ça vaut pas le coup. Qu'est-ce que t'avais à me dire ?

— Rien, a répondu Noa.

— Donc tu m'as appelée pour rien me dire. Eh ben super, merci pour le coup de fil, hésite pas à le refaire quand tu veux…

— Tu te rappelles la main de Skyler quand il est revenu à l'école ? Après le Nouvel An ? »

Quelque chose dans sa voix, pareil que Van des fois. Pareil que moi des fois, quand on avait les bons produits chimiques dans les veines. Tout qui se dilatait. Le souvenir de la main de Skyler est remonté d'un bond. Je ne l'ai jamais revu de mes propres yeux après l'accident. J'ai seulement entendu dire que les urgentistes avaient trouvé quelque chose de bizarre en déballant sa main : la peau trop lisse. La forme parfaite des doigts. *Un peu différents, genre c'était la main d'une statue de fille, un truc comme ça*, avait résumé Dean. « Tout le monde trouvait qu'elle était trop jolie.

— Une main de sculpture », a ri Noa. Mais l'instant d'après, il y a eu une tension en lui et il s'est renfermé. « Tu crois pas que c'était moi, hein. »

S'il m'appelait pour que je lui branle l'ego. Mon service était commencé depuis deux minutes. « Noa, je...

— J'ai toujours eu l'impression que tu faisais semblant. Dean y croyait. Les parents aussi, évidemment. Ils ont vu... ils ont vu d'autres choses. Mais toi t'y as jamais cru, si ?

— Pourquoi tu me demandes ça ?

— Je vois plein de choses partout. Les gens avec moi dans l'ambulance, les gens entre la vie et la mort... la lumière et les fils qui composent notre corps. C'est un peu pareil qu'avec le ukulélé. Quand y a une voix et le bon accord qui fait résonner les cordes. Maintenant j'y arrive aussi avec un corps humain, avec les os, le cœur et les poumons, j'arrive à le faire chanter... »

Ça m'a fait rire. « Pardon, j'ai dit. Je devrais pas, mais... t'as l'air un peu fou. »

Pendant que je parlais, il a continué, « Y avait un type, il était accro à la meth », du coup mon *un peu fou* est resté en l'air.

« Noa, j'ai dit. C'est pas...

— Non, je comprends, a dit Noa. T'as raison.

— Peut-être que tu devrais passer un peu moins de temps dans ton ambulance. Prendre des vacances, je sais pas. »

Il s'est raclé la gorge. « Qu'est-ce qui te fait croire que je peux ?

— Tu peux faire tout ce que tu veux.

— Non, a dit Noa. Toi, tu peux, mais pas moi. »

Je commençais à en avoir marre qu'il soit comme ça. Qu'il fasse comme s'il était le seul à souffrir, alors que nous, tous les autres, on devait se démerder avec le fait de ne pas être lui. Personne ne savait de quoi il serait capable avec ses dons un jour, alors que moi quand je regardais ma montre, je voyais que j'étais à la bourre et ça signifiait que j'étais peut-être virée et donc que j'allais perdre les gros pourboires que je rapportais tous les soirs, autrement dit à peu près la seule thune que j'allais me faire de tout l'été, d'accord ?

« Bon, j'ai dit. Faut que j'y aille. Je dois aller répondre à des questions absurdes sur le gluten et jouer à être l'amie de tout le monde pendant quatre heures. Je voulais pas te vexer en me moquant de toi, Noa. Je suis désolée.

— Je sais. Ça fait rien.

— Je te jure que je peux t'écouter. » Je ne sais pas pourquoi je m'excusais. J'avais l'impression que quelque chose se dérobait.

« Je sais, a dit Noa. Je le sais. »

On s'est dit au revoir et on a raccroché.

J'ai réessayé un peu plus tard. J'ai réessayé avec lui et Dean en même temps, un appel groupé. J'étais nulle pour tout ça – c'est vite devenu une corvée. Mais de toute façon, à ce moment-là, Noa était déjà loin, en tout cas il avait l'air loin quand il parlait. Dans l'océan avec les requins, en train de danser tout seul sur l'eau. Je le voyais au milieu des vagues, avec les marées et les dieux qui le tiraient d'un côté et de l'autre. Mais j'avais envie de lui dire, Moi aussi je suis dans l'eau. Et y a plein de gens qui te regardent. Tandis que personne ne s'occupe de vérifier que moi je ne coule pas.

Et puis, peu après, les vacances d'été se sont terminées. Tout le monde est revenu : Van, Hao et Katarina. Comme s'il ne s'était rien passé pendant deux mois et demi, et d'ailleurs il ne s'était rien passé. Une semaine après le début du semestre, grand max, Van m'a fait une proposition : est-ce que j'avais envie de l'accompagner à un festival de bourges pour lequel elle avait des places ?

« Sauf que, elle a dit, c'est pas *moi* qui ai les places. »

Elle a clarifié : « Faut qu'on y aille avec des mecs. C'est eux qui ont les places. »

Donc on est allées chez Connor, des moulures qui s'écaillaient et une pub Corona en déco sur une fenêtre, sous le porche un canapé défoncé qui avait perdu ses couleurs. Une crosse de hockey sur gazon appuyée contre le compteur électrique.

« Tu te fous de ma gueule », j'ai dit.

Van a haussé les épaules. « Ils ont des places. Et Connor a un corps de nageur. »

Elle me précédait sur le perron. Je lui ai claqué les fesses, assez fort pour nous faire mal à toutes les deux. Son muscle, ma main. Pas besoin d'en dire plus.

Le festival avait lieu à Ramona, on entrait par une grande tente blanche avec de chaque côté des globes de lumière ouateuse et des tissus crème, le tout enveloppé dans une brume de gentillesse constipée. Tous ces vieux haoles à peine ridés, avec leurs taux d'intérêt moyens et le dernier numéro du *New Yorker*. On était sur de l'herbe bien verte, Van et moi les deux plus jeunes de tout le public. On n'avait presque pas l'air majeures.

Van portait un haut noir brillant qui laissait une épaule nue et un short blanc immaculé avec des boutons dorés. Moi, une robe bleue un petit peu courte mais qui ne moulait pas très bien mon corps.

À un moment on a été séparées. J'étais sur une falaise avec l'autre mec, Sean. Plus loin, en contrebas, des collines pointues couvertes de mesquite et de bougainvilliers. Un camion style années trente, placé stratégiquement sur la falaise, avec à l'arrière des tonneaux inclinés juste comme il fallait. Ça faisait super faux, on aurait dit un décor de film. La sonate aiguë et humide des criquets. L'herbe qui se froissait sous nos semelles.

J'ai dit à Sean, « Tu vas ouvrir la bouche, et ça va gâcher ce beau moment. »

Il a fait, « Quoi ? »

J'ai dit, « Tu vois ? »

Il s'est marré. « Sérieux, Kaui. » Ses dents étaient aussi blanches que de la jeune neige, sa peau brun foncé enrobait des nœuds et des cordes de muscles dont j'ignorais l'existence avant de le voir torse nu. Il avait été gymnaste et maintenant il étudiait – accrochez-vous – le marketing du sport. Mais il me répondait tout le temps les mêmes conneries : *T'es folle* ou *Qu'est-ce que je vais faire de toi.* Il ne connaissait rien à rien. J'avais l'impression de parler à un sac de marteaux.

Au bout d'un moment, il a dit, « Il est bon, ce vin.

— Peut-être. Pour moi, ils ont tous le même goût.

— Hmm.

— Là, je crève d'envie de boire une bière. Littéralement. »

Il a souri. « D'accord. Donc... Connor m'a dit que tu faisais des études d'ingé.

— Ouais.

— Donc t'es une intello.

— Ouais.

— Ben alors elles sont où tes lunettes ? Je déconne. Mais tous les ingénieurs ils ont des lunettes, non ? Enfin, pas tous. Et pas toi, clairement. Seulement ceux qui...

— J'ai compris. » Et juste histoire de – parce que sa peau avait un aspect lustré, que son bras débordait de force et que sa couleur me rappelait celle des garçons de mon île –, j'ai serré son biceps droit. Je me suis dit que je pourrais peut-être y arriver et je me suis demandé quelle quantité de vin il me faudrait. Plus que je n'étais prête à ingurgiter.

J'ai dit, « Santé », j'ai porté mon verre à ma bouche, et j'ai avalé.

Pendant que je buvais, quelque chose a attiré mon regard. Je me suis tournée pour mieux voir. À l'autre bout de la falaise, Van élevait la voix. Elle parlait avec Connor. Je ne distinguais pas les mots, mais je voyais qu'il changeait d'attitude. Il se penchait vers elle en bombant le torse, comme si l'espace lui appartenait. Mais ça, ça ne marchait pas sur Van. Elle a fini son verre cul sec, elle a tout gardé dans la bouche, elle a regardé Connor droit dans les yeux et elle lui a craché son vin à la figure. Ensuite, elle a posé son verre sur la table la plus proche et elle est retournée à la tente.

J'ai commencé à la suivre. « Reste ici, j'ai dit à Sean. Ou bien va le voir. Démerde-toi. »

Il faisait beaucoup plus chaud dans la tente. Comme si un gros animal dormait juste au-dessus des gens. Et, dans certains coins, ça commençait à sentir un peu les aisselles. À l'intérieur, que des voix surexcitées. J'ai retrouvé Van près du buffet. Elle mettait une tranche de fromage entre deux crackers et puis elle engloutissait le tout. Et dans l'autre main elle tenait un nouveau verre de vin.

J'ai dit, « T'as renversé ton verre, dehors. Sur Connor. »

Elle a ri. « Je deviens maladroite quand je bois. »

Elle a broyé des biscuits et du fromage entre ses mâchoires. « Tu crois que c'était une bonne idée de venir ici ?

— Si t'avais envie d'un truc chic, on pouvait aller quelque part en ville. Dans un des clubs de swing du centre.

— Tu trouves que j'ai une tête à aller dans un club de swing ?

— Là, tout de suite, ouais. »

Elle a haussé les épaules, avalé un nouveau sandwich crackers-fromage. « Un de ces jours, la fac ce sera derrière nous, probablement plus vite qu'on pense. On arrivera dans le monde et on devra être des femmes, avec des talons et des comptes en banque. Je sais pas.

— Tu te fous de moi ? j'ai dit. Parler à Sean, c'est comme parler à un mannequin en plastique. Je resterai à la fac, je m'inscrirai dans un autre cursus.

— Mais il a des beaux bras, non ? » a fait Van.

À mon tour de rire. « Grave. J'avais envie de les lécher. J'avais envie de frotter ma… T'es pas intolérante au lactose, toi ? » j'ai demandé en la voyant fourrer encore une tranche de fromage dans sa bouche. Elle avait des miettes de biscuit plein les lèvres, même après avoir bu du vin.

« Kaui, a fait Van d'une voix fatiguée. Va te servir à bouffer et bois un verre avec moi. »

Trois quarts d'heure plus tard, on était aux toilettes. Van était pliée en deux comme après un coup à l'estomac. Je me débattais avec la fermeture éclair à l'arrière de son short.

« Va falloir que tu te dépêches, a dit Van.

— Y a un fil coincé dedans, je fais ce que je peux. »

Elle a frissonné. D'une gifle, elle a repoussé mes mains. Elle a commencé à se diriger vers une des cabines. « Oh putain. La cuvette va prendre cher. Et mon short aussi. Je vais me chier dessus, putain.

— Laisse-moi faire », j'ai dit.

Elle s'est baissée. Paupières serrées. « Grouille-toi ! »

Elle a tourné la tête vers moi. Il y avait une lueur de panique dans ses yeux et elle s'est précipitée dans la cabine. Toujours cassée en deux, le souffle court. Je savais que j'avais dix secondes, pas plus. Elle tirait sur la fermeture éclair. Serrait les dents. Je suis entrée avec elle dans la cabine, j'ai fermé la porte, pris appui avec mon pied sur la valve de la cuvette – un machin bizarre en métal qui ressemblait à une mini-borne d'incendie – et j'ai tiré un coup sec. La glissière m'a brûlé le pouce mais elle n'a pas bougé. Van gémissait.

« J'ai la taupe au guichet, Kaui, ça presse. »

J'ai agrippé la ceinture du short et je l'ai baissée autant que le tissu le permettait. Il y a eu un craquement, le short a glissé sous ses genoux, Van s'est laissée tomber sur le siège et le volcan qu'elle avait dans le ventre est entré en éruption. J'ai sursauté et je me suis cogné les coudes contre la porte.

J'ai dit, « Tu pourrais pas... », mais je n'avais nulle part où aller et Van a grogné et lâché une nouvelle rafale de bruits mouillés. Elle s'appuyait avec les deux mains aux parois de la cabine et elle haletait pendant qu'un flot interminable de nourriture jaillissait d'elle. Je tenais toujours ses jambes à l'endroit où le short s'était arrêté. J'avais envie de me boucher le nez, de m'éloigner, mais c'était déjà fini. Elle tremblait de rire. Une puanteur agressive s'échappait de la cuvette.

« Oh merde, a pantelé Van. Je fume même pas mais j'ai l'impression que ça mérite une clope. » Elle a ri. Je riais aussi.

J'ai demandé, « Alors, ce fromage ? », les yeux pleins de larmes sans savoir si c'était à cause du rire ou de l'odeur. « Ça valait le coup ?

— Ça valait le coup, a dit Van, les avant-bras sur les genoux et la tête baissée. Ça valait carrément le coup. Putain, mais je pue du cul. J'aurais pas cru. » J'ai lâché son short et je me suis relevée. Du dessus, je voyais l'arrondi de son dos. Les petites bosses de ses vertèbres. Le grand et le petit de sa respiration. Son short en flaque autour de ses chevilles, l'explosion de tissu déchiré et la fermeture éclair enrayée. C'est là que la porte des toilettes s'est ouverte avec un grincement, suivi par le claquement sec d'une paire de talons. Mais la femme n'est pas allée bien loin. Quelques secondes plus tard elle battait en retraite. On a entendu le rugissement de la fête et puis le silence est revenu quand la porte s'est refermée.

« T'as raison, a dit Van. Va te mettre à l'abri. »

Mais on ne pouvait pas rester là. « Je vais réessayer ta fermeture », j'ai dit. Je me suis accroupie et, en me baissant, mon genou gauche, les cicatrices en forme d'éclaboussures marron-violet sur ma peau brune, ce genou a touché son tibia. Je ne l'ai pas retiré. Van avait fini de s'essuyer. Je me suis activée sur le short, puis sur la fermeture, mais après quelques tentatives piteuses j'ai lâché l'affaire. Tout le vin que j'avais bu me montait à la tête. L'effort me faisait battre les tempes et j'ai laissé ma tête retomber sur l'épaule de Van. Puis dans le creux de sa clavicule. On ne bougeait plus. Respiration : mon crâne, son cou. J'ai relevé légèrement la tête, je savais déjà ce que j'allais faire. Mes lèvres ont glissé sur le duvet de sa joue puis sur sa bouche.

Il y avait une rosée de transpiration sur sa lèvre supérieure. Elle a entrouvert la bouche, moi aussi, et nos lèvres se sont collées. Les siennes étaient bien plus douces et étrangères que je ne l'aurais cru et il y a eu une décharge électrique moite quand nos langues se sont touchées, épaisses et chaudes de notre salive et de notre souffle. J'ai eu des picotements dans tout le visage. Nos lèvres sont restées pressées. Plus fort. Et puis on s'est détachées.

Peu après, on marchait l'une derrière l'autre sur le chemin poussiéreux qui sortait du parking. Une aube pourpre apparaissait. On levait le pouce dans le faisceau des phares qui arrivaient et on marchait à reculons, pieds nus, pour mieux voir les visages qui refusaient de nous prendre. Finalement, une voiture s'est arrêtée à notre hauteur.

C'était un couple âgé avec des cheveux gris cendre. La peau du cou flasque, avec des rides et des taches de vieillesse. Elle avait un visage allongé de cheval et du rouge si pétant sur les lèvres qu'elles paraissaient fausses. Lui portait un polo bleu, il avait les mains sur le volant et les bras plissés par ses muscles qui fondaient. Mais ils souriaient et ils ont dit qu'ils avaient été jeunes et fauchés et qu'ils se souvenaient de ce que ça faisait de se retrouver dans cette situation. Ils ont proposé de nous ramener chez nous.

On est montées à bord et la voiture a roulé en couinant jusqu'au bout de la route en terre qui débouchait sur le bitume.

On ne s'était pas vraiment parlé depuis les toilettes. Je sentais encore les lèvres de Van sur les miennes. Leur courbe parfaite, leur douceur et le rouge qui les rendait légèrement collantes. Encore maintenant je les sens, chaque fois que je veux m'en souvenir. On peut discuter d'un sujet pendant des heures. Ou regarder des films ou écouter des chansons parce qu'on a l'impression qu'ils en parlent, vous voyez ce que je veux dire ? Mais ce n'est rien comparé au tourbillon du sang dans la poitrine quand on comprend, enfin et même pour un instant, que la personne qu'on désire nous désire tout autant.

Van a remué les jambes. Le cuir du siège a crissé. Elle avait une main posée près de la cuisse. J'ai décalé ma main pour que mes doigts touchent les siens. La strie délicate de ses cuticules, tellement légère que j'aurais aussi bien pu l'imaginer. Elle a serré ma main dans la sienne et nos doigts se sont emboîtés.

« Kaui », a dit Van comme si elle venait de découvrir quelque chose.

La voiture a rebondi sur le chemin et elle est retombée sur le bitume dur et plat. Le clignotant a tictaqué et on s'est engagés sur la route. Van et moi, on ne s'est pas lâchées jusqu'à l'arrivée.

10

DEAN, 2008

Spokane

Six heures du mat. Les lumières sont allumées, on est en bout de chaîne et ça charge et ça charge. Des cartons partout qui passent sur des plateaux métalliques et qui descendent sur des tapis, et ça bourdonne et ça cogne et ça s'entrechoque dans tous les sens. Voilà dans quoi je suis pendant huit heures, à charger charger charger. Prendre sur la chaîne et mettre au cul des camions, ou bien, pour ceux qui sont à l'intérieur, trimballer des palettes avec le transpal, se magner de faire des piles propres au milieu du bruit des cartons qui s'entassent.

J'étais chargeur, mais la vérité c'est que j'essayais de passer chauffeur, je me disais que les livraisons seraient un peu mieux payées et me permettraient de mettre le nez dehors, du coup j'accompagnais de temps en temps les chauffeurs histoire de voir comment ça marchait. On était en avril, je crois. Comme par hasard, un des premiers circuits que j'ai dû faire passait par la fac et j'ai dit, « J'y vais pas. » Le chauffeur, Carl, il a répondu, « De quoi tu parles ? »

Quand il a dit ça, j'ai vu sa dent qui manquait, tout au fond à droite de sa bouche toujours gercée. Carl avec sa peau de pirate, qui se rasait tous les 36 du mois. Un bon gros haole, pas un poil sur le caillou et la gueule en biais. La première fois que je suis monté avec lui, il a craché la fin de sa chique dans une canette de 7Up dont il avait découpé le haut, il m'a regardé en coin avec ses yeux bleus bizarres et il m'a demandé, « T'es quoi, toi ? »

J'ai pas compris ce qu'il me voulait.

« Tu ressembles à un Noir, mais je suis pas sûr. T'as des yeux de Chinois et les mêmes cheveux qu'une gonzesse que j'ai connue. Je crois qu'elle était juive. »

Ça aurait pas été une bonne idée de lui en coller une tout de suite, donc j'ai seulement répondu, « Hawaiien et philippin », comme à tout le monde, partout, sauf à la maison.

La deuxième fois que je suis monté avec lui, je parie qu'il avait déjà oublié ce que j'étais. On était à l'université et moi toujours sur le siège passager d'un camion de livraison. Garés derrière le bureau des étudiants, l'entrée de service, et Carl se dirigeait déjà vers l'arrière du camion alors que moi j'en étais encore à me demander si je connaissais des gens parmi ceux qui entraient et qui sortaient ou, encore plus important, si eux me connaissaient.

« Aide-moi à empiler tout ça, a fait Carl. Ça va toujours plus vite à deux. »

Pendant une minute j'ai pensé à me cacher, à m'asseoir en boule par terre, mais je fais un mètre quatre-vingt-seize, c'est pas possible pour moi de me planquer. Et en plus j'ai jamais aimé me cacher, donc j'essayais juste d'éviter le regard des étudiants qui passaient. Mais je pense que personne ne faisait gaffe à un camion de livraison – je sais que moi j'y faisais pas gaffe quand j'étais à leur place –, donc j'étais sûrement invisible comme jamais. Je suis descendu aider Carl.

« Je suis là.

— Tu veux une médaille ? » a fait Carl en posant les plus gros cartons sur le diable. La transpiration faisait briller son crâne chauve.

J'ai dit, « Avant, je passais ma vie au bureau des étudiants. Je venais grignoter des trucs le soir, tout ça. Je crois que c'est la première fois que je vois l'arrière.

— Ouais, ouais, la vedette, je connais ton histoire, a dit Carl. Tout le monde la connaît. Eh ben maintenant t'es à l'arrière. » Du menton, il m'a montré un énorme carton. « Apporte-moi celui-là. »

Pendant qu'on poussait le diable vers le bâtiment, Carl m'a filé toutes les astuces pour être un bon chauffeur : toujours suivre les indications du GPS parce que le GPS a toujours raison, se garer à l'arrache le plus près possible de l'entrée, mettre les warnings et décharger, et toujours toujours *toujours* verrouiller l'arrière avant de partir. Plus tu grattes du temps sur le circuit sans faire d'excès de vitesse, plus tu peux gratter de bonus le jour de l'évaluation.

On a galéré pour grimper la pente du quai de chargement, et Carl continuait à parler. On a dépassé l'endroit où le jus des poubelles dégouline à côté des piles de cartons attachés bien serrés, et Carl continuait à parler. On est entrés dans le grand monte-charge qui a grondé et grincé jusqu'au premier, et Carl continuait à parler. Et puis on est arrivés dans la salle du courrier où il y avait surtout des boursiers qui travaillaient, et là, forcément, même si ça faisait deux ans depuis mon dernier match, le mec et la meuf à l'enregistrement m'ont grave reconnu.

Jane, ronde, banale, avec ses joues plâtrées de fond de teint et ses grains de beauté sur le cou, et l'autre avec sa teinture rose qui commençait à se décolorer, son nez pointu et ses deux gros anneaux dans l'oreille. Ouais, je suis encore capable de remarquer quand ça se produit. Eux ils me mataient comme si j'étais n'importe quel livreur, et puis y a eu le moment d'hésitation, genre, C'est pas Dean Flores ? Le mec m'a même *souri*. Il devait avoir trop hâte de finir sa journée pour aller tout raconter à ses potes, Vous savez pas qui j'ai vu au courrier aujourd'hui, non, dans la salle, il venait livrer des paquets. Et il allait être trop content parce que, à l'époque où je suis entré dans l'équipe, lui c'était juste un petit con de haole. Pas moyen que je le laisse s'en tirer comme ça.

« T'as un problème ? »

Son sourire de petit con est tombé par terre. J'ai vu qu'il avait peur. « Pardon ? » Il faisait genre il m'avait pas entendu.

J'allais le pourrir, mais Carl a froncé les sourcils tellement fort, sa tête s'est mise à ressembler à un raisin sec. « Va chercher le reste, mon gars », il a dit.

J'ai quand même jeté un sale regard au petit con, pour lui apprendre à rester à sa place. Et puis je suis ressorti, j'ai pris les derniers cartons et je les ai montés. Je sentais que Carl ne me lâchait pas des yeux donc je me suis contenté de faire mon boulot.

« T'essaies déjà de te faire virer ? » m'a demandé Carl quand on est remontés dans le camion, au milieu du bruit du moteur et de l'odeur des cartons et du café froid.

J'ai fait non de la tête mais je me suis pas excusé.

« Tu le connaissais ?

— Nan.

— Ça posera des problèmes de t'envoyer faire des livraisons ici ? » Il m'a décoché un de ses regards durs, un de ses regards de daron.

Moi, j'ai juste répondu, « Roule. On perd du temps. »

Demandez-moi comment c'est arrivé.

Comment on peut tenir le monde par les couilles et le laisser filer.

C'est tellement simple, n'importe qui d'un peu moins débile que moi l'aurait vu venir. En deuxième année, quand j'ai explosé, on a mis du temps à rentrer dans le tournoi mais on a fini par monter dans le Top 4, j'étais premier en points marqués et troisième en passes, pour moi le double-double c'était aussi facile que de pisser sous la douche. Après une saison pareille, comment j'ai fait pour ne pas identifier ce que j'étais ?

Parce que la fête est entrée en moi, ça a commencé petit et c'est devenu de plus en plus gros, un peu ici et un peu là et ensuite à fond, tout le temps à fond, tout le temps le trou noir. Et le reggae, passe le pilon, les hanches des meufs et mes hanches et tout le monde dans le salon quand la basse arrive. Et les jours où la plage me manquait grave et où j'étais en manque d'aloha. Et si on se concentre assez fort on peut faire apparaître la plage n'importe où, même à Spokane hors saison, une petite bière beaucoup de bières deux trois potes foncés comme moi et du bon son, des meufs en mini-short et décolleté et c'est parti. Et mes notes au deuxième semestre qui étaient limites pour passer. Et maintenant je comprends que personne peut y arriver à cette cadence-là, pas longtemps. Et je me rappelle le moment où j'aurais dû commencer à faire gaffe, quand la Summer League a commencé, j'essayais de faire la mangouste sur le terrain, de me mettre dans le rythme, mais je sentais que j'étais ralenti et engourdi, comme dans du sirop. Et je me disais que j'avais seulement vingt ans, ça devait être rien du tout. Et l'amour des îles, ça peut pas tout faire, en tout cas pour moi, vu les engueulades avec l'entraîneur qui passait son temps à me donner des ordres et je vous jure qu'une fois sur deux il avait tort, et même Rone et Grant et DeShawn je sais pas ce qui s'est passé mais ils ont arrêté de me parler et moi aussi j'ai arrêté de leur parler. Reprends-toi, tu deviens mou, tu deviens lent, tu deviens gros. Avant j'étais une lame de rasoir, affûtée et brillante, et puis je me suis émoussé.

Maintenant c'est livraisons non-stop. Ça enchaîne les départs à six heures du mat, j'accompagne les chauffeurs de plus en plus souvent. Le patron m'a dit que j'allais peut-être pouvoir commencer à y aller seul. Je suis même pas obligé d'aider les chargeurs, ou alors juste un peu, pour tout empiler comme je veux à l'arrière, et ça les premières semaines c'était complètement kapakai, les gros cartons qu'il fallait livrer en premier je les mettais trop vers le fond, j'empilais mal les caisses et je devais me baisser tout le temps, des trucs comme ça. Mais j'apprends. Je suis sûr que personne ne croit que j'en suis capable, mais moi si. Et Carl a dû dire un mot à quelqu'un au sujet de la fac parce que je n'y vais plus jamais. De toute façon je crois que c'est son circuit à lui.

Y a le duvet des cartons, quand je les soulève je le sens sur mes doigts comme les petits poils d'un animal dont je dois m'occuper. Y a l'effort et le bruit du hayon quand je me hisse à l'arrière du bahut, et les angles et les bords et l'éclat argenté des parois quand le soleil se lève pendant que je fais mes livraisons. Je fais mes livraisons.

Souvent, après le boulot, on se retrouve avec Eddie et Kirk et les autres au fond du parking, style on va bouger à un match de basket, mais en fait on se pose juste un moment pour finir la journée en douceur. Une partie des gars va devoir se grouiller de retrouver la petite maison où ils s'entassent à plein dans je sais pas quelle banlieue, mais avant on traîne un peu autour de la caisse d'Eddie, tout au fond du parking, et on prend quelques bières dans son coffre.

L'autre jour, il a demandé, « Vous allez au match ce soir ? »

Personne a rien répondu.

« Ah oui, il a fait sans me regarder. Désolé. » Sa moustache de merde qui lui donne un air de pédophile et ses joues d'écureuil, il a bu une gorgée et tout le monde a fait pareil. Ils descendent vite leurs canettes parce qu'ils doivent rejoindre leur famille, à part quelques-uns qui ont le temps et qui boivent peinards, comme s'ils étaient au bistrot et qu'ils essayaient de faire durer, de rester profiter de la musique sans être obligés d'en commander une deuxième.

11

NAINOA, 2008

Portland

Une fille de dix-sept ans avec un poumon collabé n'inspirait plus d'oxygène, uniquement la mort, mais je l'ai maintenue en vie. Un ouvrier avec une entaille profonde à l'avant-bras gauche, choc hypovolémique, je l'ai empêché de sombrer. Les parcs, l'humidité constante de la fin d'un printemps froid, des alcooliques gris qui se déshabillaient dans la fièvre de l'hypothermie, qui déliraient tellement ils étaient ivres et gelés, battements de cœur désespérés, température interne au-dessous de trente-deux, teint cireux, en position fœtale sous les bancs, j'ai sauvé même les plus frigorifiés. Nous recevions des appels pour des hémorroïdes, des infarctus du myocarde imaginaires et des gastro-entérites, oui, et des cinglés qui divaguaient à des carrefours et des gamins qui s'étaient battus contre plus forts qu'eux, on était appelés pour eux sans arrêt, tous les jours et tout le temps, des moments interminables sur des perrons avec des soi-disant malades, à énumérer tous les symptômes possibles pour déterminer ce que pouvait être leur petite crève, leur chatouillis à la poitrine, leur *je me sens pas très bien*, mais quand nous avions un cas important, de ceux que nous espérions Erin et moi sans jamais l'avouer, l'adrénaline se mettait à rugir dans nos poumons et notre cœur et notre crâne à la seconde où nous débarquions au milieu des cris et du sang, et quand ces cas-là se présentaient j'étais chaque fois meilleur, chaque fois je m'aventurais de plus en plus loin dans le pays de la mort.

Je m'investissais à fond dans mon travail. À l'arrière de l'ambulance, l'urgence, la lutte et les essences qui se bousculaient en moi étaient devenues une habitude, elles se disputaient mon attention, me disaient, Juste un petit peu, un petit peu pour moi, tous les jours, à tel point que, au bout d'un moment, aller voir Khadeja et Rika, aider la petite à faire ses devoirs, ouvrir mes factures et sortir mes poubelles, faire les courses et la lessive, est-ce que ce soir c'est film chez Khadeja ou sport tout seul, toutes ces choses n'étaient plus qu'un bruit de fond en attendant la prochaine fois qu'une ambulance me catapulterait auprès d'un corps mourant.

Des semaines et des semaines sont passées comme ça. Les gardes chaotiques, les longues plages de travail inintéressant, les appels faciles qui ne nécessitaient pas de déplacement, et puis les appels plus durs, les vrais accidents, doigts perdus dans une trancheuse à jambon au fond d'un supermarché blanc immaculé, fracture pathologique de l'humérus chez un patient cancéreux tombé d'un escabeau, collisions vélo-voiture à faible vitesse…

Peu à peu je me cernais mieux, j'apprenais ce dont j'étais capable, et ces traumatismes simples sont devenus des choses que je pouvais réparer, en prenant soin de masquer mes réparations de telle sorte que, lorsque nous déposions les patients à l'hôpital, leur corps était sur la trajectoire d'une guérison complète mais pas assez rapide pour être miraculeuse. Je peux seulement imaginer le nombre de médecins urgentistes qui ont soulevé des pansements imbibés de sang et découvert au-dessous des blessures bien moins graves qu'annoncé par le dossier.

Erin n'a rien dit pendant un certain temps, mais un jour, à la fin d'une garde, elle a fini par m'alpaguer devant le centre.

Elle m'a dit, « Faut que tu en parles à quelqu'un. » Je me souviens de son haleine sucrée par le Coca et de l'odeur de compost que dégageaient nos corps après les longues journées.

« Que je parle de quoi ?

— Me prends pas pour une conne. On peut pas continuer comme ça.

— On ? »

Sa mâchoire qui s'est serrée. « Tu peux pas continuer comme ça.

— Explique-moi ce que tu veux dire. De quoi on devrait parler. » L'équipe de ménage jetait dans les bennes à ordures des sacs-poubelle en forme de grains de pop-corn géants, remplis de déchets médicaux.

« Tu fais des choses à nos patients.

— Quel genre de choses ?

— Tu les remets sur pied ou je sais pas quoi.

— Donc tu veux aller dire à tout le monde, "Nainoa fait des choses mais je sais pas quoi". »

Elle a enfoncé les mains dans ses poches et elle a secoué la tête.

C'était la fin de la garde et j'avais le crâne en furie, déshydraté et plein de migraines aiguës, et je voulais qu'elle s'en rende compte, qu'elle accepte de ne pas savoir ce que j'étais, qu'elle me lâche.

Elle a dit, « Je sais que tu fais quelque chose.

— Je fais mon travail.

— C'est bien ça le problème.

— Hein ?

— Pardon. Ce que je veux dire... » – elle s'est raclé la gorge – « ... c'est, tu crois que tu es vraiment à ta place ici ?

— Erin...

— On est dans une des pires zones de la ville, et je pense pas qu'on soit aussi utiles que...

— Crache le morceau, j'ai dit.

— Tu devrais pas être dans ce centre. Tu devrais être, je sais pas, dans un hôpital de campagne ou à... à... à Calcutta. Là où il y en a des milliers. Des millions.

— Je suis pas Jésus », j'ai répliqué. À l'occasion des débuts et des fins de gardes, j'avais remarqué la chaîne en or qu'elle portait autour du cou, la croix fine, et la cendre sur son front au printemps.

« C'est pas ce que j'ai dit.

— Je veux travailler ici.

— Personne ne veut travailler ici. À part les gens qui peuvent pas faire mieux. On est des pansements, rien de plus. Pense à tous...

— Les gens que je pourrais aider, je sais, tu l'as déjà dit. J'apprécie ton opinion sur ma vie. C'est précieux, surtout venant d'une fille dont le seul exploit hors du travail est de pouvoir regarder une saison entière d'une série dans la journée. »

Erin a plissé le front, elle a serré les mâchoires et elle s'est tournée de profil, vers la ville qui s'étendait à deux pâtés de maisons, les sacs plastique poussés par le vent, le terrain vague desséché et grisâtre, parsemé de mauvaises herbes. Elle a fait, « Ouah, d'accord. »

En moi bouillonnaient les tempêtes de tous les animaux

et de tous les humains que j'avais touchés, si bien que, oui, même si j'étais planté sur un trottoir, soutenu par le béton, avec dans les poumons un air qui sentait le sèche-linge, en train de parler avec elle, avec Erin, en même temps j'étais dans le cimetière à Kalihi, avec les côtes pantelantes de la chouette qui ne connaissait que *manger dormir chier voler voler respirer manger baiser baiser voler chasser respirer voler* en vert et *voler voler prendre voler terreur* en rouge, et en même temps j'étais la vieille femme que j'avais soignée quelques jours plus tôt à Portland, celle qui s'était effondrée pendant sa balade au parc avec ses éclairs bleus de *quarante ans à me réveiller près de mon mari nos matins blottis sous la couette*, l'orange et le rose et le marron de *bercer contre ma poitrine un enfant qui dort ivre de lait chaud* et la longue douleur blanche de ses regrets qui coulait si vite au milieu du reste, un tourbillon de vies, tous mes patients, tous à la fois dans mon corps. Tous ils se fixaient dans mon crâne et n'en partaient plus, et même s'ils allaient et venaient en moi par vagues, depuis quelques mois leur intensité montait en flèche, depuis la nuit de l'accro à la meth. Plus je comprenais ce dont nous sommes tous faits, plus les personnes que je touchais se gravaient en moi, continuaient à pleurer, à me montrer leurs blessures, toujours, sans cesse, encore et encore.

« Fais pas semblant de savoir ce que c'est », j'ai dit.

Erin a levé les mains en l'air. Elle a dit, « Désolée d'avoir ouvert la bouche », et elle a tourné les talons. « À plus. »

J'avais envie de rester là, de réfléchir à ce qu'elle m'avait dit, mais je savais que ça lui montrerait qu'elle avait eu un effet sur moi et donc au lieu de ça j'ai récupéré mon portefeuille, mon téléphone et quelques affaires dans mon casier et je suis parti à pied vers chez moi. J'attraperais un bus en chemin, mais d'abord j'avais besoin de penser.

Erin voulait que je me dépasse, c'était ce que ma famille avait toujours voulu et c'était ce que moi aussi je voulais. Mais je ne pouvais pas, j'étais ce que j'étais. J'étais là où j'en étais, point. J'ai décidé que j'étais encore trop ignorant. Je ne pouvais pas devenir autre chose car je ne maîtrisais pas encore ce que j'étais, et si la suite des événements exigeait de moi plus que ce dont j'étais capable...

Je tournais et retournais ces pensées dans ma tête, m'arrêtant à peine aux passages piétons, traversant les avenues en diagonale hors des clous, quand mon regard a été attiré par quelque chose. En dépassant une ruelle entre deux immeubles, j'ai aperçu le bloc asymétrique d'un cadavre de labrador à une trentaine de mètres.

Je n'avais aucune idée de ce qui lui était arrivé mais j'étais certain qu'il était mort, je sentais la *rigor mortis* dans ses côtes, leur courbe raide de colline gelée, et lorsque je l'ai touché, les couleurs que j'ai senties n'étaient plus que des soupirs violets et bleu nuit. Il était mort depuis longtemps. Mais j'ai quand même cherché en lui, dans toute la longueur de son corps, et j'ai trouvé la fêlure du crâne, brisé par ce que j'ai soupçonné être un pneu. Même en fermant les yeux et en déversant tout de moi dans le chien, je savais que je n'y arriverais pas, le corps n'écoutait pas comme c'est le cas en principe, il n'attendait pas que je lui explique sommairement comment se réparer. J'ai encore pensé à ce qu'avait dit Erin, à ce que ma famille avait toujours sous-entendu, à ce que je devais être, et je me suis tendu plus fort, j'ai essayé d'inciter la vie à revenir, juste une seconde, pour que je puisse la canaliser. Dans ma tête quelque chose a lâché, est devenu aigre, des bouffées de feu et de douleur s'entortillaient le long de mon dos et moi je redoublais d'efforts, comment un crâne peut-il se reconnaître, vouloir redevenir intact, il n'y avait rien, et ensuite il y a eu l'écho de ce rien.

J'ai plongé encore plus profond, je m'y suis oublié. Du noir partout, est-ce que je pouvais démarrer quelque chose là-dedans, j'ai essayé et j'ai échoué, autant crier au fond d'un lac. J'ai poussé plus fort, agrippé de tout mon corps à cette idée, au désir de vie, est-ce que je pouvais réinstaller la vie, tu vas revenir, allez. J'ai suffoqué, ouvert les yeux un instant. La même ruelle grise, les mêmes murs de stuc sale, en surimpression les motifs que j'avais vus à l'intérieur, et puis une sueur glaciale qui inondait mes aisselles, mon cou, mon entrejambe. Je me suis ressaisi, j'ai fermé les yeux, je me suis concentré.

Il y a eu une étincelle, quelque chose a bougé dans le corps du chien, un filet d'électricité, le peu de vie qui restait mais au moins c'était quelque chose, c'était de nouveau dans le chien alors que ça n'y était pas une minute plus tôt, et avec mon esprit j'ai maintenu cette étincelle sur les blessures – le crâne fracturé, le fouillis de dents et de mâchoires – et j'ai poussé plus fort. L'électricité a brillé puis pâli, le chien s'est éteint dans mon esprit et j'ai eu mal dans tout le crâne, dans mes dents que je serrais, et quelque chose a crépité derrière mon nez. Je refusais de lâcher tant que je n'aurais pas ressuscité quelque chose qui ressemble à une âme. Mes mains étaient toujours là, quelque part, elles tenaient le corps de l'animal, les pattes aux coussinets moelleux qui avaient propulsé ce corps affamé entre les barils sombres des poubelles, dans la chaleur apaisante des voitures garées depuis peu, des pattes qui avaient supporté des défécations tremblantes, qui avaient recueilli, tapoté et combattu des ordures, des rats et des chatons, un animal qui avait goûté à la joie, à la terreur et au temps, et moi qui pouvais le ramener. Et l'étincelle en lui est devenue un écoulement lumineux stable, et le flot est devenu inondation, et la lumière s'est propagée dans son corps, de la même façon qu'une ville s'éveille après une coupure de courant.

J'ai ouvert les yeux. Le crâne du chien était cicatrisé et l'animal était là, il pantelait doucement dans son poil dégelé, aussi chaud et parcheminé qu'une botte oubliée au soleil dans une remise. Il s'est levé, il a frissonné, il a secoué la tête et ses oreilles ont claqué contre son crâne parfait, et puis il est parti en trottinant.

J'ai eu envie de l'appeler, de lui demander de rester, j'aurais pu le prendre chez moi, mais l'épuisement m'a terrassé si vite que je suis tombé sur les fesses puis en position fœtale, et j'ai fermé les yeux.

Quand je suis revenu à moi, le froid de la ruelle s'insinuait dans mes côtes, ma clavicule, mes rotules, mes lèvres noircies par la crasse du sol. J'étais couché à la place du chien, mais le soleil avait maintenant disparu derrière les immeubles et toute chaleur avait quitté la ruelle. Je me suis redressé sur les genoux et j'ai grelotté.

Jamais je n'avais sauvé aucun être parti aussi loin, animal ou humain. La mort ressemblait exactement à l'image que je m'en étais faite, silence, vide et obscurité, et depuis cet endroit j'avais attiré l'éclair de la vie.

Je me suis accroupi sur le béton, appuyé aux crevasses de ciment entre les briques, des oiseaux filaient dans le gris au-dessus de ma tête, j'ai flairé l'odeur grasse et gaie d'une cuisine qui s'animait, des bandes de garçons en jean baggy passaient devant l'entrée de la ruelle, un camion de livraison a reculé dans ma direction avec son bip incessant. Dans ma poche, mon téléphone s'est éclairé et a vibré. Un message de Khadeja :

T'as envie de dîner ?

Malgré tout ce qui se télescopait dans ma tête, les galaxies d'épuisement, j'ai répondu, peut-être trop précipitamment, *Ouais, t'es chez toi ?*

La réponse est arrivée tout aussi vite : *C'était pas une invitation, je voulais juste savoir si tu avais faim, haha.*

Je me demandais à quoi elle jouait, mais tout de suite après j'ai reçu : *Je plaisante. À tout ?*

J'ai envoyé, *Je te déteste. Laisse-moi le temps de me laver et de prendre mon ukulélé. J'arrive.*

Et donc je me suis mis en route, sur mes quadriceps chancelants, les deltoïdes fourmillant de faiblesse.

Quand Rika m'a ouvert la porte, des animaux en marionnettes jacassaient à la télé, puis il y a eu un éclair et un compte à rebours avec des chiffres façon cartoon, et deux personnages bariolés sont arrivés par les deux extrémités de ce qui ressemblait à une rue de logements sociaux.

« Maman fait du curry », a dit Rika en retournant se coller devant l'écran. Son cartable posé dans un coin près du fauteuil.

Je lui ai demandé si elle n'avait pas des devoirs à faire.

« C'est bon, a fait la voix de Khadeja depuis la cuisine. Elle a passé la journée à obéir. Elle a droit à un peu de liberté.

— La liberté de regarder la télé, j'ai dit.

— Eh oui, a fait Khadeja. Viens plutôt me donner un coup de main.

— Mais tu t'en sors super bien sans moi. »

Un reniflement dubitatif en provenance de la cuisine.

« Tu vas avoir des ennuis, a dit Rika sans quitter l'écran des yeux.

— Elle a rien dit, j'ai répondu.

— Justement. Tu vas avoir des *gros* ennuis. »

Je lui ai ébouriffé les cheveux, elle a protesté et essayé de se défiler. « Qu'est-ce que t'en sais, je lui ai dit. T'as six ans. » Je me suis dirigé vers la cuisine.

Et j'ai retrouvé Khadeja, ses bonnes joues et ses yeux qui pétillaient, des boucles d'oreilles arabes ciselées qui dansaient devant son cou brun, les cheveux tirés comme toujours en chignon afro. Elle portait un simple col en V blanc mais elle avait gardé son pantalon de tailleur, tendu sur ses cuisses rondes. Elle dévisageait son curry comme s'il venait de l'insulter.

« Comment ça se passe par ici ? »

Elle a dit, « J'ai un peu raté mon curry », puis elle s'est retournée et elle s'est figée net en me voyant. « Noa, ça va ?

— Comment ça ?

— Tu as l'air épuisé. Je sais que je ne devrais pas dire ça, mais franchement.

— Merci. Du coup, puisqu'on ne se cache rien, t'as l'air boudinée dans ce pantalon. »

Elle a éclaté de rire. « Excuse-moi, mais on dirait que tu viens de courir un marathon en te nourrissant uniquement de cigarettes. » Elle a caché son sourire derrière sa main. « J'arrive pas à croire que j'ai dit ça. » Au salon, d'autres marionnettes et une sorte d'éléphant robot géant gazouillaient, discutaient apparemment de ce qui provoque la pluie.

« T'es là ? » m'a demandé Khadeja. Je ne savais pas depuis combien de temps je fixais l'écran. Elle s'est rapprochée de moi, nos épaules se sont frôlées, la sienne aussi lisse et douce qu'une joue.

J'ai commencé, « Y a eu un chien aujourd'hui. Il était… » et Khadeja a posé une main sur mon ventre, les sourcils dressés par l'inquiétude, et j'ai eu envie de tout lui raconter. Mais je me suis rappelé la dernière fois que des gens avaient appris ce que j'étais : tous les voisins qui avaient soudain eu besoin de moi tout le temps, les petites liasses de billets que mes parents rapportaient.

J'ai secoué la tête. « Laisse tomber. Quand je parle du boulot, ça a l'air pire que ça ne l'est en réalité. C'est surtout des gamins allergiques au beurre de cacahuète, des chats coincés dans des arbres, des gens qui simulent des crises cardiaques parce qu'ils sont convoqués à des jurys d'assises. »

Elle m'a fait un sourire poli, neutre. Elle a dit, « Je suis là. Je peux t'écouter. »

J'ai répondu, « Je sais. » Mais je n'ai rien dit de plus.

Après le dîner, comme d'habitude, Rika a essayé de repousser le bain et le dodo et elle a été maline, elle m'a demandé si elle pouvait rester m'écouter jouer du ukulélé.

« Il est trop tard pour ça. Et puis, les seules fois où tu as envie de m'écouter, c'est quand tu cherches à éviter quelque chose. »

Elle a dit, « Ukulélé », elle l'a scandé, j'ai refusé, elle a crié, « Ukuléléééééééé », je me suis levé en fronçant les sourcils, elle a sauté de sa chaise, elle a attrapé l'instrument et elle a commencé à gratter atrocement les cordes. C'était un ukulélé qui valait au moins mille cinq cents dollars, un cadeau de mes parents quand j'avais fini Stanford, je n'ai jamais su comment ils avaient fait pour l'acheter et toutes les réponses que j'avais imaginées me brisaient tellement le cœur que j'en jouais même quand je n'en avais pas envie, et pour moi il incarnait les requins, le cimetière, tous les espoirs de mes parents. J'ai pris l'air fâché et je me suis avancé, Rika s'est carapatée dans le petit couloir, elle a atteint le coin de sa chambre, elle a essayé de jouer encore mais j'ai été plus rapide.

« Donne, j'ai dit.

— Il est à moi maintenant », a dit Rika alors qu'elle le tenait à l'envers et ratait les barrettes quand elle essayait de gratter les cordes. « Je suis la meilleure joueuse du monde. Je suis vachement meilleure que toi. »

Quand elle a réessayé je lui ai raflé l'instrument et je l'ai serré tendrement contre moi. Elle a voulu me le prendre et je me suis tourné pour le protéger, Attends, je lui ai dit, attends une seconde. J'ai gratté les cordes, tourné les clés. « Tu l'as désaccordé. » Alors, derrière moi, j'ai senti que Khadeja entrait dans la chambre, son ombre et son parfum de fleurs et de vanille.

Toutes les deux elles savaient écouter quand j'avais le ukulélé, et je savais que c'était une des choses pour lesquelles Khadeja m'aimait, je le savais. Je faisais souvent ça chez elles, jouer de la musique, parfois après le dîner, parfois lorsque Rika dormait et que nous étions seuls au salon, Khadeja et moi, à boire un Seagram coupé à la ginger ale ou même sobres, alors je sortais le ukulélé et je jouais, et je chantais assez bien pour que ça fonctionne, miel chaud. Et ça me faisait quelque chose, d'être cette personne-là pour elles.

J'ai entonné quelques airs, au pied levé, *Guava Jelly* et

Leaving on a Jet Plane, chaque accord meilleur que le précédent, j'ajoutais quelques notes ici et là et je faisais sonner plus longtemps, je m'échauffais, Rika voulait *Somewhere over the Rainbow* mais j'ai dit que j'en avais marre et j'ai joué une version à moi de *Bring Me Your Cup*, puis j'ai enchaîné avec *Stir It Up* d'une façon qui aurait plu à Bob Marley, je pense, Bob et sa voix éraillée et plaintive, le meilleur final qui soit, et quand le dernier accord est retombé j'ai dit à Rika, Allez, ça suffit, ta mère va te donner ton bain.

« Pourquoi c'est toujours moi ? a demandé Rika. Toi tu prends jamais de bain.

— On en prend des fois avec ta maman », j'ai dit en souriant à Khadeja, son visage horrifié. J'ai lancé quelques accords. « C'est comme ça qu'on fait les bébés.

— Dans le bain ? a demandé Rika.

— Non, a répondu Khadeja. Enfin, si, des fois. Je t'expliquerai quand tu seras plus grande.

— Je t'expliquerai demain, j'ai dit. Je te ferai des dessins.

— Génial, a dit Rika.

— Nainoa », a dit Khadeja.

À Rika j'ai dit, « Au bain », presque en riant, puis je suis sorti de sa chambre et je me suis dirigé vers les toilettes, me retrouvant l'espace d'un instant dans l'obscurité du couloir, à chercher la porte dans le noir.

Combien de soirées comme celle-ci avons-nous passées ? Combien de temps ai-je été assez stupide pour croire que nous étions indestructibles ? Mais c'est bien ce qui est ennuyeux avec le présent, il n'est jamais la chose qu'on tient dans la main, seulement celle qu'on observe, plus tard, depuis une distance si grande que le souvenir pourrait aussi bien être une flaque d'étoiles aperçue derrière une vitre au crépuscule.

Après ça, septembre. J'étais passé en horaires de nuit, dix-huit heures-six heures, et un peu après minuit nous avons reçu l'appel, une femme enceinte de trente-six semaines, travail prématuré et saignement, accident de voiture sur la route de l'hôpital.

« Super », a dit Erin quand le répartiteur a coupé, quand il n'y a plus eu que la friture et nous dans la cabine, puis elle a appuyé sur un bouton et la sirène s'est remise à gémir. « Ça s'annonce mal.

— C'est juste un risque de naissance prématurée et un choc à grande vitesse, j'ai dit. Je vois pas où est le problème.

— Quand on rentrera au centre, rappelle-moi de te faire sortir la fontaine à eau par le cul. Après on pourra discuter accouchement.

— J'ai déjà fait le truc de la fontaine à eau. Demande à Mike.

— Tu me dégoûtes, a dit Erin. Concentre-toi sur la route. »

Pendant que nous roulions, la pluie s'est mise à tomber à un rythme étrange, à verse et puis en crachin, puis de nouveau à verse. L'autoroute était déjà bouchée cinq cents mètres en amont de l'accident et les voitures étaient si lentes à s'écarter qu'on serait allés plus vite à pied. Quand nous avons fini par arriver, la voiture était à contresens, en accordéon et l'habitacle boursouflé par les airbags, giclures de verre brisé, le tout trempé par la pluie. Un gros camion avait dérapé du mauvais côté de la route, et en comparaison son avant était à peine froissé. Son conducteur était assis par terre, adossé à la glissière de sécurité, les jambes contre la poitrine, il marmonnait quelque chose au policier qui prenait sa déposition. Nous sommes sortis dans le vacarme de mille paires de phares, la nuit étrangement silencieuse et pure, tapotement du crachin sur nos blousons, odeur du paillis de pin tombé de la benne du camion, fleurs rose orangé des signaux éclairants allumés par la police. Nous nous sommes approchés de la voiture.

Nous l'avons découverte, même si j'ai du mal à m'en souvenir exactement comme j'aimerais, la position de son corps, et est-ce qu'elle respirait toujours, et qu'est-ce qui était la carrosserie et le tissu et son corps, et les relents de bile et le rouge foncé, presque noir, du sang artériel, les effluves toxiques de métal et d'électronique brûlés, mais nous avons quand même réussi à l'extraire, minerve et puis brancard même si une partie d'elle s'écoulait sur le siège de la voiture, et puis le béton, et puis le blanc pur du drap qui la recouvrait.

Erin murmurait à son oreille et j'avais une main posée sur elle, j'essayais de trouver les sources du sang. Son visage, son cou et sa poitrine étaient lacérés comme par des griffes aux endroits où le coton de son chemisier avait été déchiré. Je commençais à la sentir, la vie dans son corps, comme le cœur d'une forêt en flammes, en rouge je sentais l'évacuation, en orange la rupture et le déchirement des vaisseaux sanguins et des tissus sous-cutanés, sa colonne vertébrale tordue, et soudain en bleu le tremblement de l'enfant en elle, sa jeune essence qui s'estompait déjà.

J'étais dans la cellule arrière de l'ambulance, les mains sur le corps, nous étions à moins d'un pâté de maisons de l'accident quand j'ai crié à Erin de s'arrêter.

« Tu te fous de moi ? » a dit Erin en se retournant, les yeux rivés aux miens pendant que ses mains continuaient à faire slalomer l'ambulance dans la circulation.

« Si on l'emmène à l'hôpital, l'enfant va mourir.

— Je m'en fous.

— Ils vont devoir choisir entre la mère et l'enfant. Et tu sais ce qu'ils vont choisir.

— C'est leur boulot.

— Je peux faire mieux, j'ai dit.

— Non, a dit Erin.

— Je vais les garder tous les deux. Et personne n'aura à choisir. »

Elle a secoué la tête.

J'ai dit, « Erin. Tu me connais. » C'était tout ce que j'avais. Je ne me connaissais pas moi-même, mais je devais faire mine de me dépasser, et invoquer tous les moments sanglants que nous avions traversés tous les deux. Erin a fait une embardée et nous a arrêtés sur le bas-côté. Elle s'est plaqué les mains sur les yeux en disant putainputainputainputain, et j'imagine que c'était le mieux qu'elle pouvait m'accorder. Nous étions garés près d'un immeuble, les gyrophares de l'ambulance éclaboussaient ses fenêtres de rouge et de bleu.

« Trois minutes », a dit Erin. Elle a mis un coup de poing dans le volant. « Pas une de plus, tu m'entends ? »

Je suis retourné à mon examen, à l'essence du bébé qui s'estompait, tout comme celle de la mère, son corps désormais moins un incendie qu'une coulée de lave, une mélasse qui bourdonnait doucement, des vibrations qui bouillonnaient entre mes mains. Je ne trouvais pas l'étincelle, le désir de vie. Tout se désagrégeait en même temps, c'était trop pour que je réussisse à le contenir, mais j'avais l'impression diffuse que leurs deux vies étaient prêtes à prendre leur envol.

J'ai laissé mon esprit pénétrer dans son corps et j'ai cherché l'étincelle, et cette fois encore elle était là mais elle disparaissait. J'essayais de les trouver tous les deux, la mère et l'enfant, de les tenir ensemble puis de réassembler d'un coup tout ce qui était cassé, pareil qu'avec le chien dans la ruelle. Mais rien ne se passait ; tout était muet. Mon cerveau s'accrochait si fort que j'ai eu la sensation d'un déchirement sous ma taille, un drap chaud sur mes quadriceps que j'identifierais seulement plus tard comme étant de l'urine, rouillée par les substances que mes reins avaient expulsées dans mes efforts pour attiser les vies sous mes mains. Et malgré tout ça je ne trouvais toujours aucune source de lumière dans la mère.

« J'y suis presque. » Un mensonge.

« Pas le temps, a crié Erin. Je démarre. »

Là, tout vacillant, il y a eu quelque chose, un éclair lointain en bordure de l'horizon de la mère, et j'ai envoyé tout ce que j'avais, toutes les parties de moi qui pouvaient lutter avec sa vie, la convaincre de se contenir, de commencer les réparations, et en même temps j'essayais d'imaginer en quoi elles consisteraient : débuter par les plaies ouvertes et les déchirures, les refermer, amasser des plaquettes et tresser la fibrine, coagule s'il te plaît coagule, et ton oxygène à l'enfant, et les volts dans les cœurs et les cerveaux pour que tout retrouve le bourdonnement et le pompage que je ne sentais plus, et de nouveau les blessures, recouds-toi, recouds-toi, et puis la lumière s'est éteinte.

« Attends, OK, attends, s'il te plaît, tu es froide. Pas tout de suite. Tu es froide. Pas tout de suite. » Et après ça la vague conscience que l'ambulance avançait. Le hurlement des sirènes. J'étais ressorti d'elle, je n'habitais plus qu'en moi, je regardais le corps de la mère et je commençais les techniques de réanimation qu'on nous avait enseignées, tout ce qu'il me restait.

Le temps d'arriver à l'hôpital, le sang artériel de la mère avait coulé sombre, puis ralenti, sa peau était cendreuse, la paroi de l'utérus toujours courbée par l'enfant silencieux en elle. Tout ce que j'avais tenté – défibrillation, massage cardiaque, bouche-à-bouche – n'avait rencontré que le froid et l'apathie du corps de la femme. Nous avons pilé devant les urgences, Erin a ouvert les portes et pleuré quand elle a vu, ça devait être les couleurs grises et bleues de la mère, et un groupe d'infirmières courait déjà vers l'ambulance, une vague de bruits métalliques, de tractions et de voix fêlées qui nous a submergés et qui a emporté l'enveloppe de la mère vers ce que je savais être sa dernière demeure.

12

KAUI, 2008

Indian Creek

Cet automne-là on a vécu dans le paysage. On escaladait les contreforts de massifs érodés qui étaient autrefois labourés par des glaciers grands comme des villes. On assurait nos orteils et le bout de nos doigts sur des rebords tranchants et on se glissait dans les veines de murailles calcaires, granitiques ou basaltiques, avec au-dessus de nous un plafond d'orage. J'ai senti les premiers habitants de ces mondes. La terre sur laquelle des générations de Shoshone s'étaient établies était toujours là, sous nos tentes. L'air glacial qui descendait des neiges éternelles, ce qui avait un jour été le souffle du Kiowa, cet air nous traversait de la même manière qu'eux, vous comprenez ?

Avec Van, avec Hao, avec Katarina, d'un coup j'avais envie de me faire des frayeurs sur les voies de Smith Rock. Sur le Totem Pole en Tasmanie et à El Potrero Chico au Mexique. À Salathé Wall dans le parc de Yosemite et à El Chorro en Espagne. Plus on grimpait et plus j'avais l'escalade en moi. Dans la peau.

Et il s'est produit quelque chose d'encore mieux. À la fin de nos journées d'efforts je m'effondrais dans l'odeur de chien mouillé de nos tentes et je sombrais dans les océans obscurs du sommeil. Je rêvais à ce qui était sans doute des dieux hawaiiens. Des femmes aussi grandes et lointaines que des volcans, à la peau noire comme une terre fertile, au corps lisse et fluide comme celui d'un dauphin, joyeux et muselé. Leurs cheveux s'emmêlaient et cascadaient dans les arbres, si bien que je n'arrivais plus à faire la différence entre les lianes et leurs boucles, et elles avaient des yeux dorés, bleus ou verts, incandescents, et où on ne voyait pas le blanc. Partout où elles touchaient le sol, le sol poussait en elles, leur peau se fondait avec la terre et on ne savait plus où l'une s'achevait et où l'autre commençait.

Je pense que c'est à ce moment-là que je me mettais à danser. En tout cas c'est ce que Van me disait chaque fois que je faisais ce rêve, surtout au début. Elle me racontait que j'étais à fond dedans : sur le dos, le sac de couchage aux hanches, je dansais le hula dans la tente. Les bras qui remuent en rythme devant le corps, tendus à quarante-cinq degrés, les hanches qui bougent en ʻami et les genoux en ʻuwehe. Elle disait qu'elle était obligée de se baisser et de se reculer pour esquiver les coups.

Elle m'a demandé à quoi je rêvais. Je ne pouvais pas lui expliquer les femmes – ça aurait été ridicule –, et lui parler de l'atmosphère n'aurait pas marché non plus. Je me sentais emportée comme par une lame de fond, par les cordes épaisses d'un courant qui me tirait vers une destination sans nom.

Je ne verrai plus jamais Indian Creek de la même façon, à cause de ce qu'on y a fait. C'était le début de la fin, maintenant je le comprends. On avait monté une expédition pour les vacances d'automne. Indian Creek avec ses falaises de grès cuivré aux premiers rayons du soleil.

L'odeur de pièces de monnaie qui montait du lac au loin. Hao et Katarina étaient là, mais en général on gardait les mêmes équipes quand on grimpait : Hao et Katarina, Van et moi. Moi et Van. On montait comme on parlait. Elle était élégante et précise. Inépuisable. J'étais puissante et dynamique – grands mouvements de balancier et tractions difficiles. On se prouvait mutuellement nos qualités, elle me répondait et je lui répondais, on s'encourageait en même temps qu'on s'admirait. On devenait les personnes qu'on voulait être, on vivait des choses et à l'instant où on les vivait je découvrais que je les désirais depuis longtemps.

« Faut que tu sois plus fluide », m'a crié Van pendant que je progressais le long d'une série de prises difficiles sur une fissure large comme un doigt. « Trouve ton rythme. La plupart du temps tu devrais même pas avoir besoin de faire d'effort, sauf en arrivant au crux. » Et moi je pensais, Des fois j'ai pas envie que ça soit fluide. Surtout ce type de fissure, pour moi c'est la guerre. Je farfouillais dans les plus petits trous de la roche, tous les muscles de mon dos étaient tendus et j'y allais en force, j'arrêtais de respirer et je serrais les dents pour avancer. Van devant moi au bout de la corde comme un serpent liquide. Toute en genoux écartés, jambes balancées et coinceurs délicatement posés. J'avais envie de lui dire, Moi je suis la danseuse de hula, connasse. D'ailleurs je l'ai dit, et elle s'est marrée. On se connaît, elle et moi.

J'avais enfin appris à grimper suffisamment bien pour que l'escalade soit aussi dangereuse que je le souhaitais. Le deuxième jour à Indian Creek, j'ai fait une chute de quinze mètres depuis une fissure verticale. Le haut-le-cœur en basculant dans le vide, la corde détendue qui ondulait en dessous de moi. Tomber, tomber jusqu'à ce que la corde accroche enfin deux points d'ancrage branlants grâce auxquels j'ai fini en me balançant juste au-dessus de la tête de Van. S'ils avaient lâché, je me serais pété le dos. On n'a rien dit pendant un long moment. J'étais suspendue là, tremblante, le ventre à l'air.

« On aurait dû prendre plus de nº 2, a dit Van, tranquille et maline.

— C'est mieux comme ça, j'ai dit. Y a des risques. »

C'était ce que je voulais. Prenez Van et moi : je ne savais pas ce qu'on était et il y avait quelque chose dans le fait de ne pas savoir. L'escalade, c'était pareil. Constamment au bord du désastre. Et ces risques nous permettaient de mieux nous connaître quand on retrouvait la fac. Ils influaient sur les cours. Je gagnais progressivement en assurance et je m'affirmais parmi les meilleurs de toutes les matières où j'étais inscrite, trop heureuse de comprendre la mécanique du monde : ce que je pouvais fabriquer avec mon cerveau, avec les sciences. Si je le souhaitais, je pouvais construire des immeubles, des ponts ou des moteurs. J'avais cessé de me poser des questions sur ce que j'avais en moi.

Sauf avec Van. Il s'était écoulé un mois et demi depuis le festival et le désir que j'avais pour elle me filait des crampes. Notre chambre à la résidence universitaire était une cocotte-minute : frottements et frôlements accidentels quand on se passait des stylos, des livres ou la télécommande, ou quand on montait sur nos lits en mezzanine.

La semaine avant ce voyage, en revenant de la douche, elle avait fermé la porte de notre chambre et lâché sa serviette. J'étais sur mon lit, mon manuel de *Mécanique statique et dynamique* sur les genoux. J'écoutais T.I. dans mon casque – *Paper Trail* venait de sortir –, je m'en rappelle parce que je ne peux plus entendre sa chanson *Whatever You Like* sans être aspirée dans ce moment, dans le corps de Van. Menthe et fleurs, l'odeur blanche du savon, tout. Ce n'était jamais son corps en lui-même qui m'intéressait. Sa surface ou je sais pas quoi. C'était sa manière de l'occuper : tension et flexion, asymétrie, solidité. Je me rappelle plusieurs choses. Son maillot à peine entretenu et les poils emmêlés comme des racines, la largeur de ses poignets et de ses avant-bras, les veines fines qui surgissaient de ses muscles de grimpeuse. La tension de son cou. Elle était là, nue. En moi ça se nouait et ça se tordait. Et puis elle s'est accroupie, elle a pris une culotte dans son tiroir et elle l'a enfilée sur sa peau propre.

Dans toute solution chimique formée de deux composants ou plus, il y a un solvant et un soluté. Ça je le savais. Étudier ces choses-là c'était ma vie, OK ? Le solvant fait le boulot, produit la brûlure acide. Par moments je me disais que, avec Van, c'était moi le solvant, mais je ne trompais personne. Je savais surtout ce que ça fait d'être dissoute.

Donc on était à Indian Creek, on campait sous de grands lacs d'étoiles, Van et moi ensemble dans notre tente, et de l'autre côté du feu de camp, Katarina et Hao qu'on entendait vaguement se chambrer. Ils n'arrêtaient jamais de parler, mais plutôt comme un frère et une sœur. Van s'est tournée vers moi dans son sac de couchage.

« Tu vas encore danser le hula cette nuit ? elle a demandé.

— Ferme-la, j'ai dit.

— Commence pas à faire la gueule. J'aime bien. »

J'ai haussé les épaules parce que je ne voyais pas d'autre moyen de ne pas réagir. « J'y peux rien, je le contrôle pas.

— Comme à peu près tout dans la vie, non ? »

J'étais sceptique. « Mouais, la philo c'est pas trop ton truc, j'ai l'impression.

— Je suis sérieuse, a dit Van.

— Moi aussi. » J'ai souri.

Et puis elle s'est avancée et elle m'a embrassée sur la joue, tranquillement, un bonne nuit à l'européenne. On était crème solaire, sel et fumée. Deux jours d'efforts et de crasse sur tout le corps. Mais à travers tout ça je sentais ses lèvres, une surprise douce et à laquelle je n'étais toujours pas habituée.

Elle s'est reculée et, sans me regarder, elle a ouvert son sac de couchage jusqu'aux orteils. Lentement, j'ai fait pareil avec le mien. J'ai lancé ma main dans son sac, fait glisser ma paume sur son corps à partir de l'épaule. Je ne regardais pas son visage mais un espace derrière elle, le coin de la tente où je voyais le halo des lampes de Katarina et Hao. Ma main a suivi ses courbes jusqu'à sa hanche. Elle a attrapé mon poignet. Elle l'a fourré sous son T-shirt, ma main sur son ventre. Elle a soupiré et tiré ma main plus haut, elle a bougé contre ma paume, et il y a eu la petite colline de son sein. Son téton raide qui jouait entre mes doigts. Elle a soupiré encore. Sa main à elle était sous l'élastique de sa culotte et commençait à s'activer.

Elle a dit, « Continue », les joues en feu et les yeux clos. Son autre main toujours sur la mienne, qu'elle déplaçait sur son sein. J'ai continué. J'ai imité ce qu'elle faisait, ma main plongée dans ma culotte. J'avais chaud à la tête, le vertige. Chaud au ventre aussi. On s'est calées sur le même rythme pour se caresser chacune et mutuellement. Moi toute à elle et elle toute à moi, ici et maintenant, jusqu'à ce que tout ce qui était noué en moi se défasse d'un coup.

Je ne sais pas si j'ai dansé le hula cette nuit-là. Il n'y a pas eu de musique dans mes rêves. Mais je me rappelle ce que j'ai ressenti. J'étais une jeune pousse sous la terre, tendue vers le jour. J'étais un muscle affamé, bandé dans l'obscurité du sol, qui émergeait sous le soleil et la pluie.

J'ai compris plus tard ce que ça signifiait. À la fin.

13

NAINOA, 2008

Portland

On me retrouvait au rayon Fruits et légumes, perdu devant les poings des brocolis, les nœuds luisants des poivrons jaunes rouges orange verts, je pouvais être là ou n'importe où ailleurs, aucune importance parce que de toute façon ça venait me chercher. Ça me tombait dessus chez Khadeja, pendant que j'essayais de faire la lecture à Rika ou de raconter une blague dans le salon, ça me frappait dans le bus quand j'allais au sport, ça me piquait au moment où on éteignait la lumière, où on s'allongeait et où Khadeja posait les mains sur mon cou pour me masser, ça m'agrippait et ça ne me lâchait pas, cet instant, le corps de la mère, l'enfant en elle, fragile mais accroché à la vie, lorsque tout s'était envolé.

J'avais échoué, et dans mon échec j'avais tué une mère et sa fille parce que j'avais été trop bête pour admettre mes limites. J'avais non seulement réduit à néant ce qu'elles étaient, mais aussi tout ce qu'elles avaient été – à quoi servaient ces souvenirs désormais ? le mari pourrait-il embrasser le souvenir de son épouse ? poser la main sur le souvenir de l'enfant dans le ventre, sentir le souvenir de ses coups de pied ? –, et bien sûr j'avais pris tout ce qui pourrait venir ensuite, les nuits blanches dans la maison d'un nouveau-né, les spectacles de fin d'année, les selfies nuls pendant les vacances dans les parcs nationaux. J'avais pris ce que le père aurait pu être, ce que les grands-parents avaient mérité, même les amours, les colères et les joies que l'enfant n'aurait jamais, les années à vivre, les choses qu'elle aurait fabriquées : chansons, histoires ou même simples SMS. J'avais tout pris.

Et, en contrepartie, on m'avait donné un congé, pas parce qu'on me soupçonnait de quoi que ce soit (à ma surprise Erin m'avait couvert, j'étais blanchi), mais parce que, durant les heures et les jours suivants, j'étais inapte à être moi-même. La direction m'avait dit, *Prenez tout le temps qu'il vous faudra*, mais je savais que ça ne pourrait pas dépasser un mois. Et puis le mois est passé et j'en étais toujours au même point, je sortais peu de chez moi et j'étais incapable d'aller au travail.

Khadeja faisait des choses, elle essayait des boucles d'oreilles devant la psyché de la chambre, elle retirait une paire de pendants et la remplaçait par de simples X, puis elle revenait à la première paire et elle me demandait, « C'est bien comme ça ? »

Et moi je répondais, « Comment ? »

Ses mains tombaient le long de son corps et elle me dévisageait en silence. « Tu ne m'écoutais pas.

— Si si, je t'écoutais », et j'essayais de la convaincre, désespérément, que je l'écoutais, puis elle recommençait où elle s'était arrêtée, et j'annonçais, « Je reprends le travail aujourd'hui.

— T'aimes bien les X ? On dirait des croix. J'ai pas envie que les gens pensent que je suis chrétienne. » Et ensuite elle disait, « Je crois que c'est pas une bonne idée.

— D'être chrétienne ?

— De reprendre le travail. » Sa main trouvait ma joue et elle me regardait droit dans les yeux ; sur le moment je trouvais qu'elle en faisait des tonnes, mais je comprends maintenant qu'elle se montrait parfaitement honnête, plus que je ne l'étais ou ne l'ai été depuis. « Tu as besoin de temps.

— Et eux ils ont besoin de moi. On s'en fout de ce dont j'ai besoin. »

Mais je n'y allais jamais. Un matin, après ma grasse matinée, je me suis attablé à côté de Rika, elle balançait ses jambes brunes et ses chaussettes à pois d'avant en arrière tout en contemplant le dos de sa boîte de céréales et sa tasse de jus d'orange, un jour d'école comme les autres.

Elle m'a demandé, « Pourquoi tu dis rien ?

— Je réfléchis à ce qui va se passer après.

— Ben, après, je vais aller à l'école !

— Après ça. Pour moi.

— Tu vas rentrer chez toi et tu vas être triste, c'est ça ? »

J'ai souri. « Quelque chose comme ça.

— Maman, elle dit que t'as des soucis. Elle dit, "Essaie de le comprendre, il traverse une période difficile." » Elle s'efforçait de prendre une voix grave et le résultat prêtait à rire, il y avait une blague quelque part là-dedans, en temps normal elle me serait venue toute seule mais l'humour n'était plus cette langue que j'avais su parler couramment, j'en étais réduit à chercher les mots et les adverbes les plus élémentaires : tout était là, tout près, simplement hors de ma portée.

Je n'ai réussi qu'à répondre, « Ta maman a raison. »

Et je ne suis pas allé travailler et je n'ai pas dormi davantage, j'ai piqué une radio au centre et je l'ai rapportée chez moi, je passais mes journées à écouter les appels, les annonces d'états de conscience dégradés et les pronostics vitaux, le répartiteur lapidaire et les infirmiers blasés, les descriptions d'accidents, avec l'espoir de saisir une erreur, une faute semblable à celle que j'avais commise. Allez, foire ton immobilisation cervicale, coince ta sonde dans les cordes vocales, oublie de contrôler la dilatation des pupilles. Les couleurs venaient à moi, les pulsations or vert argent des chouettes qui agonisaient à Kalihi avec leurs *chasser chasser voler manger chier manger dormir cacher chasser voler voler* et les chiens empoisonnés avec leurs *traîner traîner lever mordre respirer aboyer gémir respirer boire boire boire crampe filer filer filer* en violet et en marron, et les patients d'ici, les tempêtes de poison jaune dans les veines des toxicos, les souvenirs bleu nuit des derniers dîners partagés ou des grasses matinées avant que la voiture ne les fauche. Sans arrêt, sans arrêt, sans arrêt les couleurs venaient à moi.

« Ouh-ouh », a dit Khadeja, et j'ai sursauté et je me suis tourné vers elle. J'étais dans le salon de mon appartement, la radio collée à l'oreille. « Oh, Nainoa. »

J'ai dit, « Quoi ? » et puis j'ai vu ses yeux. Quand son regard est passé sur moi en balayant la pièce, tout à coup j'ai pris conscience de la brûlure marbrée dans mes iris qui devaient être rouges et craquelés, j'ai senti sur ma gorge et mes joues les poils drus que je n'avais pas rasés depuis des jours, la crasse nauséabonde qui s'accumulait sur mes pieds et mes aisselles, les emballages de crackers et de réglisses qui traînaient, les quatre grands verres d'eau entamés, l'odeur de chez moi : vaches humides et chips de maïs. La compréhension soudaine d'une grande durée écoulée, du vieillissement, d'un nombre de jours inconnu mais tous identiques à celui-là.

En quelques pas souples, Khadeja a réduit la distance entre nous et elle a glissé une main sous mon cou, de sorte que son pouce arrive juste devant mon oreille. Elle a répété, « Nainoa », comme pour essayer de me réveiller. Je tenais toujours la radio contre mon autre oreille, Khadeja a tendu une main et l'a serrée doucement sur mon avant-bras.

J'ai reculé mon bras. J'ai dit, « Non » et j'ai rapproché la radio de mon oreille, à l'instant où un grésillement explosait et où une voix énonçait calmement un indicatif, confirmant la réception d'un appel pour une collision entre un vélo et une voiture avec possible fracture de la vertèbre C3.

« Nainoa », a dit Khadeja, et où que je me tourne elle était devant moi, et elle a encore essayé de m'arracher la radio mais cette fois elle avait une bonne prise, j'ai tiré, elle a tiré aussi, et l'appareil s'est envolé et s'est mis à tourner comme une toupie avant de s'écraser par terre. Elle m'a serré entre ses bras, le visage enfoui au-dessus de ma clavicule.

« Pardon, elle a dit. Pardon pardon pardon. » Quand elle a compris que je n'allais pas bouger – je ne m'effondrais pas sur elle pour lui rendre son câlin et je ne me défilais pas non plus –, elle a levé la tête et essuyé ses larmes. Elle a dit, « Je peux te sortir d'ici. Tu veux bien que je fasse ça ? »

J'ai écarté les bras avec tant de force que notre étreinte a volé en éclats, Khadeja a fait un pas en arrière et j'ai saisi son biceps droit, prêt à l'écraser dans ma main. J'ai dit, « T'y peux quoi, toi ? » J'ai serré plus fort, elle ne savait pas ce que j'étais, j'ai serré plus fort, j'imaginais la brûlure et la pression, un tensiomètre paniqué, j'avais envie d'aller jusqu'au bout, d'éclater les veines et les capillaires de son bras, je voulais que ma poigne transfère en elle tout ce qu'il y avait en moi pour qu'elle le sente, mais c'était impossible. « T'y peux rien du tout. »

Elle a dégagé son bras. Ses yeux se sont durcis, elle a penché la tête, légèrement, et elle m'a assassiné du regard. Nous respirions fort tous les deux, et, de lame, son regard est devenu galet puis flaque lorsque l'humidité l'a envahi et a commencé à se vider en longs traits sur ses joues, sauf que cette fois elle ne les a pas séchées, elle a continué à me fixer. Et puis elle s'est redressée.

Elle a dit, « Tu me fais ce coup encore une fois et c'est terminé », mais nous étions déjà d'accord là-dessus avant même que les mots ne quittent sa bouche, elle voyait que j'étais conscient de l'erreur que j'avais faite, de l'erreur que j'étais, et elle voyait que la violence en moi s'était évaporée.

Elle a encore dit, « Nainoa. Je veux t'aider. Tu veux bien ? »

Je n'ai rien répondu, les couleurs allaient et venaient, *courir courir voler manger fuir manger dormir courir voler il y a mon bébé où est mon mari voilà mon corps qui se défait sur le brancard*, et la mère et l'enfant et tout ce que j'avais détruit, Khadeja tu ne le sentiras jamais comme moi je le sens, je suis sur une île au milieu d'un océan obscur que tu ne pourrais jamais franchir. Je me suis tu.

Son visage s'est décomposé ; elle avait été en colère, et à juste titre, mais c'était fini. Elle s'est reculée en tremblant, elle a ouvert la porte et l'a tirée doucement derrière elle. Dès que la porte a été fermée, je suis allé m'appuyer contre le bois rêche et j'ai senti Khadeja s'arrêter de l'autre côté, puis s'éloigner de moi, arriver sur le trottoir, tourner dans la rue.

J'étais toujours là quand le soir est venu, l'appartement de plus en plus froid et sombre, je suis allé allumer les lampes et j'ai reconnu mon salon à mesure qu'elles l'éclairaient, le canapé éventré et les piles de prospectus, les livres dans les caisses de lait et, à côté, mon ukulélé.

Comme dans notre garage toutes ces années, comme à Stanford, surtout les jours difficiles, comme chez Khadeja, je me suis tourné vers la musique. J'ai ouvert l'étui et passé mes mains sur l'acacia koa qui composait le corps de l'instrument, ses reflets étincelant dans la lumière de mon salon, les fenêtres toujours ouvertes et les chocs des papillons de nuit contre la moustiquaire alors qu'octobre était déjà tapi dans l'air.

J'ai fait quelques gammes pour m'échauffer les doigts et le poignet, pour que les cordes commencent à sonner. J'ai débuté par le type de chansons qui mettaient toujours l'ambiance, *Creep*, *While My Guitar Gently Weeps* ou *Aloha 'Oe*, mais il y avait aussi une version de *Kanaka Wai Wai* par Olomana à laquelle je revenais parfois, une version qui se jouait seul et que je tenais d'un oncle dans les îles, j'y suis venu les doigts flottants puis j'ai gratté les cordes plus dur, j'ai même chanté un peu, ma gorge n'était pas du tout faite pour ça mais s'il y avait bien un moment propice au chant je me suis dit que c'était celui-là. J'imaginais les accompagnements en *slack key* et les voix graves et tristes des vrais chanteurs hawaiiens, je jouais et j'essayais. Je me suis rappelé les bribes de forêt tropicale qui parvenaient jusqu'à nous, depuis les crêtes jusqu'au fond du ravin et aux clôtures séparant les entrepôts, le ravin presque sec jusqu'à la saison des pluies et qui se mettait ensuite à rugir. Je me suis rappelé les nuages roses au-dessus des Ko'olaus au crépuscule, les températures parfaites à l'heure du dîner, autour de la table avec mon frère et ma sœur et on pétait et on faisait des blagues et on n'écoutait pas nos parents qui nous ordonnaient de manger. Je me suis rappelé Sandy Beach, les murailles des vagues qui se dressaient, aspiraient le sable et se marbraient d'une foule de nuances bleues et transparentes, leur dureté quand elles s'écrasaient sur la surface mais Dean et moi nous plongions profond, nous retenions notre souffle, peau chauffée et brunie par le soleil, squelette acceptant ce que la marée lui infligeait, et aussi la fois où Dean m'avait attrapé la cheville pour faire durer la compétition et où j'avais failli me noyer. Avec le souvenir de l'eau est venu celui des requins, le museau râpeux dévoilant une caverne terrifiante et pleine de dents, et ensuite la gueule qui se refermait tendrement autour de moi, la musculature hypnotique du poisson qui louvoyait à travers l'eau. Je jouais et je me rappelais toutes ces choses, et les souvenirs sont devenus un appel, non pas une voix mais une pulsion très lointaine qui s'est logée dans mon sternum et qui s'est propagée comme un remède jusqu'au moment où elle a commencé à tirer directement sur mon esprit.

La maison. Rentrer à la maison.

Je ne suis pas allé au bout de la chanson.

14

DEAN, 2008

Spokane

Et puis un jour Noa m'a appelé sans prévenir. À la base on planifiait les coups de fil, à l'époque où Kaui obéissait à Maman qui nous obligeait à parler régulièrement tous les trois, *Il faut que vous gardiez le contact, croyez-moi le continent va essayer de vous diviser.* Sauf que ces coups de fil, ça se limitait à Noa et Kaui qui jouaient à celui qui connaîtrait le plus de mots savants. La moitié du temps je les mettais sur haut-parleur et je recommençais à me nettoyer les ongles de pied où je sais pas quoi pendant qu'ils jacassaient en oubliant que j'étais là.

Mais quand c'est parti en sucette à la fac, Noa a commencé à m'appeler plus souvent. Au début je ne comprenais pas. Il ne me posait pas de questions sur le basket ou sur mes projets ou rien du tout, contrairement aux autres. Il me racontait juste sa journée.

Il me disait tout ce qu'il ne voulait pas dire quand on était au téléphone avec Kaui. On parlait du boulot, des meufs, tout ça. Je crois que j'ai été la première personne à qui il l'a annoncé quand il a commencé à kiffer Khadeja, il m'a appelé et il m'a dit, « Je suis passé chez elle et Rika courait toute nue dans le couloir, elle venait de sortir de son bain et elle essayait de se sauver, et même si j'avais vu des gens malades et en morceaux toute la journée, ça m'a mis des feux d'artifice dans le ventre. » Et on parlait de Hawaii quand on était petits, de nos bagarres au parc comme si c'était des tournois de MMA, ou bien des gosses chelous qui vivaient dans notre rue, qui sentaient le poisson et qui bouffaient leurs crottes de nez, et moi je les forçais à nous donner leurs bonbecs et on faisait cinquante-cinquante avec Noa, associés.

Au bout d'un moment, il s'est mis à glisser des petites remarques et des questions, alors que tout le monde avait arrêté de parler de mon avenir depuis longtemps. Il me disait, Tu peux encore faire plein de choses. Y a pas que le basket dans la vie. Et moi je disais, Tu comprends pas, sans le basket j'existe pas.

Alors il disait, D'accord, dans ce cas, tu peux encore gagner. T'as juste besoin de faire une bonne pause. La chance va tourner, continue à t'arracher à l'entraînement.

Je savais pas trop comment prendre ce qu'il me disait. Ça me remontait un peu le moral, mais c'était pas suffisant. En vrai, plus il disait ce qu'il fallait, tous les trucs que je voulais entendre, plus je partais dans l'autre sens. Comme à l'époque où on se faisait encore la guerre : dès qu'il devenait le meilleur frère, je le poussais à la faute. Tout ça se mélangeait avec le sale goût que j'avais dans la bouche à cause de l'entraîneur, de l'équipe et du basket, j'avais envie de tout cramer et c'est ce que j'ai fait, jusqu'au bout, jusqu'à ce qu'ils me virent.

Mais ça n'a pas arrêté Noa. Il a continué à m'appeler, même quand Kaui a cessé de participer aux coups de fil collectifs. Certaines fois, je ne disais pratiquement rien, Noa parlait tout seul mais ça nous faisait du bien à tous les deux, juste d'être sur la même ligne pendant un petit moment.

Et puis un jour il m'a appelé et aujourd'hui encore je voudrais pouvoir revenir en arrière. J'ai pas été à la hauteur.

« Quoi de neuf ? » j'ai dit en décrochant.

D'entrée il y a eu un silence. « Rien, a répondu Noa. J'avais juste envie de t'appeler. »

J'ai pensé, OK, je vois le délire, et je me suis remis à mater *SportsCenter*, mais c'était le résumé du hockey, des haoles qui se fracassaient la gueule contre les vitres et des darons qui les encourageaient, leurs gosses sur les épaules au milieu du sang qui giclait dans leur bière et tout.

« Tu fais quoi ? a demandé Noa.

— Je soigne des cancers et je réfléchis à un moyen de produire de l'électricité avec mon cul. Et toi ?

— Je sais pas. » Il a pris une grande inspiration humide.

J'ai dit, « Tu pleures ou quoi ? » et il a répondu oui, mais il avait une voix bizarre. Comme s'il parlait dans le vide, pas à moi, comme s'il s'en foutait qu'on l'écoute. « Noa, frérot. Qu'est-ce qui se passe ?

— J'ai... j'ai fait une erreur.

— Une erreur. Genre tu t'es trompé de prénom en parlant à une meuf. Ça m'est arrivé une fois et t'aurais vu le...

— Elles étaient là à un moment, et ensuite elles étaient plus là. J'ai failli y arriver. Mais j'aurais même pas dû essayer. »

Là j'ai dit, « Mais de quoi tu parles », parce que je captais rien à ce qu'il me racontait, et il m'a expliqué qu'il y avait eu un accident de voiture avec une femme enceinte à bord et qu'elle était morte sur le chemin de l'hôpital pendant qu'il essayait de la sauver. Le bébé aussi était mort.

J'ai dit, « T'as fait tout ce que tu pouvais. » D'accord, je n'y étais pas, mais je connaissais mon frère.

« Tu te rappelles le Nouvel An ? a dit Noa.

— Bien sûr.

— Je croyais que c'était le début. Je croyais savoir ce qui allait suivre.

— Noa », j'ai dit, mais je n'ai rien trouvé à ajouter. De son côté non plus il n'y avait plus rien, juste du froid. Ça aurait été pareil s'il m'avait appelé depuis un frigo.

« À ton avis, je suis quoi ? m'a demandé Noa.

— Ce que t'es ? Un branleur, voilà ce que t'es.

— Non. Sérieusement.

— Genre, ce que t'as à l'intérieur de toi ?

— Oui.

— Tu veux que je te dise quoi ? Tu fais ce pour quoi t'es fait, non ? Tu soignes les gens, comme quand on était à Kalihi. C'est pas ça ? Ou alors tu vas devenir un empereur kahuna qui défonce tout, comme Maman elle pense.

— Et imagine si tout le monde se trompe ? Imagine si c'est pas censé être moi ?

— De quoi ?

— Toi, t'as jamais rien senti ? Dans les îles, à la maison. Ou même après, à Spokane. »

Il m'a encore posé sa question, et là, sans déconner, j'ai senti le truc en moi. À l'époque je ne savais pas ce que c'était, mais aujourd'hui, si. De la peur, c'était de la peur. Je croyais que si je disais oui, si je disais que j'y croyais, alors ça signifiait que c'était vrai, tout ce que les parents et tout le monde à Hawaii avaient pensé de lui, et tout ce qu'ils avaient pensé de moi aussi. Et toute la vieille colère s'est remise à bouillonner. J'ai répondu, « Putain, Noa, c'est à toi de me le dire. Je croyais que c'était toi, le cerveau de la famille. »

Quelque chose est devenu plat entre nous. Comme s'il s'était reculé, je le sentais. Il a soupiré. Il a dit, « Je suis désolé. C'est pas ce que je voulais dire. C'est juste une impression que j'ai. Je crois que tout ça, ça engage pas que moi. Faut que je rentre à la maison pour être sûr. »

Je n'ai rien répondu donc il a été obligé d'enchaîner. Il m'a demandé, « Tu crois au destin ? »

Je n'avais qu'à tourner un peu la tête pour voir la dernière paire de baskets que j'avais eues à la fac, sur mesure et assorties à nos maillots. « Comment ça ? Genre t'arrives au bon endroit au bon moment et tout va marcher comme sur des roulettes ? » Ces chaussures, elles étaient encore presque neuves, balancées dans un coin sous des vieux magazines. « J'y crois plus, à tout ça. »

Noa a toussé, il s'est raclé la gorge. Genre pas naturel. « Je me doutais que tu répondrais ça. »

Si on me ramenait à ce jour-là, je ferais les choses comme il faut. Je serais l'homme que j'étais censé être, et pas le gamin que j'étais. Mais j'imagine que je n'étais pas encore prêt. J'aurais dû l'être.

Ramenez-moi à ce jour-là.

« C'était cool de te parler », a dit mon frère. Et puis il a raccroché.

15

NAINOA, 2008

Kalihi

Les premiers jours après mon arrivée, mes parents croient ce que je leur dis, à savoir que j'ai besoin d'une coupure, que je suis en vacances et que je vais bientôt repartir à Portland. Nous avons des dîners ennuyeux, pleins de blagues faciles, je mens au sujet de ma vie avec Khadeja et Rika, et mes parents parlent des oncles, des cousins et des familles hānai des îles, en meublant avec des ragots et des nouvelles sans intérêt. Il y a du katsu, du teriyaki, des nouilles et du chili acheté au Zippy's, de la glace et des pâtisseries de chez Leonard's Bakery, et même les classiques, poi et pōke. Certains midis sous le ciel bleu, quand mes deux parents sont au travail, je déambule dans le béton de Honolulu, dans la cacophonie et la cohue du marché à ciel ouvert de Chinatown, la fureur silencieuse du village des SDF à Kaka'ako, le raffinement bourgeois de Waikiki. Je suis chez moi mais je ne suis pas chez moi.

Khadeja m'appelle, infatigable, et je ne décroche jamais. Elle commence à téléphoner à Maman, elle est maline, débrouillarde, tenace, et même si ses coups de fil s'espacent au fil des jours, elle n'abandonne pas.

Je visite l'île en touriste. Le mémorial de l'*Arizona*, l'aquarium Sea Life Park, Hale'iwa, le marché aux puces d'Aloha Stadium. Histoire de marcher au milieu de la foule, de visages inconnus et que je ne cherche pas à connaître qui se carambolent dans ma tête, histoire de sentir le rythme collectif des désirs et dispositions contradictoires, d'essayer d'envisager Hawaii comme un lieu auquel je ne dois rien. Je prends des coups de soleil alors que ça ne m'arrivait jamais et ensuite je brunis pareil qu'avant, mais à part ça rien ne change.

La troisième semaine, Maman m'arrête quand je sors de la salle de bains, alors que mon haleine est encore fraîche et pleine de dentifrice. « Il faut que tu lui parles, dit-elle à propos de Khadeja.

— Non. Elle ne comprend pas.

— Elle veut comprendre », dit Maman.

Je ne réagis pas.

Elle dit, « Depuis que tu es revenu je sais que tu as visité certains des endroits où on allait autrefois. Est-ce que tu as ressenti la même chose que quand tu étais enfant ?

— Quand j'étais quoi ?

— Quand tu étais plus jeune.

— Je m'en souviens pas.

— Tu ne te souviens pas de quoi ?

— D'avoir été plus jeune. »

L'espace d'un instant je devine qu'elle me trouve ridicule et que, un autre jour ou à un autre enfant – Dean ou Kaui –, elle dirait, *Allez, arrête ton cirque*, avec son francparler mordant. Mais là elle se tait, elle me dévisage, le même regard que Khadeja sauf que chez elle c'est plus puissant, plus déterminé et insistant, comme si elle voyait à la fois la personne que je suis maintenant et toutes les versions de moi qui ont vécu ici, avec elle, pendant toutes ces années. Elle me demande, « Qu'est-ce qui t'arrive ? »

Elle ne dit rien de plus, et moi non plus, en tout cas dans un premier temps, mais ensuite ça sort tout seul et je lui raconte ce que j'ai appris à faire dans l'ambulance, que j'ai été tout près de percer le secret de la mécanique de la vie humaine et en même temps que je commençais à en vouloir aux patients, à leurs faiblesses, que j'avais été idiot et arrogant et que j'avais la vie d'une mère et de son enfant sur la conscience, que j'avais abandonné Khadeja et Rika.

Je dis, « Je hais la chose que j'ai en moi. Je la hais.

— La chose que tu as en toi, dit Maman. La chose que tu as en toi, c'est un don.

— C'est quelqu'un d'autre qui aurait dû le recevoir. » Je hausse la voix. « Si tu le trouves tellement génial, c'est peut-être toi qui devrais l'avoir. »

Un sourire en travers de son visage, elle ne me lâche pas des yeux. Elle dit, « Tu sais, j'aurais pu partir d'ici il y a dix ans, même après avoir rencontré ton père. Moi aussi, j'aurais pu aller vivre sur le continent. Comme mes trois petits keikis. J'avais des notes excellentes.

— Alors pourquoi…

— Ne me coupe pas la parole, Noa, pas maintenant. Je suis allée sur le continent, j'ai visité San Francisco, Chicago et New York. Mais ici, à Hawaii, il y a quelque chose qui est plus grand que toutes ces villes faites pour les stars. C'est cette chose qui a réveillé les marcheurs nocturnes. C'est elle qui t'a sorti de l'eau et qui a envoyé les animaux auprès de toi pour mourir, qui t'a accordé tous tes dons.

— Les dieux. »

Maman hausse les épaules. « C'est une manière de les appeler.

— Toutes les histoires que tu me racontais. Un ancêtre qui flotte au-dessus de moi dans les nuages, qui se transforme en animal quand j'en ai besoin et qui guide mon destin. Je ressens rien de tout ça.

— Je ne sais pas comment ça fonctionne, dit Maman. Écoute. Si j'en avais le pouvoir, je t'en débarrasserais, Noa. Il y a une quantité de gens et d'endroits qui ont besoin de ce que tu as. » Plus elle parle, plus elle paraît sûre d'elle-même. « Mais je suis persuadée qu'ils ont encore plus besoin de toi.

— Je crois que tu m'as pas écouté. Je veux plus faire ça. »

Le sourire en biais qu'elle avait un peu plus tôt refait son apparition, comme si on lui avait raconté une blague sur moi dans mon dos. « Donc tu arrêtes. Très bien. Mais je voudrais savoir une chose. Tu aurais pu aller n'importe où après ce qui s'est passé à Portland. Pourquoi est-ce que tu es revenu ici ?

Pas très convaincu, je réponds, « Parce que je paie pas la nourriture. Ni le loyer. »

Elle secoue la tête, elle sait, je n'ai pas besoin de le lui dire.

« Je le sentais, c'est tout. Je sentais que c'était ce que j'avais à faire.

— Ce que tu as senti, c'est quelque chose qui te parlait, Noa. Écoute-le. » Elle me serre brièvement dans ses bras. « On est contents que tu sois là. »

Et donc j'écoute. Je quitte les zones bétonnées de l'île pour les parcs, les vallées et les océans, je laisse les chants verts, bleus et or de la nature se répandre autour de moi à l'aube et au crépuscule. Dans des chemins interdits et sur des bandes de sable désertes, dans tous les coins secrets que je connaissais enfant, où les ados vont fumer des joints qui leur brûlent les doigts, jouer avec leur corps ou relever des défis. Je marche, je prends le bus et je fais du stop, je sillonne l'île, et à un moment ça se produit.

Il y a un matin où je suis sur le côté de l'île exposé au vent, sur un sentier escarpé entre la pointe de Makapu'u et les cuvettes qui lui succèdent. Je repère une bande de sable qui plonge dans une mer bleu nuit. Je m'y enfonce et je laisse le courant m'emporter vers les eaux profondes. La houle océanique roule au-dessus de mes aisselles, heurte mon torse frémissant, et en dessous de moi l'eau est propre et transparente.

L'attraction exercée par cet endroit était forte, l'attraction de la mer, un appel qui était presque sa propre gravité, et je ne tarde pas à voir ce qui m'y attendait.

Le soleil vient de se lever et j'aperçois quatre ombres qui serpentent dans l'eau, viennent droit sur moi, ralentissent et finissent leur approche en glissant sans à-coups. Ce sont des requins, la peur tend mon corps, il faut que je m'en aille, il faut que je m'en aille, j'ai encore le temps, mais une autre partie de moi en a marre de fuir et c'est elle qui l'emporte. J'agite doucement les jambes et les requins commencent à m'encercler.

Ils tournent dans le sens des aiguilles d'une montre, ce sont des requins de récif, et je nomme les parties de leur corps gris, museau, nageoire pectorale, nageoire dorsale, caudale. Museau, nageoire pectorale, nageoire dorsale, caudale. Ils nagent comme endormis, font à peine danser leur corps. Leurs yeux croisent les miens, la terreur et l'excitation me tordent le ventre.

Je tends une main, le cercle se resserre juste assez pour que je puisse en effleurer un, lisse comme la glace, dense et plein de violence contenue, et à mon toucher quelque chose naît à l'endroit du contact et remonte le long de mon bras, une transmission d'émotion semblable à ce que je ressentais dans l'ambulance, sauf que cette fois je ne vois pas l'intérieur d'une chose mais plutôt l'extérieur de moi : la vallée de Waipi'o, ses rivières, les terrasses où prospère le taro vert et sain, je déferle sur le fond de la vallée et au milieu de tout ça il y a ma famille, aux côtés de nombreuses autres, sur la plage, au bord de la rivière ou entre les arbres. Nos silhouettes deviennent des ombres, se voilent et s'estompent dans les rizières, le ruisseau, la baie, comme si nous étions faits de la même eau, comme si nous remontions le courant avec les mêmes mouvements que ceux des requins, et puis tout se fond, se mélange, coule en moi en même temps que je m'y coule.

Mes yeux sont ouverts, les requins ont disparu.

Il n'y a plus que moi, dans l'océan jusqu'à la poitrine, il y a le froid de l'eau et la chaleur de l'aurore, mais je sais où je dois aller, où tout a commencé bien sûr, dans la vallée.

16

MALIA, 2008

Kalihi

Si un dieu est une chose qui exerce sur nous un pouvoir absolu, alors il en existe une multitude en ce monde. Il y a les dieux que nous choisissons et ceux qui s'imposent à nous ; il y a les dieux que nous vénérons et les dieux venimeux ; il y a des rêves qui deviennent des dieux, des passés qui deviennent des dieux et des cauchemars également. Plus je vieillis, plus j'apprends qu'il existe trop de dieux pour pouvoir jamais les connaître tous, et pourtant il me faut tous les garder à l'œil, sous peine qu'ils se servent de moi ou que je les perde sans même m'en rendre compte.

L'argent, par exemple : mon arrière-arrière-arrière-arrière-grand-mère, en bonne Kānaka Maoli, n'avait que faire d'un bout de papier sur lequel on avait imprimé la silhouette d'un haole inconnu. Ça ne lui servait à rien. Ce dont elle avait besoin, c'était d'aliments venus de la terre, de remèdes venus de la terre, de sentir qu'elle occupait une place au sein d'un système. De savoir ce que la nature procurait et ce qu'il fallait cultiver. Mais des bateaux sont arrivés de ports lointains en apportant un nouveau dieu dans leur ventre, un dieu dont le souffle était un vent de cloques et de fièvres qui a emporté des générations entières, un dieu qui avait des fusils en guise de doigts et dans la voix des traités ne demandant qu'à être rompus. Ce dieu avait pour nom argent, c'était un dieu venimeux, un dieu exigeant et qui exerçait sur nous une autorité devant laquelle l'Ancien Testament se faisait tout petit.

Avec le temps, nous avons été contraints de le vénérer, que ça nous plaise ou non. Ton père et moi continuons à le prier.

Il y a aussi le langage : 'Olelo Hawai'i, non écrit mais transmis d'une bouche à une autre, il comportait moins de lettres que l'anglais dont les rugissements l'ont rapidement anéanti et pourtant il contient davantage de mana que n'importe quelle langue étrangère. Que faire lorsque *pono*, un mot guérisseur, un mot de pouvoir – un mot qui est émotions, relations, objets, qui est le passé, le présent et l'avenir, qui est mille prières à la fois et qui vaut quatre-vingt-trois mots dans la langue anglaise (vertu, droiture, prospérité, excellence, atouts, prudence, ressources, providence, nécessité, espoir et j'en passe) – que faire lorsque ce mot devient proscrit ? Lorsque notre langue, 'Olelo Hawai'i, est devenue proscrite, ce sont avec elle nos dieux, nos prières, nos idées et notre île qui ont disparu.

Et il y a toi, mon fils. Tu n'es pas un dieu, mais il y a une chose qui évolue en toi et qui en est peut-être un. Va-t-elle ressusciter ce qui existait auparavant ou construire quelque chose de neuf ? Je l'ignore.

Mais lorsque tu es revenu de Portland avec tes espoirs en miettes, j'ai fait de mon mieux pour t'aider. Il m'est difficile de te guider dans ce que tu ressens, et très souvent je ne ressens plus rien dans cet Hawaii moderne. Mais lorsque tu es près de moi, je ressens cette chose, juste sous la surface. Elle est lumineuse, chaude et prête, c'est une légère houle qui porte en elle des milliers de tonnes de puissance.

Voilà pourquoi je t'ai encouragé à te promener dans la vallée. J'avais confiance en ce que tu ressentais, et j'avais bon espoir que, si tu le suivais, cela ferait fleurir ce que tu avais en toi. Tu vois ? L'espoir aussi peut être un dieu. Nous pouvons lui adresser nos prières.

17

NAINOA, 2008

Vallée de Waipi'o

Ça fait deux jours et je continue à marcher, à ressentir l'appel, l'attraction, plus fort chaque jour. Je suis là, sur Big Island, je grimpe vers les hauteurs de la vallée de Waimanu, la deuxième après Waipi'o, rempli du sentiment que je vais trouver quelque chose au prochain virage, juste après le bosquet de halas, sur la terre humide du sentier, au milieu des moustiques et des mouches qui me chatouillent et que je disperse d'une claque.

Le soleil n'est pas encore levé et les taches grises des nuages défilent à toute allure, les bourrasques font crépiter les buissons. J'approche de la crête, la limite que presque personne ne dépasse, car en sortant de Waimanu par ce côté et dans les vallées qui suivent et qui n'ont pas de nom, on dit que le chemin est incomplet et impraticable. Je m'enfonce dans la brume et la boue et je joue de la machette, et je marche et je coupe, et je sais que si je continue quelque chose finira par être révélé, que je comprendrai enfin ce que je dois devenir.

Au crépuscule ça ne fait plus de doute, je ne suis pas seul. Depuis des heures je me taille un chemin dans la brousse, je piétine et lacère, la transpiration imprègne les plis de ma chemise, et puis, après un tronçon de branches plus épaisses, je débouche dans une clairière. C'est la première fois depuis ce matin que j'ai autant d'espace autour de moi, et je sens l'odeur d'œuf et de métal qui s'échappe d'un réchaud de camping. À quinze mètres devant moi il y a une cabane aux planches rongées par la mousse, surmontée par un toit en tôle criblé de rouille et couvert de branchages. Il n'y a pas d'ouverture de ce côté, mais j'entends des voix étouffées et traverse la clairière.

Je contourne la cahute. Vue de l'avant, elle a un aspect officiel, c'est peut-être un ancien abri pour gardes forestiers, randonneurs ou sauveteurs. La façade est écroulée par endroits, des morceaux entiers ont disparu comme sur les maisons des pays en guerre et on voit à travers les brèches, il a l'air d'y faire chaud et sec, et même si le plancher est en train de pourrir je suis certain qu'il est confortable.

Une pâle lumière fluorescente scintille par les trous et j'entends mieux les voix, une langue européenne quelconque. Soudain la lumière se tourne vers moi et je mets une main devant mes yeux pour les protéger de l'éblouissement.

« Oui, d'accord, bonjour, fait une voix d'homme avec un fort accent à l'intérieur de la cabane. Qu'est-ce qu'il veut lui avec la machette, n'approche pas.

— Je vous ai entendu depuis le chemin. » Ça ressemble à des excuses, mais la lumière continue à m'aveugler. Je fais un pas vers la porte.

« Arrête », dit l'homme, et j'obéis.

Des chuchotements fusent entre l'homme et une autre personne, une voix plus aiguë et plus ronde qui semble appartenir à une femme.

Je demande, « Est-ce que je peux entrer ? Ça fait deux jours que je dors par terre. Je suis très fatigué. »

Nouveaux chuchotements.

« Dis-nous quelque chose peut-être.

— Qu'est-ce que vous voulez que je vous dise ?

— D'où tu viens, sur quel sentier tu es, ces choses-là peut-être. »

Je soupire et je lève une main tout en continuant à m'abriter de la lumière. « Je viens d'ici. J'ai grandi à Honoka'a.

— Et le...

— ... Je suis sur le sentier depuis Waipi'o. La végétation devient très dense quand on sort de Waimanu. J'ai dû passer en force pour arriver jusqu'ici. »

Ils se remettent à chuchoter ; je n'attends pas, tant pis, je lance la machette par un des trous du mur et le bruit qu'elle fait en tombant par terre coupe court à leur conciliabule. « Gardez-la pour la nuit si vous en avez besoin. »

Maintenant que la lame n'est plus entre mes mains, la personne à l'intérieur est satisfaite. La lumière s'écarte de mon visage, je peux avancer jusqu'à la porte et entrer. Des murs nus, des vitres obstruées par la crasse, une petite table en bois autour de laquelle l'homme et la femme sont assis.

Malgré la lourde odeur de moisi, je sens celle du couple. Leurs relents sont organiques, un monticule de compost au soleil, peaux de citron, vieux café et vinaigre, et je ne peux pas m'empêcher de penser, *Putains de haoles*. C'est ce que Dean aurait dit s'il avait été là : il n'a jamais remis en question l'image que les gens d'ici se font des Blancs – des ignorants irrécupérables, maladroits et sales –, et même si je résiste à ce stéréotype, il me saute parfois à la figure. L'homme penché sur la table comme un gamin en classe, des cheveux noirs emmêlés et attachés en une queue-de-cheval rabougrie, autour de la gorge un collier de barbe qui ressemble à des poils pubiens, et puis les cheveux blonds de la femme, un carré effilé qui encadre sa bouche, et lorsqu'elle chuchote j'aperçois la palissade tordue de ses dents. Ils ont une allure vaguement sportive, des piercings sur tout le visage – tous les deux aux oreilles, lui au sourcil, elle au nez et à la lèvre – et des cernes bleu foncé autour des yeux.

Leur réchaud, de la taille d'un petit poing métallique, continue à chuinter. Tout autour, des gamelles cabossées et des ustensiles éparpillés. De la main, je montre la table ; ils hochent la tête et je m'assieds. Je me débarrasse de mon sac, et lorsque l'épuisement déferle sur moi, abaisse mes paupières, je pose ma tête sur mes bras croisés et je la laisse là, en m'efforçant de ne pas m'assoupir.

« Tu prends un repas, peut-être ? » demande l'homme.

Je relève la tête et bredouille une réponse, oui je mange et non je n'ai pas encore mangé, j'ai des choses ici et c'est probablement à moi de commencer, et j'ouvre la fermeture éclair de mon sac et j'en retire des vêtements roulés en boule sous lesquels je trouve ma casserole. J'y ai rangé une partie de mes repas – un sachet de macaronis au fromage, des boîtes de thon et un petit paquet de bonbons multicolores –, qui se répandent sur la table.

« Non non non, dit la femme en souriant. Nous pouvons manger avec toi. Ce n'est pas la peine. »

Je réponds, « C'est toujours la peine » et je leur tends une boîte de thon. L'homme hausse les épaules et la fait glisser jusqu'à leur côté de la table, après quoi nous regardons en silence leur casserole qui vomit de la vapeur.

L'homme finit par parler. Nos ventres sont pleins de la chaleur des pâtes et du goût du thon. Nous avons échangé quelques mots pendant le dîner, d'abord au sujet du sentier. Ils sont partis plusieurs jours avant moi, avec l'intention d'aller jusqu'à Pololu par les vallées, mais à une journée de marche en amont de cette clairière la piste se dégrade et devient tellement incohérente qu'ils ont préféré rebrousser chemin pour ne pas risquer de se tuer. Ils sont allemands et ont encore une semaine et demie à passer sur l'île avant d'aller visiter quelques endroits sur le continent puis de rentrer tranquillement à Munich. Plus nous parlons, plus la femme, Saskia, se détend, me dit qu'elle a très envie de voir le volcan, me pose des questions sur mes « années d'enfant » à Hawaii. Elle ouvre grand la bouche en parlant et elle se gratte les aisselles, elle est blonde et pourtant quand je la vois c'est Khadeja que j'ai devant moi, pas parce qu'elles se ressemblent mais à cause de sa présence que je sens sur Lukas, comme si l'air entre eux était parcouru par les fils invisibles qui les relient. Même lorsqu'un des deux se lève pour poser des assiettes sur les étagères de guingois, ou sort se dégourdir les jambes, je sens que l'attention de l'autre lui reste attachée. En ça aussi je reconnais ce que j'ai, Khadeja et Rika, et les souvenirs commencent à dégringoler et à s'entasser, je fais une partie de billard avec Khadeja dans un bar grisâtre qui va fermer, je la regarde se coucher sur la table, les lèvres entrouvertes, concentrée, et ses doigts qui manient délicatement la canne, ces mêmes doigts avec lesquels elle retire un cil coincé dans l'œil de Rika alors que nous rentrons d'un pique-nique au parc, baignant dans une odeur de sandwichs à la dinde et gorgés de paresse par une après-midi passée au soleil.

J'ai l'intuition que ce n'est pas la dernière fois, que leur absence va demeurer en moi, comme le sel sous ma peau qui sort de mes pores pour me piquer les yeux au moment où j'en ai le moins envie.

Soudain, Lukas dit, « Il y a quelque chose là-dehors », et je suis arraché à mes souvenirs.

Je fais, « Quoi ? »

Saskia lui parle doucement en allemand et Lukas répond sur un ton presque joyeux, la voix grimpant d'une octave. « La terre c'est quelque chose, dit Saskia en se tournant vers moi. C'est une personne, c'est un animal et d'autres choses aussi, je ne sais pas. » Elle se penche vers Lukas et pose la tête sur son épaule. Elle dit, « Nous n'avons pas de religion, mais nous trouvons tous les deux que cet endroit est un peu comme ça. »

Alors, d'un coup, une nausée de bonheur s'empare de moi. Si ces deux-là sentent quelque chose, s'ils pensent que cet endroit est spécial. « Oui, je dis, il y a quelque chose ici... », et moi aussi je me mets à parler, trop vite, les mots quittent mes lèvres sans même toucher mon esprit, tout ce que j'ai toujours voulu dire à propos de ce que j'éprouve ici. Quand je me rattrape enfin moi-même, je suis en train de dire, « ... ça pourrait faire énormément de bien au monde. À condition d'être utilisé par la bonne personne. »

Ils sourient mais il y a une question derrière leurs sourires, leurs fronts plissés par l'incompréhension. Soudain, ce qui existait entre nous retombe. Je dis, « Attendez », bien que personne ne fasse rien. « J'ai une idée. » J'attrape le paquet de bonbons arc-en-ciel, je l'ouvre délicatement et je le leur tends. Je me retourne et je sors mon ukulélé de mon sac, j'ouvre l'étui. « Est-ce que vous avez déjà entendu une de nos chansons ? »

Je leur propose encore des bonbons, ils en prennent un chacun. Lukas suçote le sien un instant, puis il fronce les sourcils. Il dit quelque chose à Saskia et elle crache son bonbon dans le creux de sa main, lui fait signe de l'imiter, puis elle porte les deux bonbons jusqu'à la vitre ébréchée et les éjecte dans la nuit.

« Nous voulons bien écouter les chansons, mais ça non, dit-elle en désignant le paquet de bonbons. S'il te plaît. »

J'éclate de rire. « C'est juste des bonbons. Vous en avez pas en Allemagne ? »

Elle fouille dans son sac et en tire une tablette de chocolat à l'emballage élégant ; elle retire le papier alu et casse un carré de chocolat noir pour chacun de nous.

« Tiens, dit-elle. Chez nous on fait ça bien.

— Donne-nous tes chansons, dit Lukas, les yeux brillants. Parle-nous de cet endroit. »

Je porte la main à ma bouche et je ressens tout, depuis les marcheurs nocturnes jusqu'à aujourd'hui. Lorsque le chocolat atterrit sur ma langue il s'épanouit, profond, doux et presque dénué d'amertume.

Quand vient le matin, je me réveille dans un coin de la cabane, dans la poche humide de mon sac de couchage. La pièce est encore plus piteuse à l'aube : partout le bois est sombre et je sens l'humidité qui se dégage des planches, les vapeurs de décomposition, les poutrelles tordues qui s'affaissent, mouchetées par les vestiges de nids d'oiseaux. La table autour de laquelle nous étions assis hier soir, qui paraissait solide, a en réalité des pieds en lambeaux et une surface gondolée et délavée. La pourriture a creusé plusieurs petits trous dans le plafond, et lorsqu'une brèche se fait dans un nuage loin au-dessus, des tiges de lumière blanche tombent en biais et éclaboussent les murs et le sol.

Je me lève et vais à la table sur laquelle m'attend un bol en plastique vert rempli de bouillie d'avoine. J'avance ma paume et sens s'élever un dernier brin de chaleur. Ils l'ont laissé pour moi et je ne peux pas retenir un sourire, même si je n'ai pas de cuillère. Je m'assieds sur la chaise qui grince et j'écoute le bruissement des feuilles, je recueille la bouillie dans mes doigts comme si c'était du poi, et je sens que mon corps ronronne en reprenant vie.

Depuis l'instant où j'ai retiré mes mains du corps de la mère, toute sensation de lien a disparu – lien entre moi et le monde physique, les gens avec qui je parle ou vis. Où que je sois, dans une pièce bondée ou sur un trottoir désert, dans l'ambulance, chez moi ou en train de dormir contre Khadeja, je ne vais pas plus loin que le bout de mes doigts et de mes orteils. Je ne partage rien et ne transmets rien aux autres, je ne reçois rien d'eux, je suis seul, absorbé dans les voix, les souvenirs et les âmes des animaux et des personnes qui m'ont traversé. Mais ce matin, maintenant que tout s'est tu, il y a une attraction légère et constante, un désir qui m'appelle et non une voix : je suis chez moi.

Au milieu de la journée j'ai oublié la marche accomplie depuis le matin. Je sais qu'il y a eu des efforts, que j'ai progressé, que je suis monté et descendu au gré du sentier, que j'ai tranché dans la broussaille par endroits et avancé sur la piste où Saskia et Lukas peinaient hier, mais tout cela s'est déroulé sans que j'y sois présent. Je transpire et j'ai soif mais je ne m'arrête pas, je ne peux pas, la vallée s'ouvre devant moi, semble m'inviter. Les branches se plient au lieu de me griffer, la boue se durcit sous mes semelles, les moustiques se dispersent au lieu de grouiller autour de moi. À chaque pas je suis plus fort et plus léger.

Je me dis, *Je suis là*, et ce n'est pas une déclaration mais une proposition. C'est là que j'aurais dû être depuis le début, j'aurais dû rester dans les îles, tâcher de mieux écouter. Qu'est-ce que je croyais pouvoir accomplir tout seul en réparant des corps brisés sur le continent ? Aucun cortège de patients ne pourrait m'en apprendre davantage qu'un lieu comme celui-ci ; les liens me sautent aux yeux, se révèlent à moi sans que j'aie rien à faire. Les cellules de ma peau, mélangées à la poussière, sont emportées par ma sueur et tombent dans la terre, et la brume se prend dans les arbres et les abreuve, et le soleil l'éclaire et l'évapore, et les plantes respirent et j'inspire ce qu'elles expirent, de la même manière que tant d'habitants de ces îles collaient jadis leurs fronts pour se saluer et inspiraient le même air, ne faisaient qu'un.

Devant moi le sentier s'arrête. Une clairière apparaît à l'écart de la piste principale et j'y pénètre, me faufile entre les arbres. Mon sac à dos se prend dans les branches mais je continue, je persévère. Je veux voir la vallée depuis le ciel, je veux voir l'océan, il est là, juste derrière l'ouverture. Le sol descend vers une corniche en surplomb, et lorsque j'y arrive je comprends tout le chemin que j'ai parcouru. Waimanu et Waipi'o, lointaines et imposantes mais presque à portée de main, crevasses vertes et baies d'eaux ondulées.

Je me tiens loin au-dessus du fond de la vallée et je la contemple, quand soudain le sol se met à bouger sous mes pieds. L'espace d'une seconde je suis en apesanteur, comme si je sautais, et puis l'accélération me soulève le ventre, un flou d'herbe et de vent, quelque chose qui secoue et disloque mes épaules, mon dos me brûle et se tord, craque, mon corps rebondit, grand ouvert, et puis je vois le ciel, ou bien l'océan loin en dessous, quelque chose se brise, mon fémur, je tournoie, je ne pèse plus rien, l'air défile, attendez, attendez…

TROISIÈME PARTIE

DESTRUCTION

18

KAUI, 2008

San Diego

Après l'épisode avec Van à Indian Creek, j'étais un TGV sur des rails neufs. J'ai commencé à dire à tous les profs qui nous assignaient des travaux de groupe que je refusais de faire partie d'un groupe – des mecs, des mecs et encore des mecs, tous les mêmes et qui m'obligeaient à me battre pour me faire entendre – et que je ferais tout le boulot toute seule, même si ça voulait dire travailler quatre fois plus. Donc j'ai fait tout le boulot et je me suis classée parmi les premiers dans toutes les matières difficiles.

Avec Van (et aussi Hao et Katarina), on escaladait les bâtiments la nuit quand on n'arrivait pas à s'échapper du campus. Des fois, Van et moi on restait assises par terre dans notre chambre, dos à dos, et on prenait des notes dans nos cahiers, on lisait et on surlignait nos cours, avec nos omoplates qui frottaient l'une contre l'autre même si j'aurais préféré que ça soit nos mains. On n'était plus allées aussi loin qu'à Indian Creek. J'avais l'impression qu'on était sur le grand plongeoir, on regardait l'eau qui pouvait nous tremper, nous rafraîchir, mais on ne sautait pas. On était revenues à quelque chose de moins fort, qui n'était pourtant pas non plus rien. Je sentais que ça me donnait la fièvre et je prenais sur moi pour ne pas la supplier de m'offrir tout son corps.

Un soir, je reçois un coup de fil de Maman. Pour me parler de Noa, bien sûr. Sauf que cette fois c'est différent.

« Comment ça il a disparu ? » Tout ce que je sais, c'est qu'il a eu un problème au travail. Une personne dont il était responsable est morte et c'est peut-être à cause de lui, du coup il a pris du temps et du recul pour digérer, il est retourné à Hawaii. C'est la maison, il aurait dû être en sécurité, non ? C'est ça l'intérêt d'être à la maison.

Maman me raconte son expédition sur Big Island. Un genre de rando, apparemment. Une marche dans les lieux reculés et sacrés des vallées du côté de Honoka'a.

Elle dit, « Quelque chose l'appelait là-bas.

— L'appelait ? » Et dans ma tête ça fait, Pitié, pas encore ces conneries.

« Les 'aumakua, dit Maman. Il les sentait beaucoup depuis qu'il était rentré. Il avait besoin d'aller dans la vallée.

— Vous avez lancé des recherches ?

— On y va ce soir. Dean ne va pas tarder à arriver. Le comté a mis sur pied une équipe de secouristes.

— Je vais rentrer.

— Non. Tu as des cours à suivre.

— Mais tu viens de me dire que Dean rentrait, lui. »

J'entends qu'elle soupire, comme si j'étais débile. Elle dit, « Kaui, Dean a arrêté les études.

— Oh », je dis. Il n'y a plus aucune trace d'émotion dans ma voix. « Et là tu vas me sortir ton laïus sur les chances que j'ai et que vous avez jamais eues.

— Attention, dit Maman.

— J'ai l'impression que tu sais très bien ce que je veux et que tu me forces à faire l'inverse.

— Si tu es arrivée là où tu en es, sur le continent, à l'université, ce n'est pas seulement parce que tu as pris ta vie en main, dit Maman.

— Bien sûr que si, je réplique. C'est uniquement à cause de ça. »

Là, je suis sûre que ça va être la goutte d'eau. C'est parti, ou bien ça gueule ou bien c'est la colère froide et silencieuse, Maman est capable des deux. Mais non, elle dit juste un truc super bizarre, et je continue à y penser longtemps après, maintenant que tout est fini.

Elle dit, « Oh, Kaui. Je te connais. J'ai été comme toi. Ne rentre pas. Qu'est-ce qui va se passer si tu viens et que tu ne termines pas ton semestre ?

— Je sais pas. » Mais plus j'y réfléchis et plus je vois qu'elle a raison. Il me faudra un semestre de plus, minimum, pour rattraper mon retard dans les matières que je manquerai. Et ça, ça signifie rajouter encore dix mille dollars de dettes. Ça fera mal. Je pourrai y arriver. Mais je sais ce qui va se passer à Hawaii : Noa va revenir de la vallée, à tous les coups il sera sur une licorne qui pétera des arcs-en-ciel, et il va encore faire pleuvoir des miracles sur la famille, il va y avoir de nouvelles histoires et les dons vont affluer et ça va être le retour de la lumière d'or immaculé. Tandis que moi, si je rentre, je serai seulement une spectatrice. Dans le meilleur des cas. Je ne suis pas inquiète pour mon frère.

Et là, ce que je ressens, c'est le soulagement, grand et puissant. Je ne vais pas rentrer. Ils ne veulent pas de moi. Soulagée soulagée soulagée. Tu parles d'une sœur de merde.

Je me dis que c'est ce que tout le monde veut et pas seulement moi. Et même, ça change quoi si je suis la seule à le vouloir ? Je me remets au travail. Des journées entières avec mes livres et mes cours, à rester platonique avec Van en me demandant où et comment on va enfin faire le grand saut. Si c'est elle ou moi qui fera le premier pas.

Mais ce coup de fil, je vous jure qu'il change tout. C'est une malédiction ou je sais pas quoi. C'est le coup de sifflet final. Van ne rentre plus dans notre chambre et ne répond plus quand je l'appelle. On avait prévu qu'on bosserait ensemble sur une dissert, « Le Christ et les croisades », une connerie dans le genre. Je me dis que je la verrai en cours et là je lui demanderai ce qui se passe. Mais elle ne vient pas. Je lui envoie un SMS et je me retiens de lui en envoyer un deuxième.

J'ai envie d'elle, ça me démange et ça m'empêche de dormir. Je sens ses doigts en moi. La décharge électrique de son rire. Notre manière d'être à la fois dures et gentilles l'une avec l'autre. Sa voix rauque qui m'encourage pendant que j'escalade des parois exposées. Vas-y, vas-y, vas-y. Tout ça qui me tourne dans la tête à longueur de nuit, pendant mes quatre pauvres heures de sommeil. Je foire mon dernier devoir de Conception structurelle, 70 sur 100, à peine la moyenne.

La prof commente, *Ça ne te ressemble pas* sur ma copie.

Quand je parle avec Hao et Katarina, quand je les interroge au sujet de Van, ils haussent les épaules et ils répondent qu'elle a changé, qu'elle ne leur parle plus à eux non plus. Deux jours après le coup de fil de Maman, j'attends dans le bureau des étudiants, il est à peu près l'heure où Van a l'habitude de passer boire un café. Je me mets en boule dans un fauteuil face au panneau des annonces. Ça y est, elle arrive, le sac à dos suspendu à ses deux fortes épaules. Un sweat à capuche bleu marine sans logo. Elle fait des grands pas détendus, elle a les cheveux emmêlés et pas coiffés, et ses dents du haut dépassent un peu de ses lèvres entre deux gorgées de café. Je me lève quand elle s'approche.

Elle s'arrête. « Kaui.

— Salut.

— Ça va ? » Elle tourne la tête. « Faut que j'aille en cours. »

Je devrais la jouer cool, non ? Je le sais. Trouver les mots gentils. Mais mon cœur est plus fort. « Te fous pas de moi. »

Elle se durcit. « Quoi ?

— Y a quelque chose qui va pas. »

Elle répète, « Faut que j'aille en cours. » Elle commence à s'éloigner. Je ne dis rien, je la suis hors du bureau des élèves et jusque sur le parking.

Un skateur approche, ses roues grondent sur le béton irrégulier. On le regarde passer. Son caleçon en coton blanc fait un boudin au-dessus de son jean qui tombe sur ses fesses, la forme de son portefeuille se voit dans l'usure de sa poche. On l'observe comme si c'était le meilleur skateur du monde, les yeux braqués sur lui sans un mot.

« Pourquoi tu viens plus dans la chambre ? je demande.

— J'avais besoin de faire une pause. » Elle boit une gorgée de café. Combien de fois j'ai suivi le trajet du liquide dans son corps : autour de la chaleur rosée de sa bouche, le long des taches de rousseur de son cou, dans sa poitrine, derrière son nombril. Mais maintenant, quand elle boit, c'est un truc comme un autre qu'elle fait sans me regarder.

Je dis, « Mon frère a disparu. Il est descendu dans une vallée et il est pas revenu. » Je ne sais pas pourquoi je dis ça, à part peut-être pour tenter de la rapprocher de moi. Au moins un tout petit peu. « On sait même pas s'il a de quoi manger, s'il a un plan, rien. »

Elle plonge une main dans sa poche. Le sang arrête de circuler à l'endroit où le tissu serre la peau. Elle dit, « Je suis désolée. On n'a jamais trop parlé de nos familles. Il jouait du ukulélé, non ? Ça je m'en rappelle.

— Il *joue*. Putain, Van, fais un effort. »

Elle dit encore, « Je suis désolée. Je sais pas quoi faire », et elle s'avance vers moi. Elle ouvre ses bras tout raides, elle hésite, ça me fout la gerbe.

« Laisse tomber », je dis.

Elle commence à se masser le cou avec sa main libre.

Le plus simple c'est sûrement que je crache le morceau et qu'on n'en parle plus. Je ne suis pas subtile et je ne sais pas faire semblant, surtout avec elle. « Fais pas comme si t'avais pas été dans la voiture avec moi quand on est rentrées du festival. Fais pas comme si t'avais pas été dans la tente avec moi. Dans notre chambre. »

J'ai les yeux verrouillés sur elle. Pour voir ce qu'elle va faire. Elle continue à se masser le cou, puis elle pose sa tasse sur le trottoir. Elle attache ses cheveux. Elle se baisse et elle reprend son café. Elle dit, « J'étais bourrée au festival. Je sais pas ce qui m'a pris. C'était juste comme ça. Connor est un gros con et quand je lui ai craché dessus... » Elle se marre. « Après ça, tout... j'étais... je vais arrêter les mecs pendant un moment. Mais ça veut pas dire que je suis gouine. »

Et moi je pense : Alors c'est ça qu'on est ? Les nuits qui puent, agglutinées dans les chambres et les couloirs avec les autres étudiants, cinq bières dans le nez, la tête qui tourne mais on titubait toujours ensemble. Ouais. On se moquait du monde, on partageait nos écouteurs et notre bouffe, on s'endormait sur l'épaule de l'autre devant la télé. Et ensuite l'escalade, les randos en montagne. Une des deux qui ouvrait la voie et la corde qui se balançait en dessous. Plus haut, plus haut. Bon, et aussi les longues chutes à encaisser. Elle qui sortait de la douche à poil, on s'habillait dans la chambre sans jamais aucune gêne. Nos corps qui se trouvaient sans arrêt, ce moment à Indian Creek quand on a plongé dans quelque chose de simple et affamé. Attention hein, je ne passe pas non plus ma vie à penser au corps de Van, au sexe, à la mécanique physique qui nous unit. Ce que je dis c'est qu'il y a une explosion lumineuse dès que je la vois, une chaleur pleine d'espoir qui recouvre tout. Elle m'appartient et je lui appartiens. Gouine ? C'est rien qu'un mot, deux syllabes, une case à cocher. Je ne sais pas ce que je suis, mais en tout cas je ne rentre pas dans cette case-là.

« Je suis pas gouine, je dis.

— Oh, Kaui. » Van sourit, un sourire triste. « C'est pas grave.

— C'est toi qui es pas grave. Sans déconner, t'as aucune idée de ce que j'ai fait avec des mecs. Arrête de faire comme si tu me connaissais mieux que je me connais moi.

— T'as sûrement raison. » Elle tend les bras vers moi, interrompt son geste. « Désolée. J'aurais dû arrêter ça plus tôt. Je sais pas. C'était bien, parce que c'était toi, mais c'est pas… c'est pas ce que je suis. »

Tout mon corps se gèle. Je me frotte le bras et je me détourne un peu d'elle. « Putain », je dis. Rien de plus.

« Kaui », dit Van, et j'entends tout ce qu'elle ne dit

pas : Kaui, fais pas ça. Kaui, t'es ridicule. Kaui, c'est pas de l'amour. L'amour ce sera avec quelqu'un d'autre. Toi et moi on baise le monde, pas l'inverse. Kaui, arrête tes conneries. Je l'entends dire tout ça, mais sa bouche reste immobile.

« Écoute », dit Van. Sur le visage elle a une expression que je n'ai jamais vue chez elle. C'est de la tristesse, et… et…

Oh. De la pitié ?

Mon ventre est à deux doigts de me lâcher. J'ai peur de me chier dessus ou de vomir ou les deux. Il faut que je me tire. Je lui tourne le dos. Un pas. Et un autre. Et un autre. Ne cours pas. Je me répète, Ne cours pas. Mais barre-toi.

« Hé, me fait Van. Allez, t'en va pas. »

Mais je ne m'arrête pas, je ne parle pas, je ne me retourne pas. Je continue. Je passe devant les arches de la mission avec leurs ombres courbes. Devant les façades en verre béantes. Les cours intérieures, le sable et les cages d'escalier. Parfois on sait qu'une journée va rester longtemps en nous. Et je sens que cette matinée est beaucoup trop fraîche pour la saison.

19

DEAN, 2008

Spokane

Il est vingt-trois heures passées, le son cogne dans le club, j'ai les oreilles qui bourdonnent et en plus je commence à plus tenir très droit parce que je dois en être à mon sixième shot. On est avec les potes dans un bar qui passe les matchs d'un côté de la salle et qui fait aussi restaurant de l'autre côté, et entre les deux y a une petite scène et un dancefloor, comme s'ils arrivaient pas à décider s'ils veulent être un bar, une boîte ou un resto. Les serveurs essaient de passer au milieu des couples à moitié déchirés qui dansent en se frottant.

Mais ce qui sort des enceintes est pas trop mal, et Travis, Billy et moi on picole depuis la fin de l'happy hour, et d'un coup c'est à mon tour d'être sur la piste en train de me frotter comme un débile à une meuf qui vient du Moyen-Orient ou de je sais pas où, une métisse de ouf avec une crinière de lionne et des yeux paresseux parfaits. Tout le temps où on parle elle garde les paupières à moitié fermées et de toute façon on se fout de ce qu'on se dit.

La plupart du temps on a les hanches tellement collées qu'on arrive à sentir les pièces de monnaie dans les poches de l'autre. On bouge, on se frotte, on se balance, on se sépare et puis on se retrouve, je vais pisser des litres dans les chiottes, murs vert citron couverts de tags, ensuite je bois des shots au bar avec Travis, obligés de gueuler pour s'entendre par-dessus la musique, elle est encore plus forte qu'avant, comment c'est possible. Après ça je retourne danser avec la meuf et rapidement je dis aux potes que j'ai des choses à faire, elle a les mains dans mes poches arrière, les doigts contre mon cul, et on se dirige vers la sortie en passant devant ses copines qui hallucinent et les lumières qui font des paillettes rouges et roses sur les côtés du comptoir.

On est dans le taxi et on arrive à la maison, avec le pied j'écarte les prospectus devant la porte, on entre dans le salon où la vaisselle d'hier est restée près de la télé et on va direct dans ma chambre.

Elle rit un peu pendant que je lèche la zone à la base de son cou, elle dit, « T'es fou, t'es fou, c'est bizarre, je fais jamais…

— On s'en tape, je dis. Toi c'est peut-être jamais mais moi c'est tout le temps. »

Elle rigole encore, sauf que maintenant on est contre le mur avec le pantalon aux chevilles, on essaie de contourner nos sous-vêtements au lieu de les enlever, et ensuite on est sur le matelas, les jambes emmêlées dans les draps, j'ai son mollet sur l'épaule et elle lève l'autre jambe et elle m'attire en elle avec la main, on trouve un bon rythme, dedans dehors, et encore et encore et encore et encore et encore.

Elle est toujours là le lendemain matin quand mon téléphone se met à sonner comme un malade, il est beaucoup trop tôt et c'est Maman et moi je fais, Putain.

La fille d'hier soir a la main posée sur mes côtes et je me tourne pour décrocher.

« Désolée de t'appeler aussi tôt, dit Maman.

— Je faisais des pompes.

— Ta voix. Tu es malade ?

— Ouais. Un peu.

— Eh bien je suis désolée mais j'ai vraiment besoin de te parler.

— Tu me rappelles ? je demande.

— Je ne peux pas », dit Maman.

Il ne me faut pas longtemps pour passer tous les coups de fil que je dois passer, la compagnie aérienne me fait une remise parce que j'ai perdu quelqu'un, et ensuite on est dans le ciel et on a presque fini de voler, je vois O'ahu en dessous, Honolulu dans la nuit. C'est marrant, autrefois je croyais que c'était une grande ville, je croyais que des immeubles qui avaient plus de, je sais pas, plus de dix étages, c'était quelque chose de spécial, et il y avait les lampadaires et les boulevards et tout, mais maintenant elle me paraît toute petite, quelques lumières entassées dans un coin minuscule entouré par l'obscurité de la mer et des vallées affamées. Elle n'a pas du tout l'air aussi grande que Los Angeles, Seattle ou même Portland, où les paillettes vont tellement loin qu'on ne voit rien d'autre que leur lumière.

Je n'ai pas envie d'être à Hawaii. La dernière fois que je suis venu ça s'est tellement mal passé – c'était juste après qu'on m'avait dégagé de l'équipe et sucré ma bourse –, je n'arrêtais pas de croiser des gens que je connaissais et ils se souvenaient seulement des articles dans les journaux et des reportages de la télé locale sur l'équipe, le tournoi, le petit gars du coin qui cartonne sur la scène nationale. Des inconnus qui se rappelaient mieux que moi ce que j'avais fait dans tel ou tel match, qui se rappelaient même des *crossovers*, des tirs en course et des *fadeaways*. Ils avaient tous les mêmes questions et je leur donnais les mêmes réponses en boucle : oui, je me souviens de ce match ; non, je ne joue plus ; ça ne s'est pas très bien passé à Spokane ; oui, ma famille va bien.

Et maintenant forcé de revenir, comme ça. Au téléphone, Maman m'a dit que Noa avait disparu pendant qu'il faisait une randonnée sur Big Island, genre une grande balade tout seul ou je sais pas quoi. Elle m'a dit qu'il avait vu des trucs et qu'il voulait comprendre ce que c'était, et il lui avait dit où il allait mais pas combien de temps, et puis il était parti et une semaine était passée, et encore une, et pas de nouvelles, et Maman était allée chez les flics.

La femme assise à côté de moi n'a pas bougé de tout le vol. La reine des haoles : une veste en polaire blanche bizarre et un pantalon en toile extensible, des rides pleines de taches de rousseur au-dessus des seins, un nez retroussé chelou et un accent genre elle sort de sa ferme. Je l'imagine déjà en train de frire sous le soleil de Hawaii, obligée de boire des Mai Tai dans un des bars nazes du front de mer à Waikiki.

Elle s'aperçoit que je la mate. « C'est notre première fois, elle dit.

— J'aurais carrément pas cru.

— Vous êtes content de rentrer ?

— Bien sûr.

— J'ai une question à vous poser. » Elle se tourne vers

moi et elle cligne des yeux, deux fois. « Est-ce que vous jouez au basket ? »

Cette question. Chaque fois.

Une annonce dans la cabine. On redresse nos sièges. Dehors l'air claque et rugit et l'avion s'incline et tombe vers le sol.

Mon oncle Kimo vient me chercher à l'aéroport, il a un air fermé et fatigué comme si on allait à un enterrement. Je balance mon sac dans la cabine du pick-up et on se met en route vers chez lui. Le désert de Big Island : il fait noir et la route est étroite, et sur la colline qu'on va grimper il y a de grands espaces vides avec de temps en temps les grappes de lumières des villages. L'oncle Kimo met du Bob Marley, ça coule tout seul et on roule comme ça, les fenêtres entrouvertes, sans parler, avec l'île qui nous saute dessus dans le faisceau des phares.

À un moment il baisse la musique et il commence à me parler de Noa, comme quoi il serait rentré à Kalihi en mille morceaux, dans le même état que la fois où on s'était parlé au téléphone, après l'histoire de la femme enceinte qui était morte près de lui dans l'ambulance. Pendant qu'il était à O'ahu avec Maman, il a dû voir quelque chose qui lui a donné envie de revenir sur Big Island. Sauf qu'il n'est pas allé voir l'oncle Kimo ni aucun des autres 'ohana, et personne ne sait exactement ce qui lui est arrivé. Tout ce qu'on sait, c'est qu'à force de ne pas avoir de nouvelles Maman a fini par appeler les secours.

Et depuis, ils le cherchent. C'est dangereux vu qu'ils ne l'ont pas trouvé dans la vallée de Waipi'o, ni même dans celle d'après, Waimanu, donc ils pensent qu'il est allé encore plus loin, et c'est pas bon parce que ça ne rigole pas là-bas. Les sentiers sont de pire en pire et pleins d'animaux sauvages, de falaises cachées, de culs-de-sac défoncés, et ça fait trois jours qu'ils cherchent, ils crapahutent aussi vite qu'ils peuvent dans les vallées, ils prennent des Zodiac pour faire le tour jusqu'à Waimanu, et il y a des hélicos et des équipes de secouristes et tout.

L'oncle Kimo dit qu'il est quand même content de me voir, qu'il avait oublié que j'étais aussi grand. Et puis il remonte le son et il regarde droit devant lui. La radio passe des chansons de reggae qui parlent de puits sans fond, de relever la tête et de basses pressions. Et je comprends : les îles comme la Jamaïque, peut-être qu'elles connaissent mieux la vie que la moitié de ce pays. Je repense à la conversation que j'ai eue avec Noa au téléphone – c'est plus fort que moi –, à nos voix et à ce qu'il y avait en dessous, et mon oncle continue à conduire.

« Ça me fait plaisir de te voir », dit Papa quand on arrive chez l'oncle Kimo. Il est revenu de la vallée depuis quelques heures. La nuit tombe vite là-bas et on y voit encore moins que dans le cul d'une vache, surtout que la lune est presque tout le temps cachée par les nuages. Donc il a dû rentrer. Son corps a changé depuis la dernière fois que je l'ai vu, il a un peu grossi, il commence à ressembler aux joueurs de football à la retraite avec leur bedaine qui menace de tomber par-dessus la boucle de leur ceinture. Il se laisse pousser la moustache et il a sur le visage des cicatrices et des rides que je ne reconnais pas.

Il dit, « Regarde un peu qui a fini par retrouver le chemin de la maison », et j'ai envie de lui répondre, Putain, Papa, tu perds pas de temps. Je croyais qu'il attendrait un peu mais il doit être crevé par les recherches et un peu énervé.

« C'est un long voyage, je dis.

— Ça fait combien d'années maintenant ?

— Arrête, Papa. »

En comptant sur ses doigts, il dit, « Trois. Ça fait trois ans.

— T'aurais aussi pu venir à Spokane.

— Parce que tu crois que l'argent ça pousse sur les arbres ?

— Moi non plus j'ai rien. Je me mets à découvert avec ce genre de voyage. Je vais devoir taffer au moins un an pour rembourser le prix du billet.

— N'empêche, dit Papa, je suis sûr qu'un gars comme toi peut trouver quelque chose quelque part.

— Ben non. » On est sous le lanai, accoudés à la rambarde. Devant nous une pente descend jusqu'à des arbres qui se balancent en froufroutant et ensuite c'est l'océan tout en bas des falaises. Un camion passe en grondant sur la grande route. « La seule chose que j'ai en quantité suffisante, c'est des haoles autour de moi », je dis.

Il a un grand sourire qui lui bouffe les joues. « Hé, tu continues à te doucher le soir, au moins ?

— Des fois.

— Il paraît que là-bas ils sont capables de ne pas se laver pendant des jours. Ils se rincent juste une fois de temps en temps. Et ils se douchent le matin.

— Un de mes colocs, il pue tellement des pieds, ça sent le lait sale ou je sais pas quoi. »

Papa finit par éclater de rire. « Qu'est-ce qu'ils sont cons ces haoles. Mais je parie que toi aussi t'as arrêté de te laver. Que tu te douches seulement le matin, et même pas tous les jours. » Il est lancé. « Et maintenant tu gardes tes chaussures à l'intérieur, je suis sûr. Et je suis sûr que t'as une banane. »

Il continue. Il énumère tous les clichés qu'il a sur les haoles : la peau grasse, la prononciation précise, le beurre dans le riz, le fait qu'ils sont tout le temps pressés. Et il dit que moi aussi je suis devenu comme ça.

« T'aimes bien le frisbee. Tu joues au frisbee avec tes copains.

— Papa… » Plus moyen de l'arrêter.

« Et t'as des sandales, non ? Tu les as avec toi ? Et est-ce que t'as pris de la crème solaire dans ta valise ? Tu… » Il pose la tête sur la rambarde, et je vous jure qu'il glousse comme une fille. Il a un rire aigu et débile qui vous chope et qui ne vous lâche pas, et je ne sais pas pourquoi je ne ris pas avec lui mais je ne ris pas, je me contente de le regarder et je me dis qu'il y a un problème, il ne va pas bien.

C'est la saison où tout meurt, mais je n'en parle pas. À Spokane ça commence, les feuilles comme des pièces de monnaie qui tombent des arbres, l'air froid qui fait saigner des mains, mais Hawaii n'est pas Spokane, ici il n'y a pas vraiment de saisons et de toute façon je ne veux pas que Noa ait quelque chose à voir avec cette période de l'année. On est sur le sentier, on est gelés et épuisés, tous. C'est le versant opposé de Waimanu, on est haut sur le sentier qui sort de la vallée et à ce niveau il n'existe pratiquement plus, c'est un filet de boue qui zigzague entre les arbres et la broussaille.

Il y a des secouristes avec nous, ils sont deux et ils ont des uniformes bleu vif et des sacs à dos couverts de boucles avec des trousses, des cartes et des fusées, et ils ont aussi un chien qui est devant nous, qui renifle et qui nous tire vers l'avant.

Derrière il y a Papa, l'oncle Kimo et les autres, moi au milieu, dans la boue jusqu'aux chevilles et explosés de fatigue, et plus que tout on a peur de tomber sur le corps de Noa dès qu'on n'y voit plus rien devant nous.

Donc on met des coups de machette, on fait quelques pas, on met des coups de machette, on écarte les branches qui nous viennent dans la gueule, les feuilles et leurs lames irritantes glissent sur nos vêtements et nos pieds gargouillent dans la boue. La pente devient plus raide et on est obligés de pousser sur nos jambes et de se pencher pour avancer, on a du mal à trouver de bons appuis pour éviter de déraper et de redescendre tout ce qu'on a monté en se tartinant encore plus de boue. Il y a une odeur acidulée de goyave trop mûre, c'est le vent froid qui l'apporte et elle se mélange avec celle de la gadoue qui pue la merde de cheval. Depuis le début de la journée le ciel se couvre au-dessus de la vallée et à cette heure les nuages sont noirs et tout gonflés. Les secouristes s'arrêtent et rappellent leur chien. Tout le monde connaît la suite.

« On n'a plus beaucoup de lumière et ça sent la pluie », dit une des secouristes. C'est une haole, elle a une grosse tresse et une casquette bleue enfoncée sur le visage. « Je crois qu'on va en rester là pour aujourd'hui.

— Que dalle, je dis. Il fait encore jour. Et j'ai une frontale. »

Papa aussi s'arrête. La peau sous ses yeux est zébrée de petites rides. Il s'appuie à un arbre et il pousse un long soupir. Quand je regarde ses mains posées sur ses cuisses je vois qu'elles tremblent comme s'il y avait un courant électrique qui les traversait. Je vois ça et je me dis encore, *Y a un problème.*

L'oncle Kimo a enlevé sa casquette et il passe une main dans sa grosse tignasse noire. Sur toute sa poitrine, sa chemise grise est noire de transpiration. Tout le monde a l'air d'avoir envie de s'asseoir, mais on n'a nulle part où se poser parce qu'il y a de la boue partout et qu'on est sur un sentier minuscule.

« Il faut être sûrs de réussir à redescendre dans la vallée pour que l'hélico vienne nous récupérer, dit la secouriste. Et je vais pas passer la nuit à promener Pomai. » Elle donne deux bonnes tapes bruyantes sur les côtes du berger allemand.

C'est à ce moment-là qu'il se met à pleuvoir. Au début juste un petit crachin, mais ça augmente et ça commence à crépiter sur les feuilles.

Je dis, « Je reste.

— On redescend tous », dit Papa. Il se décolle de l'arbre contre lequel il était appuyé.

« Il est quelque part là-haut. Et lui, c'est pas la pluie qui va l'arrêter.

— Il faut rentrer », dit la secouriste. Elle fait faire demi-tour au chien. Le mec avec elle, l'autre secouriste, un Japonais mais costaud et qui ressemble à un flic, rebrousse chemin à son tour.

Je dis, « Je m'en fous, je vais dormir ici », mais déjà je parle à leur dos, ils repartent tous en sens inverse. Ils abandonnent mon frère ou son corps – non, mon frère – à cet orage et à tout ce qui l'accompagne.

« Tarlouzes. » Personne ne m'écoute.

Le temps qu'on arrive au camp de base, la pluie tombe grise et droite et les nuages ont fini d'effacer le soleil. Les tentes sont collées ensemble sous les arbres, et un peu plus loin il y a le lac et des buissons.

Papa et l'oncle Kimo parlent d'aller en Zodiac jusqu'à Waipi'o pour rapporter du matériel, et les secouristes discutent près de leurs tentes, ce qui fait que je reste tout seul sous les gaïacs à l'abri de l'averse.

Pour la première fois, je commence vraiment à envisager que Noa soit mort. J'ai pas mal réfléchi aux trucs pour lesquels je voulais lui demander pardon, tous les croche-pieds que je lui ai faits quand on était petits, toutes les fois où je l'ai poussé et où j'ai transformé des objets de la maison en armes pour les tester sur lui. Toutes les fois où j'ai essayé de lui faire croire que c'était moi qui avais tout le mana, même si on savait bien que c'était faux. À la fac, j'ai eu un cours de philo où le prof nous a parlé de la force. Il nous a dit que les gens croient que la force c'est pareil que la puissance, mais en réalité la force c'est ce qu'on utilise quand on manque de puissance. Je pense à Noa et à moi et je me dis, Toute ma vie j'ai utilisé la force. Quelle leçon est-ce que je peux en tirer ?

L'hélicoptère vient récupérer les secouristes. Pendant qu'il descend, ses pales frappent l'air et je reçois tous les coups dans la poitrine, ils me traversent et ils ressortent par mes oreilles, alors que je dois être à une bonne centaine de mètres. L'hélico a des rayures jaunes et rouges et ce n'est pas un Blackhawk comme dans les films, il est plus petit, une espèce de coccinelle sans ailes. Il fait du bruit. Les battements fendent le ciel et en dessous il y a un gémissement aigu. L'herbe est plaquée contre le sol et elle frémit sur le bord du cercle. Les secouristes courent vers l'hélicoptère, leurs vestes claquent dans le vent et la pluie, et la femme, celle qui a le chien et qui a décidé qu'on arrêtait de chercher mon frère, elle plaque sa casquette sur son crâne, et le mec et elle courent la tête baissée, pliés en deux comme des voleurs, et puis ils montent à bord et les pales accélèrent et frappent plus fort et toute l'herbe se couche pendant que les secouristes s'envolent, virent et s'éloignent de la vallée.

20

MALIA, 2008

Kalihi

Augie et moi avons dû regagner Kalihi il y a une semaine. Nous avons quitté Big Island et retrouvé notre vie au jour le jour, pas par choix car je sais que notre fils est toujours vivant, quelque part dans ces vallées, et je veux être là quand il va revenir. Mais nous aurions tout perdu – notre travail, le taudis rouillé que nous louons, l'épave qui nous sert de voiture – si nous étions restés sur Big Island un jour de plus. Donc nous avons bourré le sac et la valise et nous nous sommes retrouvés sur le gravier devant chez Kimo au petit matin, au milieu des gazouillis et des pépiements des oiseaux, sous un ciel de vanille.

« On va le trouver », a dit Kimo, le blanc de ses yeux bruni par les nuits à cavaler derrière Augie dans la jungle des vallées.

« Ouais, a dit Augie. On va y arriver, d'une manière ou d'une autre.

— Courage, a dit Kimo en posant sa grosse patte sur l'épaule d'Augie.

— Ou peut-être pas, a dit Augie. Peut-être aussi qu'il a disparu. Peut-être qu'une des vallées l'a englouti.

— Arrête, a dit Kimo. Sois pas comme ça.

— Ou bien », a commencé Augie – je voyais qu'il faisait ce qu'il pouvait pour ne pas craquer – « s'il a disparu, on pourra peut-être réessayer. » Il a souri, tendu une main et m'a pincé les fesses. « On pourra faire un autre Nainoa, hein chérie ? »

Et puis il a éclaté de rire.

« Quel chien en chaleur, celui-ci, j'ai dit en riant avec eux. Il ne pense qu'à enterrer ton os.

— J'y peux rien, a dit Augie avec un petit gloussement. Viens, on va à l'intérieur, on n'en a pas pour longtemps. Kimo, tu nous attends cinq minutes ? »

J'ai protesté pour la forme, mais on n'arrivait plus à s'arrêter de rire.

Ce rire nous a tenus pendant tout le trajet dans le pick-up avec Kimo, entre les fermes et les collines, les arbres penchés et le fond des vallées de Waimea, le long des criques et des champs de lave noire de Kohala Sud, mais il a fini par nous quitter, évidemment, dans le béton et les moteurs hurlants de l'aéroport, quand nous avons cessé de refouler la conviction que nous abandonnions notre enfant. L'avion a décollé et nous avons rasé les nuages et nous nous sommes posés à Honolulu qui semblait être devenu à la fois désert et dangereux. N'importe qui ou n'importe quoi pouvait nous dépouiller ; il nous restait tellement peu de chose.

Je dois me rappeler que je suis encore là. Je suis encore là et mon fils aussi, je le jure.

Les jours passent et il n'y a pas de nouvelles, sinon que Dean, Kimo et quelques autres continuent à chercher, et moi je ramène mon bus au dépôt, c'est la fin d'une nouvelle tournée. Il est grand et vide, il vibre et je fonce dans l'obscurité. C'est le moment le plus paisible de la journée. Comme j'aime bien être dans le noir, j'éteins les lumières des sièges et de la cabine, de sorte qu'il reste uniquement celles du tableau de bord. Le poids de l'engin que je pilote a quelque chose d'apaisant.

Je suis à la moitié de la descente du Pali, presque au niveau de l'embranchement vers Nu'uanu, et entre les arbres, au pied des épaules vertes du Ko'olau qui m'entourent, apparaît Honolulu, un brouillard de lumières jaunes et rouges au milieu de la nuit.

Les phares balaient la route et me montrent l'asphalte, encore l'asphalte, puis le garde-fou, et soudain ils saisissent une silhouette au milieu de la route. C'est un homme, courbé et presque nu, il porte seulement un tissu autour de ses hanches et de son boto, rien sur les pieds, les jambes et la poitrine, et sa peau est noire-noire. Il a un lei po'o sur la tête mais son crâne penche bizarrement sur le côté et ses yeux sont dans l'ombre.

Je commence à freiner, puis je donne un coup de klaxon. L'homme se redresse. Il tremble de tout son corps, il vacille comme l'image de la télé par mauvais temps, et tout à coup il bondit et atterrit trois mètres devant le bus. Je remarque la croûte de sel sur sa poitrine, la peau violacée de ses paumes, les cicatrices qu'on se fait en tirant sur des cordes et qu'on ne voit plus de nos jours. J'écrase les freins, il y a un crissement et des vibrations terribles et mon corps est projeté dans la ceinture de sécurité. Le bus pile.

Je n'ai rien senti je n'ai rien percuté je n'ai rien senti. Dans le faisceau des phares, la route est déserte.

La vache.

Je me range sur le bas-côté et je mets les warnings. Les clignotants tictaquent. Les freins recrachent de l'air, *pcchhhh*. Je tire sur la poignée de la porte, elle s'ouvre avec un bruit sec et un grincement. Je descends le marchepied en métal et je pénètre dans l'air poisseux de la nuit. Il n'y a rien d'emplâtré à l'avant du bus, pas de bosses, pas de traces de sang, pas de corps en miettes.

Je vais regarder derrière, où les restes de l'homme devraient se trouver si je lui ai roulé dessus. Il est toujours là, sa silhouette noire se détache contre le reflet pâle de la lune sur la chaussée. Mais il recommence à vaciller, il tremble et tressaille, et alors un cochon, un mètre de haut, couvert de poils et de boue, se met à mugir et à couiner et traverse la route en grognant, pour s'enfoncer dans les fougères et les arbres de l'autre côté.

Des phares approchent. À toute allure, une voiture nous dépasse, le bus et moi. Je ne bouge pas pendant un long moment, j'espère que la glace autour de ma colonne vertébrale va fondre, que mon pouls va se calmer. Je me rappelle ce que j'ai ressenti cette nuit-là il y a si longtemps, Augie et moi qui faisions l'amour dans la vallée, et puis les marcheurs nocturnes. Cet homme n'en était pas un, mais je sais qu'il venait du même endroit, de la frange du monde naturel à laquelle les humains ne peuvent accéder. Je sens le poids du manque de sommeil sur mon crâne, je suis à la limite du délire à cause de la fatigue et de l'abrutissement des tournées avec le bus. Je reste comme ça pendant je ne sais combien de minutes.

Je rentre lentement. Je suis hébétée, engluée. Si j'ai bien vu ce que j'ai vu, alors je me demande pourquoi c'est arrivé maintenant, si longtemps après le dernier fantôme que nous avons vu, à des centaines de kilomètres de là sur Big Island. Je me demande ce que va dire Augie, ce que je peux lui raconter – il y croit beaucoup moins que moi, comme tout le monde j'ai l'impression –, et je me rends compte que, en parlant à Augie, j'espère rendre l'apparition assez vraie pour en faire autre chose que le rêve d'une demi-folle.

Le temps de ramener le bus au dépôt et de regagner Kalihi dans notre Jeep Cherokee déglinguée, l'obscurité est parfaite. Je me gare dans l'allée et je tape à la porte de notre maison. Toutes les lumières sont allumées, la télé aussi, mais je comprends rapidement qu'Augie n'est pas là.

Je ne suis pas surprise.

Ça a commencé peu après notre retour d'Honoka'a, quand nous avons arrêté de chercher Noa. Augie se lève très tôt, à deux ou trois heures du matin, et il sort de la maison. Je ne sais pas où il va. Il sort et il revient plusieurs heures après, le plancher grince sous ses pieds lorsqu'il regagne notre chambre en rapportant tout le sentier avec lui : des feuilles dans le couloir, l'odeur humide de la terre et des fougères sur sa peau. Ses genoux craquent quand il s'assied sur le bord du lit, il y reste souvent un moment et je sens les sursauts de son corps pendant qu'il pleure en silence.

Je ne lui en ai pas encore parlé. Je ne sais pas pourquoi. Ses marches me semblent être un secret si fragile entre nous, à croire que tout le poids de ce que nous sommes en train de devenir est suspendu à quelques minces fils d'intimité. Cela dit, il fait partie de ceux qui croient que Nainoa est mort ; moi, je sais que notre fils est vivant. Nous y faisons allusion mais nous n'en parlons jamais frontalement.

Donc Augie marche et fait son deuil, tout seul. Il ne m'a jamais autorisée à voir cette partie de lui. J'ai toujours son rire ou bien son front plissé par le souci et le travail, mais jamais les dents de scie du grand chagrin.

J'y pense d'un coup : *Mon Dieu, ces hommes.* Pourquoi cette habitude d'enterrer toujours leur peine au fond d'eux, de l'engloutir dans les recoins silencieux de leur âme, tendue comme un muscle ? C'est ce qu'a fait Noa – ce qu'il fait – avec sa retraite dans la vallée, mais déjà avant cela il se renfermait au téléphone, la voix plate et les paroles faciles, *Tout va bien ici, un jour comme les autres à Portland avec des accidents de voiture et des violences conjugales*, mais lorsqu'on le voyait jouer du ukulélé, on devinait que son cœur était prêt à exploser. Et Dean aussi fait ça, derrière ses airs enjôleurs et blagueurs, sa façade solide et ses réponses simples, les souvenirs du basket n'arrêtent pas de briller dans ses yeux. Il n'a plus jamais levé la main sur moi après la première fois – il n'a plus jamais été violent à la maison –, mais je garde à l'esprit qu'il est devenu un homme qui peut perdre le contrôle de lui-même. Et maintenant c'est au tour de mon mari. Il a toujours une blague à la bouche, bien sûr. Quand nous nous sommes mis ensemble, c'est ce que j'aimais le plus chez lui. Il plaisantait et il riait et son rire faisait des bulles dans mes poumons et nous en pleurions tous les deux. Puis j'ai appris que ce rire est le premier mur qu'il dresse contre la souffrance du monde. Les marches qu'il fait désormais sont ce qui arrive une fois que ce mur a été abattu.

Mais je suis là, et il est là, dans l'encadrement de la porte qu'il laisse se refermer derrière lui en grinçant. Ses paupières tombent sur ses yeux rouges mais ses bonnes joues sont toujours aussi rondes et fortes. Il porte une chemise en coton qui lui serre la poitrine et dont le tissu est étiré par la brique de son ventre, la région de son corps qui se développe lentement mais sûrement depuis que nous sommes mariés, ainsi qu'un vieux jean délavé dont les genoux ne vont pas tarder à lâcher. Sa peau brunie par le soleil conserve son éclat, même à minuit. Il enlève ses tongs et lisse la fine moustache qu'il s'est laissé pousser.

Je demande, « Où est-ce que tu étais ?

— Dehors. Dehors dehors dehors. Dehors... » Sa voix s'effiloche. Il passe devant moi et se dirige vers la cuisine. Je le suis et je sens l'engueulade qui commence à me chauffer les joues.

Je lui dis, « Tu veux bien me parler, pour changer ? Tu me dis plus rien. »

Il a la tête dans le frigo. Ses doigts tambourinent sur le haut de la porte, il n'a même pas l'air de m'avoir entendue.

Je ne sais pas combien de secondes il continue à le scruter. Le froid envahit toute la pièce. Mais il reste planté devant la porte et il tambourine bien plus longtemps qu'il n'est nécessaire pour inspecter tout l'intérieur du frigo. Je finis par dire, « Y a rien là-dedans. » Une bouteille de lait, toujours – toujours – finie aux deux tiers ; une laitue que nous faisons durer depuis plus d'une semaine ; une barquette en plastique de poulet huli-huli avec sa peau grillée qu'Augie picore depuis deux jours ; un demi-sachet de carottes ; la dernière bière d'un pack de six, les anneaux en plastique enroulés autour de son goulot comme si elle venait d'être attrapée au lasso ; et bien sûr du ketchup, de la mayonnaise, quatre œufs et d'autres petites choses, toutes entamées.

« Y a jamais rien là-dedans, dit enfin Augie. À part ce petit poulet. » Il pointe du doigt le reste de huli-huli. « Petit poulet petit poulet petit pourri petit poulet pourri. » Je l'entends marmonner *poulet pourri, poulet pourri*, d'une voix presque inaudible. Son visage est grave, comme s'il parcourait la première page d'un examen en regrettant de ne pas avoir assez révisé.

Il se gratte le ventre, le tissu de sa chemise en accordéon sur le poignet. Raclement de l'ongle contre les poils, il fixe le mur de la cuisine. J'attends. Parfois il met du temps à parvenir à ce qu'il veut dire, il lui faut faire des détours par le sport et une partie de pêche et la couleur des chemises immondes vendues au Hilo Hattie, ou par le nombre de touristes qu'il a vus dans Kalakua Avenue lorsqu'il est allé rendre visite à des vieux copains qui habitent tout près de Waikiki, et tout à coup il me dit qu'il m'aime et qu'il regrette l'époque où mes cheveux recouvraient nos deux oreillers la nuit.

Mais pas ce soir. Il secoue la tête, il repense à quelque chose qu'il ne dira pas. Et puis ça me saute aux yeux : il est en train de craquer intérieurement ; je suis en train de le perdre.

Il fait, « T'as entendu ça ? » et il pivote en direction du couloir, au fond duquel notre chambre est un rectangle plus clair où les grincements du ventilateur suspendu composent un rythme régulier. « On dirait une chanson. » Alors je sens poindre un souvenir, une impression de déjà-vu. Il y a l'odeur, c'est celle que l'homme du Pali a laissée derrière lui : fougères humides, sol fertile, brun, épicé et plein de graines, une pelouse après l'averse, un champ qu'on laboure. Et c'est cette odeur qui émane d'Augie.

Je dis, « Hé. »

Il commence à s'éloigner, se borne à grogner *Hmm ?* par-dessus son épaule.

« Augie, arrête. »

Il disparaît dans la chambre obscure, je le suis et m'arrête sur le pas de la porte. Il est assis sur le lit dans le noir.

Avec toute la douceur possible, je lui demande, « Où est-ce que tu es allé ? »

Il commence à faire passer sa chemise par-dessus sa tête.

Il répond, « Je marchais » et ses lèvres bougent à travers le tissu usé. « Je montais, avec l'eau. Je montais. Vers les nuages, vers le Pali.

« Plus on va loin, plus les maisons sont grandes, d'accord ? Toi et moi, on allait se payer une baraque avec un étage et un grand lanai sur le toit, pour regarder le soleil se lever. Regarder le soleil se lever ? Tu te rappelles ? Le soleil se lève, et on va le regarder depuis notre lanai. »

C'était un rêve qu'on avait, des vacances qu'on s'offrait, comme les gens qui viennent dans ces îles et qui les gardent en eux pour les hivers longs et rudes dans leurs villes, la beauté bleu et or, la beauté apaisante d'un possible dans un avenir proche : ensemble sous le lanai de notre maison à nous, sur les hauteurs, avec une vue sur les arêtes verdoyantes de l'île et, plus loin, sur l'océan.

« On n'aura jamais cette maison, dit Augie. Non non non, du poulet pourri, on n'a que du poulet pourri » – il retire sa chemise et il la lance vers les portes de l'armoire – « une armoire, un lit trop petit et une vieille baraque qui pue. Voilà comment on va mourir. »

C'est la première fois que je l'entends aussi lucide

depuis qu'il est rentré. Il remet les pieds sur terre. L'odeur qui était là s'en va aussi vite qu'elle est apparue. Sur son genou, sa main tremble. Je m'agenouille et je la serre. Il ne me regarde pas. Je m'approche et je me colle à lui, l'épaule sous son menton, et un sanglot secoue sa poitrine. Puis un autre. J'ai envie de lui raconter ce que j'ai vu quand j'étais dans le bus, de lui dire que ça me donne espoir. Même maintenant je sens qu'Augie y est lié. Vers quoi marchait cet homme dans la nuit ? Qu'est-ce qui essaie d'entrer en contact avec nous ?

Je dis, « Reste avec moi. S'il te plaît, Augie, s'il te plaît. Reste avec moi. Reste. » Je le répète et je le répète encore, comme si c'était la musique qu'il a entendue, ce qu'il a dans la tête depuis le début.

21

DEAN, 2008

Vallée de Waipiʻo

Déjà quatre semaines, eh ouais, donc ça veut dire plus de taf pour moi à Spokane, bientôt plus assez de fric pour payer ma part du loyer, mais rien à foutre, je descends dans la vallée et je remonte de l'autre côté, vers Waimanu et au-delà. Sans déconner, maintenant je suis capable de faire tout le sentier en courant, ce matin j'y suis à l'aube, et au moment où les premiers surfeurs déchirent l'océan à l'embouchure de la vallée moi je suis déjà à l'autre bout et presque tout en haut, des pistons à la place des jambes. En dessous de moi, il y a tout le vert de la vallée et les lignes des vagues qui arrivent, l'une après l'autre, qui se brisent sur le sable et les rochers et qui les raclent en repartant.

Je continue à chercher Noa, tout seul maintenant que les secouristes, la famille et les amis ont dû arrêter. Des fois, l'oncle Kimo et ses potes m'accompagnent, mais je suis tellement plus rapide que je leur mets plusieurs heures dans la vue.

Quand j'ai quitté Hawaii, pendant un bon moment je ne me suis pas intéressé à ce que faisait Noa parce que j'étais à fond sur le basket. Mais une fois que j'ai merdé ça, il me restait quoi dans la vie ? Je livrais des colis pour me payer des bières et j'attendais quelque chose, mais quoi ? Et puis Papa et Maman ont dû repartir sur O'ahu sinon ils allaient perdre leur boulot, et on n'avait toujours pas retrouvé Noa – ils étaient sous le lanai à l'arrière de chez Kimo, tous les deux le visage gonflé, les yeux rouges à cause des nuits blanches, et ils ne disaient rien parce que chaque fois qu'un des deux ouvrait la bouche ils se mettaient à pleurer –, alors tant pis pour mon job de merde, mon trou à rats et Spokane, ils avaient de nouveau besoin de moi. Et donc me voilà. J'ai encore des réserves, et qui sait comment je serai après.

J'avance. Je passe la crête de la Waipi'o, et puis les treize ravines, et il y a une fraîcheur qui monte des ruisseaux. Chaque fois que j'en franchis un, je sens la courbe douloureuse des galets sous la plante de mes pieds et ensuite c'est de la boue qui m'aspire jusqu'aux chevilles et qui pue l'étable, mais je ne m'arrête pas. J'accélère, même. Il faut que j'arrive de l'autre côté de la Waimanu et que je recommence à chercher par là-bas.

Des kilomètres de pente, je descends dans la vallée, déserte à part quelques touristes assez cons pour faire de la rando ici en hiver. Des buissons de hala, du sable gris et des rochers noirs en forme d'œufs grands comme des frigos. Tous ces haoles qui traînent au bord de l'océan, près du lac dégueu ou de la cascade glacée. Chaque fois ça me fait halluciner. Bienvenue à Hawaii, bande de débiles, posez vos culs sur des cailloux mouillés et mangez de la merde pour campeurs dans une vallée sans personne.

Les kilomètres s'enchaînent. Je remonte de l'autre côté de la Waimanu, pile dans les temps. J'enfourne une barre énergétique dans ma bouche et je la mastique, et ma mâchoire claque près de mon oreille. J'ai déjà fouillé toutes ces zones, donc je les traverse pratiquement en courant. J'entends les chocs de la machette contre mon sac à dos et le frottement de mon jean. Mes chevilles sont encore solides grâce au basket. C'est toujours ça. Et en plus j'ai perdu vachement de poids parce que je cours et je grimpe et je mange moins depuis que je cherche. Fini les côtes de porc coréennes avec du riz blanc. Je me sens hyper léger, je recommence à bouger comme une mangouste, comme avec un ballon de basket dans la paume.

Et puis je ralentis. Cette partie de la piste, je ne la connais pas. J'ai vérifié le fond de la vallée, près des chutes d'eau, j'ai vérifié nos anciens campements et le long de la côte. J'ai passé des jours à sillonner des petits sentiers secondaires qu'il aurait pu prendre, en débroussaillant la végétation qui les envahissait et en piétinant des tiges épaisses et de l'herbe grasse. Hier, j'ai trouvé une vieille cabane à moitié en ruine, ça devait être les gens des parcs nationaux ou je sais pas quoi qui l'utilisaient. Des trous dans les murs et le plafond et un plancher gondolé. Noa n'était pas là et il n'y avait aucun signe de vie, mais je ne pouvais pas aller plus loin, il fallait que je fasse demi-tour.

Cette fois-ci, quand j'y arrive, il y a quelque chose qui me tire fort. Un peu le même genre de sensation qu'à l'époque où je faisais la mangouste sur le terrain. Tout ce qui m'entoure se tord et disparaît de mon champ de vision et il ne reste plus qu'une seule chose, sauf que cette fois mon corps ne se déplace pas entre les joueurs, mais entre les arbres. Les feuilles s'écartent, le sol ne m'aspire plus et ne me tourne pas les chevilles, il me soulève, il me donne de l'élan, et je vous promets que les lianes et l'herbe aussi commencent à s'écarter et il y a un nouveau chemin qui s'ouvre au milieu de la terre, des insectes et de la végétation.

C'est une clairière. Les arbres et l'herbe vont jusqu'au bord de la falaise comme s'ils n'avaient pas l'intention de s'arrêter, juste après il y a des plaques énormes de terre et de boue et même de roche toute broyée, ça a l'air récent, et en dessous il y a une pente raide sur une dizaine de mètres qui finit par tomber tout droit sur trois cents mètres directement dans les vagues.

Et en bas de la pente, juste avant le vide, je remarque une drôle de bosse qui dépasse de la terre. Il me faut une minute pour comprendre ce que c'est : une chaussure de rando. Je ne peux pas descendre tout seul, c'est tellement à pic que je finirais dans l'océan, garanti. Mais il y a un arbre assez petit pour que j'agrippe le tronc avec mes jambes, style je monte à cheval mais à l'envers. Je serre et je me mets la tête en bas et le vertige remplit mon crâne comme un sirop. Mais je m'accroche et je descends et j'arrive jusqu'à la chaussure, la terre est retournée et des herbes arrachées pendent par-dessus le bord de la falaise. J'attrape la chaussure avec une main et je me remets à l'endroit. Je m'éloigne du vide. À l'intérieur il y a des plantes et de la terre et, ouais, juste là, une tache marron, du vieux sang, tout le long de la cheville et du talon.

Je me mets à genoux. Je regarde ce qui est juste là, dans ma main, la réponse. Je jette encore un coup d'œil à la pente. Il y a du tissu coloré qui sort de l'endroit où j'ai arraché la chaussure. Je la pose en douceur, je verrouille mes jambes autour de l'arbre, je me remets la tête en bas et je tends la main vers le tissu. Je le chope, mais il résiste. Alors je tire et je creuse et je secoue et toute une croûte de boue se détache, glisse et bascule dans le vide, je l'entends craquer et siffler. Je tire un dernier coup et je déterre un sac à dos. Orange et rouge, comme celui que Maman et Papa ont décrit aux secouristes au début des recherches. Je le ramène contre moi, j'ai des cordes de chaleur et de douleur dans les bras à cause de l'effort, et puis je me redresse. Mes yeux sont pleins d'étoiles, je suis resté longtemps la tête en bas.

Je m'assois en tailleur et je pose le sac sur mes genoux. Il est déchiré à deux ou trois endroits, et quand je soulève le rabat, un bout d'alu, un emballage de barre protéinée ou je sais pas quoi, s'envole en tournoyant et brille comme une lame dans la lumière. À l'intérieur du sac il y a quelques vêtements pleins de boue, un réchaud de camping incomplet, quelques sacs plastique avec des cordes et du bordel, j'écarte tout ça et alors je vois son ukulélé. C'est un étui souple, je l'ouvre et à l'intérieur le ukulélé est là, propre et intact.

Je le dépose comme si c'était un bébé. À côté de la chaussure avec sa tache de sang couleur rouille, et derrière et loin en dessous les vagues se brisent et griffent les falaises.

« T'es rentré ? » me demande l'oncle Kimo le lendemain matin, chez lui, quand je sors de la chambre.

Je suis incapable de parler, de former ma voix. Je secoue la tête.

« Hé », me dit mon oncle. Il me regarde super sérieux. « Dean, qu'est-ce qui t'arrive, mon gars ? »

Je tremble. Je ne peux pas m'arrêter, j'ai l'impression d'être secoué par l'électricité qui pète à la fin d'une bonne séance à la salle de sport, exactement pareil qu'à la fin du temps réglementaire, quand j'étais rempli de jus et de lumière, prêt à sauter dans tous les sens. Sauf que là c'est différent, il y a de la nostalgie, je suis conscient que ça ne va pas durer et que ça va me laisser en miettes, et je pose une main sur le bar et j'essaie de dire, *Je crois que je sais ce qui est arrivé à Noa*, mais les mots ne sortent pas.

Pourquoi est-ce que je n'arrive pas à arrêter de trembler ?

Je retourne dans la chambre et je rapporte la chaussure, le sac à dos, le ukulélé, et je les pose sur la table. Des copeaux de boue se détachent et tombent.

« OK », dit mon oncle. Il expire un grand coup. « OK. »

On attend peut-être un moment, je ne sais pas, mon oncle réfléchit, et puis il dit, « Faut qu'on rameute du monde, faut qu'on aille chercher le corps. Faut que tes parents viennent.

— Non.

— Non ?

— Y a plus de corps. Je suis arrivé à un endroit, une falaise, où y a eu un glissement de terrain, tout est tombé dans le vide. Y a rien d'autre.

— Comment ça, rien ? Y a forcément quelque chose. T'es pas allé plus loin ? Jusqu'en bas de l'éboulis ?

— Y a rien. Seulement la botte et le sac qui étaient enterrés.

— Il faut que... »

Je lui dis que je m'arrête là, c'est terminé. J'ai déjà fait plus que ma part. Depuis le temps que je suis ici. Avant et depuis, pendant que les autres retrouvaient leur vie, moi j'étais dans la vallée presque tous les jours, à galérer dans la boue, la merde et les mille-pattes et après ça je remontais, je sortais de la Waipi'o par la longue bande d'asphalte luisante de pluie, avec les glissières tordues et les squelettes calcinés des bagnoles tombées dans la forêt, des mecs bourrés qui avaient fait des sorties de route et qui étaient morts en se transformant en comètes, ils finissaient de pourrir dans les arbres et moi j'étais tout seul à m'acharner. Tout ça pour rien.

Quand les requins nous ont ramené Noa, j'ai été le premier à tendre la main pour le remonter sur le bateau. Je n'en parle pas souvent. Il y avait eu un silence de dingue pendant que les requins venaient vers nous, tout l'équipage penché par-dessus le bastingage en train de regarder le chef des requins qui poussait Noa contre la coque du bateau, sans le mordre, sans secouer le museau, simplement en le rapprochant le plus possible de nous. Et puis le capitaine et les matelots l'avaient hissé avec leurs cordes et leurs bouées, et les requins étaient repartis, des formes de plus en plus sombres qui s'étaient fondues dans le bleu de l'océan. J'étais juste là. Les matelots et Papa avaient tiré Noa sur le pont et j'avais serré mon frère dans mes bras, fort, pendant que Maman arrivait de nulle part et se jetait sur nous. On s'était retrouvés entassés tous les trois et ça sentait la moutarde, les chips et le jus de fruit parce que c'est ce qu'on avait mangé à midi, et il y avait nos pouls qui battaient les uns sur les autres, et nos bras et nos jambes pressés les uns contre les autres, c'était Maman, Noa et moi et à ce moment-là on n'aurait pas pu dire où l'un s'arrêtait et où l'autre commençait.

J'étais censé être le grand frère mais à partir de ce jour-là on a tous eu l'impression qu'il grandissait un peu plus vite chaque jour, tellement que, au bout du compte, c'est moi qui suis devenu le petit. Et aujourd'hui j'en suis là, à tenir dans ma main le dernier vêtement qui a touché son sang. L'oncle Kimo me regarde avec des yeux humides qui brillent et qui tremblent.

« Il faut que tu appelles tes parents », il me dit.

Je dis, « Je vais le faire », et je vois bien qu'il ne me croit pas parce que c'est un homme intelligent.

Puis je dis, « Laisse-moi faire les choses à ma façon. C'est moi qui l'ai trouvé, pas toi.

— Je sais.

— Non, tu sais pas. »

Mon oncle ouvre la bouche, mais il ne va pas plus loin. Il me laisse là et il sort sous le lanai, puis dans le jardin, avec les mains sur la tête comme s'il essayait de reprendre son souffle après une longue course. Je vais jusqu'à la petite desserte, sur laquelle il a encore un téléphone fixe, et je serre le combiné à m'en blanchir les phalanges pendant je ne sais pas combien de temps.

Je compose le numéro de Maman. Je raccroche.

Je compose le numéro de Papa. Je raccroche.

Je compose encore le numéro de Maman. J'arrive au dernier chiffre, mais je m'arrête et je raccroche.

Mon oncle rentre et il me regarde depuis l'autre bout du salon.

« Personne répond », je dis. Je me lève, j'attrape mes chaussures et je sors.

« Où tu vas ?

— Dehors. »

Il croise les bras.

« Je réessaierai en revenant, je dis. Ils se couchent tard.

— Va pas t'imaginer que tu peux prendre mon camion, dit mon oncle. Je dois aller au bureau après le déjeuner. »

Je lui fais salut de la main sans me retourner et je dis, « Super, merci pour ton aide. » Je passe la porte, je descends l'allée, je grimpe la côte et je lève le pouce au bord de la route. Je commence à marcher vers Hilo et au bout d'un quart d'heure une voiture se range devant moi sur le bas-côté. Au volant il y a un vieux hapa Japonais, vu ses vêtements il a travaillé dans un jardin, et il me demande où je vais.

« N'importe où, je dis.

— Tu as forcément une destination », dit le vieux.

Non, plus maintenant. Je suis à deux doigts de le lui dire, mais finalement je le garde en moi. « À Hilo, dans ce cas. Merci. »

Arrivé à Hilo, je me balade sur le front de mer, je regarde l'océan et le brise-lames. L'eau est grise et boueuse, pareil que dans la vallée de Waipi'o après la tempête, sauf que là c'est une longue baie courbe, avec des barges et des paquebots d'un côté, vers le port, et encore plus loin Coconut Island et les hôtels. Je regarde les arbres au-dessus de moi, leurs frondes pointues qui s'entrechoquent paresseusement. Tout le long du front de mer il y a des petites boutiques à l'ancienne, avec des enseignes peintes à la main et tout. Je rentre dans le premier bar que je trouve.

Il est assez grand et presque désert. Je m'installe au comptoir et je commande une bière, elle est fraîche et elle descend en quelques coups de glotte.

J'en demande une autre et le barman me fait, « Mollo, le Hawaiien.

— Ouais ouais ouais, je réponds. Et si tu me laissais vivre ma vie, de toute façon je conduis pas.

— Je te dis juste d'y aller mollo.

— T'inquiète. Il va rien se passer. Je serai le fils que t'as jamais eu.

— J'ai eu trois fils et je les ai tous foutus à la porte, dit le barman. Donc bon. »

Je me marre. « Moi, tu peux me faire confiance.

— C'est aussi ce qu'ils me disaient. »

Je lève la main, genre, On arrête là, et le barman va astiquer les chromes du comptoir. Là je me dis que, dans un rade pourri comme celui-là, à tous les coups c'est du plastique, du toc partout. Ça aussi je suis à deux doigts de le dire, mais je ne suis pas idiot à ce point. Je parie que ses fils l'auraient fait.

Encore quelques bières, et puis deux types viennent s'asseoir à l'autre bout du comptoir. Je devine qu'ils bossent sur un chantier parce qu'ils ont tous les deux des T-shirts jaune pétant et quand il y en a un qui lève le bras pour commander deux verres on voit la marque de son bronzage. Je continue à boire et ils continuent à se plaindre de leurs femmes et des poissons qu'ils ont du mal à attraper trop près de la côte. Au bout d'un bon moment ils sont toujours en boucle : *Elle veut tout le temps que je change quelque chose, soit c'est mes chemises qui vont pas, soit c'est mes cheveux, soit c'est le foot le dimanche.*

Un des deux me regarde. Et puis ils recommencent à parler.

Je me lève et je m'approche d'eux, je pose une main sur l'épaule du gars. Il a des petites oreilles et des joues rondes avec un tout petit peu de barbe comme les gens d'Okinawa.

« Hé, mahu, je lui fais. Je peux savoir pourquoi tu me regardais chelou ? »

Il dégage ma main de son épaule.

« Tu m'as pas entendu ? je demande.

— Rentre chez toi, dit le mec sans décoller les yeux de son verre ou de son pote.

— Pas de souci. Mais le truc c'est que t'étais en train de me mater comme si tu voulais mon numéro. Vous cherchez une tarlouze de plus pour venir avec vous ? »

Celui qui est le plus près de moi pousse un soupir de chien qui essaie de dormir par terre. Il dit, « T'es cuit. Rentre chez toi. » Puis, au barman, « Hé, Jerry, tu devrais peut-être arrêter de le servir. »

Moi, je continue, « J'ai l'impression que vos femmes c'est des vraies connasses. Vous devriez me laisser quelques minutes avec elles. Je vous arrangerais tout ça. Je vous les arrangerais bien comme il faut. »

Les deux mecs se marrent et je crois entendre que le barman se marre aussi, et puis il dit, « Mon gars, règle ta note et va pisser quelque part contre un mur. »

Je sors du blé de mes poches. Je sais qu'il y a uniquement des billets de un et que ça ne fait pas le compte, donc je balance le tout sur le comptoir, je dis aux mecs d'aller sucer des chèvres et je m'éjecte dans l'après-midi.

Y a quelque chose qui va pas. J'ai du mal à comprendre où je suis. Le soleil est une migraine et mes jambes n'écoutent pas très bien ma tête. Au loin il y a le pavillon en pierre blanche, le rond, à côté de l'arrêt de bus. J'essaie de tourner mon corps dans cette direction, de trouver quelque chose à mi-chemin pour que mes jambes le visent. Je repère le feu au carrefour, donc je vais jusqu'à lui, j'agrippe le métal et j'attends qu'il change de couleur. J'ai l'impression que je vais tomber de la planète si je lâche.

Le bonhomme piéton passe au vert, mais quelqu'un m'attrape l'épaule et me fait pivoter. C'est le bourrin du bar. Il me balance son poing dans le menton, je sens une explosion blanche dans mes yeux et il m'envoie sur le cul, mais je reste comme ça, sur les fesses. On dirait que je suis assis là, peinard, avec le bourrin planté devant moi.

« Alors, on fait moins le mariole ? » il dit.

Je commence à répondre, « Je fais ce que... » et puis je décide de ne pas finir ma phrase, je me relève et je lui en mets une dans la gorge. Il fait *hhhhhhh*, le bruit qu'on adore entendre quand on vient de frapper quelqu'un. Il recule et ses genoux se mettent à danser, mais il réussit à rester sur ses jambes.

Ça me fait du bien. J'ai envie que tout soit cassé.

Résultat, lorsqu'il revient vers moi, je baisse les mains et j'attends le prochain coup. Quand ça vient, il y a un craquement noir et des étoiles dans ma tête, je tombe à la renverse et mes omoplates embrassent le trottoir. Je rouvre les yeux, je suis par terre, je vois le ciel et puis de l'herbe et des mégots et des emballages en plastique et les bottes du mec qui arrivent vers moi. J'entends la circulation sur la chaussée derrière nous. Il me colle encore deux droites. Chaque fois je sens mon crâne s'ouvrir en deux sur le béton et ensuite ça pulse et ça s'engourdit. J'ai des points rouges devant les yeux.

Quelqu'un crie et une voiture s'arrête en faisant crisser ses pneus. D'autres voix se parlent et puis le mec dit à quelqu'un, « Remonte dans ta voiture. » Je crois que ça se passe derrière moi. Le mec dit, « J'étais juste en train de parler avec mon cousin. Il est tombé. »

Mes yeux sont tournés vers le ciel, où du bleu transperce le gris par endroits, mais une ombre se pose sur moi. C'est le mec, qui se penche vers mon visage. Il dit, « On rigole moins ? » et la bière pétille dans son haleine.

« Merci », je dis. Je commence à prendre conscience de la douleur, à certains endroits j'ai l'impression que mon front fait vingt centimètres d'épaisseur, sûrement des bosses qui gonflent. Ma langue ressemble à une baleine morte. J'ajoute, « C'était parfait.

— Sale taré. » Et puis il disparaît et il n'y a plus que le ciel à nouveau.

Je ferme les yeux. Quelqu'un vient me demander si j'ai besoin d'aide et puis une autre voix – une femme – dit, « Nous sommes sur le front de mer, près de l'arrêt de bus. Oui. Une sorte de bagarre. Il saigne beaucoup. »

La première voix me demande encore si j'ai besoin d'aide. Je garde les paupières fermées et je me contente d'écouter.

Une ambulance arrive mais elle ne m'emmène nulle part, j'ai des coupures, des bleus et des bosses, mais toujours mon cerveau. Ils referment toutes mes blessures là sur le trottoir, ils me donnent une poche de gel méga froid pour mes bosses, et sans comprendre ce qui se passe je réussis à monter dans le bus suivant. Le chauffeur ne bronche même pas en voyant ma gueule éclatée. Des places libres partout, j'en choisis une côté coucher de soleil et je pose mon crâne contre l'appuie-tête affaissé. Chaque fois que je remue sur mon siège, je sens une odeur de cendrier et j'entends le vieux vinyle crisser. L'éclairage baisse dans la cabine et on quitte Hilo.

22

KAUI, 2008

San Diego

Mon Dieu, faites que j'oublie cet hiver. D'abord ça a été décembre, la fin du semestre, horrible. Van et moi comme deux étrangères, à se cantonner au vocabulaire le plus fonctionnel, des réponses en un mot. À s'arranger pour jamais être dans la chambre en même temps que l'autre. Chaque fois qu'on était obligées de partager cet espace trop petit, j'avais l'impression d'étouffer, vous comprenez ? On faisait de notre mieux pour se décaler, histoire que l'une arrive au moment où l'autre partait, et on était ensemble uniquement lorsque les lumières étaient éteintes et qu'on pouvait oublier la cohabitation en dormant. Devant moi, les partiels de calcul vectoriel et de physique et les révisions comme la lame d'une guillotine qui tremble au-dessus d'un billot rouge de sang.

Et au milieu de cet enfer, Maman qui m'a appelée. C'était fini. Noa était mort. Dean avait trouvé un glissement de terrain au bord d'une falaise qui basculait dans la mer et qui avait emporté Noa vers la mort. On avait retrouvé son sac à dos et une chaussure en mauvais état, et c'était tout. J'ai eu Maman au téléphone et ensuite j'ai eu Papa au téléphone et ensuite j'ai eu Dean au téléphone.

Personne n'avait d'opinion sur le monde. Nos coups de fil étaient pleins d'espaces muets. Je crois qu'on était trop concentrés sur notre respiration. Inspirer, expirer, recommencer. Tous les jours j'essaie de comprendre les mots et les symboles dans mes livres, je travaille parce que c'est ma meilleure chance de devenir quelqu'un, et pendant ce temps autour de moi toutes les choses sur lesquelles je pensais pouvoir m'appuyer s'éteignent. Van, disparue. Noa, disparu. Bientôt, les cours. C'est la vie.

Mais au bout du compte je m'en suis sortie. De tout ça.

Et maintenant c'est les vacances de Noël. Dean est rentré à Spokane, il ne sait pas pour combien de temps. On n'avait pas les moyens de me payer un billet pour que je rentre en même temps que lui. Enfin on n'avait pas les moyens tout en ayant les moyens, j'aurais pu mettre un vol de plus sur mes cartes de crédit. Mais j'avais déjà pratiquement atteint mon plafond autorisé à cause des week-ends d'escalade et d'un tas de conneries pour la fac, et un billet pour Hawaii en hiver ça coûte un bras, même au départ de San Diego. Donc je passe des vacances de merde, que j'attaque en allant supplier le Romanesque de me reprendre et là, coup de bol : le premier jour, alors qu'on va me foutre à la porte de la cité U le lendemain, je rencontre une serveuse, Christie. Elle a un deuxième boulot, elle est réceptionniste dans une auberge de jeunesse. Cette auberge accueille des Européens fascinés par la Californie qui visitent l'Amérique pendant leur année de césure, donc en principe elle n'est pas destinée aux étudiantes fauchées du quartier. Mais grâce à Christie je réussis à louer, au prix fort, un lit jusqu'à la fin des vacances, et si le proprio pose des questions, elle me couvrira. Entre deux services, le plus souvent je vais en bus à la plage. Je grelotte sous les baisers froids du soleil quand le brouillard s'est évaporé au-dessus du sable, ou bien je reste posée à l'auberge et je taxe de la gnôle qui décape aux Européens, ils sont généreux, irrésistiblement blonds et la joie d'être en Amérique les rend débiles. Je mange des nouilles, des céréales sans marque, et je profite des promos du McDo pour bourrer mon frigo. Un des serveurs du Romanesque me met des restes de côté. Regardez, Papa et Maman, j'ai appris à me démerder par osmose, après toutes ces années avec vous au bord de la faillite.

À Noël je rappelle pour discuter. Les relations avec ma famille sont devenues plus difficiles. On a tous notre propre langage de mort et de deuil et aucune piste de traduction possible. C'est bizarre, je n'arrive plus à parler autant qu'avant avec Papa – chaque fois que j'appelle, Maman trouve une bonne raison pour m'expliquer qu'il ne peut pas prendre le téléphone. C'est bizarre, on est d'accord ? Les coups de fil se changent en jeux et personne ne sait comment on gagne mais tout le monde sait comment on perd : en parlant de Noa. Donc, à la place, on parle de trucs sans queue ni tête. Du prix du lait. Du nouvel itinéraire de Maman avec son bus et de la circulation en fonction des heures. Du type de chaussures qui m'évitent d'avoir du ciment dans les genoux à la fin des services au Romanesque. Je leur explique ce qu'est une auberge de jeunesse.

Ça se borne à ça, mais je continue d'appeler. Et Noël est un jour comme n'importe quel autre.

« Downtown Pizza, je peux prendre votre commande ? dit une voix.

— Salut, Papa.

— Vous avez dû faire un mauvais numéro, mais est-ce

que je peux vous proposer notre pizza à la dinde ? Recette spéciale Noël.

— Je croyais que vous étiez à Hawaii, vous pourriez pas y mettre un peu d'ananas ?

— De l'ananas ! dit Papa. Ça devrait être interdit tellement c'est dégueulasse.

— Tes mauvaises blagues aussi, elles devraient être interdites. » Je dis ça mais je souris quand même.

Il y a un blanc, et ensuite la voix de Papa est encore plus basse qu'un soupir, ou presque. C'est un petit bruissement rapide et je ne comprends pas un mot.

« Quoi, Papa ? »

Sa voix continue à m'appeler. L'air entre nous a changé. Je le sens, comme les détonations dans nos oreilles quand on perd de l'altitude. Il n'est pas présent à l'autre bout de la ligne.

« Papa…

— Bonjour, ma chérie. » La voix de Maman.

« Maman, qu'est-ce qui se passe ?

— Rien.

— Avec Papa.

— Ton père, hmm, quelqu'un a frappé à la porte et il est allé lui parler. »

Un nœud de douleur dans mon ventre. Je sais qu'elle ment. « Maman.

— Tu passes de bonnes vacances ? Tout va bien dans le nord ? »

Elle m'a déjà fait le coup et ce n'est pas le bon jour pour envenimer les choses. Je laisse couler. « Très bien, je dis. Enfin je crois. Je suis contente, j'ai réussi à finir un service sans cracher dans l'assiette de personne. »

Elle rit. « Je sais ce que ça fait, crois-moi. Mais il faut

que tu prennes du recul. Quand tu vas travailler, imagine que tu ne laisses pas seulement ton sac et tes vêtements de rechange au vestiaire, mais toi tout entière. Et tu y restes enfermée jusqu'à la fin du service.

— Je sais me débrouiller pour survivre.

— Bien. Moi, il m'a fallu longtemps. *Très* longtemps.

— Ouais, bon, j'en ai juste pour quelques semaines, jusqu'à la rentrée.

— Veinarde », dit Maman.

Là je me dis, *Et ça y est. C'est reparti.*

Je demande, « On pourrait pas faire une trêve pour Noël ? Je suis... j'ai personne avec moi, Maman. Je suis toute seule.

— Tu as raison, dit Maman. Et ça ne va jamais en s'arrangeant, tu sais.

— Je suis au courant. »

Il y a un silence. Je me rends compte que, d'après le rythme habituel de nos conversations, c'est le moment où elle devrait me demander des nouvelles de Noa. Avant, c'était tout le temps comme ça, mais là il n'y a rien à demander. On sait déjà tout ce qu'il y a à savoir.

Le coup de fil se termine. Toutes les choses que j'ai dans la tête ne tardent pas à être écrasées par l'empilement des jours à San Diego. L'auberge, les doubles services au Romanesque. L'auberge. Les matins brumeux difficiles et les tables à débarrasser. L'auberge. Mon temps est divisé en gros blocs de survie : survivre au travail, puis survivre aux abîmes de calme et de solitude qui lui succèdent.

Sur le continent, le délire de Noël et de l'après-Noël, c'est une grande vague de gloutonnerie et ensuite, d'un coup, on arrive au Nouvel An. Je termine mon service au Romanesque et je chope le dernier bus pour rentrer. On croise des gens dans la rue : robes de soirée noires et froissées, cravates soulevées par le vent. Ils cherchent tous un bar encore ouvert sur le boulevard. Surexcités, morts de rire ou en extase. Des guirlandes lumineuses, des feux d'artifice et le Top 100 des meilleurs moments de l'année sur les télés de l'auberge au moment où j'arrive. Je me demande : Qu'est-ce que je fous ? Pourquoi je suis comme ça ? Est-ce que c'est à cause de Van ou de Noa, ou bien est-ce que ça vient de moi ? Y a pas si longtemps encore, j'avais l'impression que je venais d'ouvrir la coquille de la vie et d'y trouver une perle de bonheur. Mais elle s'est effritée tout de suite après.

Mon Dieu, faites que j'oublie cet hiver. Faites que j'oublie cet hiver. Faites que j'oublie cet hiver. Et le temps passe. Ça va aller. Le nouveau semestre approche. Van revient.

La première nuit qu'on passe ensemble dans la chambre, tout est calme, chacune écoute sa musique et fixe l'écran de son ordi. En gros, on rejoue la fin de l'année dernière. Chacune à son bureau près de la fenêtre, on se tourne le dos et on essaie de faire semblant que l'autre n'est pas là. Elle a allumé une bougie, odeur goudronneuse et épicée. Et puis d'un coup je sens sa main, elle me tapote l'épaule pour attirer mon attention. Je me demande ce qui se passe, si je dois espérer quelque chose. J'ai l'impression que ça s'adoucit entre nous et mon cœur fait *Du calme, du calme, du calme*. J'enlève mes écouteurs et je tourne la tête.

Elle plante son regard dans le mien ; ses cils sont longs et souples. Elle a l'air reposée, son visage est plus lisse. Merde, elle me bute déjà. Je me mets de profil sur ma chaise.

« Qu'est-ce qu'il y a ?

— Il est mort ? » me demande Van.

La vitesse de ma réponse me surprend moi-même. « Oui, je dis. Il est mort. »

Les mots flottent entre nous.

« OK. » Puis elle montre du doigt le casque audio autour de son cou. Il laisse échapper un bruit de colibri piégé dans le miel. « T'as déjà entendu cette chanson ? Je suis sûre que tu vas la kiffer. » Je fais non de la tête et elle passe le casque par-dessus sa tête. Le pose sur mes oreilles.

Drivin' Me Wild de Common. Je l'ai déjà entendue. Mais je ne le lui dis pas, je laisse la caisse claire sonner et la voix fluide et aiguë de Lily Allen couler entre les couplets du rappeur. Je commence à hocher la tête, je m'avance sur ma chaise pour entrer dans la sphère de Van, voilà. Je ferme les yeux ; je n'ai pas besoin de voir. Il y a son odeur et le casque qui enveloppe ma tête dans la musique. C'est tout. À la fin, je dis, « Elle est chouette.

— J'ai tout l'album, dit Van. Tu te rappelles celui d'avant ?

— Oui. »

On reprend nos devoirs, on griffonne, on pianote sur nos claviers et sur la couverture de nos bouquins. On ne remet pas nos écouteurs. Quand j'ai terminé de bosser, je me lève et je vais au mini-frigo sous mon lit en mezzanine. Je sors le lait que j'ai piqué à la cafét, j'arrose la fin de mon paquet de céréales format familial et je m'assieds, en tailleur, au milieu du tapis.

Je suis en train de mâcher mes premières bouchées de céréales quand Van quitte son bureau et me rejoint par terre. Elle me montre le bol avec un mouvement de la tête. Je le lui passe. Elle prend une cuillerée, me le rend, et nos doigts se jaugent au moment de l'échange. Nouvelle bouchée, je mâche, j'avale et je lui passe le bol. Elle le prend dans ses deux mains, mange, me le rend. La cuillère racle la porcelaine. Je la porte à ma bouche et je sens que le goût de Van est encore dessus. Sa chaleur. Sa saveur. J'engloutis tout, le lait, les céréales, elle. C'est pratiquement une prière.

Elle me demande, « Ça va ? »

Je lui réponds, « Ça va. »

Je n'avais jamais ressenti la mort de Noa, jamais vraiment. Ça n'avait pas été comme je m'y attendais, lourd et tragique. Jusqu'à maintenant. Ça s'abat sur moi, c'est une vague immense et moi le rivage. Putain de merde, il est plus là. Il a complètement disparu. Fini les coups de fil avec sa super-intelligence qui me foutait les boules. Fini le lien vivant avec notre enfance, quand on rigolait et qu'on lisait ensemble sur le canapé. Fini de croire qu'on pourra un jour retrouver cette époque ou quoi que ce soit d'approchant, de plus vaste et de plus riche. Fini de voir mes parents rayonner de fierté – même si ce n'était pas à cause de moi, je pouvais toujours me nourrir de ce feu que je n'avais pas allumé. Fini fini fini. Un jour j'en serai là aussi. Comme tous les gens que j'aime. Plus rien.

Je suis sonnée. Je manque de laisser tomber le bol, Van tend les mains pour le rattraper et nos doigts se touchent. Fort, solide.

Je fais seulement, « Oh. » Je ne suis pas sûre que Van l'entende. Je ne veux pas que ses mains s'en aillent.

Et elles ne s'en vont pas.

Le deuil s'installe. Le vide devient une partie intégrante de moi. Je n'ai pas le temps de me laisser submerger. Je me replonge à fond dans le boulot, je m'extirpe du trou où je suis tombée le semestre dernier, je chope les meilleures notes en thermodynamique, je cale quelques séances d'escalade avec Hao, Katarina et Van. Un week-end, quelques semaines après la rentrée, on fait du vélo le long de la plage à la nuit tombée. Les embruns se collent sur nos joues et nos sourcils. La route vibre dans nos guidons. On se marre, on crie et on fonce comme si on venait d'être libérés de notre cage. D'ailleurs c'est un peu le cas : un petit sachet de coke apporté par Van, quelques bières pour se chauffer chez Katarina, et puis l'idée de prendre les vélos pour aller à une soirée dont on nous a parlé. Arrivés sur place, on traverse les heures en zigzaguant, le grondement touffu de la musique et les grappes de voix éraillées qui braillent dans les coins de la maison, ces heures où je sors de mes os.

La baraque est bourrée à craquer de gens qu'on ne connaît pas mais aussi de gens qu'on connaît. De vue, en tout cas. Mais même si on sait qu'on connaît les gens derrière les visages – ce qui n'est pas mon cas –, il y en a plein qui se ressemblent dans ces soirées, qui se prennent la tête pour avoir la bonne attitude, les bonnes fringues, la bonne photo. Ils se font des films en imaginant la soirée parfaite mais la réalité n'est jamais à la hauteur donc ils refont tout le temps la même chose. Sans arrêt.

On se heurte à tous ces gens et on trouve des endroits où se caler, à l'intérieur et à l'extérieur. On danse et on se cogne les coudes et les hanches, on boit ce qu'on a apporté dans nos sacs à dos et à un moment on sort par l'arrière en titubant d'un seul bloc.

On avait plus ou moins l'idée de rentrer chez Katarina tous ensemble, histoire de voir dans quel état on pourrait se mettre avec quelques bières de plus et des films. Mais les autres sont partis en voiture sans nous quand un capitaine de soirée a été désigné. Je me retrouve seule avec Van, et l'alcool qui nous tourne dans la tête. Vu sa réaction après le festival, les toilettes – quand elle a dit qu'elle n'éprouvait pas ce que j'éprouvais pour elle –, j'ai l'impression que c'était une erreur, que ce qui se passe maintenant, c'est ce qu'on est réellement. Oui, je crois que j'émerge, au moins un petit peu. De la tempête qui a accompagné la mort de mon frère.

Je prends Van par la main. Elle presse la mienne, ça me surprend.

Elle dit, « T'as la main chaude », elle se laisse porter par son ivresse. Et je ne sais pas trop si ça vient de l'une de nous ou bien des deux, mais on replonge dans la fête, ensemble.

À l'intérieur, les odeurs : menthe et fins de cigarettes. Citron vert et mousse de bière. Les couloirs sont pleins de gens et ils peuvent nous mater autant qu'ils veulent avec l'air de savoir ce qu'on est, ce que ça signifie de se tenir par la main, je m'en fous, d'accord ? On arrive sur le dancefloor et on se serre dans les bras. Un peu plus tard on est dans la cuisine, un sachet de tortillas déchiré baigne dans une flaque sur le plan de travail en Formica. On déniche deux verres à shot derrière l'évier et on se prépare des vodkas. Je ne sens pas le goût – on a tapé de la coke un peu plus tôt. Sur un meuble dans la salle de bains. On repart danser, la cuisse entre les jambes de l'autre. Et ensuite on grimpe des marches qui gémissent et nous font pencher vers les murs, vers la rampe. Trois ou quatre personnes descendent pendant qu'on monte mais on passe en force.

Un couloir, une chambre vide, les draps et l'édredon à moitié arrachés du lit. Une tache humide en plein milieu.

On examine la chambre, on se tourne vers tous les murs. Comme si on était sur une terrasse panoramique.

« Le dernier shot, dit Van. Je le sens pas. Je me le sens pas. » Elle rigole. Elle se tâte les joues, les lèvres, et quand elle touche ses lèvres elles se retroussent et je vois leurs lignes et leurs courbes et toute leur roseur. Je ris et moi aussi je touche ses joues. Dans la pénombre je vois ma main brune sur sa peau plus claire. Et puis je m'avance et je lèche ses lèvres. Elles sont gercées et salées, incurvées, elles sentent mauvais. Mais Van entrouvre un tout petit peu la bouche et m'accepte. Nos bouches se mouillent. Je retiens son goût en me disant, C'est comme ça que tu te souviendras.

Elle fait, « Mmmm. »

J'ai la tête lourde. Plombée par tout ce que je lui ai fait subir. Je m'appuie sur Van, elle n'est pas plus stable que moi et elle recule contre le mur. Je sens tous les endroits où on est connectées, pareilles, je sens notre densité.

Elle tangue avec moi un instant, et puis elle se raidit et s'écarte. Elle dit, « Non. »

Je me détache. « Quoi non ? »

Elle dit, « Kaui, c'est dégueu. » Ses paupières tombent mais il y a quelque chose en dessous, quelque chose de dur, de méchant. Je me laisse croire que je n'ai jamais vu cette chose avant. « Je te l'ai déjà dit. » Elle se marre. Elle lève la main et repousse mon visage. « T'es dégueu. »

Tout en moi bascule par-dessus le bord d'une falaise. Je ne fais pas un geste. J'essaie de trouver quoi répondre. Van se dirige vers le lit, visiblement elle a besoin de beaucoup se concentrer pour manœuvrer son corps. Elle s'écroule sur le dos.

Je dis, « Van. »

Je recule vers la porte et je me cogne le coude contre la poignée. Le choc résonne, métallique, dans tous les nerfs de mon bras. J'ouvre à tâtons et je sors dans le couloir et la lumière aveuglante qui me vrille le crâne. Je sens la chaleur de la honte qui monte déjà vers mes yeux.

« Eh », fait une voix de garçon alors que je commence à refermer la porte. Venue de derrière, une grosse main blanche passe par-dessus mon épaule et se pose sur la porte pour la garder ouverte. Je me retourne. C'est Connor, le rencard de Van au festival. Il y a deux autres mecs avec lui, appuyés contre le mur. Ils ne prennent même pas la peine de me regarder.

Il dit, « En bas, vous aviez l'air bien parties pour vous amuser, toutes les deux. C'est toujours d'actualité ? » Il laisse descendre une main sur ma taille comme pour me guider. Tout son corps dégage des relents de bière amère et de clopes chargées en menthol.

Je me racle la gorge et je dégage sa main. Ses potes se redressent. Un des deux a une main dans la poche de son pantalon, il se rajuste.

« Foutez-moi la paix, je dis. Tous. » Je le dis fort et en prenant mon temps. Et je le répète. Pour que tout le monde entende bien. Surtout Van. Dans la chambre, endormie sur le lit. L'espace d'un moment personne ne fait rien, ni moi ni les mecs. Puis ils me passent devant comme les wagons d'un train express qui roule sans s'arrêter. Et alors je me mets à courir, je descends l'escalier deux à deux, sans tomber. Sans ralentir.

Il y a la pulsation vertigineuse des produits chimiques

dans mes veines et le nœud de mon ventre nauséeux qui se serre et se desserre chaque fois que je pense à Van et à moi. Je la suppliais presque. Et ce qu'elle m'a balancé, cette méchanceté cassante… je commence à me demander s'il y a eu d'autres soirées. Katarina, Hao et Van sans moi, et si ça se trouve j'étais la blague qui circulait autour de la table.

Je marche vingt, cinquante ou un million de pâtés de maisons avant que l'air froid ne me débouche le cerveau et là j'y vois clair. Merde, elle était seule dans cette chambre. À moitié dans les vapes. Et ils étaient trois.

Je fais vite, le trottoir tangue et roule à chaque foulée. Je ne sais pas ce qui arrive à mes jambes et mon pied est arrêté net par quelque chose. Je m'étale dans l'herbe mouillée et je me fais mal au genou. Je me redresse et je m'agrippe à un grillage pour essayer de me hisser, de reprendre l'équilibre. Je m'appuie sur deux poubelles et toutes les trois on se casse la gueule sur le trottoir dans un grand fracas de verre qui se brise et de cartons qui glissent. Je me remets debout et je cours. La rue s'étire à l'infini devant moi, mais je continue. J'atteins l'arrière de la maison. Quand j'entre, les gens se marrent et font *oooh* ou *la vache*. Des corps et des mots, mais je les écarte et j'y arrive : l'escalier, et puis la porte, mais elle est grande ouverte et il n'y a personne à l'intérieur. Van a disparu. Les mecs ont disparu.

Je ressors et je me retrouve dans la rue, je n'ai pas envie de reconnaître les gens qui sont derrière moi, et devant moi il y a les quelques lumières dorées du pâté de maisons. Le velours noir du trottoir désert qui serpente dans la nuit.

23

MALIA, 2008

Kalihi

Voilà deux nuits que Dean est arrivé de Big Island avec les derniers objets qui t'ont touché de ton vivant – un sac à dos, une chaussure de randonnée –, et qu'il m'a raconté l'histoire de ta chute. Immédiatement, j'ai su que c'était l'exacte vérité. Pour être franche, je te sens disparu depuis un moment déjà, mais je me racontais que je me trompais, que je n'en savais rien.

Sauf que je savais bien sûr. Tu n'es plus là.

C'est impossible à expliquer, la maternité. Ce qui est perdu, le sang, le muscle et l'os qui sont puisés dans le corps pour donner nourriture et souffle à la vie qui va naître. Le bulldozer de fatigue qui te broie tout le long du premier trimestre, les haut-le-cœur qui te tordent le matin, la déformation, la boursouflure, la déchirure de tout ce qui était ferme ou délicat, jusqu'au moment où ton corps ne t'appartient plus et devient une chose à laquelle il faut survivre. Mais ça, ce n'est que le physique. Ce qui use le plus, c'est la suite.

La partie de moi que mon corps a insufflée en toi, cette partie a fait de nous deux personnes inséparables qui partagent une seule âme. Je pense la même chose de tous mes enfants. Un père ne peut comprendre à quel point vous existez profond en nous, si profond que, où que vous alliez, un peu de moi demeurera toujours un peu de vous. Malgré toutes les nuits d'insomnie où vous nous assommiez avec vos braillements affamés, malgré tous les trajets en voiture où vous n'arrêtiez pas de hurler, malgré les écorchures, les coupures et les après-midi de larmes au centre commercial, les nuits de fièvre pendant lesquelles je vous serrais contre ma poitrine et sentais les ailes de papillon de vos poumons qui luttaient contre la maladie, les taches de merde sur les draps à Noël et le poignet cassé le soir où nous avions réservé au restaurant pour notre anniversaire de mariage… malgré tout ça, il y avait toujours sous la surface une forme de perfection inouïe. Vos réveils dans le creux de mes bras, le blanc de vos yeux qui brillait de curiosité en absorbant la moindre nouveauté, et votre peau d'une douceur infinie qui pétrissait ma joue. Les rebords de fenêtres où je m'asseyais pour vous bercer. Le duvet de vos premiers cheveux sous mon nez quand je vous blottissais endormis contre moi. Votre visage qui s'éclairait devant la première chenille que nous trouvions dans la terre, vos couinements de rire lorsque nous vous soufflions sur le ventre, ou encore les jours où toute la famille s'agglutinait sous la couette à cinq heures du matin pour se rendormir, chacun buvant aux rêves des autres. Le monde entier était là, dans vos yeux, il irradiait de votre peau brune et parfaite. Tout redevenait neuf, sans arrêt. Ce qui me secouait était si sacré et si entier que je n'avais pas besoin de prier pour savoir que les dieux étaient avec nous, en nous.

Jamais nous n'aurions imaginé que votre vie pourrait s'achever avant la nôtre. C'était forcément vous qui alliez nous border et nous dire que tout était en ordre, nous pouvions nous en aller, nous avions rempli notre devoir. C'est comme ça que devrait se terminer la vie d'un parent. Mais, pour nous, ce ne sera jamais le cas. Parce que nous te poussons avant nous vers l'au-delà, Noa. C'est ce que nous faisons en te mettant en terre.

Ce n'est pas ton corps, bien entendu. Ton corps, nous ne l'aurons probablement jamais. À la place, nous inhumons un lei en fleurs de hala, orange vif, le plus grand que je suis capable de fabriquer, tressé tellement serré qu'il est aussi lourd et solide qu'un livre dans mes bras. Pour le confectionner, je perce chaque fleur et j'y passe le fil, comme lorsque le manque de toi me traverse. Entre les fleurs, j'enfile des feuilles de laua'e, pour décorer, pour qu'il soit hérissé de piquants sous les mains qui voudraient le toucher. Voilà comment ça marche. Je perce et je glisse.

Ça me prend des heures, seule dans ma chambre, mais il n'y a pas de larmes. Rien que le travail de mes mains. Je perce et je glisse, j'enfile sans m'arrêter. C'est tout.

Une fois le lei terminé, nous nous traînons jusqu'à la voiture – ton frère, ton père et moi – et nous roulons vers l'est, vers le sentier Kaiwi.

Nous descendons de voiture et nous prenons le chemin pavé qui mène à l'endroit où la sécheresse dore l'herbe et où les arbres bas sont fouettés par le vent. Nous quittons le sentier et sa horde de randonneurs peu exigeants au profit des fourrés, des épines, des chardons et d'une étendue de sable qui descend vers l'océan et s'achève dans les marches friables d'un petit champ de lave. Des arêtes noires léchées par les vagues et le vent dans notre dos, qui souffle par le col entre deux montagnes berçant le soleil qui se couche.

Nous sommes à l'endroit le plus rocailleux, où l'écume se jette contre la lave du rivage. Il y a une colonne de roche qui refuse d'être érodée, c'est le Trône de Pélé, déesse du feu, de la danse et de la violence. Debout à son pied, nous regardons les vagues déferler.

Ces jours sans toi ont esquinté ton père. Il me parle de moins en moins, erre plus longtemps la nuit, marche dans les forêts comme un moine ivre. Murmure ses mélopées. Il y a moins de joie dans son corps lorsqu'il se déplace dans la maison. Moins de clarté. Je suis terrifiée à l'idée qu'il me quitte.

Mais aujourd'hui il m'a accompagnée, il est là, et Dean aussi. Tous les trois avec le lei au pied du Trône de Pélé. Je regrette de ne pas connaître la bonne chanson, la prière appropriée, de ne pas maîtriser le savoir des kahuna qui pourrait donner davantage de poids à ce moment.

Je dis, « Allez. C'est l'heure. »

Il y a une pause dans notre souffle. Puis une inspiration tous ensemble, que nous retenons aussi longtemps que possible. Elle s'échappe de nous. Alors nous nous reculons vers l'endroit où la lave cède la place à un sol plus souple. Et là nous grattons jusqu'à ce que la terre nous offre un espace suffisant pour laisser reposer le lei. Elle est chaude, elle est sombre. Elle te gardera.

Te souviens-tu de tes minuscules doigts crochus, des fossettes sur le dos de tes mains pendant la première année de ton existence ? Que de réflexion dans ces doigts quand ils s'enroulaient autour des miens. Des heures durant, tes bras et tes jambes de grenouille contre ma poitrine, toi et moi dormant à poings fermés. Le duvet de ta joue contre la mienne.

Aujourd'hui nous sommes à genoux, ton père, ton frère et moi, et nous déposons le lei dans le trou et la terre le recouvre à la façon d'une paupière qui se ferme pour ne jamais plus se rouvrir.

Pendant quelques jours, aucun de nous n'a le cœur à faire quoi que ce soit. La maison de Kalihi est drapée de silence. Nous allons, nous revenons. Au travail et à la maison. Des céréales premier prix. Des nouilles et des œufs au plat. Des pizzas au micro-ondes. Des douches rapides et des piles de factures impayées.

Khadeja appelle, elle appelle depuis que tu as disparu. Je ne sais pas combien de temps vous êtes restés ensemble, mais il y a là quelque chose de violent. C'est bon de savoir que tu as comblé ce vide avec quelqu'un avant de partir. Ce n'est pas facile de lui annoncer la nouvelle. Mais j'ai le sentiment que, comme moi, elle connaissait déjà la réponse avant de poser la question.

« Est-ce que je peux faire quelque chose ? » demande Khadeja.

Je réponds, « Rien. Nous avons mis un lei en terre pour lui. Je suis désolée que vous n'ayez pas pu être là.

— Moi aussi, dit Khadeja. Mais avec Rika, avec mon travail… c'est plus compliqué qu'avant de voyager.

— Je sais. Mais nous serons toujours là, si vous voulez venir.

— Entendu. »

Elle rappellera, ou bien ce sera moi. Nous pouvons garder ce lien, le faire exister.

Dean repousse son billet de retour autant qu'il le peut, joue avec les dates pour payer le moins possible de frais, des frais que la compagnie annulera vu la situation, mais la date finit quand même par arriver.

« Je ne sers à rien ici, dit-il. Autant que je reparte à Spokane. »

Je réplique, « Pour quoi faire, empiler des cartons ? »

Il accuse le coup. J'aimerais retirer ce que je viens de dire.

« Ça va pas être tout le temps comme ça, répond Dean.

— Tu peux faire au moins aussi bien ici.

— Non. Tu sais comment c'est. Là-bas y a plein de moyens de se faire de l'argent. Pas ici.

— Ici, c'est chez toi. Il n'y a que l'argent qui compte dans ta vie ?

— C'est comme ça, j'y peux rien. »

Je répète, « Ici, c'est chez toi. »

Il s'arrange pour éviter mon regard. Jette un coup d'œil par la fenêtre, fixe le sol, tout est bon tant que je ne vois pas ses yeux.

Finalement il dit, « Faut que j'y aille. » Il n'a pas grand-chose à fourrer dans son sac, mais il prend ce qu'il a. Nous le conduisons à l'aéroport.

Des jours passent encore, des jours de blues, raides et longs. Mais un matin je me réveille, c'est Aloha Friday, tout le monde va porter des chemises à fleurs et les alizés ont dissipé la tempête de la nuit. Les feuilles sont fraîches et humides et l'air est propre et plein de sel, comme lorsqu'une vague vient de se briser.

Rien ne nous force à rester dans cet état.

Avec ton père, nous nous organisons pour prendre

notre samedi. Puis nous appelons Crisha et Nahea, Keahi et Mike, les amis que nous ne voyons pas aussi souvent qu'il le faudrait, nous leur disons de venir à Ala Moana, nous prenons le barbecue et bricolons une salade de pâtes et du riz frit, Crisha se charge des steaks à griller sur les braises, Keahi apporte deux longues glacières bleues remplies de Kona et de Maui Brewing comme s'il était milliardaire. Devant nous, passé la lisière des arbres, sur le sable, de petites vagues s'écrasent en crissant dans une eau turquoise marbrée de sable. Des gens jouent avec des chiens ou dorment sur des serviettes. Derrière, il y a la cime des immeubles du centre, les bureaux en verre étincelant et béton blanc et propre dans lesquels nous n'avons jamais mis les pieds et au sujet desquels nous échangeons des hypothèses tandis que la viande grille et que la bière nous ramollit.

Combien d'histoires racontons-nous ? Combien de temps rions-nous pendant que Keahi sillonne le front de mer en courant et en se tenant l'entrejambe parce que toutes les toilettes sont occupées ? Nous hochons la tête, nous nous demandons qui chante à la radio et nous montons le son. Le soleil éclabousse nos corps cuivrés, la mer nous envoie du sel dans les cheveux et dans les yeux, nous plongeons depuis les rochers dans l'océan bleu chalumeau comme si nous étions encore jeunes et minces.

Il y a toujours l'aloha pour maintenir en vie ceux qui restent.

24

MALIA, 2009

Kalihi

Garkins Properties LTD
5142 Hinkleston Place
Portland, OR 97290

10 février 2009

Chers Monsieur et Madame Flores,

Nous vous informons par la présente que la situation de l'un de nos locataires, Nainoa Flores, affiche des retards de paiement ; en qualité de caution solidaire, vous êtes désormais responsables de la somme due.

L'accumulation des retards place actuellement le locataire en situation d'éviction. Cet avertissement est le troisième que nous vous faisons parvenir. Faute de règlement dans les meilleurs délais, il sera demandé au locataire de quitter et de vider le logement avant la fin du mois en cours, soit le 28 février 2009 au plus tard. À défaut, nous mettrons en œuvre tous les moyens légaux pour expulser le locataire du logement.

Nous insistons en outre sur le fait que vous êtes solidai-

rement responsables du locataire pour tous les loyers présents et à venir.

En vous remerciant pour votre coopération.

25

KAUI, 2009

San Diego

Le matin comme un pic à glace dans mon cerveau gelé, comme toujours je me réveille après quelques heures de sommeil, consciente qu'il faut que je bouge. Le canapé sur lequel je dors appartient à Saad, un mec que j'ai rencontré à la salle d'escalade et que j'ai aidé à bosser ses cours il y a un moment de ça. Je me faufile par sa porte à la nuit tombée avec la clé que je lui ai empruntée. Et, le matin, mon alarme sonne avant que son coloc et lui ne soient levés, comme ça je peux partir sans voir personne.

Des fois je dors sur le sol au lieu du canapé. Quand je veux quelque chose de dur. Des fois c'est ce que je mérite ou ce que je veux me forcer à ressentir, mes os sur quelque chose de dur. Ça me donne l'impression de faire du camping, d'être revenue à Indian Creek. Les ongles qui saignent à cause du talc et de la saleté des crevasses. Van et moi sous le plafond en nylon de notre tente, trop bien, blotties l'une contre l'autre pendant que des ours reniflaient le campement.

L'autre jour, je suis partie à la pêche dans les poubelles de la cité U et j'ai remonté un flacon de Vicodin à moitié plein. Je n'en revenais pas et j'ai avalé la dose que m'a conseillée Internet. Pendant quelques heures je me suis baladée dans une version de moi remplie de sirop tiède, c'était parfait.

Bon. Bouger de ce canapé. La famille de Saad est à un million d'années-lumière de la mienne. Cet appart pue le fric. Les meubles brillent comme s'ils étaient beurrés. Les tiroirs ont des poignées toutes fines et chromées. Les portes sont lourdes et elles restent dans la position où on les a laissées, elles s'ouvrent et elles se ferment en douceur, j'imagine que c'est à ça que ressemble un portail de château. Si on me demandait ce que c'est l'argent pour moi, voilà ce que je dirais : c'est savoir que le monde va rester sous nos pieds, quoi qu'on fasse.

Je jette un œil dans le frigo. Comme s'il avait pu se remplir dans la nuit. Super. Il y a une carafe d'eau filtrée qui sent le plastique, un pack de six canettes de Pepsi, neuf bières, de la margarine et de la Sriracha, un pot de cornichons brumeux, un bac à légumes impeccable et vide. Une boîte de bicarbonate déchirée dans un coin. Dans les placards, toujours les mêmes sachets plastique de crackers bio au blé complet et au fromage, du glaçage au chocolat et des chips végétariennes. Ces mecs vivent à peine mieux que moi.

Je m'arrête devant un miroir. Ça vaut le coup de se regarder une fois de temps en temps. Me voilà : des mèches emmêlées que je commence à enrouler en chignon à la seconde où je les aperçois dans la glace, ce nez épaté de la racine à la pointe, les muscles ramollis de mes bras et de mes jambes. Quand je lève les bras je vois mon ventre et il n'est pas plat. Et même en vivant à San Diego, j'ai perdu un peu de ma couleur.

Mais je suis là. Enfin je crois. Ça va.

Tout s'est mis à déconner depuis la fête où j'ai laissé Van. Je suis crevée en permanence, même quand je réussis à faire une nuit complète, et dès que je me retrouve dans un espace clos j'ai peur de tomber sur elle, ou sur les mecs, ou sur quelqu'un qui est au courant. Je suis persuadée que l'histoire a circulé et que les gens me regardent déjà différemment, même ceux que je connais.

La plupart du temps, je réussis à arriver en cours sans croiser personne qui sache, et c'est facile d'éviter tout le monde parce que mes cours sont surtout le matin de bonne heure. Mais certains jours, je finis malgré tout par apercevoir Van, Katarina ou Hao, et là je m'esquive dans le bâtiment le plus proche. Je suis un vrai cafard, je rampe dans ma chambre à la cité U quand toutes les lumières sont éteintes et je décampe au lever du jour, comme chez Saad. Ensuite, en cours, je me mets au fond de la salle, pour bien voir tous les gens qui sont devant moi. Ça fait peut-être trois semaines que ça dure. Mais le problème, c'est que je ne sais même pas vraiment qui est au courant de quoi, vu qu'on était tous bourrés et défoncés.

Enfin, au moins, maintenant je sais le plus important, je sais ce que je suis. J'avais envie de Van et puisque je ne pouvais pas l'avoir je l'ai abandonnée aux animaux, à Connor et à ses potes. Avant ça, j'étais persuadée que j'avançais, que je laissais derrière moi Nainoa et mes parents qui n'ont jamais réussi à me comprendre ni même à me désirer, que je laissais carrément les îles derrière moi. Maintenant, quoi que je fasse, je m'enfonce.

Je change de vêtements pour la première fois depuis des jours, ma chemise a des couches et des couches de crasse, claire et salée, en auréoles sur les aisselles. J'ai mon sac d'escalade avec des culottes, des tampons, du dentifrice, mon ordi, et une flasque dans laquelle il me reste un petit fond de whisky. Pas de rasoir ni de mousse, en revanche. Au début je me disais, Il faut vraiment que je rase tous mes poils. Histoire d'être une fille un peu comme il faut, vous comprenez.

Au moment où j'enfile la chemise propre, il se passe quelque chose. Ce n'est pas moi dans la glace et je ne suis pas dans la salle de bains. J'ai la sensation d'être dans une prairie, entourée d'une houle verte, d'un vent tourbillonnant et d'un groupe de vieilles danseuses de hula. On porte toutes des longues jupes en kapa rêche. Ça me gratte la taille, mais à part ça je suis nue. Mon lei po'o me pique le front. Mes cheveux font des mètres de long, ils tombent jusqu'à mon cul. Ma peau est couverte de sable et de sel et des muscles noueux roulent en dessous. Les vieilles, le hula : il y a des années que je n'ai pas ressenti ça. On est dans le pré, moi entre deux rangées de femmes, le pahu donne la cadence comme le poing de Pélé quand la terre tremble. Nous dansons et nous chantons. Le ciel est une coupe renversée de chaleur éclatante, plus proche du blanc que du bleu.

Et puis mon téléphone sonne et je redeviens Kaui ici et maintenant. C'est Dean. J'écrase les boutons pour l'envoyer sur mon répondeur. Et là je vois qu'il a déjà essayé plusieurs fois. Mais je m'en fous. Je ne vais plus jamais appeler personne. Ni Maman, ni Papa, ni Dean, ni Van, c'est terminé.

Dean rappelle, pff. Je comprends que ça n'en finira pas et je décroche.

« Enfin elle répond, dit mon frère.

— Elle répond, je dis.

— Ça te tuerait de décrocher ? On aurait pu être en train de brûler ou je sais pas quoi.

— T'es en train de brûler, là ?

— Ben ouais, grave.

— Dean.

— Quoi ?

— J'ai pas le temps pour tes conneries. Vu comment tu t'acharnes, t'as quelque chose à me demander.

— Pourquoi j'aurais quelque chose à te demander ? Putain, t'es pareille que Maman. Peut-être que j'ai juste envie de parler.

— Eh ben vas-y, on parle. On discute. On fraternise. On reprend contact. »

Il ne dit rien pendant un moment. « T'es bourrée ? Et pourquoi tu chuchotes ?

— Je suis défoncée, si tu veux tout savoir. Et je chuchote parce que je suis rentrée chez quelqu'un par effraction. T'es fier de moi ? »

Il se marre. « T'es conne. »

Je le mets sur haut-parleur le temps de finir de me coiffer, et j'utilise mes restes de maquillage pour me refaire un genre de beauté. « Alors, donc, t'as quelque chose à me demander, c'est ça ?

— Comment ça se fait que t'appelles jamais Maman ? »

Je regarde le sol, mes chaussures. En boule ma chemise qui sent le fauve, les calmants dans des flacons orange qui dépassent de mon sac à dos. « C'est un peu la folie ici.

— J'imagine.

— T'imagines pas, non.

— Ouais, ben à Portland aussi, c'est la folie.

— Portland ? »

Sans me laisser le temps de lui poser des questions, Dean

se lance. Il me raconte qu'il est venu récupérer les affaires de Noa. Il m'explique qu'il y avait des loyers en retard et que les parents allaient devoir casquer.

Il conclut, « Tu sais ce que ça signifie.

— Ils ont pas le droit de vider un logement juste parce que la personne paie pas son loyer. Il faut un jugement, un truc comme ça. C'est plus possible d'expulser quelqu'un aujourd'hui.

— Ils ont appelé Maman. » Il dit ça comme on hausse les épaules.

Je parle de procédure. Je parle de droits du locataire. Je parle de délai raisonnable pour régler les retards.

« Tiens, t'es avocate maintenant ? fait Dean.

— *New York, police judiciaire* en boucle sur le câble, vingt-quatre heures sur vingt-quatre.

— Bon allez, ferme-la. Arrête de faire l'idiote, c'est pas marrant.

— OK, OK. Du calme. En parlant de ça, t'as appelé un avocat ?

— J'ai pas le temps de me battre, Kaui. Faut que je m'occupe de ce bordel. Maman m'a appelé. »

Sa façon de le dire : Maman *m'*a appelé. Genre, Laisse-moi gérer. Genre, C'est enfin à mon tour d'être le bon fils. Mais il y a aussi du reproche là-dedans, je le sais. Parce que j'ai repris les cours pendant qu'il se démenait tout seul dans la vallée. Je regarde ce qui m'entoure : des rasoirs pour garçons avec une vieille croûte de mousse et de sang ; un hors-série Spécial Maillots de l'année dernière dans le porte-revues près des toilettes ; un tapis de bain mouillé dans un coin. Et d'un coup tout m'apparaît, étalé devant moi, vous voyez ? Aujourd'hui et tous les jours d'après. Moi qui passe d'un canapé à l'autre, loin de Van, Katarina et Hao. Ma vie dans mon sac à dos depuis le début du semestre. À me transformer de plus en plus en rat à cause de ce que j'ai fait ou n'ai pas fait.

Je demande, « L'adresse de Noa, c'est toujours la même ?

— Il a toujours eu la même à Portland, répond Dean. Pourquoi ? »

Je raccroche. Je ramasse tout ce que je possède, je le fourre dans mon sac et je fais mes lacets. Je glisse la clé de Saad dans la boîte aux lettres en partant.

26

DEAN, 2009

Portland

Autrefois, Noa, il avait l'art de vous faire sentir con sans rien vous dire de spécial, du genre il pouvait parler de la fabrication de l'acier ou vous expliquer que « courage » ça se dit blablabla en latin et on n'avait même pas besoin d'ouvrir la bouche pour sortir de là en ayant l'impression qu'il nous avait traité de débile. Et là je viens de passer la matinée à me demander ce qu'il aurait dit s'il avait été avec moi pendant que je regarde par les fenêtres de sa baraque, que je vérifie les portes pour la quinzième fois et que je constate que je suis enfermé dehors. J'ai même pas pensé que j'allais avoir besoin des clés quand Maman m'a appelé et que j'ai tracé ici en stop et en bus, je devais croire que la porte serait grande ouverte ou que le proprio serait en train de faire de la peinture, n'importe quoi. Si Noa avait été là, il aurait clairement eu quelque chose à dire, mais il n'est pas là et je me sens quand même con. En plus, je n'ai nulle part où aller si je n'arrive pas à ouvrir cette porte.

Je secoue encore la poignée, juste histoire de faire trembler le cadre et d'entendre le métal forcer contre le métal. Je pousse et je pousse, la porte grince et se déforme et ses bords se tordent. Mais elle tient bon. Je m'assois sur les marches pour réfléchir à ce que je vais devoir casser et à qui va être prévenu quand je vais le faire.

Garée de l'autre côté de la rue, il y a une voiture que je n'avais pas remarquée. Petite, grise, toute simple. La portière conducteur s'ouvre et une femme en sort, déplie toute la rondeur de son corps. Des rangées de tresses serrées sur le crâne, une queue de-cheval afro à l'arrière. Elle porte un haut noir et ample qui glisse sur un bras et qui laisse voir la peau brillante de l'épaule. Ses chaussures claquent sur le béton du trottoir.

On ne s'est jamais parlé, mais je la connais. « C'est toi », je dis.

Tout du long elle a les yeux braqués sur moi, sans se cacher. Je lui accorde ça. « Ta mère m'a appelée », elle dit. Elle s'arrête devant le perron où je suis assis. « Donc ce n'est pas une blague ?

— Pourquoi elle t'a appelée ? je demande.

— À propos de Noa. » Elle montre la porte du doigt. « Elle m'a dit qu'il allait être expulsé. Ses affaires, en tout cas.

— Ouais, mais ce que je veux dire… elle pensait que t'allais pouvoir faire quelque chose de plus que moi ? »

Elle sourit, l'air de se foutre de ma gueule. Je laisse couler. Je me présente, « Dean », je lui tends la main, elle la serre.

« Je sais, elle dit. Khadeja.

— Je sais », je dis.

On se lâche la main.

Elle dit, « J'ai appelé le bureau du shérif. Ils m'ont répondu que la seule solution, c'était de régler les quatre mille cinq cents dollars d'impayés.

— Fait chier. À ton avis, si j'invite le shérif à boire un verre, y a une chance qu'il nous fasse un prix ? »

Elle me mate des pieds à la tête. « Pas dans cette tenue.

— Mais je fais des bons massages.

— Nainoa s'était trompé sur ton compte, ça me surprend.

— Comment ça ?

— Il m'avait dit que tu étais charmant. » Et elle se marre de sa propre blague.

« Allez, je dis. Sois pas… »

Mais à cet instant un camion de déménagement arrive au coin de la rue, *Brenton's Hauling* écrit sur le côté. Il s'arrête, on dirait qu'il réfléchit. Puis il se remet à avancer et il s'arrête encore. Il vient comme ça jusque devant chez Noa. On voit la forme de deux têtes dans la cabine. J'entends la direction assistée qui vibre et qui râle, le bruit sec du frein à main. Et puis deux types descendent, ils portent des jeans et des espèces de vestes de charpentiers ou je sais pas quoi. Deux haoles avec des coupes de militaires et des tronches de gamins et moi j'ai presque envie de leur demander, Les gars, c'est par où le rodéo gay ?

Ils nous repèrent devant la porte et ils s'arrêtent, ils discutent une seconde, et puis celui qui a les cheveux bruns et le nez tordu s'approche, une main tendue paume vers le bas comme si j'étais un clébard qu'il essaie de calmer.

Je fais, « Y a quoi, haole ? »

Lui il fait genre, « Comment ça ?

— J'ai dit, *y a quoi.* » Avec le menton, je lui fais remarquer sa manière de s'avancer vers moi. « Je suis son frère. Je mords pas. »

Il s'arrête. Il croise les bras. « On a des choses à emporter ici. Tout, en fait. »

Un pick-up arrive avec d'autres gars dedans et il se gare à côté du camion. Cinq en tout. Je me lève et je sors de sous l'avant-toit, histoire que tout le monde voie bien mes deux mètres. « Cassez-vous », je dis.

« Messieurs, fait Khadeja, prenons un instant pour parler de tout ça, vous voulez bien ? »

Le truc marrant, c'est que ces mecs pourraient aussi bien être des gars avec qui j'ai bossé à Spokane, sur les chaînes de conditionnement ou dans les jardins que j'entretenais à côté. Et j'ai l'impression qu'ils se disent la même chose, parce qu'il y a un moment où on est tous, genre, Je te connais, t'es sûr qu'on est pas du même bord ? Mais ça ne dure pas.

« Notre boulot, c'est de commencer à vider la maison », dit l'autre gars du camion, celui qui a les cheveux plus clairs, en prenant l'air de s'excuser.

« Vous avez des flingues ou des couteaux ? je demande.

— Dean… fait Khadeja.

— Quoi ? fait quelqu'un.

— Parce que sinon vous allez pas réussir à entrer. »

Mais ils ont mieux que ça, juste derrière le pick-up il y avait le shérif et je ne l'avais pas vu. Il est sur la pelouse mitée, gaulé comme une quille de bowling, y compris la peau blanche et le cou rouge. Il croise les bras sur sa poitrine, le flingue contre la hanche, tout penché comme si le poids de sa bite l'attirait vers le sol. Il dit, « Fais pas d'histoires, c'est déjà assez difficile pour tout le monde. »

Vous voulez que je fasse quoi, moi ?

Je m'écarte. Khadeja va droit sur le flic pour parlementer. Les déménageurs se mettent au boulot. Ces gars, pour eux c'est une journée normale, ils suivent leur système, d'abord les gros meubles et une pièce après l'autre, ils défilent en poussant des grognements et en se parlant comme si je n'étais même pas là, et le shérif est reparti mâcher son chewing-gum dans sa bagnole.

Je regarde les gros trucs sortir, et puis d'un coup il commence à se passer des choses. Ils balancent des brassées de vêtements sur le trottoir, ils font semblant de tirer des lancers francs ou de donner des coups de batte, et je suis sûr que c'est parce qu'ils ont vu comment je me suis écrasé quand le shérif a débarqué.

Y a un de ces connards qui crie, « On va surfer, les mecs ! » et une des chemises Quiksilver de Noa sort de la maison comme un oiseau qui a pris du plomb dans le ventre et s'écrase par terre. Je vois cette chemise et je nous vois, je vois les plages et Kalihi et je me vois avec mon frère, avec Noa. Je nous écoute parler au téléphone quand j'avais encore une chance de réussir la fac.

Je lui disais, Je vais me barrer de cette équipe de merde.

Il disait, Sérieux ?

Moi je faisais genre, J'ai l'impression d'être revenu au lycée. L'entraîneur parle de me mettre sur le banc, comme s'il avait d'autres cadors sous la main. Je les emmerde, les remplaçants, ils ont pas le niveau.

Qui c'est qui fait le taf pendant les tournois ? Qui c'est qui fait pratiquement tout ? J'ai été titulaire toute la sai...

Là Noa a dit, Je me rendais pas compte que t'étais devenu aussi fragile.

J'ai fait, Qu'est-ce que tu racontes ?

Le basket, il a dit. Toute ta vie t'as chassé comme un requin pour avoir ce que t'as maintenant.

J'ai répondu, Ça y est c'est bon, tu me soûles comme tous les autres.

Très bien, arrête, il a dit. Laisse tomber. Toute façon, dans quelques années, tout le monde aura oublié.

J'ai dit, Tu me fais quoi, Noa ? Je croyais que t'étais mon frère.

T'as pas écouté, il a dit.

Quoi ?

Il m'a demandé, Ça t'arrive de penser aux requins ?

Moi j'ai dit, Évidemment. Chaque fois que je te vois.

Il a dit, Peut-être que, quand les requins m'ont remonté, c'était pas seulement moi qu'ils sauvaient. Tu comprends ? C'était peut-être toute la famille.

Et même si je n'ai jamais senti les dieux dont Maman parlait tout le temps, quand il a dit ça j'ai senti qu'il y avait quelque chose, et ça a duré un bon moment. Ça m'a transporté. Après ça, je suis sorti et tout était lumineux, tout était à moi. Je suis prêt à lâcher la dope, le sexe et le basket si ça me permet de ressentir ça encore une fois. Le lendemain soir, ça a été mon dernier bon match, je ne touchais pas le sol, j'avais l'impression que mon corps était tout neuf.

C'était mon frère, il était capable de faire des trucs comme ça, et aucun de ces mecs n'en a la moindre idée.

Donc voilà. Je commence à rapporter ses affaires à l'intérieur.

Khadeja revient et elle se met à me parler avec l'air de croire qu'elle va me persuader d'arrêter. Elle me dit même d'arrêter et de réfléchir à ce que je fais.

« Tu ne vas rien régler comme ça, elle dit. On devrait se contenter de récupérer ce qu'on peut.

— Rien à foutre », je dis.

Les déménageurs ne pigent pas ce que je fais. Les premières fournées qu'ils ont balancées, je les ramasse et je les remets dans la maison, et quand Khadeja voit que je ne l'écoute même pas, elle soupire, elle se pince l'arête du nez et elle recule jusqu'au trottoir. Elle sort son téléphone pour passer un coup de fil. Je rapporte à l'intérieur un paquet de vêtements et des chaises, et vu que les déménageurs continuent à sortir d'autres choses, on commence à se rentrer dedans. Résultat des courses, je me retrouve avec des tiroirs de bureau, un dans chaque main, au moment où des gars arrivent avec un futon, et on se rencontre sur le pas de la porte. Celui de devant me tourne le dos, mais il jette un coup d'œil pour vérifier que la voie est libre et il me voit. On s'arrête tous les deux.

Il dit, « Écarte-toi », et il est tout rouge à cause de l'effort.

Je dis, « Nan. »

Du menton, il indique un endroit derrière moi et il essaie de sourire malgré le poids qu'il porte. « Apparemment c'était pas la bonne réponse. »

Je me retourne et le shérif approche sur le trottoir en disant, « Réfléchis un peu à ce que tu es en train de faire, petit. »

Et là, j'aperçois quelque chose dans la rue, plus loin, et ça me fait sourire. Lui, il croit que je me fous de lui et il dit, « Ça a rien de drôle. Je plaisante pas. »

Mais ce n'est pas à lui que je souris, je souris à ce qui est derrière : derrière lui, derrière Khadeja, sans déconner, il y a Kaui, plantée sur le trottoir avec son sac à dos qui pendouille et son fameux sweat à capuche Notorious B.I.G., *Ready to Die*.

Un des déménageurs lui passe devant en revenant du camion et elle lui dit quelque chose. Il lui répond sans s'arrêter. Khadeja s'avance vers eux en disant, « Tout le monde se calme avant que la situation ne dégénère », mais Kaui a déjà laissé tomber son sac et elle se met à courir, elle dépasse Khadeja et le déménageur, elle arrive sur le perron mais elle me dépasse aussi et elle va jusqu'au mec qui tient le futon. Je devine le coup avant qu'il parte, et l'instant d'après le futon s'éclate par terre et le mec avec. Je tiens encore les tiroirs et je ne me souviens pas du moment où je les pose pour fermer les poings. J'essaie encore de m'en souvenir cinq minutes plus tard, c'est-à-dire maintenant, alors que je suis à l'arrière de la voiture du shérif, les poignets serrés dans des menottes.

Kaui est là aussi. La voiture sent trop fort l'Arbre magique et l'huile pour flingue. Il y a des voix qui grésillent dans la radio. Kaui est à droite de moi, menottée pareil que moi, et elle enrage tellement que sa respiration fait du brouillard sur la vitre. Le chauffage n'est pas allumé et cet enfoiré d'hiver humide pénètre à travers les portières.

Puis, d'un coup, je commence à me rappeler ce qui s'est passé : quand le futon est tombé ça a été comme la cloche d'un match de boxe et tout le monde était content qu'il y ait enfin un peu d'action. On s'est tapé sur la gueule et à un moment le shérif est intervenu, il nous a séparés, il nous a mis les gourmettes à Kaui et moi, et il nous a poussés dans la voiture l'un après l'autre. Et maintenant il parle avec Khadeja devant la maison. Elle fait bien les choses, elle est super polie, elle se tient droit et tout, elle croise les mains devant elle comme si elle était à l'église et que le shérif c'était le pasteur.

Les déménageurs recommencent à sortir toute la vie de Noa : les caisses de lait remplies de bouquins qu'ils balancent n'importe comment avec les livres qui décollent et qui s'éparpillent sur l'herbe mouillée, les briques de bonnes nouilles et les bouteilles de sauce soja, les cadres avec les photos à l'intérieur qui rebondissent sur la pelouse et qui se brisent sur le trottoir. Un des déménageurs s'est fourré du papier toilette dans les narines parce que je lui ai éclaté le nez et un autre a la lèvre qui enfle parce que Kaui l'a plaqué au sol, mais ils continuent à bosser. Peu après ils ressortent les mains vides et ils poussent les affaires de Noa avec les pieds pour faire des tas sur le trottoir. Le dernier qui sort de la maison s'arrête sur le bord de la pelouse et regarde par terre. Il ramasse du bout des doigts une chaussette comme si c'était un machin mort qui pue et il la laisse tomber sur un des tas. Un des déménageurs discute un moment avec le shérif en examinant un porte-bloc dont la pince est toute brillante, et puis ils remontent dans leurs camions et ils s'en vont.

Une fois qu'ils sont partis, le shérif revient tranquillement vers nous. Il ouvre la portière conducteur et il nous parle à travers le grillage qui sépare l'avant et l'arrière. « Je pourrais vous pourrir la vie », il dit.

Kaui renifle.

Il continue. « Je pourrais faire un rapport, prendre la déposition des déménageurs, fixer une date d'audience… Je m'arrangerais pour que vous ne puissiez jamais récupérer tout ça » – il montre tout ce que les déménageurs ont balancé – « même si ça vous crève le cœur.

— Monsieur », fait Khadeja.

Il se tourne vers elle. Il a l'air un peu compréhensif, mais il va quand même lui rappeler que c'est lui qui a le flingue. Il dit, « Je sais », puis il se retourne vers nous en faisant un geste en direction de Khadeja. « Elle m'a expliqué qui c'était.

— Qui ça ? je demande.

— Ton frère, dit le shérif. Ça ne justifie rien de ce qui vient de se passer, mais. » Il déverrouille nos portières. « Sortez. » On sort et il défait nos menottes. Je sens une bouffée de joie dans mes poignets, juste avant la douleur. Lui il est là blablabla j'espère que j'aurai pas à le regretter. Sa portière claque, le moteur de sa voiture tousse et grogne, et puis il s'éloigne dans la rue et il n'y a plus de bruit. On regarde ce qu'on a devant nous.

« J'ai oublié de te dire bonjour, me fait Kaui. C'est comment Spokane ?

— Nul à chier, je dis. Et San Diego ?

— À chier, mais plus chaud. Vous êtes Khadeja, c'est ça ? elle demande à Khadeja.

— C'est ça », répond Khadeja.

Une fois la blague passée, on est toujours plantés là avec les affaires de Noa sur le trottoir, le rice cooker et les caisses, la chemise Quiksilver et l'arc-en-ciel de bouquins morts.

« Et maintenant, je dis, on fait quoi de tout ça ? »

La pluie se charge de me répondre. Elle est douce et silencieuse, on dirait un souffle qui se relâche, et elle tombe en pétillant. Elle fait une toile d'araignée dans les cheveux de Kaui et de Khadeja, et je la sens à peine sur ma peau. On ne l'entend même pas toucher le sol.

Kaui lève les yeux vers le ciel. Et là, d'un coup, ça se met carrément à nous pisser dessus : les gouttes deviennent lourdes et dures et elles grondent sur les toits. Les filles et moi on court, on jure et on proteste, on attrape tout ce qu'on peut pour le ramener sous l'avant-toit et j'essaie la porte mais évidemment elle est fermée à double tour. Kaui agrippe un carton et commence à le traîner vers le perron, un carton à paperasse avec une poignée sur le côté. Le couvercle s'ouvre. Je vois les photos et les albums qui s'imbibent de pluie. Kaui essaie de le refermer en même temps qu'elle tire sur la poignée, et puis un coin s'enfonce dans l'herbe sale et creuse un sillon dans la terre. Khadeja lâche les vêtements qu'elle a ramassés et prend l'autre côté du carton. J'arrive en courant, on remet le couvercle et on soulève ensemble. Je sens la chair de poule sous mon blouson, sous ma chemise, sous mes os.

Toutes les affaires de Noa vont être détruites. Les coussins gris du futon, les tas de vêtements froissés qui deviennent brillants de flotte, la psyché couverte d'éclaboussures. On arrête, c'est fini.

« Je me les gèle », lance Kaui par-dessus le bruit de la pluie, mais ce n'est pas à moi qu'elle s'adresse, elle crie en direction du jardin, du ciel.

Je sais que Noa a des voisins, je les ai aperçus derrière leurs rideaux quand le shérif et les déménageurs étaient là, mais ils sont tous à l'intérieur avec leurs lumières chaudes et orange, ils font semblant de ne pas savoir ce qui se passe dehors. Je teste les fenêtres de Noa avec la paume de ma main, et puis j'attrape une lampe pour casser un carreau, mais Kaui me voit faire et lève les yeux au ciel.

Elle dit, « Ça va, l'homme des cavernes ? Si tu pètes une vitre, tout le monde va le voir. Et on va avoir droit aux flics, direct. Attends ici », et puis elle disparaît derrière un coin de la maison.

Khadeja lui dit, « Reste ici », mais Kaui ne l'écoute pas.

Quelques minutes plus tard, on entend la poignée cliqueter, puis un claquement, et la porte s'ouvre.

« Entrez donc », dit Kaui.

Khadeja nous dévisage chacun notre tour. « Je viens de convaincre le shérif de vous relâcher et c'est tout ce que vous trouvez à faire ?

— On n'a pas le choix, dit Kaui.

— Bien sûr que si, dit Khadeja. Personne ne vous oblige à entrer par effraction.

— Et donc, on doit faire quoi ? demande Kaui. Laisser les affaires de Noa pourrir ? Rester se peler le cul dans le jardin ?

— Il y a une…

— On n'a rien, dit Kaui. Rien. » Elle pousse avec l'épaule sur la porte pour l'ouvrir en grand. Elle n'a pas besoin d'en dire plus.

« Je ne peux pas », dit Khadeja. La pluie rugit plus fort. « Même si je voulais – et je ne veux pas –, je ne peux pas être aussi stupide.

— Moi, si », dit Kaui. Elle me regarde.

J'entre et Khadeja ne dit rien.

À l'intérieur, tout est sombre et vide. Le salon, c'est des murs blancs et une moquette sombre, point barre. L'air est déjà plat et cotonneux, comme si la maison était vide depuis des années.

« Viens », dit Kaui en refermant la porte. Elle se baisse et jette un coup d'œil par-dessus le rebord de la fenêtre. « Je crois que la voisine nous a vus. Je suis presque sûre qu'elle nous a vus. »

Je propose qu'on tire les rideaux mais Kaui dit non, ça montrerait qu'on est là puisqu'ils n'étaient pas fermés quand on est entrés. Je vois Khadeja qui traverse la rue en courant, son afro pleine de pluie. Elle se précipite dans sa voiture et elle claque la portière.

« T'approche pas des fenêtres », dit Kaui. Elle rassemble ses cheveux dans sa main et elle les essore jusqu'à ce que toute l'eau dégouline sur la moquette. Elle grelotte comme un cheval qui sort d'une rivière.

On rouvre la porte et on ramène à l'intérieur une partie de ce qu'on a sauvé. De l'autre côté de la rue, Khadeja a disparu. Parmi les choses qu'on a rassemblées sur le perron, il y a un sac de sport, un sac-poubelle avec des vêtements qu'il avait probablement l'intention de donner, et le carton que Kaui traînait un peu avant et qui contient des photos, des albums, plein de papiers.

On déchire le sac-poubelle et on ouvre le sac de sport, on n'a presque aucune chance de trouver quelque chose qui nous aille mais on tente quand même. On fait deux ou trois allers-retours dans une chambre pour essayer des fringues. Kaui finit avec un pantalon de costard noir dans lequel elle rentre à peine – il doit appartenir à Khadeja – et elle a enfilé un des sweats de Noa, un sweat à capuche rouge sans marque. Je lui demande pourquoi elle n'a pas essayé d'autres vêtements de Khadeja et elle me répond que rien ne lui allait vraiment à cause des espèces de muscles d'alpiniste qu'elle a planqués dans tout le dos. Pour moi c'est le même problème en pire, j'ai trouvé un jogging de Noa qui est assez large pour ma taille, mais il craque de partout quand je le passe. Le bas des jambes s'arrête à la moitié de mes mollets. Je complète avec un de ses K-Way qui réussit presque à me faire une chemise.

Je suis mort de rire devant la glace quand j'entends Kaui me dire, « Viens voir ça. »

Je la rejoins, en faisant bien gaffe à passer sous la fenêtre. Elle a ouvert le carton à papiers et elle en a sorti une photo de Noa et Khadeja à la plage. Khadeja est couchée sur le sable, appuyée sur les coudes, elle caramélise au soleil et a les mêmes tresses et la même queue-de-cheval afro qu'aujourd'hui. Elle rit à cause de quelque chose qu'on ne voit pas. Elle a un de ces mana en elle, on comprend qu'elle ne rira pas si elle n'en a pas envie, et il y a quelques gouttes d'eau sur les petits bourrelets de son ventre. Je fais, « Pfiou. »

Kaui soupire. Elle me reprend la photo. « Putain, Dean.

— Quoi ?

— Ça t'arrive de réfléchir autrement qu'avec ta bite ? » Elle ne me laisse même pas le temps de répondre. Elle continue à feuilleter la pile de photos en secouant la tête. Et puis un bout de papier s'en échappe et tombe par terre. Dessus, il y a écrit *Khadeja* et un numéro de téléphone. Je le rafle avant qu'elle le remarque.

« Ben ouais, avec toi. Avec toi, je réfléchis pas avec ma bite. »

Elle passe encore quelques photos. Pour finir, elle lâche, « Tu parles. Tu sais rien de moi, de toute façon.

— Comment ça ? »

Elle arrête de regarder les photos et elle lève les yeux vers un endroit à l'autre bout de la pièce. Elle dit, « Vingt-quatre virgule quatre », et je comprends tout de suite, c'est ma moyenne de points par match, mais elle me laisse pas le temps de répondre et elle continue avec sa voix fatiguée, « Vingt-quatre virgule quatre. Mélange de féculents et de graisses poly et mono-insaturées en plus des portions normales définies par la pyramide alimentaire, soit un total de trois mille calories pour un athlète au top de ses performances. Nahea, Reese, Trish, Kalani, en missionnaire, levrette, soixante-neuf, amazone, et sur les seins, respectivement. Des recruteurs de l'USC et d'Arizona au Lincoln Invitational, de UT Austin et d'Oregon à ton premier match en nationale. » Mes stats au lycée, le régime que l'entraîneur m'a imposé quand on a su que j'avais une chance de jouer à l'université, une partie des filles que je me suis tapées au lycée, les recruteurs qui sont venus à mes matchs à Hawaii. Je n'ai même pas besoin d'y réfléchir. Quand elle le dit, je sais que c'est moi, toutes ces informations qui m'enveloppent comme ma peau. Elle braque ses yeux sur moi. « Je pourrais continuer. »

Je dis, « Mouais. N'empêche que ça a pas suffi.

— Qu'est-ce que tu veux dire ? »

Le carton où elle a pris les photos, je vois qu'il y a d'autres trucs à Noa dedans – son diplôme de Stanford qu'il a eu en moins de trois ans, quelques articles de journal sur les bourses qu'il a chopées en sciences et en maths, des concours de chimie, des citations dans les magazines de Stanford, toute une pile qui n'en finit pas – et il y a une partie de moi qui trépigne, qui a envie de dire à Kaui, Oublie pas, c'est nous contre lui. Mais tout ça, on le ressent plus vraiment. Autrefois, Kaui et moi on n'avait même pas besoin de se le dire, on sentait qu'on avait tous les deux les nerfs contre Noa, contre tout ce qu'il avait et que nous on n'avait pas, et puis à un moment donné on a arrêté. J'aurais presque pu dire que c'était tout ce qu'on avait en commun, elle et moi, surtout vu comment elle parle maintenant, mais ce n'est pas vrai. Là, dans la maison, je sens quelque chose. Pareil qu'à Spokane, quand je retournais sur le terrain longtemps après les interviews et les douches, quand il n'y avait plus de musique et plus personne, plus d'urgence. En sortant des vestiaires, je prenais le couloir incurvé en béton ciré, je dépassais les vitrines pleines de trophées des années cinquante et de photos en noir et blanc avec des haoles en short moulant qui jouaient au basket, j'ouvrais la porte qui donnait sur le terrain illuminé, et là il y avait l'équipe de ménage qui ramassait les saletés dans les gradins et qui balayait les merdes que le public avait laissées. Vu sous cet angle, c'est pas difficile de comprendre que le terrain n'est rien d'autre qu'un bâtiment et que le match n'a pas la même importance pour tout le monde. Eh ben c'est pareil avec Kaui : depuis le début elle est de l'autre côté, dans un autre monde.

« J'ai compris », je dis. Je tousse, juste histoire de sortir un son, de ne pas m'arrêter. « J'étais célèbre. Mais moi aussi, je m'intéressais à toi. »

Elle boude. « C'est toi qui le dis. »

Je fais, « Par exemple », sans vraiment savoir comment je vais enchaîner, vu qu'au fond je ne sais pas grand-chose d'elle, mais c'est trop tard pour faire demi-tour, « je te connais... je sais que t'aimes les filles. »

Sa tête. L'espace d'une seconde, on dirait que je viens de lui balancer un seau d'eau glacée. Mais elle se reprend vite et elle se fabrique un genre de visage blindé. « Dean, qu'est-ce que tu racontes ?

— C'est pas grave, je dis.

— Je le sais, que c'est pas grave. J'ai pas besoin que tu me le dises.

— Non, mais pas dans ce sens-là. Ce que je voulais dire, c'est que je suis sûr qu'il y a plein de gens qui trouvent ça grave. »

Elle est assise par terre, les jambes tendues devant elle,

et puis elle les ramasse, elle plie les genoux contre sa poitrine et elle passe les bras autour. « Ben oui, elle dit.

— Fais une liste, je dis. Je vais les buter. Et leurs chiens aussi. En fait, les chiens, je les buterai deux fois. »

Elle éclate de rire. « Tu comptes les tuer avec quoi, avec ton niveau de merde en maths ? » Je sais qu'elle plaisante, mais ça ne s'entend pas.

Elle dit, « C'était pas drôle », sûrement parce qu'elle a vu ma tête. Et comme je ne réponds rien, elle attrape des photos et recommence à les feuilleter.

Je mets un coup de pied dans le carton. « Me fais pas ce plan-là, je dis. Celui qui est resté au fond de la vallée, c'est moi, j'ai passé des semaines à le chercher, je dormais sous la flotte et je me faisais bouffer par les moustiques pendant que toi tu révisais. Celui qui a vu où c'est arrivé et qui a dû l'annoncer aux parents, c'est moi. »

Elle pose les photos. Elle fait, « Désolée. »

Moi je me dis, Désolée désolée désolée. Tout le monde est tout le temps désolé. C'est pas toi qui as merdé à répétition.

« C'était comment ? elle demande, pas fort.

— Qu'est-ce qui était comment ?

— Lui, elle dit. Comment il est mort. »

Je pose la tête contre le mur, près de la fenêtre. Il y a encore un petit peu de lumière qui entre. « Tu veux dire...

— L'endroit. Là où tu l'as trouvé. »

Il y a la vallée. Il fait chaud et puis il fait froid et il fait encore chaud, vu que les nuages passent vite dans le ciel, mais je suis couvert de transpiration à cause de la marche et le sol est ouvert en deux et étalé, on a l'impression que quelqu'un a commencé à pousser le monde entier pardessus la falaise mais s'est arrêté avant d'avoir fini, et je vais jusqu'au bord et je regarde, j'ai des crampes dans le ventre en voyant le tissu et en tendant le bras, tout mon sang s'accumule dans mon crâne quand je me suspends la tête en bas pour aller plus loin. Il y a le sac à dos dans ma main, il y a la chaussure, il y a le sang.

« Dean », fait encore Kaui. Elle se rapproche et elle me touche l'épaule. Tout se déverse de moi.

Je laisse échapper un bruit, plutôt un souffle : Ah. Ça lance la machine. Quand j'y suis arrivé – à l'endroit où il est tombé –, j'ai eu la sensation que la totalité de moi touchait la totalité de la vallée pendant une minute. La même sensation que j'avais sur les terrains de basket. Des chants quelque part. Comme la fois où je suis arrivé à Spokane, ou pendant le match à Hawaii quand j'ai eu cette sensation verte, l'impression d'avoir tous les rois anciens en moi, sortis de l'océan.

« Ça t'arrive jamais de penser que t'as senti les mêmes trucs que Noa ? je demande.

— Comment ça ?

— Des fois ça m'arrive. Enfin ça m'arrivait. Y avait moi et puis y avait quelque chose de plus grand que moi, les deux en même temps. »

Je la regarde et le oui est juste là, je le vois. Elle n'a peut-être pas eu exactement la même chose que moi, mais elle a eu *quelque chose*. Noa était pas le seul, clairement pas. Ça me fait sourire, tiens.

« C'est marrant, je dis. Une fois, Noa m'a raconté qu'il pensait que les requins n'étaient pas venus uniquement pour lui. Je l'ai jamais vraiment cru… » J'attends un moment, je me concentre pour essayer de sentir. D'*écouter*. Mais il n'y a rien.

Je reprends, « Je crois que je suis peut-être passé à côté.

Que ça me cherchait, pareil que ça le cherchait lui, et j'ai jamais su comment répondre. »

Kaui se met à parler, mais alors une ombre arrive devant la fenêtre la plus proche de nous. Elle est grande, on sent déjà presque la personne dans la pièce. Kaui se lève et va jeter un coup d'œil par le judas. Elle fait, « Oh non. »

Moi je demande, « C'est qui ? » mais déjà elle se recule. J'entends un bruit de clés et puis la serrure qui tourne.

Je me relève. Kaui me pousse avec la main, Vas-y vas-y vas-y, et c'est fini de parler, maintenant faut courir.

27

KAUI, 2009

Portland

Je lui dis Vas-y. En tout cas je crois que je lui dis ça. On est en panique. On chope tout ce qu'on peut – nos portefeuilles et mon sac à dos, deux petits albums photos – et on s'arrache. La porte s'ouvre. On entend une voix mais on ne s'arrête pas pour écouter ce qu'elle dit. On arrive dans la chambre par où je suis entrée, la fenêtre est toujours ouverte. Je me hisse dehors. Je tombe sur la pelouse détrempée à l'arrière de la maison. Vu que mon sac est ouvert, des calmants, des mouchoirs froissés en boule, des chewing-gums et des tampons se répandent par terre. J'en ramasse le plus possible que je fourre dans le sac avec les albums photos.

Je dis à Dean, « On fait le tour », et on fait le tour de la maison, mais là c'est tout juste si on s'écrase pas contre la poitrine du shérif. Il trébuche en arrière, il pose la main sur son flingue et il commence à crier, Arrêtez arrêtez arrêtez. Du coup on détale par l'autre côté, on traverse le jardin en direction d'une brèche entre un garage et une autre maison. La pluie me postillonne dans les cils. Chaque fois que je cligne des yeux, tout devient flou. Le shérif beugle derrière nous. On entend tinter ses clés. On continue à courir et je serre les dents en attendant les coups de feu. Les flics finissent toujours par tirer sur les gens comme nous.

Mais on atteint la brèche et on ressort de l'autre côté. Le sweat de Noa, trop grand et mouillé, flotte et se colle à moi. Au bout d'un moment on n'entend plus le shérif, alors je m'arrête et je me retourne. Il est loin, il court à sa voiture. Mes cheveux dégoulinent partout sur moi. Il fait tellement froid que je souffle de la fumée.

Dean fait, « Vas-y », et c'est reparti. Mais ce que je percute pas, c'est qu'il a décidé qu'on se séparait : pendant que je débouche dans la rue suivante, il part dans le sens inverse, traverse un jardin, et le temps que je m'en aperçoive il est déjà en train d'escalader une clôture.

La voiture du shérif déboule à l'autre extrémité de la rue, gyrophares allumés. Pas de sirène, pas comme dans les films. C'est la réalité, on est réels. Je me retourne et je détale de mon côté. Je vise un passage entre deux maisons. Des aboiements éclatent et foncent sur moi, rebondissent sur les murs, mais je ne vois rien et rien ne me saute dessus. Je ne m'arrête pas. Il y a des pneus qui crissent. Un froissement métallique. C'est derrière moi. Tout ce que je vois c'est ce que j'ai devant, l'espace dégagé après les maisons.

J'y suis. C'est un terrain vague. Tellement de place et d'air, on dirait que le monde entier respire un grand coup. Des tas de bois sous des bâches bleues et des petits piquets plantés dans la terre froide avec des rubans orange entortillés. Je sors du terrain vague, je tourne dans une nouvelle rue, je cours encore sur un pâté de maisons et je coupe par un autre jardin. Il n'y a plus un bruit. Je suis à bout de souffle. La bretelle gauche de mon sac à dos s'est desserrée, je tire un coup sec dessus.

À côté de moi il y a un salon de jardin. Le genre de machin qu'on doit trouver chez presque tous les gens de ma fac, moderne, minimaliste et méchamment hors de prix, vous voyez le genre ? Un chemin en pierres grises va de la terrasse jusqu'à l'allée. Et dans l'allée, il y a une voiture, moteur au ralenti. Sans personne dedans.

J'entends la sirène du shérif. Elle braille. La partie de moi qui veut s'enfuir est retenue par l'autre partie, la plus intelligente, qui lui dit : Ce qu'il te faut est juste sous ton nez. Roule lentement. Fais comme si c'était ton quartier. Comme si elle était à toi, cette jolie berline blanche avec son intérieur en cuir beige.

Et en une seconde elle est à moi. J'ouvre la portière conducteur, je me coule sur le siège, j'enclenche la marche arrière. C'est marrant. On pourrait croire que voler une voiture c'est un truc de dingue, des manipulations compliquées avec un tournevis, des parkings sombres et le cœur qui bat fort. Alors que c'est aussi facile que d'appuyer sur un interrupteur.

Je sors de l'allée en marche arrière et ensuite j'écrase l'accélérateur, je tourne au bout du pâté de maisons, les roues dérapent et je sens mes intestins qui partent sur le côté. Mais je me répète : Roule lentement. C'est ton quartier. Tu vas faire les courses. Je commence à chercher Dean. Je tourne encore à quelques coins de rue, j'essaie de reconnaître quelque chose. Je rôde autour des pâtés de maisons, au pas. Je crois que, dans l'ensemble, je me dirige vers l'endroit où on s'est séparés. Encore la sirène du shérif. Pas tout à fait là, mais plus proche. Je n'arrête pas de penser au moment où j'ai vu le gyrophare et où j'ai su qu'il était pour moi. Mon cœur fait comme les lumières, il tourne à toute vitesse.

Dean sort d'une haie touffue juste devant moi. Il boite et il baisse la tête, il est torse nu et trempé parce que le blouson de Noa ne ferme pas. Avec une main, il retient l'élastique du jogging qui lui tombe sur le cul. Je m'approche et je baisse la vitre passager.

Il me demande, « À quoi tu joues ? »

J'imagine la scène. Sa sœur enragée, affamée, épuisée et paniquée, qui se pointe dans une berline de luxe, l'odeur dégueulasse du désodorisant chimique et la citation de la Bible sur le pare-chocs. « Monte », je dis.

Il s'assied sur le siège passager et on va jusqu'au bout du pâté de maisons. Ça me paraît irréel. Je suis en train de regarder un frère et une sœur qui tentent de s'enfuir, enchaînent les délits, font les mauvais choix. Mais ce n'est pas moi, ils n'ont rien à voir avec moi à part que j'essaie de leur dire *non*.

« T'as volé une caisse ? » demande Dean. J'allume les essuie-glaces. Pendant une seconde, j'y vois parfaitement clair.

« Elle était là », je réponds en haussant les épaules.

Je m'arrête à un panneau qui dit *Stop*.

« Tu te fous de moi ? » Il regarde dans toutes les directions. Il dit que cette fois on va vraiment se faire arrêter, qu'il faut abandonner la voiture. Mais je refuse. On va partir d'ici, oublier cet État et même ce continent, tout ce qui existait avant ce putain de baiser, avant l'escalade, la canalisation et tous les coins de cette terre où j'ai été avec Van, avant les requins, les infos à la télé et toutes les parties de Hawaii qui ont tué mon frère.

Je continue à rouler.

« On peut prendre un bus, on peut faire du stop. On peut *marcher*, même. » Dean se pince l'arête du nez. « Mais pas ça. »

Je m'arrête à un nouveau carrefour. La route continue longtemps, et tout au bout on aperçoit de l'animation, une rangée de boutiques. Des fringues de bourges, je parie, avec des tissus super légers et des mannequins élégants. Des cafés à six dollars. L'avenue, les immeubles et le ciel, tout ça du même gris.

Je fais à Dean, « Vas-y si tu veux. Je connais le chemin. »

Il se tait. Il se mord la lèvre, il se tourne vers moi et nos regards se croisent. Et alors je vois un truc marrant qui s'installe dans ses yeux. Il a peur mais en même temps il est hyper calme, presque détendu. Il se jette sur moi et ensuite c'est le noir, quelque chose s'enfonce dans ma poitrine et il me tire, son genou cogne contre mon crâne et des boutons me râpent les côtes et la hanche. Tous les angles de mon corps heurtent des choses mais mon frère continue à tirer et à pousser. Je suis pliée en deux. Avec ses pieds et ses mains il me fait passer sous lui et il rampe vers le siège conducteur. J'attends le moment où mon dos va taper dans la portière passager, mais il n'y a que de l'air. Le choc de mon épaule sur le bitume. De l'eau, de la lumière et mon sac à dos qui vole devant moi. Je suis hors de la voiture, dans la rue. Le temps que je me relève, Dean est à la place du conducteur et il redémarre avec la portière passager toujours ouverte. Et puis il y a la voiture du shérif qui fonce droit sur lui, gyrophares et sirène allumés. Un coup de volant et elle s'arrête en travers des deux voies. Dean est bloqué.

Pendant que je regarde sans bouger, une autre voiture de flic me dépasse en faisant hurler son moteur. Elle empêche Dean de s'échapper par-derrière. La lumière des freins s'allume quand le policier comprend qu'ils le tiennent.

QUATRIÈME PARTIE

RENOUVEAU

28

MALIA, 2009

Kalihi

Imagine la mère et le père qui continuent à vivre après ta disparition, alors que chaque journée ressemble à un brouillard : impossible d'avancer, impossible de reculer, impossible de distinguer les choses, partout cette sensation de flotter, incolores, froids et lourds, seuls au milieu de rien. Imagine-les travailler malgré tout, le père qui porte les bagages depuis les tapis roulants jusqu'aux navettes puis au ventre des avions, l'acier éblouissant sous les lampes, le soleil écrasant et l'odeur du kérosène, tranchante, chaude et pénétrante, le ronron abrutissant des départs et des arrivées. La mère qui se tord le dos pendant de longues heures à manœuvrer son bus depuis les rues salées du bord de mer jusqu'aux lotissements verts et frais d'où rien ne dépasse, aller et retour, les immeubles en verre du centre qui scintillent comme des lames, les vibrations, les chocs et les balancements de la route. Dans un sens et dans l'autre. Imagine le téléphone qui sonne, c'est toujours par le téléphone que ça arrive, cette fois-ci c'est l'autre fils, chefs d'accusation et détention provisoire à la prison du comté, des politiques et des procédures aussi étrangères que le lieu – l'Oregon – où elles sont mises en œuvre. Imagine l'impuissance, le manque d'argent, les emplois du temps et la distance, la mère et le père qui ne peuvent rien faire d'autre qu'écouter leur fille au loin qui décrit la suite des événements.

Imagine l'esprit du père, aussi vide qu'une retenue d'eau en pleine sécheresse, encaissant maintenant une nouvelle perte, son autre fils, qui était peut-être plus loin qu'il ne l'avait cru, plus loin qu'un coup de fil ou un billet d'avion, et qui s'éloignait sans cesse davantage. Imagine l'éclat d'un esprit sain en action, et ensuite ce même esprit – celui du père – qui se ferme, bredouille et s'étrangle face aux événements. Qui s'éteint.

Sa femme, est-ce qu'elle s'en aperçoit ? Elle voit le début, les longues expéditions nocturnes, les murmures du père à des fantômes qu'elle ne connaît pas. Mais elle ne voit pas tout, elle ne peut pas savoir comment la folie s'empare du mari sur le lieu de son travail. Peut-être qu'il chancelle, s'écarte du tapis roulant et erre vers les marquages du tarmac, les trajectoires peintes sur le sol, devient un danger pour les équipages, les passagers et lui-même. Ou bien peut-être qu'il déambule en direction du grillage, cherche en vain le jardin de prière qu'il creuse la nuit au sommet de sa montagne ; ou peut-être encore qu'il reste simplement assis, un long, long moment dans la salle de pause, à marmonner dans sa barbe, et pendant ce temps les bagages s'entassent et se répandent car on manque de main-d'œuvre ce jour-là, et les autres bagagistes l'appellent, lui demandent de se remettre au boulot. La femme ne voit pas cela, elle voit seulement que l'uniforme de son mari cesse de quitter l'armoire, que leur voiture cesse de quitter sa place devant la maison, et que leur compte en banque s'assèche.

Imagine la conversation avec l'employeur, la mère qui supplie, une chose qu'elle ne pensait jamais devoir faire, et le cadre de la compagnie aérienne qui lui répond, *Nous sommes désolés, c'est impossible. Il n'était plus apte à travailler.*

Imagine la mère, la femme, désormais tout ce qui reste du squelette de la famille. Dure, vieille et gelée, elle porte tout sur ses épaules. N'appelons pas ça de l'espoir. C'est une forme de labeur, rien de plus. Imagine le jour où elle se rend compte qu'elle ne peut plus aller travailler à cause du père, parce qu'on ne peut plus le laisser seul, et alors son travail s'évapore presque aussi vite que celui du père. Plus d'argent de son côté à lui, plus d'argent de son côté à elle. Et ça, en ville, ça signifie qu'ils sont morts.

Ils n'ont plus qu'une seule solution, retourner sur Big Island, ta terre natale, où ils ont encore de la famille, le frère de ton père, ses affaires marchent bien et il a des logements qui pourront accueillir notre noyau diminué.

La mère ne supplie pas, pas exactement, mais elle fait tout de même preuve d'une résignation silencieuse. Elle s'agenouille tout de même, ouvre les paumes et demande qu'on y dépose quelque chose. Ces mains qui étaient habituées à pousser, à tirer, à saisir et à se tailler un chemin dans le monde.

Imagine ce que nous sommes devenus sans toi, mon fils. Est-ce que tu le vois ?

29

KAUI, 2009

Portland

Parce que l'arrestation. Parce que la deuxième voiture de flics avec mon frère à l'arrière. Parce que je n'avais pas pu entrer dans le commissariat, j'avais dû me planquer et épier les murs blancs et les coups de tampon de l'agent qui classait une affaire après l'autre. Parce que la dernière fois que j'avais parlé avec Dean, tête à tête après sa comparution lors de laquelle il ne m'avait pas balancée – avant que je sois obligée de redescendre vers le sud –, on était assis de chaque côté d'une table, sur des chaises en plastique qui nous cassaient le dos, et qu'est-ce qu'on pouvait dire ? Parce que toute une histoire humide nous montait aux yeux, on savait qu'il n'aurait pas d'autre visite avant d'être libéré, si jamais ça arrivait. Parce que c'était une nouvelle baffe de la pauvreté, impossible de payer la caution, ça montrait encore et encore et encore tout ce que la famille ne pouvait pas faire. Parce que j'ai été obligée de regarder les gardiens le reconduire à sa cellule par les grosses portes bleu et blanc pleines de verrous et d'écrans. Parce que j'ai déambulé dans le centre de Portland qui luisait de pluie. Parce que cette nuit-là le froid me rongeait de partout, parce que le seul abri au sec se trouvait près d'un parking, parce que le sac à dos qui contenait les dernières bribes matérielles de la vie de Noa est devenu mon oreiller, parce que je n'arrêtais pas de me réveiller. Parce que la douleur faisait comme des coups de poignard dans tout un côté de mon corps : ma hanche, mes côtes, mon épaule. Parce que j'ai encore dû faire les poubelles, mais ce coup-là pour manger et pas pour chercher des calmants balancés par des étudiants. Parce que, ensuite, ça a été le refuge, les rangées de lits superposés dans un foyer pour sans-abri où on étouffait, les marmonnements dans les coins sombres, le couteau de chasse que j'ai piqué dans un casier, sa poignée réparée avec du gros scotch que je serrais sous mon oreiller. Parce que le lendemain matin c'était la queue pour les toilettes miteuses, pour le porridge plein de flotte, les yeux rivés à la petite télé, l'image qui sautait, les dessins animés qui s'enchaînaient. Parce que la souris a noirci le chat avec un bâton de dynamite, l'a aplati comme une crêpe à coups de masse et lui a fait sauter les dents à la chevrotine, chacune tintant comme une note de piano. Parce que, au téléphone, elle m'a dit qu'elle avait été une mauvaise mère pour Dean, une mauvaise mère pour nous tous si vraiment on était comme ça, parce qu'elle a dit qu'il fallait que je retourne à la fac – « Il n'y a plus que toi maintenant. Tu es tout ce qui nous reste. » Parce que j'ai dit, « Mais je peux pas y retourner. Maman, je veux rentrer à la maison. Tu peux me faire rentrer ? Je veux rentrer. » Parce qu'elle a trouvé l'argent quelque part, je ne sais pas comment, sa magie à elle, je suis rentrée à Hawaii.

Vu du ciel, l'océan bleu comme une flamme de gaz fracasse vague après vague sur les dalles de lave noires de la côte de Kona, ses plages comme des cuillerées de sucre blanc et ses cocotiers. Partout le soleil doré et brûlant, même à l'intérieur de l'avion. On descend et on descend vers le sol. Dans l'océan en dessous il y a une explosion et puis une baleine à bosse se libère de l'eau, se tord à la verticale, deux nageoires pectorales bleu-gris et un museau souriant. Des balanes et des nœuds de peau galeuse. Elle tourne et elle s'étire comme si elle pouvait continuer à s'élever dans le ciel sans jamais s'arrêter. Mais sous son corps l'eau se change en bruine et son évasion s'achève au moment où elle frappe l'eau en projetant un immense drap d'écume.

Un picotement tout le long de mes bras et de mes jambes et la chair de poule qui monte : Ça y est. Je suis à Hawaii.

Ils viennent me chercher à la dépose-minute de l'aéroport, Maman et Papa dans un pick-up que je ne reconnais pas, un Toyota blanc surélevé avec des barres au-dessus de la benne et des pneus décharnés. Je suis assise sur un muret en lave à l'ombre d'un arbre, pas loin d'une des boutiques de lei. Ça sent le frangipanier et l'orchidée. Il y a du rose, du violet et du jaune. Maman saute du camion, marche jusqu'à moi et m'examine de la tête aux pieds. En gros elle vérifie que la marchandise n'a pas été abîmée. Je ne lui demande pas les conclusions de son inspection. Elle finit par me prendre dans ses bras et elle serre, plus longtemps que j'aurais pensé. Et moi aussi je serre, plus longtemps que j'aurais pensé. Quand je me dégage, Papa est toujours assis dans le pick-up.

Maman soulève mon sac. Elle dit, « Y a pas grand-chose là-dedans. »

Je demande, « Qu'est-ce qu'il a, Papa ?

— Il est… » Elle s'arrête. On le regarde toutes les deux. Sa tête n'est pas vraiment tournée vers nous. Plutôt vers le ciel voilé par le brouillard volcanique. « Tu le vois aussi bien que moi, dit Maman. Je ne sais pas. »

Quand je m'approche pour monter à l'arrière, Papa me voit par la fenêtre. J'ai l'impression qu'il me reconnaît un instant, mais ça se brouille tout de suite. Il ne sourit pas, ne me dit pas bonjour et ne sort pas du camion. Sa bouche remue, lisse et molle, un murmure sans fin.

Je dis, « Merde, Maman. Pourquoi tu m'as pas prévenue ? »

Elle serre les lèvres, elles deviennent toutes plates. « Parce que tu penses que tu aurais pu faire quelque chose ?

— Peut-être, ouais. T'as fait quoi, toi ? »

Elle laisse tomber mon sac à dos à ses pieds, à trois mètres du camion. Elle dit, « Il y a une place pour toi sur la banquette arrière », et elle continue jusqu'à sa portière.

Le pick-up s'éloigne de l'aéroport en tanguant, on prend la route qui mène au Hualālai, le volcan à l'horizon, vert et marron jusqu'à son sommet balayé par les nuages. Ensuite on vire au nord-ouest et la route suit la côte, la vaste table noire créée par les anciennes coulées de lave. L'océan qui s'enroule autour du rivage. Sur les pentes des collines il y a des kiawe hérissés d'épines, et au bout d'un moment les collines laissent la place à la pampa jusqu'au village de Waikoloa, vous visualisez ? Et tout du long, soit Papa continue à chuchoter du bout des lèvres, soit il se tait et il regarde l'île en clignant des paupières. Autour de ses yeux, la peau est striée par une espèce d'angoisse fatiguée.

« Il est tout le temps comme ça maintenant ? je demande.

— Il émerge de temps à autre.

— Tu l'as emmené voir un médecin ?

— Excellente idée, dit Maman. J'ai élevé trois enfants et je suis adulte depuis pas mal d'années, mais ça, je n'y avais pas pensé. Un médecin. » Et elle ajoute, « Je vais me le noter.

— Je voulais juste...

— Les médecins n'ont rien pu faire pour lui, Kaui. Ils lui ont fait passer des tests. C'était leur idée. Un médicament ou un autre pendant quelques mois, et des tests réguliers. Et puis j'ai reçu la facture de la première visite et je n'y suis jamais retournée. »

On traverse Waimea et la température a baissé de dix degrés, il y a de la brume et un vent qui pousse la pluie à l'horizontale. La folie, les gens s'accrochent à leur casquette et se penchent pour lutter contre les rafales quand ils sortent de leur voiture.

« Qui est-ce qui s'occupe de lui pendant que t'es au boulot ?

— Je travaille de nuit. Quand je ne suis pas là, Kimo passe le voir dès qu'il peut.

— Tu le laisses *seul* ? »

Elle me lance un regard noir. Et puis elle recommence à se concentrer sur la route. Il y a les claquements et les grincements des essuie-glaces. « En général il ne se réveille pas la nuit, dit Maman. Je n'ai pas le choix. C'est le seul moyen de gagner un peu d'argent. »

En entendant ça, je repense à ma nuit au refuge. Après que Dean a été embarqué, vous vous rappelez ? Le coup de fil depuis le couloir pourri, les panneaux écrits à la main et l'odeur amère de moisi et de sueur que la javel n'arrivait pas à couvrir. *Je veux rentrer à la maison.* Et elle n'a pas hésité une seconde quand il a fallu payer mon billet. Maintenant je comprends qu'elle a sûrement fait un million de calculs dans sa tête. La comptabilité interminable des sacrifices nécessaires.

En sortant de Waimea, on descend le flanc du volcan, eucalyptus et arbres hauts comme des gratte-ciel, et là je baisse ma vitre juste un peu pour respirer l'air de Hāmākua. Bruissement des champs de canne. On arrive chez l'oncle Kimo, il y a un terrain immense plein d'herbes hautes, un auvent qui a été repeint récemment et des baies vitrées impeccables qui donnent sur toute sa propriété, jusqu'aux collines qui s'achèvent en falaises sur la côte nord-est.

À l'autre bout de son terrain il y a une maison plus petite, avec un lanai qui donne sur le même océan. Pas les mêmes finitions élégantes que sur la grande maison. Mais au moins elle ne tombe pas en ruine, contrairement à celle de Kalihi. Maman s'engage sur le chemin qui va jusqu'à l'arrière de la petite maison.

Je la surprends à me regarder. Elle attend ma réaction. Je fais, « Quoi ? »

Elle dit, « J'ai été obligée de vendre l'ordinateur pour pouvoir venir ici. » Elle tire le frein à main. « J'aime mieux préciser, avant que tu fasses un commentaire.

— J'allais rien dire.

— Fais rentrer ton père, et prends ton sac. Je vais rendre le camion à Kimo. »

En pénétrant dans la maison avec Papa, je manque de sursauter. À cause du dépouillement de la pièce, surtout. Il n'y a rien aux murs. Les placards ne sont pas peints, pour les murs on s'est arrêté à la sous-couche. Dans un coin, une loveuse avec un coussin décoloré et deux fauteuils en rotin dépareillés. Une table branlante fabriquée dans une espèce de faux bois aggloméré. Ben putain, c'est ça le commentaire que j'aurais envie de faire. Ça a toujours été comme ça ?

J'entends distinctement un bruit de liquide qui coule par terre. Je me retourne et je vois que Papa a une tache de pisse chaude sur son pantalon. D'accord.

Je fais, « Ne... », mais il n'y peut rien. Donc il le fait. Quand Maman arrive, je viens de commencer à lui enlever ses tongs.

Je dis, « Serviette. »

Elle répond, « Non. Déshabille-le.

— Moi ?

— Il t'a déjà éclaboussée. Tu en as sur le pantalon et sur les pieds. »

Elle a raison. Mais quand même.

Elle dit, « On t'a nettoyée pendant des années. C'est pas la mort.

— Hors de question », je dis.

Elle s'avance vers moi, deux pas décidés. Ses mouvements me rappellent ce qu'elle a été : une basketteuse avec des cuisses et un dos de basketteuse, vous voyez le genre. Mais rien de menaçant. Elle veut seulement être assez près de moi pour que je ressente bien ce qu'elle va dire.

« Kaui, c'est ça notre vie, ici. Et tant que tu seras avec nous, ce sera aussi la tienne. Tu vas m'aider, bon sang. »

Je commence par la chemise. Je me rends compte qu'il est capable de participer, c'est une suite de gestes que son corps connaît. Il retire ses longs bras des manches. La chemise enlevée, je vois son dos et sa poitrine. Ses bras. Constellés de piqûres de moustiques et de vieilles cicatrices, des éraflures violacées sur le tronc brun de son corps. Son pantalon enlevé, je vois les endroits où ses poils sont limés. Sur le renflement de ses mollets. Sur l'arête de ses cuisses, à cause du frottement des jeans et des shorts.

« Je peux finir, dit Maman. Je vais l'emmener à la douche. Tu n'es pas obligée de tout apprendre en une journée. »

Je lui en suis reconnaissante et je ne proteste pas. Je l'observe pendant qu'elle le conduit à la salle de bains. Dans l'ensemble il peut se déplacer, mais c'est à peu près tout. Il pilote son corps et il nous laisse gérer le reste. Je pense à ce qu'il était autrefois, un homme qui pouvait soulever un piano avec l'aide d'une ou deux paires de bras. Un joueur de football solide pendant des années. Ensuite il y avait eu le travail dans les champs de canne, le débroussaillage de notre ancien jardin à la machette. Les chemises tendues sur le bloc de son torse après qu'il avait porté des rochers et massacré des mauvaises herbes. Après qu'il avait arraché une année de vie supplémentaire à nos bagnoles rouillées. Je vois tout ça et je ne suis pas sûre d'y arriver, de réussir à vivre ici.

Le soir, on dîne simplement, une conserve de viande et du riz assaisonné avec du furikake. Et puis un peu de papaye fraîche à la cuillère. On discute – enfin, je sais que ma mère remue les lèvres et que je remue les miennes –, mais je ne suis pas là. Je suis à cinq mille kilomètres de là. Un peu plus tôt, j'ai envoyé un texto à Van, *Salut.*

La réponse a mis du temps à arriver. *Des gens de la fac sont venus, ils ont dit qu'ils vont devoir commencer à te renvoyer tes affaires.*

Ouais, j'ai répondu. *Je vais rester un moment ici.*

C'est dur chez tes parents ? elle a demandé.

C'est dur partout, j'ai dit.

Les minutes passaient. Sur l'écran une icône montrait qu'elle tapait une réponse. Et puis ça s'est arrêté. Et puis ça a recommencé. Mais ça s'est arrêté.

T'as beaucoup de souvenirs de la fête ? j'ai demandé.

Ça a recommencé à taper et à s'arrêter. À taper et à s'arrêter.

Tu m'as abandonnée, elle a répondu.

Je suis revenue, j'ai dit.

Seulement après Katarina et Hao. Cette sale merde de Connor était en train d'essayer de me grimper dessus. Je m'en rappelle pas trop mais je me rappelle qui était là quand j'en avais besoin.

J'ai serré mon téléphone si fort que je l'ai senti dans mes épaules. J'ai failli taper, *Moi aussi j'étais bourrée*, mais je ne l'ai pas fait. J'ai tapé, *Je suis désolée*, mais j'ai tout effacé. J'ai tapé, *Est-ce que tu te rappelles quand tu m'as dit que j'étais dégueu et est-ce que tu le pensais*, mais j'ai tout effacé.

Et après ça j'ai éteint mon téléphone.

Le soir Maman va travailler. Elle fait le ménage dans des bureaux à Waimea et à Waikoloa. Je dors sur un fauteuil dans le salon, ou bien par terre avec quelques serviettes pour amortir, et ce soir je commence tout juste à sombrer quand j'entends un bruit, des portes qui se ferment, la moustiquaire qui grince. Je me redresse, j'allume la lumière et je vois Papa qui s'éloigne dans le jardin. OK. J'enfile mes vêtements et je vais sous le lanai, histoire de le suivre. Mais il ne va pas très loin. Il est là, assis en tailleur. Juste en dehors des rectangles de lumière que les fenêtres de la maison dessinent sur la pelouse. Assis comme un moine dans le noir. Bon. Je ne dis rien ; il ne va nulle part, il ne fait de mal à personne. Je le vois se pencher et coller l'oreille contre le sol. Il reste comme ça tellement longtemps que je finis par descendre le rejoindre sur l'herbe et je lui dis, « Papa, lève-toi, qu'est-ce que tu fais ? Ça caille dehors. » Il ne bouge pas, ne m'entend pas. Je dis, « Papa, on rentre, je vais te donner un verre d'eau. » Mais il ne se laisse pas faire. Il reste plié en position de supplication. Il écoute. Les yeux mi-clos, les lèvres entrouvertes. J'arrête de le tanner, j'arrête de parler. Moi aussi je me baisse et je mets mon oreille contre le sol, face à lui.

Je n'entends rien.

Lui, il chuchote, « J'écoute, j'écoute, j'écoute. »

Je dis, « Allez, Papa. C'est bon. » Je lui pose une main sur l'épaule.

Il me jette un regard noir et il repousse mon bras. Il se remet parfaitement droit.

« Écoute, il dit. Écoute, écoute, écoute. Ce n'est pas seulement une danse. »

C'est la première fois qu'il parle d'une voix normale depuis que je suis rentrée. Je ne suis pas préparée.

Il répète, « Ce n'est pas seulement une danse. »

Le hula. Des fourmis dans mes bras et mes jambes. « Qu'est-ce qui n'est pas seulement une danse ?

— À quoi ils ressemblent quand ils viennent te voir ? Il faut que tu écoutes. Comme moi.

— Que j'écoute quoi, Papa ? »

Mais quelque chose a changé, d'un coup. Son visage s'affaisse comme s'il en était à sa septième bière, sauf qu'il n'a pas bu une goutte.

« Papa, je dis. Reste avec moi. »

Mais il repart.

30

DEAN, 2009

Prison du comté, Oregon

Voilà où je suis après le jugement et on pourrait croire que c'est un enchaînement de viols et de gang bangs, mais en vrai, le plus violent, c'est le silence. En taule, la plupart des minutes, elles ressemblent à ça :

Et niveau visuel, on a des murs bleu clair et blanc, et point final. Prison du comté, bleu clair et blanc, bleu clair et blanc. Ces deux couleurs, elles sont tout ici. En dessous du bleu clair et du blanc je vois ce que nous tous on écrit sur les murs pendant qu'on meurt, pendant qu'on se fait du mal, parce que c'est ça qu'on fait *réellement* en taule, on se fait du mal, et ils ont beau repeindre sur les mots qu'on a gravés avec la tranche aiguisée d'une cuillère volée au réfectoire, on recommence, la folie continue à sortir du crâne des gars quand ils se dessèchent sur des matelas trop fins, et une partie de ce dégueulis c'est genre

Yabba dabba doo et le reste c'est des trucs chauds, style *Dieu a averti Noé avec l'arc-en-ciel, la prochaine fois ce ne sera pas l'eau mais le feu.*

C'est pas possible de masquer le bon ni le mauvais, ça finit toujours par ressortir malgré les couches de peinture.

La cellule, c'est cinq pas de la porte jusqu'aux lits superposés, quatre d'un mur à l'autre, et entre les deux on a le chiotte sans couvercle en acier froid, le lavabo en forme de baril en acier froid, et partout dans l'air les souvenirs comme des coups de lame en acier froid. Mon lit, il est trop petit mais il est en haut, c'est une planche fixée à chaque côté de la cellule, résultat mes pieds touchent un mur et ma tête touche l'autre, et un peu au-dessus y a le rectangle étroit d'une fenêtre.

Le premier jour, ils nous ont fait entrer dans des box et ils nous ont dit de nous pencher, les gardiens nous ont fait, « Je veux voir tes dents du haut par le fond de ton cul », et on s'est tournés et penchés et penchés et on a écarté les fesses. Ils cherchaient de la drogue et ils nous ont fouillés partout, les orteils, les pieds, les doigts et les dents. Quand ça a été terminé, on a enfilé nos combinaisons, bleu clair avec des manches roses, fines et couvertes de peluches, et des sandales de haoles style maison de retraite. Après avoir mis mon nouvel uniforme, je suis allé à ma cellule et elle était vide, alors je me suis dit que j'allais passer cent quatre-vingts jours peinard, et puis ils ont amené Matty juste derrière moi. Ça faisait peut-être deux minutes que j'étais dans la cellule quand il est arrivé en portant des draps pour couvrir son matelas, un blond avec des boucles dans tous les sens comme s'il venait de se réveiller. Il avait des grosses chevilles couvertes de cicatrices, des taches de rousseur, des vergetures sur les bras et un dos arrondi qui laissait penser qu'il avait peut-être été fort à quelque chose un jour mais qu'il avait oublié depuis. Et il arrivait escorté. Moi j'étais super nerveux et prêt à me taper, je repensais à tous les films que j'avais vus. Surtout les scènes de prison.

Tu regardes quoi, j'ai dit.

Matty s'est arrêté net. Juste devant la porte. Les gardes avec leur uniforme vert sapin l'ont percuté et ils ont dit, « Avance, avance », et à moi ils ont dit, « Tu te calmes sinon c'est l'isolement ». Et Matty il m'a fait un grand sourire. Mais sans aucune méchanceté. Un sourire complètement détendu, et avec ses fossettes il m'a dit, « La joue pas gangster avec moi, gars. Fais pas genre t'es 50 Cent. »

Et il avait raison. Et je me suis marré.

Matty et moi on ne parle pas beaucoup. Quand on est dans la cellule on est sur nos lits et on bouquine, ou bien on fait des pompes par terre, avec le froid du béton qui remonte dans les mains et les muscles des bras, ou bien on chie en évitant de croiser le regard de l'autre.

Une fois Matty m'a dit, « Bouche-toi les oreilles », c'était nuit noire, bien après l'extinction des feux, et il se relevait pour aller chier alors que le soir on avait bouffé des tacos.

Cent quatre-vingts jours à tirer. Arrestation le 26 février et comparution dans la foulée. Moi, je pensais qu'on allait d'abord au poste, qu'on était relâché et qu'on revenait plus tard pour l'audition, mais entre la violation de domicile et le vol de voiture, ils allaient pas me laisser filer. Ce matin on est le 15 avril, donc il m'en reste cent trente-deux. Vous avez vu la soustraction, pour un mec qui a toujours été nul en maths ? Ici, on devient bon dans plein de choses.

Le 26 février, j'ai viré Kaui de la caisse et ensuite j'ai foncé droit sur le shérif comme si j'avais une livraison à faire. Le shérif et le renfort qui est arrivé derrière, tous les deux serrés dans leur blouson noir, qui approchaient lentement de chaque côté de la voiture, et les lumières bleues et rouges de leurs gyrophares qui m'éblouissaient. Le crépitement des parasites dans leurs radios et eux qui parlaient dans leur veste en marchant vers la voiture et en me fixant. Moi je gardais les mains sur le volant et j'essayais de respirer lentement. Je me remémorais tous les conseils que j'avais entendus pour éviter de me prendre une balle.

Kaui et moi on n'a pas eu le temps de parler. On aurait pu continuer à fuir, c'est vrai, larguer la caisse et tracer à pied. Mais je sais pas, c'est juste que j'en suis arrivé à un stade où je me suis dit, et merde, j'arrête de courir. Elle et moi, avant, on avait parlé de Noa, des requins, de ce qu'il avait senti et de ce qu'on avait senti, et on s'était demandé si nous aussi on avait en nous un peu de ce qu'il était. Parce que, même s'il n'était plus là, ça ne voulait pas nécessairement dire que c'était terminé. Mais, franchement, regardez-la, et puis regardez-moi.

C'est pas compliqué. J'ai fait ce qui était mieux pour tout le monde.

Kaui a tout vu et j'ai eu de la peine pour elle, mais c'était le seul moyen. Avec tous les machins qu'elle a appris sur la façon de construire des trucs. De fabriquer des trucs. Je trouvais injuste qu'elle paie pour tout le reste, les flics, le vol et le délit de fuite.

Je vous jure. Ces keufs. L'attente après qu'ils m'ont chopé, c'était le pire. J'avais l'impression qu'ils pouvaient me faire ce qu'ils voulaient, personne n'aurait bougé le petit doigt. J'ai attendu pendant qu'ils faisaient le tour de la caisse. Je voyais bien que le shérif savait qu'elle était volée, il avait bien gratté dans son carnet et parlé dans la radio accrochée à son épaule. Je portais encore le jogging de Noa que j'avais du mal à tenir sur mon cul tellement il était petit. Les coutures me rentraient dans la peau.

Le shérif m'a fait un signe, Baisse la vitre. J'ai obéi.

Il m'a dit, « Garde bien les mains sur le volant. »

J'ai dit, « C'est ce que je fais.

— Elle est où, ta sœur ? il a demandé.

— Elle arrêtait pas de me frapper, j'ai dit. J'ai dû la foutre dehors. Je sais pas où elle est partie. »

Et lui il était genre, « Dire que je pensais que ça finirait bien quand je vous ai laissés partir. »

Et j'ai répondu, « Ouais, ben ça se voit que vous me connaissez pas. »

Dans cette cellule, le rebord du lavabo fait un angle. J'ai lu quelque part que, pour s'entraîner, les pros de la boxe thaï font rouler des bâtons sur leurs tibias et se frappent avec histoire de tuer les nerfs et de renforcer les os, de ne pas sentir la douleur. Après ça, ils n'ont plus jamais mal. Donc ce que je fais, je recule de trois pas et demi jusqu'à la porte et je balance mon tibia dans le rebord du lavabo. Juste un petit coup. Pour tuer les nerfs. Trois pas et demi, et je tape. Trois pas et demi, et je tape. Les premières fois, je sens le choc jusque dans mes dents, des confettis de douleur qui me font voir des veines toutes rouges dans ma tête, des aiguilles sur mon os. Mais à force (trois pas, un coup, trois pas, un coup), la douleur se calme.

« Yo, yo, dit Matty depuis sa couchette. Eh, Rocky », d'une voix toute douce et tranquille. Il pourrait être animateur radio. « Et si tu reprenais l'entraînement demain matin ? C'est l'heure de pioncer, là.

— Je croyais que tu dormais. » Je suis toujours tourné vers la porte, avec son jour qui laisse entrer un peu de lumière dans notre cellule. Il y a le froid qui grimpe par la plante de mes pieds mais j'ai les mollets en feu et un million de petites lignes de douleur qui palpitent en même temps que mon cœur.

« *J'essayais* de me branler. » Il dit ça comme si c'était une galère à rayer sur une liste. « Mais c'est pas facile quand t'as quelqu'un qui fout des coups de latte dans le lavabo juste à côté. »

Je souris dans le noir. Je tourne le dos à Matty et aux lits, mais je souris quand même. Je dis, « C'est bon. Tu peux t'y remettre, beau gosse. » Au moins il fait ça sous les draps. Je me retourne et je grimpe dans ma couchette et tout de suite un petit grincement régulier commence en dessous et fait balancer le cadre du lit. Sans déconner, Matty. Mais je n'ai pas le choix, je dois attendre qu'il ait fini, donc je me mets à fixer le mur en me disant que si je le regarde assez longtemps, j'arriverai peut-être à lire ce qui est gravé dedans, même s'il n'y a pas de lumière.

« Je parie que tu n'as pas le droit de me raconter comment ça se passe réellement là-dedans », dit Maman au téléphone. Il reste douze minutes, vu que j'ai parlé à Kaui avant.

« On se fait chier, Maman, je te jure. Il se passe rien. On n'a rien à faire.

— Tu regardes la télé ?

— Ouais, beaucoup. Mais c'est marrant » – je ris presque – « avant, quand je bossais dans les entrepôts et tout, des fois je passais le week-end devant la télé. Mais maintenant j'aime plus du tout ça.

— Ils ne vous font pas travailler ? Je crois que j'ai lu quelque chose sur des prisons qui servaient de camps de travail.

— Ouais, y a ça. Mais c'est tout un système pour être intégré aux équipes qui vont dehors, genre celles qui travaillent dans la forêt. Avant ça, faut passer un bon moment à l'intérieur, et c'est réservé aux gars qui sont là depuis longtemps, qui se comportent bien. Je vais peut-être y avoir droit bientôt. Mais les matons, c'est des connards, je te jure, et ça c'est un des premiers avantages qu'ils te retirent dès qu'ils peuvent.

— Oh.

— Ouais, donc finalement j'ai peut-être pas envie, en fait. Je sais pas.

— Je comprends. » Elle tousse un peu. Juste pour passer le temps. J'entends des bruits à l'arrière, un sac en papier qui se froisse, et ça me fait penser aux supermarchés, à l'espace et à la lumière qu'il y a tout le temps dedans, et à la vie d'avant, au J. Yamamoto.

« Ici, je dis, faut laisser personne prendre un avantage sur toi. Tu vois ce que je veux dire ? Si un mec prend un avantage sur toi, t'as perdu.

— Tu seras bientôt à la maison », dit Maman. C'est le truc qu'elle répète quand elle ne trouve rien d'autre à dire.

« Comment il va, Papa ? D'après Kaui, il est... je sais pas. Il a des problèmes.

— Ton père, dit Maman.

— Oui, Maman. Je parle de qui, à ton avis ?

— Il va bien.

— Maman.

— On survit. C'est la même chose pour nous que pour toi, même si on est en liberté et pas toi.

— La même chose, je dis. Qu'est-ce que tu racontes.

— Non, non. Ce n'est pas ce que je voulais dire, fait Maman. Ce que je veux dire, c'est... je sais que tu me caches des choses sur ta vie là-bas.

— Peut-être quelques-unes. » Je souris même en le disant.

« Donc on se censure tous les deux. C'est là que je veux en venir.

— OK, je dis. OK, d'accord.

— Si j'avais su que tu finirais là, Dean. » Elle recommence à partir en boucle.

« Maman.

— J'aurais dû faire les choses différemment quand tu étais à l'école... »

Elle continue comme ça un moment, la même rengaine chaque fois que je l'ai au téléphone, donc j'arrête de l'écouter. Plus que huit minutes. J'ai un peu envie de lui dire que ça va, c'est bon, et en même temps non. C'est bizarre, hein ? J'ai envie qu'elle sache que, oui, ça aurait peut-être dû être différent à l'époque du bahut, qu'elle n'aurait peut-être pas dû être aussi sûre de Noa et des ‘aumakua. Elle n'aurait peut-être pas dû être aussi sûre d'*aucun* d'entre nous.

« On peut plus rien y faire, je dis. C'est le passé, tout ça. »

Elle dit quelque chose à Kaui et ensuite le réseau de son côté fait un drôle de bruit de robot qui bugge. Quand la ligne revient, je dis, « Maman.

— Oui ?

— Je crois qu'il vaut mieux que je reste seul pendant que je suis ici.

— Dean.

— Quand on se parle, y a tout l'extérieur qui m'arrive en pleine face. Et j'ai pas besoin de ça maintenant. Ça rend les choses plus difficiles, tu comprends ? En plus, y a des gens qui le sentent quand l'extérieur te manque, quand tu souffres.

— C'est une mauvaise idée de nous laisser à la porte, dit Maman.

— Non, je dis. C'est la meilleure idée que j'aie jamais eue.

— Dean. »

Comme si elle avait le pouvoir de me gronder maintenant.

« Laisse-moi faire les choses à ma façon, je dis. T'as pas le choix. »

Et c'est terminé.

Mais regardez un peu ce qui m'arrive de l'extérieur. Il y a la cour, OK, avec les grillages, le terrain de basket en béton et la piste de course qui fait le tour, et des petites touffes d'herbe jaune parce que c'est l'été. Un terrain de basket – trop bien, putain – et, même si la prison c'est de la merde, les panneaux sont solides et les anneaux aussi, et en plus il y a des filets. Depuis la première fois que je suis sorti en promenade, j'écoute ce bruit de baiser au moment où la balle passe dedans. Les ballons sont en bon état et bien gonflés, et j'attends peut-être deux mois avant de m'autoriser à entrer sur le terrain. Il y a un maton de chaque côté, près des paniers.

Une partie des mecs portent des shorts déchirés ou des

jeans, ils se donnent des airs de caïds avec leurs bandeaux et tout, et ça me fait délirer de voir comment ils se la jouent ghetto. Je les ai regardés se percuter et se donner des coups de coude et faire semblant d'être Jordan, et y a pas à débattre, je suis au-dessus.

« Je savais bien qu'il finirait par venir, le grand », dit Roscoe. Je ne le connais pas très bien. Il a une grosse moustache de Mexicain et il roule avec un des gangs de la taule.

Je garde la tête baissée, j'évite les regards. Ici, les mecs aiment bien les bons chiens.

« Ça tombe bien, Brian s'est niqué le genou, dit un des haoles de l'autre équipe.

— Va te faire foutre, c'est pas vrai. » Ça, c'est Brian.

« Tu sautes encore moins bien qu'un hippopotame enceinte, dit le premier.

— Regarde un peu qui a appris des mots compliqués », dit encore Roscoe. Il fait un mouvement de la tête, menton bien haut, en direction du mec qui parlait. « Alors, Toni Tone, on est allé à la bibliothèque ? On a révisé pour son brevet ?

— Tu parles », dit l'autre, Toni Tone ou je sais pas quoi. « Ce que j'ai révisé, c'est les moyens de t'humilier. »

Et ça continue comme ça, des blagues sur qui étudie quoi et d'abord est-ce qu'ils ont un cerveau pour étudier vu qu'ils ne sont même pas capables de battre son équipe, y a qu'à voir le score, ce genre de conneries.

Je dis, « Et si tu te reposais un peu, Brian ?

— Dès que tu m'auras léché les couilles, ouais.

— Fais attention, Weston, lance un des matons. Continue comme ça et tu vas perdre tes droits de promenade. »

On entend des *oooh* sur le terrain, tout le monde se

redresse un peu comme si on était en formation avec un sergent instructeur. On est tous des grandes gueules, c'est vrai, jusqu'au moment où les matons ouvrent la bouche.

Brian sort du terrain, les mains croisées sur l'avant de son pantalon, style bon élève. Quelqu'un me lance la balle.

Rien que de la toucher. Ça faisait longtemps que je n'avais pas ressenti ça. Tout ce temps à Spokane après qu'on m'a mis sur le banc : pas touché un ballon, pas une seule fois enfilé le maillot de l'équipe. Je me disais que le basket c'était fini pour moi, et une fois que j'ai commencé à partir, à boire des bières sur le parking, à fumer de la beuh toute la nuit en matant la télé, à arrêter de courir, j'ai préféré ne pas sentir ce que ça ferait de revenir sur le terrain, tout lent et tout lourd.

Mais maintenant que j'ai le ballon c'est parti. Je sens l'énergie à la seconde où il m'arrive dans les mains. Tous mes muscles sont prêts à sauter, tout mon corps. Je suis un lion. Je suis redevenu le roi, de l'autre côté de l'océan. Sauf que cette fois je me demande si je suis vraiment capable d'écouter, si je peux entendre là-bas d'ici.

« Tu fais pas l'engagement et tu montes pas la balle », me dit Toni. Toni le haole avec ses poils de gorille sur le torse et sa face de faux beau mec. « Toi, le grand, tu joues pivot. Tu me passes la balle et moi je monte. »

Je souris. « Et si tu faisais plutôt le ménage par là, je dis en montrant l'autre côté du terrain. Et moi je monte.

— Donne-moi la balle », il dit.

Je répète, « Fais le ménage, mon pote », et y a d'autres mecs dans l'équipe, des frangins, je sais qu'ils se rendent compte et alors je souris parce qu'ils lui disent pareil, fais le ménage, laisse-le monter, on va voir ce qu'il vaut. Y en a même un qui dit, « Toute façon tes passes c'est de la merde. »

Je commence.

D'accord, je suis peut-être encore un peu lent, mais pas sur ce terrain-là, pas maintenant. Liquide, c'est ça ce que je suis. On a encore vingt minutes, je suis partout comme si j'avais jamais raté un entraînement, et personne ne peut comprendre ce que ça fait. Je récupère la balle et je passe entre deux gars, avec l'épaule j'esquive leurs tentatives toutes nazes de me pousser à la faute, je dunke à une main tellement fort que la balle manque de me revenir dans la gueule et je me suspends à l'anneau. À l'arrière, je glisse des passes aux frangins et même à Toni, je dribble entre les jambes des autres bouffons, je me fais même plaisir avec un *crossover*. Ils sont pas rapides ici, trop de drogues, trop de bières, trop de fonte et pas assez de course, du coup ils sont à ma merci. Je tente un petit *fadeaway* qui tape contre le panneau. Je retrouve mes marques derrière la ligne de trois points et je les assassine à volonté. C'est mécanique. Bon, j'en rate quelques-uns, OK, même pas mal, et rapidement j'ai les genoux et le dos en feu, pour la première fois je me sens vieux mais je m'en fous, c'est rien. Je suis présent. Je suis vivant.

Quand je quitte le terrain, tout le monde sait qui je suis.

Après ça, les jours s'enchaînent un peu plus facilement. À table ou dans les équipes de travail, des gars me saluent de la tête, me laissent une place entre eux, et vu que je suis discret et que je joue pas le branleur à me taper sur la poitrine ou à faire le malin, il y a du respect. Ça vient en silence et par étapes et des fois ça ressemble même à du manque de respect quand des mecs parlent sur moi, disent ci ou ça à propos de ce que je fais sur le terrain, mais je sais que s'ils disent ça, c'est parce que maintenant c'est moi qu'il faut chambrer. Ça marche aussi avec certains matons. Y en a deux ou trois qui sont plus souvent dans la cour que les autres, Trujillo par exemple, qui hoche la tête et qui parle à voix basse à son pote quand je réussis une action stylée. Je vois qu'il apprécie et tout.

Et je pense que c'est un peu ça qui me donne l'autre idée. Plus tard, quand je retrouve la cellule et les trois pas et demi, tous les souvenirs viennent me hanter comme des obake et je recommence à me blinder les tibias. Trois pas et demi, tape. Trois pas et demi et mes os chantent contre l'acier.

Matty me fait, « Ce qu'il te faut, c'est de l'OC. Tu pourrais taper là-dessus toute la nuit, tu sentirais rien. »

Je m'arrête un moment. « Je sentirai déjà bientôt plus rien. Ou alors c'est mon cerveau qui voit la douleur arriver et qui s'éteint. » Cela dit, je sens ma mâchoire qui se tend à force de serrer les dents, ça c'est clair. Mais je ne le dis pas à Matty.

« Et donc, l'OC, fait Matty. T'as déjà essayé ?

— C'est pas une série télé sur une bande de haoles ? Des bourges qui habitent à Hollywood, un truc comme ça ? »

Matty rigole. Genre il *éclate* de rire.

« Je te parle pas de *The* O.C. Je te parle d'Oxycontin. Je donnerais ma couille gauche pour en avoir. Juste une trace, je te jure. Ça aplatit tout, la prison c'est plus qu'un long silence dans lequel tu peux dormir peinard. Ça me manque plus que ma mère.

— Et t'arrives pas à en trouver ici ? T'as demandé ?

— C'est la première chose que je fais quand je vois une nouvelle tête.

— Autrefois, genre au lycée, je t'en aurais trouvé facile. Alors que je sais même pas ce que c'est. Mais je pense que je peux encore t'en avoir. »

Il renifle. « T'as envie de jouer au Père Noël ou quoi ?

— Je peux t'en avoir, je dis. Juré. »

Et le voilà, le plan, tout entier. Trujillo qui apprécie de me voir jouer, Matty qui cherche désespérément une drogue. Une idée qui me tombe toute cuite dans le bec.

Donc à la promenade suivante, quand l'heure se termine et que Trujillo arrête le match, c'est moi qui ai la balle et qui vais la lui rendre. J'ai rentré quelque chose du style dix tirs sur douze, et vers la fin j'ai envoyé un méchant *reverse* qui a fait crier tout le monde. Trujillo est là et il me fait, « La balle, Flores, c'est l'heure. »

Il est dans son uniforme kaki, les poils de sa moustache et de son bouc exactement à leur place, les sourcils aussi, les cheveux en brosse. Tout ce qu'il me faut, c'est un petit rapprochement. Avant, j'étais capable de devenir pote avec n'importe qui.

« Vous avez pas un taf facile ici, je dis.

— La balle, dit Trujillo.

— Non mais sérieusement, je parie que les journées sont longues avec des mecs comme nous qui passent leur temps à vous prendre la tête. En plus, moi j'ai vu seulement une toute petite partie des tarés, ceux qui pissent et qui chient par terre, qui se battent et tout. Mais on m'a dit qu'Eddie le Fou a essayé de vous refiler l'hépatite C en vous crachant dessus.

— T'as pas idée de la moitié des choses qui se passent ici.

— J'ai grandi à Hawaii, je dis.

— La balle, dit Trujillo en tendant la main.

— J'ai grandi à Hawaii.

— M'oblige pas à demander encore une fois.

— Là où je veux en venir, c'est, à quand ça remonte la dernière fois que vous avez pris des vacances ? Moi je m'y connais en vacances, je connais bien la côte et tout.

— Flores », dit Trujillo, sur le ton du type crevé qui me trouve entre lui et son lit, mais il n'est pas en colère et il m'écoute, ça signifie que je me débrouille bien. D'accord, j'ai jamais remporté de trophée quand j'étais à Spokane. J'ai pas causé de tremblement de terre, après toutes ces années. Toutes ces heures à gerber, à transpirer et à en chier. Maman, Noa et moi et cette dispute dans la cuisine, et après ça toutes les disputes silencieuses. Moi qui m'envole pour ce putain d'État glacial, tout ça pour le basket. Tout ça pour être numéro un. Tout ça pour ça, au bout du compte. Pendant longtemps ici je m'en suis voulu – pardon Maman pardon Papa pardon Noa. C'est ce que je me répétais tous les jours dans ma tête et maintenant j'ai épuisé mes réserves. Y a d'autres choses que je peux gagner.

Est-ce que tu crois dans le destin, c'est ça que m'a demandé Noa au téléphone cette fameuse fois. Est-ce que tu crois que notre but dans la vie est écrit depuis le départ.

Si ça se trouve, ce qu'il ressentait dans les îles et ce que je ressentais sur le terrain, c'était la même chose, et donc je pouvais être comme lui.

C'est trop tard pour ça maintenant, Noa. Mais je peux encore devenir ce dont on a besoin. Il y a eu le basket, et maintenant il y a ça. Dans les deux cas, faut que ça finisse par nous rendre riches.

À Trujillo, je fais, « Écoutez. Si je vous disais que je peux vous aider à prendre des vacances. »

La suite, ça a été facile. Regardez. À l'époque où j'étais encore à Hawaii, je connaissais des mecs qui faisaient des trucs, qui transportaient des trucs, et j'y réfléchissais jamais trop. C'est comme ça que je me procurais ce que je voulais au lycée, parce que ces mecs, ils comprenaient déjà qu'il y a un tas de choses qui attendent juste qu'on ait la force de les cueillir. Je connais encore des mecs dans ce genre. C'est par eux que ça commence. Après, ça passe à Trujillo.

Il ne faut pas longtemps pour que Trujillo – et sûrement un ou deux autres – commence à faire entrer des choses, pas besoin d'une grosse marge pour que ça fonctionne, et ils ont même de la place dans la réserve pour en stocker une partie, vu qu'ils ne peuvent pas débarquer l'air de rien dans le bureau avec de la coke ou avec des boîtes pleines de culottes sales envoyées par les meufs des mecs d'ici. Personne n'est au courant pour la réserve à part Trujillo, ses gars et moi. Mais bon, c'est pas non plus un pénitencier de haute sécurité avec des taulards à la gueule tatouée et affiliés aux MS-13 ni rien du tout, c'est plein de bolosses comme moi qui ont fait des mauvais choix ou de mecs qui sont incapables de se tenir.

La plupart d'entre nous, en tout cas. Mais un jour, je vois arriver Rashad qui se pose à côté de moi au déjeuner.

« On est plusieurs à penser qu'il vaut mieux te prévenir, il dit. Les Wild Eights commencent à raconter que tu devrais fermer boutique.

— Les Wild Eights », je dis.

Rashad se marre. « C'est ça.

— On parle bien des deux gros tas qui traînent au bord de la piste de course pendant la promenade ? Celui avec les grandes oreilles et…

— Y en a presque toujours quelques-uns de chez eux ici. En général c'est des nouveaux, vu qu'ils sont là pour des petits délits. Mais n'empêche.

— Et je dois te croire sur parole parce que… »

Rashad chope du sirop pour la toux grâce à Trujillo et moi, c'est un client satisfait, il a une recette qui lui permet de se défoncer la tête comme les rappeurs. Donc c'est un élément à prendre en compte.

Il dit, « Écoute, frérot. Je connais un mec.

— Tout le monde connaît un mec, je dis. Tout le monde connaît un mec qui connaît…

— *Écoute-moi*, dit Rashad. Il s'appelle Justice. Il est réglo. Il porte des costards, il a les ongles propres, la totale.

— Et ?

— Il vient jamais par ici. Mais il a des gars que tu peux appeler, des gars qui savent comment parler à des gars comme les Eights. Avant que ça dégénère. » Il se frotte la nuque. « En fait, ça a déjà commencé à dégénérer, c'est juste que t'es pas encore au courant.

— Donc, d'un coup, on est en train de rejouer *Les Princes de la ville*, c'est ça ?

— Moi je dis ça pour toi, fait Rashad. Ça devrait pas en arriver aux coups de surin et aux trempes sous les douches. C'est pas le genre de Justice. Et de toute façon, les mecs d'ici, ils essaient juste de sortir, hein. On est pas dans le couloir de la mort.

— Et donc, je dis, tu comptes m'expliquer ce qui se passe ou pas ?

— Ces fils de pute des Wild Eights, ils servent leurs potes et basta. Ils aiment pas faire croquer. Pas comme toi. »

Je souffle entre mes dents, je sens le vent qui tourne. Je dis, « Je suis pas un criminel. »

Rashad se marre, son nez pointu et ses dents du bonheur. Il pourrait être mannequin en sortant. « Je sais, il dit. Moi non plus. Même Kevin. » Et, plus fort, il lance, « Pas vrai Kevin ? Pourquoi t'es là, déjà ?

— Ils ont rien pu prouver », dit Kevin. Lui, il pourrait jouer dans un groupe de heavy metal, petit haole avec sa longue barbiche et ses yeux surexcités. « Le mec a jamais pu prouver que j'essayais de l'étrangler.

— Moi aussi je t'aime », crie Rashad. Il se retourne vers moi. « Tu vois ? Y a pas de criminels ici. Que des gens bien élevés. »

Je ne réponds rien pendant à peu près une éternité.

« Tu veux appeler ? » demande Rashad.

C'est encore un de ces moments, vous voyez le genre ? Pareil que dans la voiture, avec Kaui. Y a une direction, et y a l'autre direction, et soit tu prends le volant, soit tu le prends pas.

« Des gens voulaient des trucs, je dis. Moi je leur ai trouvé des trucs. C'était pas censé aller plus loin.

— Ouais, ben... » Rashad lève les mains, puis il les laisse retomber sur la table. « C'est allé plus loin. À toi de voir. »

31

MALIA, 2009

Honoka'a

Il y a le travail de mémoire dont je ne parle à personne et que je fais tous les jours, seule, de cette manière : enfermée dans la chambre, le nez enfoui dans les vêtements que tu nous as laissés avant de partir dans la vallée. Cette chemise, c'est ma préférée parce qu'elle était au fond du tiroir, un peu de toi y est resté accroché et je te sens encore fort dans le tissu.

Personne ne peut m'interdire de faire ça. D'être proche de toi de cette façon, d'avoir ton odeur et de penser à mon fils et au gouffre que tu as ouvert en moi et qui ne semble pas près de se refermer. Ce gouffre, j'ai envie de lui dire de hurler. D'engloutir le monde entier, de m'engloutir en même temps.

Mais pendant les quelques instants que je passe avec tes vêtements, à condition de ne pas respirer trop près et de ne pas garder les yeux ouverts, j'arrive presque à me persuader que tu es revenu, que nous sommes à Honoka'a avant cette promenade en bateau et avant les requins, à une époque où ton père travaillait encore dans les champs de canne à sucre. Qu'est-ce qu'on riait ! La saleté, les bulletins de notes et les factures n'avaient pas d'importance. Les journaux télévisés n'avaient pas d'importance...

« Qu'est-ce que tu fais ? »

C'est la voix de Kaui. Tu repars dans les limbes et je me tourne vers ta sœur, les yeux ouverts. Nous ne bougeons pas. J'ai toujours les mains dans ta chemise, je la baisse et je la garde contre mon flanc.

Je dis, « Je pourrais inventer quelque chose, mais je crois que tu vois très bien ce que je fais. »

Sa bouche s'ouvre, mais elle la referme et elle croise les bras.

Je dis, « Tu me juges. Ne me juge p...

— Non, dit Kaui.

— C'est une folie que tu comprendras le jour où tu seras mère. D'ici là...

— Maman ! C'est pas ça.

— Quand ce sera ton enfant...

— Tu m'écoutes pas. »

Je lui demande ce qu'il y a, dans ce cas. Ce qu'elle a vu.

Elle dit, « Maman, c'est normal qu'il te manque.

— Ce n'est pas l'impression que tu donnais quand tu es arrivée il y a une minute.

— C'est rien, dit Kaui. J'ai juste été surprise.

— Je ne te crois pas. Je vois comment tu me regardes. » Et je commence à hausser la voix.

« Mais non », dit Kaui. Elle se gratte le bras et regarde ailleurs.

Je dis, « Tu es arrivée et tu m'as vue en train de respirer ses vêtements. Et tu m'as lancé un regard.

— Tu ferais pas ça si c'était moi, dit-elle. C'est tout.

— Tu veux dire...

— Si j'étais plus là. Si c'était moi qui étais morte. »

Je lui demande, « C'est ce que tu penses ? »

Elle répond, « Oui, je pense que tu le ferais pas. »

La tristesse m'encercle, soudaine et limpide. Je lui demande si elle croit vraiment ce qu'elle dit, et elle me répond bien sûr, elle en est convaincue depuis l'époque où elle était enfant, à Kahena, et où elle était invisible, dit-elle.

Je dis, « Oh, Kaui. Tu te trompes tellement. Tu nous manquerais, beaucoup. »

Elle continue à éviter mon regard, fixe le sol ou le mur. Un bras en travers de la poitrine, elle serre son autre épaule. Elle ponctue ma réponse d'un *hm-hm* assourdi.

« Est-ce que tu t'es déjà dit, reprend Kaui, qu'il était peut-être pas ce que tu pensais ? »

Je serre toujours ta chemise entre mes mains. Je me souviens toujours de toi, de tout de toi, des requins, du Nouvel An, des voisins, du cimetière, de ce qui se dégageait de tout ça. La proximité d'une clarté que je n'ai plus ressentie depuis ta disparition.

Je hausse les épaules. « Il était spécial. Tu n'es pas d'accord ? »

Elle ne répond pas. Après quelques respirations basses, elle tourne les talons.

Ta sœur. Il y a encore une grande partie d'elle qui m'échappe. Elle me juge énormément. Je le vois dans ses yeux quand elle rentre de la ferme alors que je viens de passer plusieurs heures avec ton père à écouter ses murmures, quand elle me surprend de plus en plus souvent devant notre petite télé parce que tout est bon pour faire avancer le temps jusqu'au moment où je pourrai m'en aller faire le ménage dans tous ces bureaux qui ont besoin d'être nettoyés. Elle me voit dans ce cadre et elle se dit que je suis paresseuse, physiquement, émotionnellement et mentalement.

Elle a peut-être raison. Dans les bons jours ce n'est pas ce que je pense, mais aujourd'hui n'est pas un bon jour.

Dans la chambre d'à côté, j'entends qu'elle dit des phrases simples à ton père, son bain est prêt, elle peut l'aider, ils vont y arriver.

32

KAUI, 2009

Honoka'a

Mes journées ne commencent plus de la même façon maintenant. Papa et moi, tous les deux, on court sur le bord de la route qui va de Honoka'a à Waipi'o. C'est une façon de m'occuper de lui, vous comprenez. J'ai l'impression que ça lui fait du bien. Que *je* lui fais du bien. Mais ça, je n'en parle à personne, hein, et j'évite peut-être même de le penser la plupart du temps. Ça me soûle tellement tout ça – être à la maison, jouer les infirmières. C'était pas mon projet de vie. Et ça ne va pas durer éternellement. Mais pour le moment, c'est ça.

Les premières semaines, c'était tendu entre Maman et moi. Beaucoup de confrontations glaciales, et elle qui me refilait des corvées – l'aider à ranger, à préparer les repas, à budgétiser les courses avec la paye de misère que lui rapportent ses ménages, tout ce genre de choses. Je m'en sortais mal, je pétais des trucs, je râlais. Elle me demandait ce que j'attendais de sa part – c'était moi qui avais supplié de revenir –, parce qu'elle avait essayé de me faire rester sur le continent, où j'avais encore une chance de m'en sortir.

Et elle avait raison, mais je n'ai plus rien à faire à San Diego. On est presque en mars, c'est bientôt les vacances de printemps là-bas. J'ai envoyé trop de messages à Van. Et je l'ai même appelée une fois, mon cœur tapait tellement fort dans ma gorge que j'ai failli vomir. Mais elle ne m'a jamais répondu. J'imagine qu'elle a bloqué mon numéro. C'est ce que je mérite.

Donc, voilà : je suis femme de ménage et infirmière. Fait chier. Et on court. Il y a le bruit sourd de nos semelles sur le bitume le long du garde-fou, un peu plus bas une étendue de vert et au fond l'océan et l'horizon. L'esprit de mon père est reparti dans un endroit plus jeune, ça se voit à sa façon de courir. Il regarde devant lui et ses yeux et ses joues sont tendus par le souvenir d'un corps capable de l'effort. Aujourd'hui il est brun et marqué par l'âge – grains de beauté, rides creusées, cicatrices – et un peu trop empâté. Il porte un vieux T-shirt de football du lycée, gris chiné avec *Dragons* écrit sur la poitrine en vert irlandais, et un short objectivement trop court, je vous laisse imaginer le style. Sous son T-shirt, on devine sa grosse bouée à chaque foulée. Mais le Augie d'autrefois est encore là quelque part et on s'oublie dans la course, lui et moi. Des taches de sueur sur son T-shirt comme une tapisserie à fleurs. Ses cheveux font des gros paquets à cause de la chaleur matinale, il passe les mains dedans et ils retombent sur les côtés. Il a gardé sa petite moustache. Le plus souvent, c'est Maman ou moi qui la taillons.

Il court et je cours et je vois qu'il regarde loin devant. Ou loin derrière, hein. Il pense à l'époque où c'était lui qui entrait sur le terrain le vendredi soir. *Tight end* et *linebacker* à la fois. On descend la colline à pas lourds et on arrive sur la ligne droite et plate de la route de Waipi'o, avec toutes les tiges de canne qui se balancent en bruissant. Les ombres étirées des eucalyptus plantés côté pente. Le rythme de notre souffle et notre transpiration. L'odeur obscure du sol. Le lever de soleil bleu-rose.

« Son état ne s'améliore pas », me dit Maman quand on arrive, et Papa est sous le porche, le regard perdu vers l'océan, derrière les collines et les falaises de Hāmākua. Mon oncle Kimo est parti travailler. Je ne sais même pas quel jour on est. « En fait, je crois même qu'il empire. »

Maman et moi debout près du plan de travail de la cuisine. Les mains autour de nos mugs de café. La fumée qui s'entortille et s'évapore, comme nos pensées. Bon. Il y a deux versions de Papa, j'en suis convaincue : celle qu'on voit en ce moment, qui ressemble à un rêve piégé dans un corps, et puis il y a le Augie qui a été chauffeur de camion, mari, bagagiste et père. J'ai vu les deux depuis que je suis rentrée, et je le dis à Maman.

Elle sourit. C'est un sourire triste. « Kimo et moi aussi on a eu cette impression. Certains jours, ton père revivait et redevenait l'homme qu'il était avant. Il était presque normal, comme si on avait appuyé sur un interrupteur. Mais chaque fois il replongeait. Et au bout d'un moment, il a arrêté de remonter.

— Mais avec toi il ne courait pas, si ? Il est toujours là, Maman.

— Peut-être, dit Maman.

— Qu'est-ce qu'on peut faire d'autre ? je demande. On va pas non plus le déposer devant la porte d'une maison de repos.

— Ne m'insulte pas », répond Maman. Mais sans montrer les dents. Merde, si ça se trouve elle y a déjà pensé. Elle scrute le creux de sa main. Comme s'il y avait un message écrit dedans. Pour finir, elle pose le menton dans sa paume, la mâchoire entre les doigts.

« Il va mieux, je dis. Avec moi il va mieux. »

Elle secoue la tête. « Si ça te fait plaisir de le croire. Ce n'est pas moi qui vais t'en dissuader.

— Écoute-toi. On croirait que t'as jeté l'éponge. »

Elle regarde son café. La bonne vapeur de nos mugs nous enveloppe. Le jour prend de la force à l'extérieur du lanai. Les plantes sont humides à cause des averses nocturnes qui accompagnent les alizés. Elles n'ont jamais été aussi vertes. J'ai envie de dire à ma mère que je vais continuer à essayer. Et j'ai envie de lui dire qu'elle devrait essayer, elle aussi. Mais on a déjà eu cette conversation un million de fois, et tout ce qui en est sorti c'est qu'il va nous falloir un deuxième miracle. J'ai envie de crier, Et ils sont où maintenant, les dieux des îles ?

Mais elle ne m'entendrait pas. Elle ne m'entend jamais.

On est mardi, ça signifie que je vais à la ferme de Hoku. Celui avec les joues qui tombent, la peau cramée par le soleil et le grand chapeau de paille. Celui avec le jean couvert de taches de boue et de peinture, des pièces aux genoux et une bonne bedaine à cause des bières qu'il écluse dès que c'est pau hana. J'ai commencé à bosser pour lui après la fois où il m'a trouvée au supermarché.

Ce jour-là j'étais plantée en train d'étudier la quantité étonnante d'essuie-mains différents, quand il s'est mis à me parler. « Tu ne serais pas la fille de Malia et d'Augie ?

— Ouais, j'ai répondu.

— Alors c'est ton frère, celui qui est tombé.

— C'était. Même si on l'a jamais retrouvé. »

Il a hoché la tête. « Je suis désolé. »

J'ai haussé les épaules.

Il a dit, « Y a des gens qui m'ont dit que tu cherchais du travail. »

La honte et la méfiance m'ont chauffé les oreilles. J'avais oublié que les gens parlent entre eux quand ils se connaissent tous. Honoka'a, quoi. J'ai répondu, « Peut-être.

— Ben alors, j'ai pas droit à un sourire ni rien ? il a dit.

— Je suis pas là pour vous faire plaisir. Mon visage, c'est mon visage.

— OK, OK, il a dit. Du calme, l'Hawaiienne, t'énerve pas. J'ai une ferme que j'essaie de faire tourner. Je voudrais faire un peu d'aquaponie et le reste en traditionnel, de la laitue, de la papaye, des choses comme ça.

— OK.

— J'ai besoin de bras.

— Combien ?

— Combien de quoi ?

— Combien vous payez ? »

Il a toussé. Il s'est frotté la nuque. « C'est ça le problème, il a dit. Je démarre. »

J'aurais pu le gifler. « Vous cherchez de la main-d'œuvre gratuite, donc vous demandez à la fille qui vient de perdre son frère ?

— Enfin, je fais aussi du troc avec d'autres fermes, elles me refilent leur surplus, tout ça. »

Ça m'emmerde de l'avouer, mais là il a piqué ma curiosité. S'il y a bien un truc qui coûte un bras, c'est les courses alimentaires. J'entendais déjà la conversation avec Maman : Tu es partie pour faire des études et maintenant que tu es revenue tu vas faire *quoi* ? Mais la question, ce n'est pas seulement la bouffe qu'on récupérera. Il y a aussi le reste. Le travail. Mes mains, ma tête. Recommencer à faire des choses, à construire, penser à autre chose qu'aux draps, aux serviettes et aux gants de toilette pour Papa. Des fois, les gens me font culpabiliser de désirer mieux, pareil que quand j'étais petite. Mais ce jour-là, au supermarché, je m'en foutais. « Combien de bouffe gratuite ? » j'ai demandé.

Il a haussé les épaules. « Plus que je peux en manger.

— Et visiblement c'est pas faute d'essayer. » J'ai fait un geste vague en direction de son ventre.

Il a éclaté de rire. « Je t'aime bien, il a dit. Elle a la langue bien pendue, celle-ci. »

Donc je travaille. Le matin je suis chez Hoku. Je creuse, je laboure et je plante. Je bêche, je soulève, je déplace et je jette. Je me fais des ampoules, je me prends des échardes et j'ai des courbatures partout. Il y a de la fiente de poule et des mille-pattes qui entrent dans mes chaussures et cette mauvaise odeur qui se colle dans mes cheveux. Tellement difficile à faire partir que je la laisse là où elle est, tant pis. Et puis au moins elle explique clairement qui je suis maintenant.

Fin d'après-midi, je rentre à la maison. La plupart du temps, je me traîne dans la pente qui mène à la route Honoka'a-Waipi'o et ensuite je lève le pouce. J'ai toujours ma machette sur moi. Même s'il n'y a pas vraiment de danger dans le coin. Des petites journées lentes et des petits conducteurs lents. À tout casser, c'est moi la plus dangereuse.

Les premiers jours, quand j'arrive à la maison, Maman m'attend sur le pas de la porte, elle me voit avec mes fringues zébrées de terre et rien dans les mains. Ni chèque, ni billets, rien pour le compte en banque. Et elle pousse ce soupir que je croyais réservé à Dean et à lui seul, encore un avertissement ou des heures de colle, vous voyez le genre ? Sauf que maintenant c'est sa fille, encore un jour dans les champs qui ne rapporte rien, et donc un long soupir par le nez. Ces soupirs, ils soufflent dans toute la maison et ils bouchent les vides entre nos phrases. Et puis un jour je reviens avec le premier échange hebdomadaire. Deux sacs à dos et un sac de riz remplis de toutes sortes de restes, laitues tomates taro papayes. Je les laisse tomber doucement sur la table. Pour qu'elle entende leur poids. Pour qu'elle entende la réalité. Ils font le bruit d'une réponse, même si elle ne me plaît pas du tout.

33

DEAN, 2009

Prison du comté, Oregon

Pendant le dernier coup de fil avec Noa, quand il m'a demandé ce qu'il était, j'ai pas pensé à lui poser la même question à propos de moi. Maintenant je connais la réponse : ce que je suis, c'est que je suis doué pour être un voyou. Marrant qu'il m'ait fallu tout ce temps pour m'en rendre compte, mais quand on se repasse le film à partir du début, c'est pas une surprise.

Je vous explique : ici, des gens ont besoin de diverses choses et moi je sais comment les leur fournir. Y a plein de mecs qui sont chauds pour un peu tout. Moi je commence à peser, donc je fais courir le bruit et mes nouveaux amis font ce qu'ils ont à faire – mettre un coup de pression, graisser une patte, offrir une gâterie, n'importe quoi – histoire que les Wild Eights me lâchent la grappe et reviennent pas m'emmerder. En échange, je leur file leur part. Donc, à l'extérieur, j'ai des amis et les gars de Justice qui transmettent la marchandise à Trujillo et à son équipe, et eux ils me la font passer. Je suis Amazon, en fait. Les Eights continuent encore un peu à me chauffer, mais plus notre accord est intéressant pour Trujillo, moins j'ai besoin de m'inquiéter. La situation a évolué et maintenant il y a deux filières, les Eights avec leurs gars, et moi avec tous les autres.

Certains jours je pense à Maman, Papa et Kaui à l'extérieur, à tout ce qui leur manque, et aussi à Noa qui n'est plus là. Il y a longtemps, je me disais que les choses seraient différentes. Mais peut-être que ça a toujours été un rêve à la con. Peut-être que la vie n'aurait jamais pu être autre chose que ça.

Cette idée, je me la prends en pleine gueule. Et je comprends ce qu'il me reste à faire. Pendant la promenade, je vais passer un coup de fil à un des mecs de Justice, je connais pas son vrai nom. Au téléphone, il dit qu'il s'appelle Paul.

« Salut, mon pote ! » dit Paul. Sa voix, le haole de base. « J'espère que… tu tiens le coup. Ça se passe ?

— Ouais, plus ou moins », je dis. Il faut que je trouve comment lui expliquer mon idée. « J'ai l'impression que ça va être plus long que je pensais, si tu vois ce que je veux dire. Y a des jours, j'ai peur de faire une connerie, de me foutre dans la merde, juste pour pouvoir rester ici. »

Il se tait. Il réfléchit. Il dit, « Bon, du calme. Fais ce que t'as à faire. Moi je suis pas à l'intérieur, je sais pas ce que c'est. Mais faut que tu penses à tous les gens qui sont dehors, tu comprends ? »

Ça, ça signifie, *On apprécie ce que tu fais pour nous, mais reste pas trop longtemps là-dedans*. Je me dis que c'est bon signe. Ils pensent que je peux faire mieux à l'extérieur.

Je dis, « Ouais, t'as raison. Et aussi, je pense aux miens. Je veux qu'ils soient fiers de moi quand je sortirai. »

Et ça, ça signifie, *J'ai besoin d'envoyer de l'argent à ma famille*.

Mon argent.

Notre argent.

« Ouais, je comprends », dit Paul.

Dès que le compte en banque sera assez rempli pour servir à quelque chose, ça partira direct à Hawaii. Je sais que Justice et ses gars peuvent m'aider.

Je raccroche et je commence à réfléchir à un moyen de passer un peu plus de temps ici. Y a une quantité de règles à enfreindre et vous savez bien que ça, c'est ma spécialité.

Ouais. Je peux y arriver.

34

KAUI, 2009

Honoka'a

Il n'y a plus que mes mains. La terre. La bonne puanteur de la fiente de poule qui fume sur le sol. L'odeur de l'herbe coupée, la chaleur de ce qui pousse dans le champ. C'est ma cinquième semaine ici. Je me mets en route super tôt le matin, et le soir je reste à la maison avec mon père pendant que Maman va faire ses ménages. Avant, je détestais me lever de bonne heure, c'est vrai. Mais au fur et à mesure, c'est ces heures-là que je commence à préférer. L'air est frais, il n'a encore été respiré par personne, et mes oreilles sont pleines de calme pur. Un vernis jaune pâle sur la bordure du ciel. Un petit frisson et je sens les poils de ma nuque, sous mes cheveux roulés en chignon.

Dans la petite ferme, il n'y a que Hoku et moi. On désherbe. On retourne la terre et on répand du fumier. D'autres engrais naturels aussi. On enlève des pierres. On coupe des cannes. J'aime sentir la machette dans ma main. J'aime trancher, entendre la tige claquer avant de tomber. J'aime déplacer des fagots de tiges qui crissent et qui s'entrechoquent, et j'aime que quelque chose de plus organisé et ordinaire apparaisse sous les cannes quand on les enlève, une fois que le sol n'est plus que le sol. Qu'il attend d'être retourné. Hoku a un long terrain étroit. À un bout, il a construit un abri en tôle rouillée et tendu une bâche sur six pieds pour servir d'atelier et de garage. À l'autre, l'espace qu'on a dégagé s'achève sur une clôture, avec des tiges et des buissons qui retombent par-dessus. Hoku veut faire en sorte que ces champs soient prêts à être cultivés le plus tôt possible – mais est-ce que c'est pour pouvoir commencer à vendre ou recommencer à bouffer, je n'en sais rien. Je ne le vois jamais rien manger. Et niveau hydratation, il se contente des bières qu'il trouve en promo à l'épicerie. On ne parle pas beaucoup. Il me donne des instructions et je me surprends moi-même parce que le plus souvent j'obéis sans broncher. On laboure. On désherbe. On scie. On tape. On sue. On fend. On bosse.

Je suis en train de biner et d'un coup je ne suis plus là. Hypnotisée par l'odeur de gasoil et d'herbe coupée, par le ronron du moteur, par le roulis du motoculteur. Je suis presque comme endormie et à un moment je vois les orteils de la femme devant moi, prêts à passer sous les lames.

Je sursaute et j'arrête le motoculteur juste à temps. Elle est là. Un balai de cheveux crépus sur la tête. Une peau noircie par le soleil et les traits aplatis des natifs de Hawaii. Le torse nu, une poitrine épaisse et un ventre bien large sur lequel scintille la transpiration d'une journée de travail. Elle me fait face et elle ne cille pas. La statue parfaite. Elle ne respire même pas.

Et puis elle avance.

Je me dis, C'est toi. Mes rêves de hula.

Encore un pas. Une brique dans mon ventre : j'ai l'intuition très nette qu'elle me veut du mal.

Je dis, « Attends. »

Un pas de plus.

Je répète, « Attends », et je commence à reculer. Mais je tiens toujours les poignées du motoculteur, son moteur qui teufe-teufe et qui ronronne. Plus un souffle de vent. Il y a une odeur qui n'est jamais là d'habitude, l'odeur puissante de la fumée de kiawe. Comme si une forêt en flammes venait d'apparaître de nulle part juste derrière nous. Mais c'est seulement la femme et, le temps de comprendre que cette odeur provient d'elle, elle a encore avancé vers moi. Elle traverse le motoculteur, s'arrête entre les poignées. C'est-à-dire juste entre mes bras.

Je fais un bond en arrière et j'ouvre la bouche pour dire que… mais tout à coup je me sens mince, et forte, et vieille, un oiseau de cuir. J'ai marché un million de kilomètres. Il y a un enfant sur mon dos, enveloppé dans un tapa et attaché par une corde en écorce tressée. C'est facile – j'ai porté des générations entières de cette façon. Je longe un torrent à l'odeur froide et minérale, je marche sur un sentier boueux vers la brume et le sommet déchiqueté d'une montagne. Ça pourrait être le Koʻolau ou la crête du Waiheʻe ou n'importe quel endroit de Hawaii. J'ai dans les bras des bottes de taro, leurs racines chevelues me chatouillent le poignet. Quand je regarde autour de moi, je ne vois pas de cannes à sucre, il n'y en a jamais eu ici. Les plantes sont hautes comme des dinosaures et folles de couleur. Les muscles de leurs racines, leurs tendons qui plongent dans le sol riche – mais il y a quelque chose, un choc brusque dans mes poumons et mes yeux et puis la voix de Hoku qui m'appelle, *Hé, hé, hé.*

Du bleu. Je regarde le ciel. La fraîcheur de la terre contre mon dos. Mon esprit se dilate ; je refais surface. D'accord. Je vois Hoku au-dessus de moi qui masque les nuages, il est penché et sa chemise pend sur sa poitrine. Il s'agenouille, me regarde des pieds à la tête. « Qu'est-ce qui t'arrive ? T'as pris de la drogue ? » Je sens un mélange amer de café et de hot dog dans son haleine.

« J'avais juste envie de m'allonger une minute, je dis. Pour observer un peu les nuages. » Je roule sur le côté, je me hisse sur les genoux et je me relève. Ça tourbillonne devant mes yeux. « T'as l'habitude de tuer tes esclaves à la tâche, ou quoi ?

— Ça fait seulement une heure que tu travailles, dit Hoku. Il est pas encore midi.

— Je sais très bien quelle heure il est », je dis. Mais c'est un mensonge. Je ne sais même pas vraiment où je suis.

« C'est pas moi qui te pousse à bout. T'y arrives parfaitement toute seule. »

Le sol est plat mais je le sens qui penche et qui se défile. Le soleil est blanc, il est partout. « Ça va, je dis. On s'y remet. » Et je m'y remets, hein. Mais j'ai l'impression que le motoculteur, la terre et mon squelette ne font pas partie de la même réalité.

Après un temps qui me semble raisonnable, je m'assieds à l'ombre sur une chaise en métal, *Lycée de Honoka'a* peint dessus au pochoir, et je bois un verre d'eau du robinet.

Je dis à Hoku, « Arrête de me regarder. » Je bois encore une gorgée.

Hoku interrompt ce qu'il faisait et il vient me voir. Il s'appuie à un des établis. Il croise les bras et il veut savoir si j'ai le cancer.

Je réponds, « J'ai rien. Je suis en bonne santé.

— Tu ne travailles pas pour moi si c'est pour mourir dans mon champ. » Je lui demande s'il a d'autres plans pour trouver de la main-d'œuvre à ce prix. Il se marre.

« À Honoka'a ? T'as qu'à lancer un caillou, il retombera sur quelqu'un qui cherche du boulot. »

Je me moque, mais il a raison.

Ensuite il se lance dans une salve de questions. Toutes les maladies qui lui viennent à l'esprit : cancer ? souffle au cœur ? sida ? drépanocytose ? gonorrhée ? asthme ? tumeur ? paresse chronique ? Et même si je réponds non à tous les coups, c'est pareil. Une tension dans ses sourcils. Sa mâchoire. Soit je dis la vérité, soit je ne remets plus jamais les pieds ici.

« J'ai pas besoin de ce taf, je dis.

— Alors va-t'en. »

On reste là sans parler. Il pose les mains sur l'établi et il prend appui sur ses coudes.

Finalement je jette l'éponge et je dis, « Je vais aller voir un médecin. »

Hoku tire sur le bord de son chapeau, mais il ne peut pas le descendre plus bas. Il se redresse et s'écarte de moi.

« Rentre chez toi, il dit.

— Je peux pas.

— Et pourquoi ça ? »

Impossible de lui raconter ce que j'ai vu. Elles sont là. Elles me trouvent quand je ferme les yeux. Des femmes qui ne peuvent être que des Kānaka Maoli, avec leur peau joyeusement brune et endurcie par le travail, leurs joues fières et leurs yeux qui débordent des vieilles coutumes des îles. L'odeur de leur transpiration emplit mes narines, elle est forte, salée, teintée de fruit. Elles dansent au sommet d'une colline. Elles dansent dans une vallée. Kaholo, 'ami kāhela, lele, 'uwehe. Elles récoltent à pleines poignées, leurs mains plongent dans la terre noire qui donne et qui donne. Une chose s'est animée dans tout mon corps. Comme un hula qui n'arrête pas de danser.

« Il y a quelque chose ici, je dis. Je le sens. Quelque chose de grand. »

35

DEAN, 2009

Portland

Le jour où je sors de prison l'extérieur n'a rien à voir avec ce que j'attendais. C'est un ciel plat qui a une couleur de papier et la lumière est tout juste suffisante pour faire briller l'humidité sur les trottoirs mais pas assez pour me donner l'impression d'être vraiment dehors. Je pourrais aussi bien être à Spokane, c'est le même type d'ambiance, pas de différence entre octobre et mars, et la seule chose que je sais c'est que ma peau se décolore à vue d'œil. Je suis sur les marches de la prison, j'ai remis les fringues de Noa, son jogging feu de plancher avec l'élastique qui me cisaille les hanches et qui craque un peu plus à chaque pas, et le sweat à capuche avec sa fermeture éclair pétée. J'ai l'impression que les coutures peuvent lâcher n'importe quand.

Je suis dehors. Personne pour m'escorter, ni shérif ni fonctionnaire ni rien pour m'accompagner d'un endroit à l'autre. J'ai un sac en plastique qui contient tout ce que j'avais sur moi en arrivant : mon portefeuille, un penny, deux quarters, un ticket de caisse d'un 7-Eleven, une carte de crédit, un téléphone. Je me demande qui a fumé mon herbe, je parie que c'est un des poulets avec sa gonzesse.

Maintenant, devant moi, il y a un escalier marron clair et, en bas, des gens qui passent dans la rue avec des mallettes et des gamins qui attendent des bus et des ouvriers au bout du pâté de maisons qui poncent du métal au-dessus du bitume avec une machine qui bourdonne.

Mais mon téléphone n'a plus de batterie et Justice ne fait pas de ramassage à la sortie, c'est une des choses qu'il m'a expliquées. Je dois me démerder pour arriver jusqu'à lui. Ça ressemble presque à un test. Et moi, les tests, j'aime pas ça et j'ai aucune idée de ce que je dois faire. Je plonge une main dans la poche du jogging. Je sens un papier, je le sors, et là, sans déconner, c'est Dieu qui me fait signe parce que sur le papier il y a écrit *Khadeja* et un numéro de téléphone. Je me dis, Pas moyen.

Mais ça caille et plus je reste planté là plus le non se transforme en oui. Mauvaise idée. J'y vais quand même.

Je retourne à l'intérieur et je demande à utiliser le téléphone, la femme derrière la vitre pare-balles fait claquer la bulle de son chewing-gum en me regardant de travers.

Je dis, « Je suis sûr qu'on vous demande tout le temps ça. »

Elle répond, « Tous ceux qui sortent d'ici. Sans compter les gens qui entrent exprès pour ça. Y a même des familles... » Elle a l'air dépitée.

Je dis, « J'aime bien vos tresses. C'est vous qui les avez faites ? »

Elle rit, un coup, « ha », et elle me décoche un sourire qui veut dire, Arrête ça. « J'ai l'air d'avoir trois bras et des yeux à l'arrière du crâne pour voir tout ce que je fais ?

— Touché. Mais sérieux, soyez pas comme ça, elles rendent trop bien, ces tresses rouges avec la couleur de votre peau. »

Elle fait encore une bulle et elle me regarde encore de travers.

« On vous a déjà dit que vous ressemblez un peu à Oprah ? Je plaisante pas. Vous êtes pareille, ça se voit qu'on vous la fait pas. C'est quand que vous démissionnez d'ici pour faire quelque chose de mieux ? »

Elle rit encore un coup, « ha », et elle lève les yeux au ciel. Elle passe une main sur ses tresses. « Vous ne croyez pas si bien dire. » Elle colle le téléphone à la vitre. « Allez, c'est bon, un appel. Deux minutes.

— Et vous faites quoi après ? » je demande en attrapant le téléphone, mais je rigole à moitié en le disant, et elle aussi elle rigole, genre, « T'as vu comment t'es fringué, tu crois qu'il y a une chance que je t'emmène boire un café quelque part ? » Elle me montre le téléphone et elle lève deux doigts. « Deux minutes. »

Quand Khadeja décroche, je dis, « C'est Dean, raccroche pas.

— Qui ça ?

— Le frère de Noa. »

Silence.

« Raccroche pas », je dis.

Un peu plus tard, je suis assis sur les marches, persuadé que Khadeja ne viendra pas même si elle a dit qu'elle viendrait, et puis finalement elle arrive, elle gare sa petite berline, elle porte un tailleur-pantalon blanc et elle a une afro, pas comme la dernière fois où elle avait des tresses et l'afro juste à l'arrière. J'essaie de faire un pas vers elle et alors il se passe quelque chose.

Je suis obligé de tenir le jogging de Noa avec une main parce qu'il n'arrête pas de tomber, mais il n'y a pas que ça. On dirait presque que je refuse de m'éloigner de la prison, que ça me fait peur. Je m'arrête et je me retourne et je vois la taule et je me sens super triste, c'est fou non ? Ça me fait comme si je partais de chez moi, ou en tout cas comme si je quittais un endroit plus important pour moi que la majorité de tous ceux où j'ai vécu, donc j'imagine que c'est ça qu'on appelle *chez soi*. Autour il y a plein d'espace et de bruit et de lumière, tout ce qui vient après Noa et qui m'attend au coin de la rue.

Mais je souffle et je fais un pas, et puis un autre. Khadeja est en bas des marches. Elle a le visage inquiet.

« Tu marches difficilement, ils t'ont fait du mal ? »

Je renifle. « À ton avis ? C'est la prison. »

Elle joue avec son porte-clés, elle le regarde tourner et se balancer. Et puis elle arrête. Elle dit, « Si je suis là, c'est uniquement pour Nainoa. Donc ne joue pas à ça avec moi. »

Je sens la colère monter en moi sans prévenir. Je dis, « T'es vraiment une meuf géniale. T'es là pour lui maintenant, mais quand il allait super mal et qu'il avait besoin de quelqu'un, y avait personne. Il en a de la chance, dis donc. »

Elle me toise. Des pieds à la tête et retour. Et elle appuie sur l'accélérateur, la voiture bondit en avant, ma main est éjectée de la carrosserie, et après elle ne s'arrête pas, elle continue à rouler, elle s'éloigne. Je croise les bras et j'attends, je suis certain qu'elle ne va pas s'en aller sans moi. Mais elle arrive presque au carrefour suivant et là je me mets à courir, avec mon jogging niqué qui se déchire de plus en plus et que je retiens avec une main, le sac plastique contenant toute ma vie qui vole et qui claque et je crie hé hé hé, et la lumière rouge des phares s'allume.

Elle baisse sa vitre quand j'arrive à sa hauteur. « Je veux bien t'emmener quelque part pour t'arranger, mais pas plus. »

Il a commencé à pleuvoir, une petite averse, et je laisse les gouttes tomber sur moi. Je veux les sentir sur ma peau. J'ai envie de lui dire que c'est la prison qui fait ça, que cette dispute c'est pas ma faute, c'est le placard qui fait ça. Mais je ne vois pas comment je pourrais lui faire comprendre ce que c'est, la vie à l'ombre, et en plus à partir de maintenant ça va sûrement être pareil avec tout le monde, et au moment où je m'en rends compte, avec la flotte qui me tombe dans les yeux, je me dis qu'il y a une partie de moi, celle qui était en prison, que personne ne pourra jamais connaître.

« C'est une offre limitée dans le temps », dit Khadeja.

J'ouvre la portière et je monte.

Je me fais déposer à un magasin pour grandes tailles sur MLK Boulevard. On n'a pas trop parlé pendant le trajet, seulement écouté plein de musique à la radio, et des fois je disais, Mortel ce son, ou, Elle a une voix aiguë, et Khadeja répondait, Ça fait des mois que cette chanson est sortie. Mais moi c'était la première fois que je l'entendais, et donc au bout d'un moment j'ai arrêté de commenter ce qui passait. Et comme je ne connaissais pas non plus grand-chose de Portland, je découvrais aussi les rues et les quartiers, mais dans le fond c'est une ville comme une autre. Des immeubles en verre, des lumières, des costards-cravates, et ensuite des secteurs avec des mamas éthiopiennes aux hanches rondes qui promènent des bébés blancs dans des poussettes, des coins en sale état pleins de vieux murs en brique et de fenêtres condamnées, des ruelles et des allées couvertes de boîtes de bouffe chinoise et de sacs-poubelle éventrés, et partout – sous les autoroutes et contre les grillages des parcs – des gens qui dorment à côté d'un caddie plein à ras bord de vêtements, d'emballages et de bouteilles de lait, comme si on avait balancé dedans tout le contenu d'un magasin à 1 dollar.

Je descends de la voiture. Il a arrêté de pleuvoir, Khadeja ouvre sa vitre, je me penche et je dis, « Je sais que t'étais pas obligée. Merci. » Même si j'ai plutôt envie de lui balancer, Tu nous as laissés chez lui et après on s'est fait arrêter, putain. Je crois qu'elle devine que je repense à ce jour-là et elle dit, « Donc c'est là que tu veux que je te dépose ? »

J'écarte les deux mains pour lui montrer comment je suis habillé, genre tu veux que je fasse quoi, et là le jogging de Noa tombe en paquet sur mes chevilles. Elle éclate de rire en voyant mes cuisses nues et puis elle se couvre la bouche pour s'arrêter. « Je peux aller nulle part comme ça », je dis. Je me baisse pour remonter le pantalon et j'entends le frottement de la vitre qui remonte, le verrou des portières qui s'ouvre, et ensuite Khadeja est près de moi dans la rue.

« Il faut que je te demande quelque chose », elle dit.

J'ai la gorge qui se serre, elle va me poser des questions sur la vie à l'intérieur, les mecs qui hurlent leurs délires toute la nuit jusqu'à ne plus avoir de voix, les viols et les gars forcés à lécher des trous de balle ou à sucer des queues, et moi des fois qui avais peur d'être le prochain, mais en même temps dehors il y a beaucoup trop d'espace et de bruits et de choses qui viennent vers moi de tous les côtés. Qui foncent sur moi. Du coup j'aimerais bien avoir une petite pièce où me réfugier pour voir uniquement ce qui arrive par-devant. Je dois tirer une drôle de tête parce que Khadeja referme la bouche.

Elle se masse un œil avec le pouce. « Tu sais quoi ? On va pas faire ça ici. On va rouler un moment. »

Je ne sais pas trop si c'est ce que je veux. J'ai déjà toute la suite des événements au clair dans la tête : choper des vêtements, un téléphone à carte ou une cabine ou n'importe quoi pour appeler Justice, et ensuite voir ce qu'il peut faire ou s'il connaît quelqu'un qui peut m'aider à trouver un endroit où dormir.

« Je te ramènerai ici », dit Khadeja.

Et là, face à elle, je me rends compte que je suis épuisé, et aussi que je serai en sécurité dans sa caisse, donc je monte à bord, je me carre dans le siège et je laisse la voiture cahoter et prendre les virages en douceur pendant que les nuages défilent derrière les vitres et que la ville passe et passe jusqu'au moment où on arrive chez Noa.

On se gare de l'autre côté de la rue, la pelouse est tondue nickel et les rideaux de la grande baie vitrée sont fermés. Il n'y a pas de lumière. On reste dans la voiture et on observe le pavillon sans rien dire et je prends vraiment conscience que mon frère est parti parce que tout ce qu'il retenait s'abat sur moi : les parents fauchés à Hawaii, toutes les galères que la famille a traversées pour nous envoyer chercher la chance sur le continent, toutes les dettes qu'on avait déjà avant même de commencer. J'augmente un peu le son de la radio, je hoche la tête en rythme, pas moyen que je pleure devant Khadeja même si tout autour de mes yeux c'est chaud et ça me pique.

Elle veut savoir pourquoi Noa est parti, elle me pose la question. Je ne sais pas par où commencer, donc je me contente de lui dire à peu près tout ce que je sais sur lui, tout ça d'un gros bloc, les requins et ce qu'il était à la maison, une espèce de légende, et pour la suite, quand il est parti à la fac et après, je peux seulement lui raconter ce qu'il me disait au téléphone ou que je devinais en parlant avec Kaui ou Maman – elles, c'est venu plus tard. Et pendant ce temps, lui, il essayait de comprendre ses dons, les dieux, ce qu'ils attendaient de lui et tout le bordel. La route qu'il était censé prendre. Et plus j'en parle et plus je me rends compte qu'il devait se sentir grave seul. Seul d'une manière que je n'ai jamais comprise avant de me retrouver enfermé.

Je dis, « Quand on te prend la seule chose que tu es... » – je ne pense même plus, les mots sortent de moi comme s'ils étaient là depuis toujours – « ... la seule chose que tu es, ce que t'as toujours vu comme la meilleure partie de toi, quand on te prend ça, alors le lendemain... » Je hausse les épaules. « Le lendemain, t'as l'impression que ton avenir, c'est un cadavre que tu portes sur ton dos. Sur ton cou, là, juste entre tes épaules. Et quand t'es comme ça, tu peux pas te sentir bien. Et donc Noa. Après l'ambulance, quand il a perdu la femme enceinte. »

Je pose le poing contre la vitre, j'appuie. Le verre est froid et propre. « Ça a dû lui faire mal, en profondeur.

— Il te l'a dit ?

— Nan. Mais on a des points communs, lui et moi. »

On regarde sa maison un moment. Comme s'il allait ouvrir la porte et sortir.

« Je ne l'ai même pas connu si longtemps que ça, dit Khadeja. C'est ce que je me répète. Mais je sais déjà qu'il va rester en moi jusqu'à ma mort.

— Ouais, ben, à un moment je trouvais que c'était un sale con », je dis. Elle se tourne vers moi, l'air choquée.

Je continue, « Quoi, il t'a jamais fait le truc où tu commences à parler et il te coupe la parole pour tout t'expliquer genre c'est un dictionnaire ? Genre c'est un assistant en ligne et il a toutes les infos et tous les chiffres que toi tu connais pas parce que t'es trop bête ? »

Elle se marre. « Peut-être une fois ou deux. »

C'est bon, de faire ça. Ça rend les choses moins douloureuses. Et en plus c'est la vérité.

« Une fois ou deux, et mon cul c'est du poulet, ouais. C'était tout le temps quand il était au lycée. » Je joue avec le bouton de la vitre, je l'enfonce et je le lève juste assez pour ne pas qu'elle se déclenche.

« Je ne voulais pas que tu le prennes comme une insulte, dit Khadeja. Et je suis consciente que je ne fais pas partie de votre famille et que les familles ont toutes leur fonctionnement qui n'appartient qu'à elles. Mais j'ai eu l'impression que vous attendiez beaucoup de choses de lui. Peut-être trop. »

Et moi je me dis, quoi, elle croit qu'elle est mieux que nous ? Finalement, ils étaient peut-être faits l'un pour l'autre, elle et Noa. « T'as raison, je dis. Tu sais rien de ma famille.

— Ce n'est pas ce que j'ai dit, j'ai dit que…

— J'ai très bien entendu ce que t'as dit. » Je suis prêt à exploser, une partie de moi a envie de péter des trucs, qu'on se foute sur la gueule. *Tu n'as pas changé, Dean*, dirait Maman. Mais cette fois je me retiens. Je m'améliore.

Je dis, « C'est ce que je croyais, autrefois. Que les parents poussaient trop Noa et que c'est ça qui l'a tué. Et puis, au bout d'un moment, j'ai commencé à penser que c'était lui le premier qui se mettait la pression, et que s'il a merdé dans l'ambulance c'est probablement parce qu'il avait pris le melon. Mais maintenant... c'était peut-être tout ça à la fois. Sûrement un peu de tout. Et surtout un coup de malchance.

— Je suis désolée », dit Khadeja.

Je grogne un coup pour lui montrer que je l'ai entendue, mais pas plus. Une voiture passe dans la rue, conduite par une haole avec une coiffure qui ressemble aux vases qu'il y a chez les bourges et sur les genoux un petit chienchien qui aboie. Je demande à Khadeja si elle l'a vue. Elle pousse un petit gloussement.

« Elle, elle habite pas dans le coin », dit Khadeja. La rue est déserte pendant une minute et puis un mec arrive, peut-être un plombier, il se gare et il entre dans le pavillon à côté de chez Noa.

« Pendant longtemps j'ai voulu avoir la même chose que Noa, je dis. Parce qu'on savait pas ce qu'il allait devenir, tu comprends ? Il se transformait en une espèce de super-héros. Forcément, j'avais envie d'être pareil. »

Elle ne répond pas. Je continue. « Mais il est plus là. Et nous si, et ça nous fait du mal. Ça veut dire qu'on doit se débrouiller comme on peut pour continuer à vivre. »

Elle me demande ce que je veux dire, ce que j'ai en tête. Je ne lui parle pas de mon business à l'intérieur, l'argent que j'ai gagné et qui est parti dans les îles, tout droit sur le compte en banque des parents. Et encore, ça, c'était pendant que j'étais à l'ombre. Imaginez maintenant que je suis sorti et que je peux bosser pour de vrai avec Justice.

« J'ai besoin de passer un coup de fil, je dis.

— Tu peux utiliser mon téléphone. » Elle le sort de son sac à main et elle me le tend. Je le fixe un long moment. Quand un téléphone en appelle un autre, ça laisse toujours une trace quelque part.

« Vaut mieux pas », je dis.

Elle fait, « Oh », et elle le range. Elle regarde sa montre. Se racle la gorge. « Il faut que j'aille chercher Rika.

— Ouais, je dis. Il est temps que tu me lâches. »

Elle me ramène au magasin, se range contre le trottoir.

« On reste en contact ? je lui demande.

— Pourquoi ?

— Si jamais je veux te donner quelque chose. Du fric pour les études de Rika, n'importe quoi. C'est ce que Noa aurait voulu. »

Elle réfléchit, les yeux perdus dans la rue devant nous. Et puis elle dit que oui, je peux la contacter si je veux. Elle laisse ça là et je ne rebondis pas dessus.

« Bon, je dis. Je crois que ça suffit comme ça. »

Tout le temps où j'étais avec Khadeja, j'ai réfléchi. Je suis arrivé à la conclusion qu'il est impossible que ma carte de crédit marche encore. Donc ce que ça signifie, c'est que je ne suis plus personne. Je me sens un peu paumé, tout ce que je sais c'est que je peux pas rester dans cette bagnole.

Je sors, je ferme la portière. Quand elle claque, pile au même instant le ciel s'ouvre et, sans déconner, il se met à pleuvoir comme si on avait ouvert un tuyau d'arrosage. Je lève les mains, je regarde les nuages.

Khadeja entrouvre sa vitre.

Je lui dis, « Il flotte tout le temps ici. Ça s'arrête quand ? »

Elle dit, « Quelquefois j'ai l'impression que ça ne s'arrêtera jamais », et puis elle enclenche la marche avant. « Et là, d'un coup, l'été arrive. Un peu de patience, tu vas voir ce que ça fait. »

36

KAUI, 2009

Honoka'a

Cette nuit, c'est une de ces nuits où je n'arrive pas à fermer l'œil, et pourtant je ne pense pas à San Diego, ni à Van. Dans ce cas, qu'est-ce qui m'empêche de dormir. Je sens quelque chose dans mon ventre, c'est froid et visqueux, comme si j'avais avalé du béton ou je sais pas quoi. Le poids de l'échec, de l'immobilisation, du moment où, après avoir escaladé un sommet, on se rend compte que la suite ne sera plus qu'une longue descente. Une petite ferme. Une famille fauchée. Célibataire et lesbienne, ou pas, rien n'est sûr. Un demi-cursus d'études supérieures.

La maison est presque entièrement dans les ombres. Mais bon, c'est une des choses que j'aime ici. Pas de pollution lumineuse pour étouffer les rayons et le halo des étoiles, le baume noir et naturel de la nuit profonde. Je marche sans bruit dans le petit couloir. Je sens des grains de sable qui se collent sous mes pieds. L'horloge du four et sa lueur bleu menthe.

La moustiquaire du lanai est grande ouverte, ce qui n'arrive jamais. Elle laisse passer une odeur puissante de mauvais pakalolo plein de graines qui se diffuse dans mon nez. C'est Maman. Assise sur une chaise, les pieds relevés.

Son grand corps replié sur lui-même, les coudes sur les genoux. Un joint qu'elle tient tranquillement dans une main. La fumée qui s'élève des braises en tournoyant.

« T'arrivais pas à dormir ? » je demande.

Elle secoue la tête. « On vit dans une cage à lapins mais tu réussis toujours à me faire peur. Je viens de rentrer du travail. »

Je referme la moustiquaire derrière moi. « On est coincée quand on rentre à la maison.

— Je n'aurais pas pu dire mieux. »

Je m'assieds comme elle, pliée en deux. Je serre mes genoux dans mes bras. « Donne-moi une taffe. »

Maman me dévisage. Elle ouvre doucement la bouche et un rideau de fumée s'échappe lentement de ses lèvres. Se froisse autour de son nez et de ses yeux rouges. « Non. Je suis pas encore assez défoncée. »

Je suis à deux doigts de lui arracher le pétard et de me le fourrer en entier dans la bouche, feu compris, mais elle se met à rire. Elle me le passe. « Si tu avais vu ta tête. On aurait dit que tu allais me mettre un couteau sous la gorge. »

Je fais entrer le pakalolo en moi, il se glisse dans le tube de ma gorge. Réchauffe les sacs de mes poumons et rend tout plus vaste. Plus aérien. Plus velouté.

« Tu as toujours été une tita, dit Maman en me reprenant le joint. Ça, au moins, c'est une chose que j'ai réussie. »

Elle tire une grosse taffe, le bout du joint brille orange blanc orange, c'est le feu qui respire tout seul. Dans la verdure, des grenouilles poussent leur chansonnette liquide.

Je dis, « Je savais pas que tu fumais. »

Elle glousse. « Il y a beaucoup de choses que tu ne sais pas sur moi. » Une corne de fumée sort par son nez.

« Ça marche dans les deux sens, je dis.

— Ah bon ? » fait ma mère, faussement choquée. Elle me donne le joint. « Ma fille aurait des secrets ?

— Ça t'est venu comment ? je demande.

— Quoi donc, les secrets ? »

Avec le menton, je montre le joint dans ma main. « Ça.

— À cause des garçons. » Elle rit. « À un match de football, j'avais quinze ans. Sur le parking, avec deux copines, leurs copains et toute leur bande. Je crois que j'étais la seule qui n'avait pas encore essayé. » Elle pose les mains sur le sommet de son crâne. Elle se laisse aller dans sa chaise, qui penche en arrière. « Et il y avait un surfeur qui faisait tourner un joint. Rien qu'à le voir de dos on avait envie de lui sauter dessus. Quel cul, mon Dieu.

— Maman, merde ! Je te demandais pas de me raconter la première fois que t'as fumé, même si c'est génial et que je suis super heureuse de penser à ta vie sexuelle quand t'étais ado. Ce que je voulais savoir, c'est ce qui t'a donné envie de fumer ce soir. » Cela dit, je n'ai pas vraiment besoin de poser la question. À ses pieds il y a le ukulélé de Noa. Je prends encore une longue taffe et la chaleur des braises inonde mes doigts. Je lui rends le joint.

Elle dit, « Ton frère nous a envoyé de l'argent.

— Dean ? De l'argent ? Mais il est…

— Tu es une fille intelligente, Kaui. Réfléchis. »

Elle laisse retomber les pieds de la chaise. Elle tourne la tête vers le côté du lanai, la descente dans l'obscurité et les phares qui flottent au loin de temps en temps, sur la route, accompagnés par le long soupir des pneus. Autour de nous, les arbres oscillent et bruissent.

« On n'a pas été de bons parents pour vous, dit Maman.

— C'est pas vrai.

— Si, c'est vrai. Je croyais que si on réussissait à vous offrir des études. À vous envoyer sur le continent. » Avec la main gauche, elle indique approximativement tout ce qui se trouve derrière nous. De l'autre, elle tient le joint. « Mais regarde le résultat.

— C'est peut-être pas votre faute. Ça t'arrive des fois de te dire ça ? »

Elle renifle. « Je suis peut-être défoncée, mais y a des limites. Tout ce que vous êtes aujourd'hui, c'est à cause de nous.

— C'est vraiment ce que tu penses ?

— Oui, dit Maman. Dean était doué pour le basket et c'est tout. On n'a pas insisté suffisamment pour qu'il apprenne autre chose. Noa est mort parce que... » Elle se racle la gorge. « On n'a pas compris ce dont il avait besoin. Quand il est rentré... On ne l'a peut-être jamais compris. »

Le joint se consume entre ses doigts. Elle le remarque à peine.

« Et moi ? je demande.

— Toi, tu es là, dit Maman comme si c'était l'évidence. Tu t'occupes de tes parents.

— Uniquement jusqu'à ce que la situation s'améliore, je précise.

— J'ai l'impression qu'elle s'est déjà améliorée », dit Maman.

Ça me fait rire. « Quoi, d'un coup, comme ça ?

— Dean nous a envoyé beaucoup d'argent. Pas assez pour pouvoir acheter une maison, mais de quoi payer les factures pendant un petit moment. Quand est-ce que les cours recommencent ? Tu pourrais prendre quelques leçons de rattrapage…

— Je vais pas y retourner », je dis.

Elle y réfléchit une seconde. Le joint doit lui griller les ongles. Puis elle dit, « Ça ne me surprend pas vraiment. Ton frère a dit la même chose.

— Comme si tu pouvais comprendre.

— Eh bien explique-moi, dans ce cas.

— Peut-être que j'ai pas envie de t'expliquer.

— C'est pas facile de t'avoir ici, dit Maman. On s'est saignés pour t'envoyer sur le continent. »

Là, je me tais. Un long moment. Par où commencer. Même si les souvenirs ne me clouaient pas les lèvres. Je réussis seulement à dire, « J'ai abandonné une amie. Je l'ai laissée dans la merde. »

Maman hoche la tête. Elle dit d'accord. Elle dit qu'elle comprend. De mon côté je ravale les sanglots qui remontent sans arrêt et j'essaie de les bloquer. Je lui parle de la fête. De Van. Mais à partir du moment où je démarre, où je m'ouvre, je ne me referme plus : je lui parle de la canalisation, des nuits où on dormait les uns sur les autres. Des soirées parfaites à boire, à prendre de la dope, à danser et à crier. De nos expéditions dans la nature, du froid sec et mordant d'un sommet à l'aube. De la poussière sans âge des canyons qui piégeait le soleil et se changeait en or. Des délires dans lesquels on se lançait à cause de Van. Des paris, de la vitesse, de l'escalade et du danger. Mais dans ma tête chaque fois ça me ramène à la soirée et donc je lui en parle. De la soirée, de la chambre.

Je dis, « Je voulais l'abandonner. » Je le répète. Je voulais l'abandonner. Je voulais la blesser.

Je dis, « Ces mecs. » Avec la paume, j'écrase des larmes sur mes joues. « Ces mecs c'était des vrais loups et je l'ai abandonnée. »

La maison grince et craque et se tasse autour de nous. Dehors tout est bleu et sombre. Je demande à Maman si elle s'est déjà sentie seule parce qu'elle était amoureuse. Si elle a déjà eu l'impression de crever de faim dans une pièce remplie de nourriture.

Elle rit. « À peu près tous les jours. » Elle se penche vers moi, franchit l'espace entre nous, et sa tête vient toucher la mienne. Je sens l'os de son crâne, le frottement de nos cheveux. On s'appuie de plus en plus fort l'une contre l'autre. Et moi, je crois que j'ouvre les vannes. Mes larmes coulent sur moi. Elle murmure quelque chose, mais je n'entends pas les mots.

« Je pensais pas que je serais du genre à faire ça, je dis. Et pourtant c'est ce que je suis. Et c'est ce que je serai toute ma vie. »

Maman fait oui de la tête. « C'est toujours comme ça.

— Qu'est-ce que tu veux dire ?

— Chaque fois que j'ai fait un choix dans ma vie, un vrai choix... » Elle recule sa tête. Me touche l'épaule une fraction de seconde. « J'ai toujours senti un changement, après coup. Les meilleures versions de moi-même qui m'échappaient. »

Je pense exactement la même chose. Donc je n'ai rien à répondre. Je me scie le nez avec l'avant-bras. J'écrase encore des larmes dans mes yeux.

« Je perds sans arrêt de meilleures versions de moi-même, dit Maman. Je ne sais pas. Je crois qu'il faut continuer à essayer. »

Et là elle se met à pleurer. On pleure toutes les deux

pendant quelques minutes. À la fin, elle dit, « Bon sang, j'en ai *marre* de pleurer. » Elle se lève et elle va vers la cuisine. « Tu veux une bière ? »

En riant, je réponds, « J'en veux quinze. » Et je m'essuie le visage encore et encore. « On n'a qu'à en partager une. » Elle disparaît. J'entends le baiser du frigo qui s'ouvre et qui se referme. Elle revient, elle pose une bouteille de bière à côté de ma cheville et puis elle soulève le ukulélé en douceur et l'installe sur ses genoux.

Elle me demande si ça m'arrive de penser à la mort. À ce qu'il y a de l'autre côté.

Je dis, « Bien sûr. Surtout depuis Noa.

— Et ? »

La réponse ne me vient pas aussi facilement que je pensais. Au bout d'un moment, je dis, « La plupart du temps, je me dis qu'il n'y a rien après.

— Ce n'est pas ça l'important, dit Maman. En tout cas ce n'est pas ce qui me fait peur. Qu'il y ait quelque chose de l'autre côté ou pas. C'est le passage, tu comprends ? La dernière minute, le moment où on s'en va, quand on est encore en vie dans ce monde alors qu'il se referme autour de nous. Quand on part, on est forcément seule. »

Je ne trouve rien à dire.

« J'y ai pensé, tu sais, reprend Maman. Quand Augie était au plus mal, juste après Noa.

— Putain, Maman.

— C'est la vérité. J'ai pensé au rasoir, aux médicaments. Au fusil de chasse de Kimo. À une corde au plafond. »

On dirait qu'elle parle de vieux amis, de personnes qu'elle a bien connues. Au fond de moi, j'ai envie de savoir jusqu'où elle est allée. Si elle a tenu la chose dans ses mains. « Je suis heureuse que tu l'aies pas fait. »

Elle rit. « Eh bien merci. » Elle change de position sur sa chaise et manque de faire tomber le ukulélé. Elle le rattrape in extremis.

Je le désigne d'un coup de menton. « T'en joues des fois ? »

Elle examine l'objet entre ses mains. Comme si l'idée ne lui avait jamais traversé l'esprit.

« Je connais seulement un morceau ou deux. Ton père est meilleur que moi.

— Il dort. Et de toute façon je pense pas qu'on ait très envie d'entendre ce qu'il joue ces temps-ci. »

Maman réfléchit. Je suis sûre qu'on ressent la même chose toutes les deux. Il y a un changement en nous. Ce qu'on représente l'une pour l'autre. Après tout le temps que j'ai passé loin d'ici, l'île sera à jamais chez moi, et je serai à jamais la fille de ma mère.

Elle se met à jouer.

Il y a des dérapages et des ratés. Quelques fausses notes aussi. C'est un air triste et lent. En tout cas c'est le sentiment que j'ai, mais Maman continue et la musique me prend à la gorge, aux doigts et aux hanches. Je me lève et ça commence : le hula. Je ne comprends pas ce qui se passe. Mon corps ne m'appartient plus, je ne suis qu'une passagère dans sa coquille. La chanson que joue Maman n'est pas faite pour le hula, elle est trop lente et trop hachée. Je perds le rythme, je m'en éloigne, je le retrouve et je le reperds. Une force continue à me faire bouger. J'ai envie de dire à Maman d'arrêter, mais quelque chose m'empêche de parler. Mes mains se lèvent, ondulent et se durcissent. Mes hanches roulent et mes genoux ploient. Les accords s'envolent. Les doigts de Maman accélèrent, ajoutent des notes et ce qui s'élève des cordes devient dense et complexe.

J'ai encore envie de lui dire que je ne comprends pas, mais je n'arrive toujours pas à parler. Le son est aspiré au fond de ma gorge.

Maman enchaîne sur une autre chanson. Elle se met à battre le rythme sur le corps du ukulélé. Elle tape dessus et elle fait rouler ses phalanges comme sur un ipu. Et puis elle plaque encore quelques accords. Tellement fort que j'ai peur que les cordes se cassent. Ensuite, pendant qu'ils résonnent encore dans l'air, elle recommence à jouer avec le corps de l'instrument, à taper, gifler et rouler.

La chanson s'est transformée en kahiko. L'ancêtre du hula.

Et cette chanson demande : Que faisons-nous ici. Dans cette terre.

Dans mon esprit je vois l'eau qui creuse son chemin depuis les montagnes et leurs ravines gorgées de pluie jusqu'au vert des feuilles du kalo dans la vallée. Jusqu'à la terre assoiffée. Je vois des poissons et des massifs de fleurs et une symbiose. Mes mains dans ce même sol, qui en modifient à peine l'équilibre, et puis le vert qui revient au galop.

La chanson demande encore : Que faisons-nous ici. Je réponds, Regarde l'équilibre que nous créons à la ferme. Je le dis avec mes mains et mes hanches dans le hula. La chanson demande et je lui réponds. Tout en balançant les hanches, j'ouvre les mains en grand et je les pousse vers la terre, je bouge lentement les pieds et je me retourne. L'effort n'est pas grand mais il me donne le vertige, me barbouille le ventre. Il y a quelque chose en moi. Maman y va encore plus fort. Elle donne des coups avec le plat de la main et les phalanges sur le corps du ukulélé. Elle joue des accords et des notes sur toute la longueur des cordes, sans arrêt. Je réponds, C'est la ferme, c'est la terre, ce que nous pouvons être et ce que les îles peuvent devenir. Dans le hula je pince l'air comme si je cueillais du kalo. Je passe mes mains sur tout mon corps en imitant la pluie qui pénètre dans la boue et les rivières. Le retour des méthodes ancestrales, nourrir la terre, manger la terre. Ce bourdonnement ancien. Je pivote sur mes talons. Maman continue, une averse de notes fait gonfler la chanson qui se métamorphose sous nos yeux. Je ne l'ai jamais vue jouer comme ça, aussi vite et avec autant de précision ; ce n'est plus un air triste. Je vois mes mains et le large mouvement que je fais avec elles. Mes mains. À nouveau tachées et à vif mais cette fois c'est la terre qui les salit et non plus le talc qu'on se mettait pour grimper à San Diego. Je roule des hanches et je lance les pieds en avant et en arrière. Je me laisse tomber à genoux, je tourne les bras d'un côté et de l'autre puis je les baisse. Je m'incline. Maman joue les dernières notes, plus rapides que celles du début.

Il y a un raz-de-marée de silence. Je m'écroule sur la chaise. Genre je la casse presque, je manque de tomber à la renverse. Je commence à reprendre conscience de l'endroit où je me trouve. Des rainettes chantent.

Je dis, « Maman ? Qu'est-ce qui s'est passé ? »

Ses yeux sont plus ouverts et plus blancs qu'avant. « Je ne sais pas. C'est la première fois de ma vie que je joue comme ça. » Elle repose le ukulélé sur ses genoux. Elle ouvre les mains et elle agite les doigts. Comme pour vérifier qu'ils sont encore là.

Je lui demande si elle aussi elle l'a vu. Si elle l'a senti.

Elle répond, « Oui. »

Je pense à tous les autres hula que j'ai eus en moi. Depuis cette première soirée, à la cafétéria, en passant par la fac et Van, jusqu'à maintenant. Mon cœur fait, *Vivant vivant vivant.*

« Kaui, dit lentement Maman. Qu'est-ce qui se passe dans cette ferme ? »

37

MALIA, 2009

Honoka'a

Je m'efforce de ne pas trop espérer. Depuis quelque temps je commence à croire que, quels que soient les dieux, notre avenir n'est pas lié à eux, pas plus que notre présent ou notre passé. Ils ne représentent plus rien pour moi, sans Nainoa. Et de toute façon, c'est idiot d'espérer quelque chose dans un sens ou dans l'autre, non ? C'est toujours ce qui pousse les gens à leur perte. Malgré tout, je me surprends à espérer encore, je meurs d'envie d'espérer à cause de ce qui s'est produit dans la musique la nuit dernière. Quelque chose est en train d'arriver, je ne sais pas quoi, mais cela mêle les dieux, Nainoa et nous. Et voilà pourquoi je me retrouve assise dans la benne du pick-up de Kimo avec ma fille, adossées toutes les deux à la cabine et face à la route qui défile, du café dans une thermos qui passe de l'une à l'autre, un léger goût de plastique comme lorsqu'on ouvre un vieux frigo et derrière ce goût le bon jus des grains de Kona que nous nous échangeons entre deux nids-de-poule. Nous avons des bandanas sur le nez et sur la bouche pour nous protéger de la poussière, ils nous déguisent en bandits, en membres des Bloods ou des Crips comme sur les disques de rap de

Kaui. Au travers des foulards, tout sent le vieux coton et le café, nous les soulevons un petit peu pour boire une gorgée puis nous les laissons retomber devant notre visage et nous tendons la thermos à notre voisine. La poussière de la route fait des tourbillons dans notre sillage. Le camion rue sans arrêt. Nous prenons un virage un peu trop vite et Kaui manque de voltiger, asperge ses doigts et sa cuisse de café. Elle hurle, « Sale putain de connard !

— C'est à ton oncle que tu parles comme ça ?

— Ouais. Je l'emmerde avec sa conduite de merde. Il essaie de nous tuer.

— Donne-moi le café si tu n'en veux pas. » À ce moment-là, la route devient meilleure, je bois une longue gorgée que j'avale en claquant des lèvres et en faisant *ah*. « C'était pas si difficile. Je ne sais pas de quoi tu te plains.

— Allez, c'est bon, fait Kaui.

— On est encore loin de la ferme ?

— On y est presque. »

Et puis nous y sommes. À la sortie du dernier virage, je vois que les mauvaises herbes, les vieilles cannes à sucre et l'eucalyptus ont été coupés et je découvre un champ large et plat sur le flanc de la colline, une serre au centre du terrain, des tuyaux qui plongent dans le sol et en ressortent un peu partout comme les os d'un squelette à moitié enfoui, et une petite remise sur le côté. Des plateformes surélevées tout autour de la serre, sur lesquelles pousse à profusion du taro aux feuilles en oreilles d'éléphant. Un homme, haut chapeau à large bord dans le style des vieux fermiers hawaiiens, bottes couleur sable, jean crasseux et chemise défraîchie, vient vers le camion à grands pas.

Il salue Kaui de la tête. « T'es en retard.

— Désolée, répond Kaui du ton monocorde qu'elle

prend avec moi pour me faire savoir qu'elle n'en pense rien.

— T'as l'air, ouais », fait l'homme. Il a une barbe frisée et inégale sur le menton et sur ses joues presque noires, des sourcils touffus et un regard sérieux ; je devine qu'il a du sang de Hawaii et d'Okinawa.

« Toute façon, je parie que tu viens à peine de finir de chier », dit Kaui. Elle lui tend la thermos. « C'était comment ce matin ? Plutôt glace à l'italienne ou saucisse de Francfort ? » Elle bondit du pick-up avec son sac à dos et récupère la thermos. Je balance les jambes par-dessus le hayon, prends appui sur le pare-chocs et saute.

« Et donc, ça, c'est les 'ohana », dit l'homme en direction d'Augie et de moi. Augie sort de la cabine. Kaui discute une minute avec Kimo puis le pick-up redémarre et Kimo sort le bras par la fenêtre pour nous adresser un shaka avant que le camion ne prenne le virage en cahotant et ne disparaisse.

L'homme s'appelle Hoku et il me fait visiter la ferme, me montre sur quoi il travaille avec Kaui. Partout de l'aquaponie et des biodigesteurs, une armature qui accueillera un jour des panneaux solaires, des micro-éoliennes qui pendent comme des feuilles d'arbre et tournent au premier souffle d'air. Il m'explique tout ça et je décroche par moments, je ne retiens pas tout, ne m'intéresse pas à la majorité de ce qu'il me dit. C'est une ferme, qu'est-ce qu'il y a de plus à comprendre ? Pendant que nous faisons le tour du propriétaire il a déjà mis Kaui au travail, elle remplit de fumier un gros cylindre noir qu'elle fait ensuite basculer avec un cric, ou bien elle taille des plants et se débat avec des tuyaux. Elle a attaché ses cheveux en chignon, son corps se tend à chaque coup de pelle, elle plisse les yeux pour mieux voir le filetage du tuyau, des fleurs de transpiration ont déjà éclos dans le dos de son T-shirt noir.

Hoku rigole. « Vous ne pigez pas, hein ?

— Pour moi c'est simplement une petite ferme. » Je tâte une feuille de taro. On l'appelle aussi kalo et c'est ce nom-là que je préfère, il me fait penser aux marcheurs nocturnes, à Pélé et aux 'aumakua, et alors je te sens à nouveau, tapi dans la région de mon cœur qui attend que le silence se fasse pour s'animer tout à coup.

« Faut bien commencer quelque part, dit Hoku. Tout ce qui est grand a été petit un jour.

— Mais vous, vous travaillez un peu, ou vous êtes seulement guide touristique ? » Je lui décoche un sourire acide. Kaui connecte deux tuyaux, ses bras s'activent, ce sont deux pistons, larges, forts et pleins de soleil comme au temps où elle était keiki. Je m'en souviens. Augie est auprès d'elle, les cheveux ébouriffés par le vent.

« Aussi charmante que sa fille, dit Hoku. Tranquille, l'Hawaiienne. C'était juste histoire de vous montrer rapidement.

— Hm-hmm.

— Vous ne comprenez toujours pas, hein ?

— Qu'est-ce qu'il y a à comprendre ?

— Votre fille. Ça m'embête de le dire, mais c'est elle qui a trouvé.

— Qui a trouvé quoi ?

— Tout ça, dit Hoku. La manière de tout relier ensemble, sans compter les nouveaux équipements qu'elle fabrique. C'est elle qui a tout conçu. » Il se remet à parler de l'aquaponie, des biodigesteurs, du kalo nourri par les excréments des poissons nourris par les plantes, et ainsi de suite : il dit que c'est un cycle et il fait tourner son doigt. C'est tout à la fois, le système s'alimente seul, sans intervention extérieure.

Il dit, « Ici », et, « c'est parfait ». Il descend de la plateforme dressée dans l'ombre de la remise. « Mais votre fille, elle est en train de convaincre tout le monde. Elle va déclencher une révolution dans l'agriculture, je vous le dis. Suffit de faire fonctionner ça à plus grande échelle. Elle a des idées plein la tête. » Hoku fait quelques pas vers l'endroit où Kaui trime, puis il se retourne. « Vous venez pas ? »

J'ai presque la sensation qu'on a appuyé sur un interrupteur : mauvaise conscience et chaude excitation affluent en moi simultanément. Elle n'est pas devenue aussi débrouillarde du jour au lendemain. Ces compétences... tout ce temps où nous observions Noa, elle accomplissait quelque chose d'extraordinaire. Peu à peu elle a poussé. Dans le calme et la fureur. Nous ne nous sommes jamais vraiment intéressés à elle, tout compte fait. Et aujourd'hui regarde ce que tu es devenue, Kaui.

Je dis, « Je reste là. Juste une minute. Laissez-moi une minute.

— Comme vous voulez, dit Hoku. Mettez-vous à l'ombre, prenez à boire dans la glacière si vous avez soif.

— Parfait. » Je m'abrite les yeux avec une main pour mieux la voir.

Hoku rejoint ma fille et ensemble ils abattent du travail : ils découpent un gros cylindre noir – un réservoir d'eau, j'imagine – et y ajoutent des pièces en caoutchouc, ajustent des tuyaux, sortent des bouts de ferraille du courant de la rivière, discutent de ce qu'ils peuvent en faire, et le regard farouche de Kaui est braqué sur un moteur qu'ils ont hissé sur une planche entre deux tréteaux. Je ne l'ai jamais vue comme ça, je ne l'ai jamais *sentie* comme ça : cette ferme, ce cadre tout entier, c'est une extension des tendons et des muscles de son corps.

Mais alors je remarque Augie. Il n'est plus à côté d'elle, elle lui a lâché la bride et il est maintenant du côté de la section aquaponie, des énormes bacs où pousse le kalo. Et puis il fait quelque chose d'étrange : il se penche, appuie doucement son front contre une des feuilles, et je le vois plonger la tête à l'intérieur de la plante, jusqu'au moment où son visage disparaît entre les tiges.

Il y a une sensation, verte et profonde, et une musique. Je sens que je m'élève, comme si j'étais à la fois dans mon corps et en dehors. Quelque chose est en train de se produire.

Je dis, « Augie » et je commence à marcher vers lui, tout en sachant que c'est inutile, il ne va pas me répondre. « Qu'est-ce qui se passe ? »

Il lève une main, la tête toujours perdue dans les tiges et les ombres, les feuilles posées sur ses épaules comme pour le consoler. Mais son geste, deux doigts à peine écartés, deux autres repliés, est ce que je l'ai vu faire de plus précis depuis un long moment. Détendu mais maîtrisé. Il y a de l'adresse là-dedans. Augie ressort la tête.

Il dit, « Chérie. »

Je manque de trébucher. *Chérie*, un mot qu'il n'a pas dit depuis longtemps, si longtemps que j'avais oublié ce que ça fait de l'entendre. Nous avions toujours eu l'autre, Augie et moi, et le temps passé ensemble nous paraissait être un tressage, un tressage de plus en plus serré de nos essences respectives, résistant à tout ce qui pouvait s'effondrer autour de nous. Plus que tout, c'est ce sentiment qui m'a manqué ces derniers mois, et j'ai compris que c'était le sentiment d'être chez soi.

Il dit encore, « Chérie. » Comme si on ne s'était pas manqué une seconde. « J'ai quelque chose à te montrer. »

J'ai envie de parler mais je ne dis rien. Je m'approche de lui. Sa main serre mon bras juste au-dessus du coude et m'attire dans le kalo. Et à l'instant où mon front entre en contact avec les feuilles, je sens.

C'est la même chose que la nuit dernière, avec Kaui dans la chanson, le bourdonnement dans mes os pendant que je jouais. Aux endroits où je touche les feuilles et les tiges, je sens un millier de voix qui psalmodient. Oui. Je serre les tiges dans mes mains, j'enfouis mon visage à côté de celui d'Augie. Les psalmodies et les chants. Je connais cette langue même si c'est la première fois que je l'entends de cette façon, c'est une langue de vertus et de cycles, qui donne et qui prend, c'est l'aloha dans sa forme la plus brute. L'amour pur. Le chant prend de l'ampleur, comme dans les grandes assemblées quand les conversations individuelles se fondent en brouhaha, et ainsi ce que je touche est au-delà des voix, au-delà du chant, c'est le bourdonnement de l'énergie et il gagne tout ce qui nous entoure : le kalo dans le champ, je sens sa verdure et sa faim de soleil, son corps qui fléchit et s'arrime au sol humide, et je sens qu'il boit les langues d'eau qui parviennent à lui depuis les poissons, et je sens les poissons, les trilles et les battements de leur queue, l'alternance constante des muscles de leur corps qui danse à travers l'eau, et puis je sens la boue autour du réservoir et plus loin dans l'herbe, et tout cela grandit et se nourrit du soleil, de la chaleur, de la pluie. Tout cela se réverbère et finit par faire presque trop, trop pour un seul esprit. Je commence à m'y perdre, ça s'emballe autour de moi, me submerge d'idées sur moi, sur l'endroit où je me trouve, sur mon nom…

La main calleuse d'Augie me sort des feuilles. Il est là et il m'étudie avec son regard doux et plein, comme avant. Il est là, entier. Il me demande, « T'as senti ? » et je lui réponds oui, oui, bien sûr que j'ai senti.

Il dit, « C'était là depuis le début. Et tu le savais pas.

— Qu'est-ce qui était là ?

— Tout ça, répond Augie. Tout. »

Et, enfin, je prends conscience de ce qui se passait dans sa tête pendant tout ce temps, et si c'est bien cela, sous sa forme la plus bruyante et présente, rugissant aux quatre coins de son esprit… il y avait de quoi le désintégrer. Je me rends compte que ça a commencé doucement avant de s'accentuer. Qu'il l'a ressenti sur O'ahu et moi non, que Kaui aussi a senti quelque chose, quelque chose qu'elle a réveillé sous le lanai, avec le ukulélé de Noa, et maintenant nous nous retrouvons tous ici. C'est elle qui l'a libéré. Cet endroit, cette terre, elle l'a libérée. Un mur de voix qui fond sur tout le reste, une demande insistante, l'île qui veut être accomplie – non, libérée – de cette façon. Ce n'est que le début, forcément, mais c'est déjà tout, tout ce qui existe depuis toujours. Ça me perfore le cœur, de comprendre Noa pour la première fois. Il a dû être si seul, sa vie durant, avec ça.

Je murmure, « Augie.

— Oui ?

— Là, maintenant, c'est toi ?

— Comment ça », dit Augie, mais je n'ai pas besoin qu'il réponde. Je vois. Oh, mon Augie. Je l'embrasse. Je me plaque contre lui et je sens son torse, ses muscles sont réduits à une mince couche sur l'arête de ses os, mais il continue à palpiter de sang et de souffle – je presse mon corps contre le sien et nos dents se touchent quand je pose ma bouche sur celle de mon Augie, je laisse mes lèvres prendre tranquillement leur place et nous respirons ensemble. Il est là, entier, et ça me suffit. Quelque chose a été libéré.

Et puis je me recule et j'éclate de rire. « Oh, berk. Tu as une haleine de bouc. »

38

KAUI, 2009

Honoka'a

On fracasse la route et la route nous fracasse en retour. Nos chaussures qui martèlent le bitume, Papa et moi, c'est le quinzième kilomètre et à chaque foulée la terre remonte dans nos os et dans nos muscles. Les cannes à sucre et les eucalyptus défilent et, de temps à autre, plus loin dans les champs, il y a des ateliers bouffés par la rouille et des remises en zinc englouties par les feuillages. Des terres en friche qui descendent vers les falaises. Et après ça, au fond, l'océan bleu et les moutons des vagues soulevés par les alizés. On continue à courir, allez, et ça continue à nous faire mal. Par les os de nos doigts de pied. Par les nœuds de nos mollets et les lames raidies de nos cuisses. Une percussion qui passe par le ventre et qui grimpe tout en haut. Le bruit, c'est *fft fft fft*. Maintenant, à chaque foulée, il y a une espèce de hoquet qui sort de nos deux gorges. Je suis sûre que ce n'est pas la bonne façon de courir, de s'essouffler comme ça. Mais je m'en fous de la bonne façon. Ou de m'essouffler. Je veux seulement avancer.

On court encore, Papa et moi, exactement comme après mon retour. À cette époque, je me disais que ça lui ferait du bien de courir. Si on court assez fort et assez longtemps, tout ce qu'il y a en nous est réduit au silence par le torrent de sang et d'oxygène qui bouillonne dans notre organisme, et ça s'éclaire dans notre tête. Quand je suis rentrée, j'étais prête à me perdre avec Papa. Et je l'ai fait, certains jours. Certaines nuits.

Et puis la souffrance s'est débloquée toute seule, Papa et la terre. Maintenant, il y a des jours entiers où il est comme avant. Je vous jure, fini les marmonnements. Fini les yeux fixes et aussi vides que les cabanes rouillées qu'on dépasse en courant. Fini de se chier dessus ou d'errer dans la nature en pleine nuit. Oui. On l'a retrouvé tout entier : au dîner, samedi, il a ordonné *Tire sur mon doigt*. Et hier matin, après notre footing, il m'a dit, *Je me suis tellement donné, je crois que ta mère va y passer*.

D'ailleurs, à ce sujet. Maman. Je ne l'ai plus vue comme ça depuis que je suis toute petite. Pendant un moment, une partie d'elle avait jeté l'éponge. Elle avait tout perdu, et si elle continuait à se lever le matin c'était uniquement par habitude. Ou alors elle croyait qu'il y avait quelque chose en Dean et en moi et ça lui donnait la force de vivre. Ça, je ne sais pas. Mais ce que je sais, c'est que Noa sera toujours son préféré ; même pas vraiment Noa, en fait, en tout cas pas la personne qu'il était. Pour Maman, Noa était un fils mais il était aussi les légendes qui l'accompagnaient. Ces légendes, elles concentraient tout ce qui nous faisait du mal – les années de dèche, le déménagement en ville, les boulots de merde que Papa et elle se tapaient – en une unique raison d'être. Et cette raison d'être était si importante que Maman n'avait pas besoin de la comprendre pour savoir qu'elle avait un rôle crucial à jouer dedans. Les grandes destinées, ça a un côté enivrant.

Fft fft fft. On bouffe de la route, Papa et moi. Quelque

chose remue et pétille dans les arbres sur notre passage, aux endroits où les buissons et les branches ont des épines et tombent vers le sol. Ma transpiration trempe mes cils, chatouille les muscles de mon cou, et la route grimpe dans les collines et les dévale et serpente. Derniers rayons orangés. On continue à courir.

Maintenant, ce n'est plus du tout pareil quand on court. J'ai arrêté de chercher à me perdre. À la place, je cherche à développer ce que j'ai construit. Je l'appelle nouvel ahupua'a : l'ancien système ressuscité. À l'époque des ali'i, l'île était divisée en bandes du haut en bas et tout ce qui était produit était redistribué à tout le reste : les poissons de l'océan échangés contre des patates douces abreuvées dans les plaines par l'eau des ravines. La seule différence, c'est que Hoku et moi on a tout casé dans un espace plus petit, on a incorporé du photovoltaïque et on recycle l'eau. Tout s'échange et se nourrit mutuellement, vous voyez le principe ? Le kalo, les poissons et les fleurs. Beaucoup avec peu de terre. Ça va changer ce que sont les îles, je vous jure. Dès qu'on a commencé à en parler. Quand les articles sont parus dans le magazine de la compagnie aérienne de l'archipel, les gens ont commencé à venir. Des mamas titas avec des ongles de pied pareils que des tuiles fendues, des aisselles poilues et des carpes koi tatouées, et elles montaient des fermes, tout pareil que nous. Des types avec des cheveux crépus qui leur tombaient au milieu du dos et un torse tanné qui n'était qu'une grosse plaque de muscles. Mais c'est pas le journal qui les a attirés. Ces femmes et ces hommes aussi, ils avaient été appelés, c'est ce qu'ils et elles nous ont dit. Cette même voix, la voix qui m'est venue comme un hula, qui traversait Papa comme une rivière. Tous les gens qui sont venus nous voir, ils l'entendaient. Elle les poussait à recréer ce qu'ils avaient autrefois. Nous tous, les Kānaka Maoli avec notre bruit. On a même eu des gens importants : une femme du conseil municipal qui a dit, *Il faut bien faire quelque chose de ces terres*. Je suis invitée dans des commissions législatives et des universités avec d'autres fermiers, des pêcheurs et des promoteurs des méthodes ancestrales.

« Eh ben tu vois », m'a fait Dean au téléphone hier soir. Comme si je venais enfin de capter un truc que tout le monde sait depuis longtemps.

« Putain, Dean. Je vois quoi ?

— Noa avait raison. Ça le concernait pas seulement lui. Même dans la tombe il réussit à étaler sa science. »

Je n'ai pas pu m'en empêcher, j'ai ri.

Et puis je lui ai demandé, « Et toi alors. Est-ce que toi aussi ça t'appelle maintenant ?

Il a répondu, « Tu sais quoi ? Si tu veux qu'on parle de révélation, écoute bien ça. » Il y a eu un glissement et un choc de son côté de la ligne, un bruit aquatique. J'ai compris qu'il attrapait le téléphone qui devait être posé devant lui sur haut-parleur, puis qu'il se déplaçait. Et ensuite il y a eu une vague de sons de la ville, presque une tempête de bruit blanc : klaxons, sirènes, claquements de portes et de palettes en bois. Un fracas d'objets lourds qu'on balance dans une benne à ordures. Le long grognement d'un bus. Des chuintements et des cliquetis. Des voix. Et puis les bruits ont baissé et le téléphone a encore changé de place. Une voix s'échappait d'une télé, elle parlait de marchés, de prévisions de croissance trimestrielle, de valeurs estimées, et puis Dean est revenu. Sa respiration. « Alors, t'as entendu ?

— J'ai entendu du bruit. C'est pas de ça que je te parlais.

— Du bruit, il a dit. C'est de l'*argent*. Et moi je trouve des moyens d'en faire rentrer. »

Il nous envoyait de l'argent à mesure qu'il en gagnait, des dépôts réguliers sur le compte des parents. Maman ne posait jamais de questions, et moi non plus. Je suis sûre que la réponse aurait été bien moins pire que ce qu'on s'imaginait. Mais on ne préférait pas, parce qu'elle pouvait aussi être pire.

J'ai entendu crisser du cuir et quelque chose se fermer. Je parie qu'il n'arrêtait pas de bouger pendant qu'on parlait. Il n'arrête jamais de bouger. Je me demande si ce n'était pas le plus dur pour lui en prison, d'être privé de mouvement.

Il a demandé, « Et les parents, comment ils vont ?

— Un peu mieux chaque jour. C'est valable pour tout le monde.

— Regarde-toi, il a dit. Peut-être que Noa était pas le seul super-héros.

— Noa a jamais été un super-héros. C'était ça le problème. On arrête avec les sauveurs, d'accord ? C'est la vie, point. »

Il a dit, « Ouais », et puis, « Tu sais, je pense encore à Waipiʻo. » Je pouvais presque l'entendre secouer la tête. « J'y étais longtemps après tout le monde. Les hélicos, les chiens, ils étaient tous partis que je continuais à crapahuter pour retrouver Noa. J'arrêtais pas de me dire qu'il était peut-être juste là. Qu'il avait seulement un peu d'avance sur moi. C'était pareil quand on était petits, il était toujours devant moi. Jusqu'au bout ça a été la même chose, et il s'est cassé la gueule parce qu'il était trop loin des sentiers battus.

« Y a une partie de moi qui restera toujours là-bas, dans la vallée. Qui le cherchera. Y a une partie de moi qui remontera jamais. Tu comprends ? »

Pendant qu'il parlait, je marchais dans la petite maison où on vit maintenant, sur le terrain de l'oncle Kimo. Je suis sortie sous le lanai. On aurait dit que les fougères hapu'u, les bananiers et les gaïacs fabriquaient leur propre atmosphère. Ce n'était pas la même qu'à San Diego. Et pourtant, en un clin d'œil j'y suis repartie. Van et les fêtes, l'escalade. Les trajets en bagnole, les parois et les canalisations. Et Van. Et Van.

J'ai dit, « Ouais. Je vois exactement ce que tu veux dire. »

Il n'a rien ajouté.

« Tu ne comptes pas rentrer à la maison, j'imagine ?

— À la maison. » Comme si c'était un mot qu'il avait déjà entendu mais dont il ne connaissait toujours pas le sens. « Quand je suis revenu à Hawaii, j'ai croisé plein de gens et chaque fois c'était des "Je me rappelle quand t'as mis vingt-cinq points contre Villanova, et ton panier à la dernière seconde" ou bien "J'allais voir tous tes matchs quand tu jouais encore à Lincoln."

« Maintenant, Hawaii, c'est uniquement ça. C'est le moi d'avant, tu comprends ? Y a ça, et y a la vallée, et partout y a Noa. C'est trop pour moi. Hawaii, c'est tout ça. C'est trop pour moi. »

Je lui ai dit qu'il devrait réessayer. « Tu serais surpris de voir ce que cette terre peut faire pour toi.

— Plus rien me surprend maintenant. »

Oh, Dean. Toujours aussi chiant. Autrefois, ça m'aurait

fait péter les plombs. Mais depuis, j'ai compris qu'il avait besoin de quelques lauriers. Qu'on lui dise un peu qu'il était le meilleur.

J'ai fait, « Hé, Dean. Le blé que tu nous as envoyé la première fois. Il est arrivé pile au moment où Maman en avait le plus besoin. Genre, grave besoin. Elle était au bout du rouleau. On te l'a dit ? »

Il a inspiré un petit coup rapide. Quand il a repris, il avait la voix un peu cassée. « Ah. OK.

— Et j'ai pas oublié Portland. J'ai pas oublié qui a pris le volant. À la fin. » Et puis j'ai ajouté, « Mais t'es pas obligé de continuer à faire ce que tu fais. On va s'en sortir.

— Ah ouais ? Et la ferme que t'es en train de monter ? Ça va coûter cher si tu veux l'agrandir. »

Bon, il n'avait pas tort – même en imaginant que le comté ou l'État investissent, il n'y avait jamais réellement de financements pour les gens comme nous. Je le lui ai dit. Et instantanément j'ai senti son argent qui transitait par les câbles. Comme le muscle d'un courant océanique.

« Ouais, il a répondu. Tu vois ? C'est ce que je disais. On n'est pas encore tirés d'affaire. »

Je me suis rendu compte que c'est toujours ce qui nous différenciera, Dean et moi. Après tout ce que cette famille a traversé. Tout ce qu'on a vu et ressenti grâce à Noa. Ce qui résonne en nous... Au fond, moi, ce que je veux, c'est comprendre. Pour moi, que l'argent tombe ou ne tombe pas, tant pis. Mais ce n'est pas comme ça que ça marche, pas pour Dean. Pour lui, il faut que ça vienne de *sa* main, et il n'arrêtera pas avant d'être sûr qu'il a effacé toutes les galères d'avant. Qu'il a garanti qu'elles sont derrière nous. Mais il n'y a pas assez d'argent dans le monde pour ça.

Il a dit, « Et je peux gagner beaucoup plus, genre comme si on pissait de la thune. T'en penses quoi ?

— Je pense que Maman a envie de récupérer le fils qui lui reste. »

Il s'est tu un long moment. Mais il était là. Je savais qu'il était là.

« Faut que j'y réfléchisse, il a dit. D'ici là, je vais continuer à vous envoyer de l'argent. Plein. Faut que j'y aille. »

J'ai eu envie de lui dire encore non. Plus d'argent, rien que lui. Lui dire qu'on serait là quand il serait prêt. Mais il avait déjà raccroché.

39

AUGIE, 2009

Vallée de Waipi'o

Ah. Ha.

Je sens le souffle de la vie dans la vallée.

Ah.

Ha.

Depuis quatre jours et quatre nuits nous sommes là où tout a commencé. Nous attendons. Malia ne sait pas quoi mais moi si. Tout autour de nous il y a le vent et le bruissement du kalo et les bosquets de gaïacs et plus loin le kalo qui a poussé grâce à la pluie tombant tous les soirs des nuages qui ont porté d'autres pluies vers d'autres endroits de ces îles. Mais ce soir il n'y a pas de pluie en vue et je sens que la lune brillante me surveille comme une mère dans une maison où je devrai retourner un jour.

Je suis en train d'y retourner.

Malia est là et Kaui est là et nous sommes à l'embouchure de la vallée près du début du sentier qui a mené mon fils à la mort. Notre tente est dressée derrière la plage et son polyester crisse et bat dans le vent et je suis sorti de la tente dans l'air noir et je marche à cause des voix. Plus fortes ici dans cette partie de la vallée. Elles grandissent en moi tous les jours les voix tous les jours depuis que Noa est parti. Elles créent des couleurs et des odeurs dans ma tête des couleurs que je suis le seul à sentir et à connaître mais pour lesquelles je n'ai pas de mots. En tout cas je sais que nous attendons. Malia et Kaui ne savent pas quoi mais moi si.

C'est ce soir que ça arrive. Comme c'est arrivé il y a des années. Nous n'avons jamais plus été les mêmes après avoir quitté cette île dans ces engins pour traverser la mer jusqu'à O'ahu avec son béton et ses gens partout trop nombreux. Autrefois nous étions ici et nous parcourions la terre sur le dos des chevaux et lorsqu'ils couraient nous courions et lorsqu'ils marchaient nous marchions et lorsqu'ils inspiraient de l'air et lorsqu'ils puaient et lorsqu'ils transpiraient nous aussi et chacun de nous était aussi plein ou vide que le cheval. Une fois j'ai été la canne à sucre. J'ai été la canne et le claquement de la lame et l'odeur sucrée de la moisson saisonnière quand nous récoltions et recommencions après les cendres.

Maintenant je suis ici sur le sable dans la vallée. Le sable gris de la plage une paume ouverte à la jonction des arbres et de l'océan. L'eau danse dans le noir et roule vers moi en vague puis se retire et roule encore. L'océan n'est pas froid. Dans le ciel tournent d'autres soleils d'autres histoires déjà achevées. Mes pieds sont dans le sable et le sable est dans mes pieds. Sur ma gauche il y a la paroi de la vallée et le sentier qui grimpe dans le vert foncé et le noir de la vallée et les arbres et les buissons que la lune fait scintiller. Le sentier zigzague sur le versant de la vallée jusqu'en haut jusqu'à la crête.

C'est ici que les voix sont les plus fortes je le sens.

« Tu n'arrives pas à dormir, mon chéri ? »

Voici ma Malia. Elle est là dans son pull avec la capuche

remontée sur les cheveux et son jean et ses chaussures. Son nez plat dépasse de la capuche et ses cheveux sont une longue boucle bien fournie qui balaie sa poitrine. Ses yeux sont vieux et leur regard est profond et plein de tracas.

J'essaie de dire ce que je vois. Ce qui sort de moi fait le même bruit que le kalo qui pousse dans les mares le même bruit que la cascade qui rugit le même bruit que la lave qui s'enfonce dans la mer. Malia me regarde les sourcils froncés par l'inquiétude et elle me dit, « Du calme. Tu recommences à parler comme un fou. »

J'essaie encore de lui expliquer les voix leur bourdonnement. Elle tend une main vers moi et je ferme les yeux et je recommence mais je n'arrive pas à dépasser ma bouche.

Elle dit, « Chéri. » Ses doigts sont sur ma joue et je sens chacun de ses doigts je sens tout jusqu'à son bras après le coude et les os et je sens tout jusqu'au centre chaud de sa vie. Elle demande, « Qu'est-ce qu'il y a ? »

J'essaie de lui expliquer où je dois aller. Elle arrête de parler elle arrête de bouger. Et puis elle se tourne vers le sentier qui monte sur le côté de la vallée est-ce qu'elle se rappelle la nuit où nous avons conçu Nainoa quand nous étions dans le pick-up de l'autre côté quand nous regardions les torches grimper vers la crête est-ce qu'elle se rappelle les marcheurs nocturnes ?

Elle demande, « Là-haut ? »

Je fais oui de la tête. Ils arrivent.

Ils viennent me chercher.

Elle regarde le sentier et la lune et je touche sa main qui est toujours sur ma joue et j'essaie encore de dire mais cette fois pas avec ma bouche et alors elle voit. Nos mains se serrent et elle retourne à la tente et j'entends qu'elle parle à ma fille et ensuite elle revient. Tout ce temps le souffle de la vallée.

Nous grimpons sur le sentier dans l'obscurité. Malia a une lampe-torche mais dès que nous sortons des arbres la lune est blanche et pleine et je vois tout. Elle doit le savoir parce qu'elle éteint sa lumière. Nous marchons dans les pas de Nainoa. Je suis le mille-pattes qui se tortille loin sous les cailloux. Je suis l'oiseau qui dort blotti dans l'arbre. Je suis les nœuds et la souplesse des troncs. J'ai une main dans celle de Malia et nous grimpons grimpons grimpons le long du sentier.

Plus vite.

Malia dit, « Ralentis », elle n'arrive pas à suivre. Son souffle. Le souffle de la vallée.

Mais je sais qu'ils arrivent. Il faut les retrouver il faut que j'y aille. Ils ne vont pas m'attendre ce soir et alors je serai obligé de revenir. Je serai obligé de continuer à revenir jusqu'à ce que je réussisse à les retrouver alors je me presse.

Plus vite. Malia halète et nous courons et elle n'arrive pas à suivre. Je me retourne et je l'attrape et nous décollons et nous avançons au-dessus du sentier comme fait l'air. Je suis l'air. Nous ne touchons plus le sol nous avançons au-dessus. Nous passons dans l'air comme une pensée imagine le sommet de la crête et je nous emporte audelà des arbres au-delà de leur ombre vers le sommet. Malia s'agrippe à moi et dit, « Oh la vache, on vole, on vole, Augie, qu'est-ce qui se passe, on est sur la crête », et elle me demande si j'ai vu ce qu'elle a vu mais maintenant quand je veux parler mes mots sont les moustiques qui chantent dans la forêt mes mots sont les feuilles qui se dressent sur les branches.

Nous sommes sur la crête. En dessous il y a toute la vallée et de l'autre côté il y a le belvédère et la route et les lumières jaunes des maisons et tout ce que nous avons laissé derrière nous. Dans notre dos il y a le vert nuit de la vallée et le vent qui s'étire sur ses hauteurs jusqu'à l'endroit où les crêtes se rencontrent.

Mais le vent cesse.

Les arbres deviennent muets.

Enlevez tout bruit du ciel et voilà ce qui reste. Le bruit du moment présent. C'est là-dedans que nous nous tenons Malia et moi au sommet de la crête de Waipi'o.

Alors ils apparaissent.

La main de Malia serre et tord ma chemise. Ma peau chauffe à cause du sang juste au-dessous. J'essaie de lui dire que c'est pour ça que nous sommes là. J'essaie de lui dire que c'est bien.

Devant nous il y a la colonne des Kānaka Maoli et tous sont morts. Il y a des hommes et des femmes et ils et elles sont les deux et aucun à la fois. Leur teint est foncé et leur peau zébrée de cicatrices est presque nue. Leurs cheveux descendent sur leur cou ou plus bas et sont crépus comme les nôtres et leur nez est large comme le nôtre et leur visage est tendu et fier. Des capes jaunes et rouges à plumes tombent de leurs épaules. Parfois leurs jambes sont couvertes par un tissu tapa. Parfois une calebasse évidée leur sert de casque avec de grands trous percés dedans pour les yeux. Leurs yeux sont une lumière blanche une lumière qui s'envole comme la fumée.

Les marcheurs nocturnes.

Malia dit, « Mon Dieu », et elle le redit encore et encore et sa voix se grippe et ensuite elle n'a plus de mots et sa voix n'est que du silence mais elle essaie encore de parler et elle s'accroche à moi son cœur semblable à un animal dans un lac qui soudain ne sait plus nager alors je la retiens. Je la retiens et je regarde les marcheurs nocturnes qui me rendent mon regard. Dans leurs mains il y a un petit fagot de branches. Toutes en même temps ces branches crépitent et s'embrasent. Chacune fait un bruit de tonnerre et la flamme grésille et se ratatine et prend. Les torches brillent maintenant blanc et elles crachent des étincelles qui ne brûlent pas les branches.

Je dépose un baiser sur le front de Malia à l'endroit où elle tremble à la vue des marcheurs nocturnes. Je ne sais pas si elle se souvient de la première fois où nous les avons vus la nuit où nous avons conçu Nainoa mais il est temps à présent. Je presse sa main et je lâche. Je prends ma place à l'arrière de la colonne et les marcheurs tournent leur visage triste et la lumière infinie de leurs yeux vers le fond de la vallée.

« Où tu vas ? » demande Malia. J'essaie de le lui dire mais c'est le bruit des requins qui mettent bas c'est le bruit des oiseaux qui plongent sur une proie. Je sais que je reviendrai. Je touche sa tête je touche son cou je touche son épaule et il y a quelque chose en moi qui la saisit sur la crête et la porte comme l'air jusqu'à notre tente sur le plancher de la vallée. Elle attendra. Je reviendrai et je serai le seul.

La marche commence. Les marcheurs devant moi avec leur torche brandie haut et leurs yeux de lumière et de fumée qui regardent la crête de la vallée. Les marcheurs avancent et je les suis. Je ramasse des branches par terre en chemin. Le ciel est bombardé d'étoiles et la vallée toujours en sourdine et devant moi les marcheurs avancent en tenant haut leur torche. Une fois que j'ai suffisamment de branches je pense encore à Nainoa perdu pour nous depuis tous ces jours *mon fils mon fils* et tandis que je pense à lui disparu de ce monde et à tous les dons qui l'accompagnaient ces pensées coulent de ma tête dans mon cœur chaud et le long de mon bras dans ma main et alors les branches que je tiens s'enflamment.

Et alors je vois ce que les marcheurs nocturnes voient.

Je suis l'homme nommé Augie et le sang qui bat en lui et je suis le sable dans lequel la vie a été insufflée par nos dieux et je suis la terre humide de la vallée et je suis le vert qui en pousse. Je suis le rivage et la dérive du monde en dessous de l'eau et je suis les brisures de la vague. Je suis l'atmosphère qui chauffe les nuages d'orage et je suis la pluie fraîche que le sol assoiffé réclame. Je suis la flexion qui dirige le bras du guide et du planteur et du sculpteur. Je suis la percussion qui entraîne les hanches dans le hula. Je suis l'étincelle qui fait démarrer le cœur de l'enfant et je suis le dernier battement dans celui de l'ancêtre.

Et la même chose est vraie pour Nainoa.

Il est là.

Il ne nous a jamais quittés.

Remerciements

Duvall Osteen est avec moi depuis le tout début. Intelligente, charmante, farouche, ma famille. Elle, et aussi toute l'agence Aragi, une bande de femmes aussi petites que puissantes, et parmi elles Gracie Dietshe. Tout ce qui est arrivé de bon à ce roman vient de cette équipe.

Sean McDonald, Daniel Vazquez et tout le monde chez MCD / FSG. Leur enthousiasme et leur implication ont dépassé tout ce dont j'aurais pu rêver. Sérieusement.

Ma femme, Christina, et toute notre vie ensemble. J'étais jusqu'au cou dans les corrections quand les contractions ont débuté, et tu as continué à respirer. Depuis, nous respirons.

Benjamin Percy, qui a été la première personne à y croire.

Elizabeth Stork, qui a été la deuxième personne à y croire.

Parul Sehgal, pour avoir dirigé de main de maître le premier atelier auquel j'ai participé, et pour m'avoir ensuite confié mon premier travail d'écriture rémunéré. Et aussi pour m'avoir permis de passer du temps avec Adam et elle, même après avoir appris à me connaître.

Kathryn Savage : meilleure autrice de fiction, meilleure poétesse, et encore meilleure amie. Je prendrais une balle pour elle.

Emily Flamm, Carlea Holl-Jensen, Tom Earles, et toute la

bande de Max Plateau. Les meilleurs dimanches soir que j'aie passés à Washington. Merci pour m'avoir laissé m'incruster, Em.

Lance Cleland et toute la famille Tin House. Je suis vraiment heureux d'avoir franchi cette porte quand vous me l'avez ouverte.

Michael Collier et la Bread Loaf Writers' Conference, pour le soutien et les honneurs. Avec ma première lecture à Little Theater, vous m'avez offert une joie que je n'oublierai jamais.

Mon père, pour m'avoir dit, « Quand j'avais vingt ans, si on m'avait dit qu'il suffisait d'une demi-heure d'entraînement chaque matin pour que tout soit possible, ça m'aurait fait gagner beaucoup de temps. » Je l'ai écouté.

Carolyn Kuebler de la *New England Review*, qui m'a envoyé la lettre de refus la plus gentille que j'aie reçue, dans laquelle elle disait : Je vous vois, je vous entends, vous y êtes presque, continuez à essayer.

Katrin Tschirgi, Gabrielle Hovendon et Catherine Carberry, qui m'ont intégré à leur diabolique trinité le temps d'un été mémorable. Ma reconnaissance éternelle pour ce bref moment avec vous.

Les précurseurs : Lois Ann-Yamanaka, Kiana Davenport, Kaui Hart Hemmings, Kristiana Kahakauwila, Mary Kawena Pukui, Brandy Nālani McDougall et tous les autres artistes des îles qui préservent et propagent la vérité de notre terre.

À toutes les personnes que j'ai pu oublier : ce n'est pas parce que je ne l'ai pas écrit que ça ne compte pas pour moi ; ça signifie juste que je suis un père et un mari qui a deux emplois à temps plein en plus de l'écriture. Parfois des choses me sortent de la tête.

Composition : IGS-CP à L'Isle-d'Espagnac (16)
Achevé d'imprimer
par CPI Firmin-Didot
à Mesnil-sur-l'Estrée, en juin 2021
Dépôt légal : juin 2021
Numéro d'imprimeur : 164575

ISBN : 978-2-07-286108-6/Imprimé en France

357346